rororo

Antonio Manzini, geboren 1964 in Rom, ist Schauspieler, Regisseur und Drehbuchautor. Seine im Aosta-Tal angesiedelten Kriminalromane um den charismatischen Ermittler Rocco Schiavone stehen in Italien regelmäßig an der Spitze der Bestsellerlisten und wurden erfolgreich verfilmt. Im Rowohlt Taschenbuch Verlag erschienen bisher «Der Gefrierpunkt des Blutes», «Die Kälte des Todes» und «Alte Wunden».

«Rocco Schiavone macht Montalbano Konkurrenz.» *GQ*

«Eine echte Entdeckung!» *Independent*

«Er ist sarkastisch, zynisch, untreu, er raucht gern Gras, und er hasst seinen Beruf: Rocco Schiavone sprengt alle Regeln.» *Corriere della Sera*

Antonio Manzini

EIN KALTER TAG IM MAI

Kriminalroman

Aus dem Italienischen
von Anja Rüdiger

Rowohlt Taschenbuch Verlag

Die Originalausgabe erschien 2015 unter dem Titel
«Era di maggio» bei Sellerio editore, Palermo.

2. Auflage Mai 2019
Deutsche Erstausgabe
Veröffentlicht im Rowohlt Taschenbuch Verlag,
Hamburg bei Reinbek, Mai 2019

Redaktion Petra Müller
Umschlaggestaltung FAVORITBUERO, München
Umschlagabbildung Endai Huedl / Getty Images
Schrift Trump Mediäval
Typografie und Satz Farnschläder & Mahlstedt, Hamburg
Druck und Bindung CPI books GmbH, Leck, Germany
ISBN 978 3 499 27352 0

Für Mama und Papa

Ein Mensch allein,
eingeschlossen in seinem Zimmer.
Mit all seinem Recht,
All seinem Unrecht.
Allein in einem leeren Raum,
um zu reden. Mit den Toten.

Giorgio Caproni

MONTAG

Aosta – Kredithaie im Schatten der 'Ndrangheta

Sie sollen an Unternehmer und Privatleute Geld zu Wucherzinsen verliehen haben, um sich deren Besitz und Geldvermögen anzueignen. So der Vorwurf gegenüber dem aus Soverato stammenden, bereits vorbestraften Domenico Cuntrera, der im Zuge der Ermittlungen zum Mordfall um Cristiano Cerruti, rechte Hand des Bauunternehmers und Inhabers der Firma Edil.ber Alessandro Berguet, festgenommen wurde.

Auf der Pressekonferenz versicherte Questore Andrea Corsi: «Dank der flächendeckenden Ermittlungen meiner Männer sind wir bis ins Herz der Organisation vorgedrungen. Mehr kann ich jedoch nicht dazu sagen, da wir sicher sind, dass es sich nur um die Spitze des Eisbergs handelt.»

«Es ist tatsächlich so, dass die Mafiaorganisationen schon seit Jahren auch hier im Aostatal verwurzelt sind, und ich denke, dass dieser zuletzt von der Questura in Aosta aufgedeckte Fall ein weiterer Beweis dafür ist», sagt dazu Gabriele Tosti, Commandante der Direzione Investigativa Antimafia in Turin.

«Dies ist ein Angriff auf den gesunden Teil unseres Landes. Wir dürfen auf keinen Fall zulassen, dass die einheimischen Unternehmen in die Hände dieser Mafiaorganisationen fallen», betont Staatsanwalt Baldi.

Domenico Cuntrera wurde an der Grenze zur Schweiz gefasst, nachdem er die von ihm betriebene Pizzeria Posillipo hier in Aosta fluchtartig verlassen hatte. In seinem Besitz befanden sich zahlreiche Dokumente, die auf eine Verbindung zu einem Mafiaclan schließen lassen und die nun von den Ermittlern untersucht werden. Die Festnahme Cuntreras könnte der erste nennenswerte Erfolg des Staates im Kampf gegen das organisierte Verbrechen in unserer Region sein.

Gianpaolo Gagliardi

Erleichtert stellte Rocco fest, dass sein Name in dem Artikel nicht erwähnt wurde. Was natürlich längst kein hinreichender Grund war, ihn aus seiner tiefen Niedergeschlagenheit zu reißen. Seit drei Tagen hatte er das Apartment nicht mehr verlassen. Seit drei Tagen hatte er sein Handy nicht eingeschaltet, sein Büro in der Questura nicht mehr betreten und die Kollegen nicht mehr gesehen, nicht auf der Piazza Chanoux gefrühstückt, keinen Joint mehr geraucht und nicht mit Anna gesprochen. Abgesehen davon, dass er regelmäßig mit Lupa Gassi gegangen war, hatte er sich in einem Ein-Zimmer-Apartment in der Residence Vieux Aosta vergraben, um entweder auf den Fernseher oder an die Decke zu starren, wobei Letzteres oft wesentlich interessanter war. Lupa schien dieses neue Leben gut zu gefallen, das darin bestand, die meiste Zeit neben ihrem Herrchen auf dem Bett zu schlafen, sich den Bauch vollzuschlagen und sich ab und zu im historischen Zentrum der Stadt kurz die Füße zu vertreten. Was durchaus verständlich war.

Schließlich war die kleine Hündin mitten im Schnee einfach ausgesetzt worden, tagelang durch Wälder und Wiesen geirrt und mehrfach in Lebensgefahr geraten. Für sie musste es traumhaft sein, sich nun an einem warmen, sicheren Ort zu befinden und gemütlich auf einer weichen Daunendecke zu liegen, ohne Angst haben zu müssen, von einem Lastwagen überfahren zu werden oder sonst irgendwie zu leiden. Und sie genoss die Wärme und die Sicherheit jede Sekunde in vollen Zügen.

Rocco, der immer noch die Zeitung in der Hand hielt, blätterte um.

**Mörder aus der Rue Piave
noch immer unbekannt**

Noch immer hat er weder einen Namen noch ein Gesicht: der Täter, der Donnerstagnacht in die Wohnung von Vicequestore Rocco Schiavone in der Rue Piave eingedrungen ist und dort mit acht Pistolenschüssen Adele Talamonti, 39 Jahre, aus Rom, Freundin und Vertraute des Vicequestore, kaltblütig ermordet hat. Wie zuletzt bekannt wurde, war das Opfer in Aosta nur zu Besuch. Talamontis Leichnam wurde inzwischen in die Hauptstadt überführt und in Monte Compatri in der Nähe von Rom, dem Wohnort der Familie, beigesetzt. Im Hinblick auf den Mord drängen sich viele Fragen auf: War das Ziel des Mörders wirklich Adele Talamonti oder nicht vielmehr Rocco Schiavone, der in der Mordnacht nicht zu Hause war? In der Questura schweigt man sich dazu beharrlich aus, und auch von der Staatsanwaltschaft ist keinerlei Kommentar zu hören. Das legt den Schluss nahe, dass man sich hier schützend vor den Vicequestore stellt, der seit September letzten Jahres in Aosta im Dienst ist und eine Reihe effizienter und erfolgreicher Ermittlungsergebnisse vorweisen kann, nicht zuletzt die Aufdeckung von kriminellen Kreditgeschäften des organisierten Verbrechens. Daher fragen wir uns: Geht es darum, die laufende Ermittlung nicht zu gefährden, oder handelt es sich um ein dezidiertes Schweigen der Ordnungskräfte, weil einer der Ihren im Mittelpunkt des Geschehens steht? In diesem Fall stünde zu befürchten, dass hier gegen demokratische Grundsätze verstoßen wird. Doch da wir unseren Ordnungskräften größtes Vertrauen entgegenbringen, fassen wir uns in Geduld.

Sandra Buccellato

«Verdammt, ihr könnt mich mal!» Rocco knallte die Zeitung auf den Boden. «Dezidierte Scheiße ist das!», brüllte er den ringsum verstreuten Zeitungsseiten entgegen. Wer, zum Teufel, war Sandra Buccellato? Und was wollte diese Frau damit andeuten?

Das war bereits der zweite Artikel, den diese Journalistin in einem solchen Ton über den Mordfall verfasst hatte. Jene «Adele Talamonti, 39 Jahre, aus Rom» war die Lebensgefährtin von seinem besten Freund Sebastiano gewesen. Das «Opfer» war eine langjährige Freundin, die ihm sehr viel bedeutet hatte und die nun auf dem Friedhof von Monte Compatri lag. Zu welchem Zweck also verspritzte diese Buccellato ihr Gift?

Warum hatte sie nicht gleich geschrieben: Dottor Schiavone! In Ihrer Wohnung wurde eine gute Freundin von Ihnen ermordet und anstatt zu ermitteln, ziehen Sie sich zurück wie ein Bär zum Winterschlaf! Worauf warten Sie? Reißen Sie sich zusammen und gehen Sie der Sache auf den

Grund! Während Sie zu Hause Ihre Wunden lecken, läuft dieser Mistkerl einfach so frei herum. Krieg endlich den Arsch hoch, Schiavone!

Tatsächlich entsprach es der Wahrheit, dass Adele an seiner Stelle gestorben war. Jene acht Pistolenschüsse, die auf sie abgegeben wurden, als sie ruhig und friedlich in seinem Bett in der Rue Piave schlief, hatten ihm gegolten. Nur ihm. Er hatte Adele auf dem Gewissen. Und nicht nur sie.

Genau wie Marina.

Der Tag ging dahin wie eine welkende Blume.

Jemand klopfte an die Tür. Lupa, die ausgestreckt auf dem ungemachten Bett lag, richtete ein Ohr auf. Rocco rührte sich nicht. Er wartete. Es klopfte erneut.

Der geht schon wieder, dachte er.

Rocco hörte, wie sich die Schritte des Besuchers über den Flur entfernten. Er seufzte erleichtert.

Auch diese Nervensäge war er losgeworden!

Langsam ging er wieder zum Bett hinüber und ließ sich auf die Daunendecke fallen. Lupa rollte sich unter seiner Achselhöhle zusammen. So schliefen sie beide ein, aneinandergeklammert wie zwei Ertrinkende.

«Einen Espresso macchiato und einen koffeinfreien!», rief Tatiana. Corrado Pizzuti reagierte nicht und starrte mit leerem Blick auf die Tassen, die in die Spülmaschine geräumt werden mussten.

«Corrado, wach auf, es ist mitten am Tag! Einen Espresso macchiato und einen koffeinfreien!» Corrado gab sich einen Ruck und blickte auf die beiden Gäste an der Theke. Es waren Ciro und Luca, die beiden Polizisten aus dem Ort.

«Bist du eingeschlafen?», fragte Ciro.

«Mach dir doch auch einen Kaffee», scherzte Luca.

Corrado wandte sich der Kaffeemaschine zu und machte sich an die Arbeit.

«Es ist so ein schöner sonniger Tag heute, Tatiana. Warum gehst du nicht später mit mir zum Fischessen?» Seit drei Jahren versuchte Luca nun schon, bei Corrados Geschäftspartnerin Tatiana zu landen. Anscheinend hatte er immer noch nicht kapiert, dass die Russin bereits seit zwei Jahren verheiratet war, mit dem verwitweten, kinderlosen Buchhalter De Lullo.

«Iss den Fisch doch lieber mit deiner Frau!», antwortete Tatiana freundlich.

Corrado lächelte leicht. Tatiana war immer freundlich. Hatte für jeden ein Lächeln übrig. War immer positiv. Unter anderem deshalb hatte er sie vor drei Jahren gefragt, ob sie nicht mit ihm zusammen die Bar führen wolle. Tatiana hatte sich nicht mit einer Geldeinlage beteiligt. Woher hätte sie die auch nehmen sollen? Aber Corrado hatte jemanden gebraucht, auf den er sich verlassen konnte, dem er vertrauen konnte, dem er die Bar und die Kasse überlassen konnte, wenn er aus irgendeinem Grund mal nicht da war. So wie letzte Woche. Als Enzo Baiocchi mitten in der Nacht aufgetaucht war, um ihn zu zwingen, mit ihm nach Aosta zu fahren. Wer diesem Mistkerl wohl seine Adresse hier in Francavilla al Mare gegeben hatte? Wie, zum Teufel, hatte Enzo ihn nur finden können? Dieser verdammte

Mörder war gekommen und hatte ihn erpresst, sodass ihm keine andere Wahl geblieben war, als mitzugehen und zu hoffen, dass Enzo Baiocchi möglichst schnell wieder aus seinem Leben verschwinden würde.

«Was ist denn los?», flüsterte Tatiana ihm zu. Corrado grinste entschuldigend. «Du bist dauernd in Gedanken.»

Was sollte er darauf antworten? Dass sein Leben sich gerade anfühlte wie ein nie endender Albtraum? Dass er am liebsten ins nächste Flugzeug steigen und ans andere Ende der Welt fliegen würde? Stattdessen sagte er: «Hier, für dich, Luca!», und schob dem Polizisten den Kaffee zu.

«Na, was ist, Tatiana? Kommst du nun mit zum Fischessen oder nicht?»

«Weißt du, was, Luca? Trink deinen Kaffee und dreh mit Ciro noch eine Runde. Vielleicht kannst du dir ja vor dem Feierabend noch ein paar Verkehrssünder angeln.»

Ciro brach in Gelächter aus, schlug Luca kameradschaftlich auf die Schulter und sagte: «Komm, Luca, es ist hoffnungslos.» Die beiden Polizisten verließen die Bar.

In der Tür begegneten sie Barbara, die mit strahlendem Lächeln eintrat. «Corrado, machst du mir zwei Tassen Tee? Ich nehm sie dann mit rüber ins Geschäft!»

«Sofort!», entgegnete Corrado. Gegenüber den beiden Inhaberinnen der benachbarten Buchhandlung fühlte er sich immer ein wenig befangen. Nicht weil sie so ernsthaft oder unfreundlich gewesen wären. Aber Barbara und Simona verkauften nun mal Bücher, was sie aus seiner Sicht mit einer mysteriösen Aura des Intellektuellen umgab. Kaffee und Panini kaufte schließlich jeder, aber Bücher! Trotzdem liefen ihre Geschäfte gut. Und Corrado erfüllte den beiden Buchhändlerinnen voller Ehrfurcht jeden Wunsch, als wären sie Priesterinnen eines ihm unbekannten Kultes.

«Mit Zitrone wie immer?»

«Mit Zitrone wie immer!»

«Corrado, wenn du mit dem Tee fertig bist, könntest du dann draußen die Lichter einschalten? Es wird Zeit …», meinte Tatiana. Dann gab sie der Buchhändlerin ein Zeichen, dass sie ihr nach draußen folgen solle. Sie wollte mit ihr reden.

Auf dem Gehsteig zündete Tatiana sich eine Zigarette an und bot auch Barbara eine an, die jedoch ablehnte.

«Was ist los, Tatià?»

«Corrado ist irgendwie seltsam. Vor vier Tagen hat er die Bar einfach so geschlossen und war zwei Nächte nicht da. Er hat mir weder gesagt, warum, noch, wo er hinwollte. Und seit er wieder hier ist, ist er … Ich weiß nicht, bleich, ständig in Gedanken, und er zuckt bei jedem Geräusch zusammen.»

«Was glaubst du, was los ist?»

«Keine Ahnung. Aber es gefällt mir nicht.»

Die beiden blickten zu Corrado hinüber, der gerade das Teewasser erhitzte.

«Corrado hatte in Rom offenbar eine bewegte Vergangenheit. Er hat mir mal gesagt, dass er nicht mehr dorthin zurückkönne.»

Barbaras Augen blitzten neugierig auf.

«Was meinst du mit ‹bewegter Vergangenheit›?»

Als eifrige Leserin der Romane von John le Carré und

P. D. James vermutete sie hinter jeder Ecke irgendwelche Intrigen und dunkle Geheimnisse.

«Hässliche Dinge eben.» Dann fügte Tatiana flüsternd hinzu: «Er war sogar im Gefängnis ...»

«Und jetzt?»

«Ich weiß nicht. Irgendetwas beunruhigt ihn.»

«Der Tee ist fertig!», rief Corrado. Barbara strich Tatiana freundschaftlich über den Arm und ging wieder rein. Die Russin blieb draußen, um die Zigarette zu Ende zu rauchen, und blickte in den Himmel. Die Wellen des Meeres schlugen unablässig gegen die Klippen und auf den Strand. Gleich würde es dunkel werden. Barbara ging mit den beiden Teetassen an Tatiana vorbei. «Wir sprechen uns später noch», flüsterte sie ihr zu und machte sich auf den Weg zurück zu ihrem Laden. Tatiana warf die Zigarettenkippe weg und trat wieder in die Bar. Corrado starrte, auf die Kaffeemaschine gestützt, auf das Fach mit den Fruchtsäften.

«Weißt du, was, Corrado, geh doch schon nach Hause. Ich schließe dann hier ab.»

«Bitte?»

«Ich habe gesagt: Geh nach Hause. Leg dich ins Bett oder aufs Sofa, mach den Fernseher an, und ruh dich aus. Der Tag ist so gut wie vorbei.»

Corrado nickte. «Ja ... ja, ist gut. Dann gehe ich mal.»

Tatiana trat hinter die Theke. «Bist du sicher, dass du kein Fieber hast?»

«Was?»

«Hast du Fieber?»

«Nein. Wieso denn Fieber?», entgegnete Corrado. «Schließt du nachher ab?»

«Hab ich doch schon gesagt.»

Corrado zog die Schultern hoch, nahm seine Windjacke von der Garderobe und setzte seine Mütze auf. «Dann bis morgen.»

«Bis morgen.»

Tatiana sah ihm nach, wie er davonging.

Es dämmerte bereits. Schon bald würde das Meer nur noch ein schwarzer, mit den Lichtern der Fischerboote besprenkelter Fleck sein. Corrado beschloss, am Strand entlang nach Hause zu gehen, um ein wenig Luft zu schnappen. Er begegnete zwei jungen Joggern und einer Frau, die ihren Hund ausführte. Nur zwei Autos und ein klapperndes Mofa fuhren vorbei. Francavilla al Mare war ein Urlaubsort. Vor allem hier unten am Meer war der größte Teil der Häuser so lange verschlossen und unbewohnt, bis die Eigentümer in den Sommermonaten wiederkommen würden. Corrado wohnte nicht weit entfernt vom Strand in einem zweistöckigen Gebäude mit zwölf Wohneinheiten, wo sich im Moment außer ihm nur drei Familien aufhielten.

Corrados Gedanken drehten sich im Kreis: Er konnte so nicht weitermachen. Es war eine Folter. Er schlief nur noch wenige Stunden, einen unruhigen, erschöpften Schlaf, trostlos und ohne Träume.

Alles hat einen Anfang und ein Ende, sagte er sich immer wieder. Aber warum ging dann die Tortur für ihn weiter und weiter? Wie lange würde er noch für seine Fehler büßen müssen? Das war schlimmer als jedes Gefängnis. Wäre womöglich besser gewesen, für immer im Knast zu versauern. Warum hatte ihn dieser Polizist vor sechs Jahren nicht genauso kaltgemacht wie seinen Komplizen? Denn jetzt war er für immer in der Hand eines Mörders, geknebelt, ohnmächtig und voller Angst.

«Die Sache muss ein Ende haben!», sagte er und schob im selben Atemzug den Schlüssel ins Schloss des schmiedeeisernen Tors, das in den Hof der Wohnanlage führte. Er ging nach links zum Aufgang A und öffnete die Tür. Seine Wohnung lag im Hochparterre. Er trat ein, schaltete das Licht an und hängte Mütze und Jacke an die Garderobenhaken neben der Wohnungstür. Dann atmete er einmal tief durch und ging in die Küche. Enzo Baiocchi saß am Tisch. Er rauchte und sah Fernsehen. Die Fenster und die Fensterläden im Raum waren geschlossen, und es stank nach Zigarettenrauch und abgestandenem Kaffee. Corrado drehte sich der Magen um.

«Willkommen zurück», hörte er Enzo sagen.

Corrado antwortete nicht. Er öffnete den Kühlschrank und griff nach einer Flasche Wasser.

«Auf den glorreichen Gedanken, mal einkaufen zu gehen, bist du offenbar nicht gekommen, oder?»

Corrado sah aus dem Augenwinkel zu Enzo hinüber, als er zur Spüle hinüberging, um sich vom Trockengestell ein Glas zu nehmen. Ein einziger fester Schlag mit der Glasflasche ins Genick würde reichen, und der Albtraum wäre vorbei.

«Nein, bin ich nicht.»

«Und was soll ich heute Abend essen?»

Enzos stoppelige platinblonde Haare sahen aus wie Stroh. Er drückte die Zigarette in der Kaffeetasse aus.

«Du hättest aus der Bar ja Panini oder irgendwas mitbringen können, du Blödmann!»

«Hab ich nicht dran gedacht.»

«Und ich fahr zum Abendessen nach Pescara. Los, gib mal 'nen Fünfziger rüber.»

Corrado füllte in aller Ruhe sein Glas, trank es aus und stellte es zurück in die Spüle. «Nein», sagte er.

«Wie ‹Nein›?»

«Ich geb dir keinen Cent, Enzo. Ich hab die Schnauze voll!»

Baiocchi drehte sich langsam um. «Was hast du da gerade gesagt?»

«Du hockst jetzt hier schon seit drei Tagen rum. Du wolltest, dass ich dich nach Aosta fahre, und das hab ich gemacht. Und jetzt trennen sich unsere Wege wieder.» Corrado wusste selbst nicht, woher er den Mut nahm. Aber er hatte es gesagt. «Oder wie lange soll das Ganze noch gehen?»

Enzo stand langsam auf. «So lange ich will. Und du hast noch längst nicht die Schnauze voll. Und weißt du auch, warum?»

Corrado schüttelte den Kopf, woraufhin Enzo eine Hand in die Tasche steckte und einen Zettel herauszog. «Schau mal, was ich in deiner Jacke gefunden habe! Du dämlicher Hund!» Enzo hielt Corrado den Zettel vor die Nase. «Na, siehst du? Weißt du, was das ist? Da steht dein Name drauf;

das ist aus dem Hotel in Pont-Saint-Martin, wo du übernachtet hast. Du hast denen sogar deinen Ausweis gegeben.» Enzo lächelte mit seinen gelben Zähnen. «Du Blödmann! Das dürfte reichen. Vergiss nicht, Corrà, wenn ich dran bin, bist du es auch!»

Corrado stieß sich von der Spüle ab. «Wieso gehst du nicht einfach zurück nach Rom und lässt mich in Ruhe?»

«Ich geh wieder nach Rom, keine Sorge. Wenn die Lage sich beruhigt hat. Wo ist das Problem?»

«Wo das Problem ist? Dass du Scheiße gebaut hast», schrie Corrado. «Du hast die Falsche erwischt! Anstatt den Bullen hast du eine erschossen, die damit gar nichts zu tun hatte, du Blindschleiche!»

Enzo rührte sich nicht. Er sah Corrado an, ohne mit der Wimper zu zucken.

«Das liegt wohl in der Familie, Enzo! Dein Bruder und du, ihr sucht euch immer das falsche Ziel aus!»

Enzo sprang auf und ging auf Corrado los. Er stieß ihn gegen die Wand und hatte plötzlich ein Messer in der Hand, das er Corrado an die Kehle hielt. «Pass auf, was du sagst, du Stück Scheiße! Erwähne nie wieder meinen Bruder!» Die Spitze des Messers drang Corrado unter die Haut. Er öffnete den Mund und schloss die Augen. Ein Tropfen Blut rann die Klinge hinab. «Vergiss nicht: Wenn ich dran bin, bist du es auch.» Enzo zog das Messer zurück, das blitzschnell wieder in seiner Tasche verschwand. «Geh dich waschen und rasieren, du stinkst nach Fett.»

DIENSTAG

In der Questura ging auch ohne Rocco alles seinen gewohnten Gang. Casella schob Türdienst, Deruta und D'Intino waren ständig auf der Suche nach irgendeinem verschwundenen Stück Papier, Caterina Rispoli hing in ihrem kleinen Büro im Erdgeschoss dauernd am Telefon, Antonio Scipioni, der Sizilianer aus den Marken, war damit beschäftigt, Anzeigen aufzunehmen. Italo Pierron schien der Einzige zu sein, der den Chef vermisste. Von der Tür aus betrachtete er Roccos leeres Büro. Den Schreibtisch, das geschlossene Fenster, das Bücherregal mit den unberührten Gesetzestexten, das Kruzifix, das Foto des Präsidenten und den Kalender. Letzterer fiel ihm an diesem sonnigen Frühlingstag zum ersten Mal auf. Der Kalender zeigte das Datum vom achten September des Vorjahres, dem Tag, an dem Rocco seinen Dienst in der Questura von Aosta angetreten hatte. Der Vicequestore hatte nicht einen Blick darauf geworfen. Er hatte immer wieder betont, dass für ihn jeder Tag genau wie alle anderen sei. Und abgesehen von der hohen oder niedrigen Außentemperatur schien er tatsächlich keinen nennenswerten Unterschied wahrzunehmen.

«Was hast du denn da unterm Arm?»

Erschreckt wandte sich Italo um. Caterina stand im Flur.

«Nichts, ich hab nur einen Blick in Roccos Büro geworfen.» Er betrachtete die zusammengerollte Pappe, die er dabeihatte. «Und das hier wollte ich gerade aufhängen. Zur Aufheiterung.»

Neugierig sah Caterina auf die Rolle. «Was ist das?»

«Das wirst du gleich sehen.» Er entrollte die Pappe und holte ein paar bunte Heftzwecken aus der Hemdtasche. In seinem Gürtel steckte ein Hammer, mit dem er nun das Pappschild an der Wand neben der Bürotür seines Chefs befestigte. Dann trat er einen Schritt zurück und betrachtete sein Werk.

«Hängt es gerade?»

Caterina sah genau hin. «Ja, ich denke, schon. Aber was soll das?» Sie trat näher heran, um zu lesen.

Italo hatte die Fläche in fünf große Rechtecke aufgeteilt und vom sechsten bis zum zehnten Grad jeweils das hineingeschrieben, was zu Roccos persönlichem Wertesystem gehörte, um die Dinge zu kategorisieren, die ihm auf den Sack gingen. Inzwischen war diese Skala jedem bestens bekannt. Sie begann mit den geringeren Ärgernissen, für die Rocco eine Sechs vergab, und gipfelte in der Zehn, wo einsam an der Spitze das größte Übel thronte, das dem Vicequestore am meisten auf den Sack ging: ein zu lösender Fall.

Caterina musste lachen. «Weißt du die alle auswendig?»

«Zumindest hab ich die aufgeschrieben, die ich weiß. Wenn uns noch andere unterkommen, können wir sie nach und nach hinzufügen, bis wir alle zusammenhaben.»

«Hast du ihn angerufen?»

«Ja, aber er geht nicht ran. Er geht bei niemandem ran.»

«Bist du mal bei ihm zu Hause, in der Rue Piave, vorbeigegangen?»

«Sie haben inzwischen die Siegel entfernt», sagte Italo. «Ich habe ihm die Nachricht vom Questore dagelassen, dass der für ihn eine Wohnung in der Via Laurent Cerise gefunden hat. Rocco müsste sie sich nur mal ansehen.»

«Keine Sorge. Der Wohnungsmarkt ist gerade ziemlich entspannt. Die Zeiten, in denen hier Wohnungen wie frisches Brot weggegangen sind, sind vorbei», meinte Caterina. «Apropos frisches Brot: Deruta hat gefragt, ob er früher Schluss machen kann. Wie es aussieht, soll er heute Abend seiner Frau in der Bäckerei helfen.» Sie wandte sich zum Gehen.

«Caterina? Vergiss nicht, dass wir morgen bei meiner Tante zum Abendessen eingeladen sind.»

Ohne sich umzudrehen, entgegnete sie: «Morgen Abend hab ich Yoga.» Sie verdrehte die Augen und dachte noch einmal an die Skala des Vicequestore. Vielleicht sollte sie auch so eine Liste erstellen. Dann bekäme *Abendessen bei Verwandten* bei ihr eine Neun.

Rocco lag auf dem Bett und starrte an die Wand. Er fixierte einen Fleck in der oberen Ecke. Einen grauen Fleck. Der aussah wie Großbritannien. Oder von der Seite wie ein bärtiger Mann, der mit offenem Mund lachte. Lupa wedelte mit dem Schwanz. Der Hund stellte die Ohren auf und hob die Schnauze. Kurz darauf klopfte jemand an die Tür.

«Dottore? Alles in Ordnung?»

Es war die Stimme des Rezeptionisten.

«Dottore, hier ist Besuch für Sie. Bitte machen Sie die Tür auf. Antworten Sie!»

Wie es aussah, musste er endlich mal reagieren. Er schleppte sich zur Tür und schloss auf.

Neben dem Pförtner stand ein Riese. Rocco erkannte ihn sofort: Carlo Pietra, der Vize der Mobilen Einheiten aus Turin, der ihn in Aosta vertrat, seit er sich in diesem Apartment verbarrikadiert hatte.

Rocco öffnete die Tür noch ein Stück weiter. «Bitte», sagte er. Pietra lächelte leicht und trat am Pförtner vorbei ins Zimmer.

«Brauchen Sie noch etwas?», fragte der Rezeptionist.

Rocco antwortete nicht und schloss lediglich die Tür.

«Wie geht's?»

«Es geht.»

Carlo Pietras beeindruckende Gestalt schien die kompletten dreißig Quadratmeter des Apartments auszufüllen. Er hatte heitere blaue Augen, einen dünnen Bart und lange Haare. «Darf ich?», fragte er mit Blick auf den einzigen Sessel im Raum.

«Natürlich, bitte.»

Der Sessel knirschte, als der Koloss sich darauf niederließ. Carlo Pietra betrachtete Rocco, seinen Dreitagebart und das wirre Haar. Dann öffnete er die Mappe auf seinen Knien und blickte hinein. «Ganz schön trist hier drin», kommentierte er, in den Papieren blätternd.

«Vielleicht, aber in meiner Wohnung ist es auch nicht

besser.» Rocco öffnete den kleinen Kühlschrank. «Möchten Sie irgendwas trinken? Mal sehen ... Ich hab eine Cola, Säfte und einen winzigen Rest von einem namenlosen Whisky.»

«Nein danke.»

«Ich kann auch einen Kaffee mit der Padmaschine machen. Ist gar nicht so übel.»

«Nein, nein, nichts. Ich gehe gleich noch essen, und sonst hab ich dann keinen Appetit mehr.» Pietra tätschelte seinen Bauch.

Rocco ging zur Kochnische hinüber. Er jedenfalls konnte einen Kaffee gut gebrauchen. «Also, Dottor Pietra, was gibt's?»

Der Angesprochene zog ein Taschentuch hervor und putzte sich die Nase. «Hören Sie, könnten wir eine Sache tun, bevor ich einen Knoten in der Zunge habe?»

«Klar.»

«Könnten wir uns duzen?»

«Nur zu.» Rocco drückte einen Knopf, und gleich darauf floss der Kaffee aus der Maschine in die Tasse.

«Also, Rocco, können wir die Fakten kurz nochmal durchgehen?»

«Schieß los.» Rocco nahm den Kaffee und setzte sich aufs Bett. Lupa war inzwischen wieder eingeschlafen.

«Hast du eine Ahnung, wer am Donnerstag, dem 10. Mai, in deine Wohnung eingedrungen sein und mit einer Pistole Kaliber 6,35 auf ...» Pietra blätterte in den Unterlagen.

«Adele Talamonti», sagte Rocco. «Ja, Adele Talamonti war bei mir zu Hause. Sie war die Lebensgefährtin von Sebastiano, einem sehr guten Freund von mir. Sie war bei mir, um sich vor ihm zu verstecken, damit er sie vermisst und nach ihr sucht. Ja, ich weiß …» Rocco kam Pietra auf dessen skeptischen Blick hin zuvor «… eine blöde Idee, aber sie hat gehofft, so sein Interesse und seine Leidenschaft neu anzufachen. Jedenfalls hat der Mörder gedacht, dass ich in dem Bett liege, und auf sie geschossen.»

Der Kollege nickte. «Und du hast keine Ahnung, wer das gewesen sein könnte?»

«Nein.»

Pietra kratzte sich am Kopf. «Hör mal, Rocco, ich hab ein paar Dinge über dich gelesen. Und sagen wir, dass du … dem ersten Eindruck nach eine ziemlich lebhafte Vergangenheit hast.»

«‹Lebhaft› ist nett gesagt, Carlo.»

«Also die Sache wird nicht einfach, wenn wir in deiner Vergangenheit wühlen müssen, es sei denn, du hast jemanden im Verdacht.»

Rocco schüttelte den Kopf. «Nein. Hab ich nicht. Ich weiß nur, dass derjenige, der versucht hat, mich umzubringen, es wieder versuchen wird.»

Carlo Pietra sah sich um. «Und darauf wartest du hier?»

«Nein. Ich bin hier, weil ich kein Zuhause mehr habe. Sobald ich eine Wohnung finde, bin ich hier weg. Vor allem wegen ihr …» Er wies auf Lupa. «Ist ein bisschen eng hier.»

Pietra schien die Anwesenheit des Hundes erst in diesem Moment aufzufallen. «Ich weiß nicht. Mir sind Katzen lieber.» Der Vize der Mobilen Einheiten wuchtete sich aus dem Sessel. «Okay, ich geh dann zum Questore, übergebe ihm den ganzen Papierkram und mache mich auf den Rückweg nach Turin. Hier gibt es für mich nichts mehr zu tun. Wann trittst du deinen Dienst wieder an?»

«Ich hab noch Resturlaub.»

«Und den willst du hier verbringen?»

«Ich habe keine Lust, irgendwo hinzufahren.»

«War nett, dich kennenzulernen.» Pietra schüttelte Rocco die Hand. «Wie ist's denn so in Aosta?»

Rocco dachte kurz darüber nach.

«Gute Fahrt.»

Es war Massimo, sein Freund aus Viterbo, gewesen, der Rocco das Futter für Lupa empfohlen hatte. Auf Massimo war Verlass. Er züchtete Trüffelhunde und disziplinierte sie wie Soldaten. Also hatte Rocco ein Foto von seinem Welpen gemacht und es per MMS an seinen Freund geschickt. Die Antwort lautete: *Lieber Rocco, es ist nicht leicht, etwas über die Rasse zu sagen. Auf den ersten Blick tippe ich auf drei: Setter, Bretone und irgendein Schäferhund. Auf jeden Fall ist es ein schönes Tier, du solltest es behalten.* Rocco nahm den leeren Napf und stellte ihn auf die Anrichte in der Kochnische. Dann griff er nach der Zeitung, um sie zusammenzurollen und wegzuwerfen. Dabei fiel sein Blick noch einmal auf den Artikel dieser Journalistin: *Geht es darum, die laufende Ermittlung nicht zu gefährden, oder handelt es sich um ein dezidiertes Schweigen der Ordnungskräfte, weil einer der Ihren im Mittelpunkt des Geschehens steht?*

Er knüllte die Zeitung zusammen und warf sie in den Müll.

«Sieben senkrecht: Leere, Vakuum, vierzehn Buchstaben.»

Marina saß neben Lupa auf dem Bett. Mit der rechten Hand streichelte sie den Hund. In der linken hielt sie das Rätselheft.

«Einöde?»

«Warte, endet auf ‹eit›.»

«Inhaltslosigkeit?»

«Rocco, ich habe gesagt, vierzehn Buchstaben.»

«Vierzehn Buchstaben …»

«Echt hässlich hier drin …»

«Stimmt.»

«Nicht dass die Wohnung in der Rue Piave der Knaller gewesen wäre.»

«Da hast du auch recht», entgegnete er.

«Du solltest dir eine neue Wohnung suchen.»

«Wozu?» Er überlegte. «Gehaltlosigkeit?»

«Bitte?»

«Das Wort aus dem Kreuzworträtsel. Passt Gehaltlosigkeit?»

«Das sind fünfzehn Buchstaben. Warte, ich löse erst mal die Zwölf waagerecht … Anerbieten … das ist leicht, Angebot … Buch des fiktiven Autors Abdul Alhazred …»

«Was?»

«Necronomicon.»

«Wieso weißt du denn so was?»

«Ich weiß es einfach. Also: sieben senkrecht ist … Beschränktheit!»

«Beschränktheit?»

«Genau!»

Ich sehe sie an. «Meinst du mich?» Natürlich meint sie mich. Eins ist sicher: Meine Frau ist ständig mit Wortspielen beschäftigt, die kein Mensch kapiert. Ich schon gar nicht. «Wenn du mich meinst, warum sagst du es mir dann nicht direkt?»

Sie legt das Rätselheft zur Seite, gibt Lupa einen Kuss auf die Schnauze und geht ins Bad. Auf der Schwelle dreht sie sich um und sieht mich mit strengem Blick an: «Tu endlich was, zum Teufel!» Dann schließt sie die Tür hinter sich.

Sie schlenderten herum und unterhielten sich leise. Wie Esel. Nur dass Esel immer im Kreis gingen und einen Mühlstein bewegten. Diese Nichtsnutze dagegen liefen nur ihre Sohlen ab und das Gras im Hof.

«Ende, alle wieder rein!», rief ein junger Aufseher mit spärlichem Bart und Pickeln im Gesicht. Agostino Lumi, genannt der Professor, war der Erste, der aufstand, gefolgt von Oluwafeme, dem riesigen Nigerianer, und Erik, dem Rothaarigen. Noch so ein Scheißtag! Einer von unzähligen Scheißtagen. Langsam ging er durch die Tür zur Treppe, die zum zweiten Block des Gefängnisses von Varallo führte. Mit einem Grinsen grüßte der Professor den kahlköpfigen Aufseher und stieg die Stufen hinauf. Die respektvollen Blicke der anderen Gefangenen nahm er kaum noch wahr. Oder die Bitten, ihnen einen Gefallen zu tun, die sie mit zitternden Händen in den Sozialisierungszeiten an ihn richteten, wenn die Stahltüren offen waren und man herumlaufen durfte, um Zigaretten und Schulden einzustreichen. Diese Mauern begannen ihn zu erdrücken. Er brauchte dringend einen Ortswechsel, eine Verlegung. Andere Luft, ein anderes Leben, neue Leute, die er dominieren konnte. Die beiden würde er gern mitnehmen, Oluwafeme und Erik, denn sie leisteten ihm gute Dienste, hielten zu ihm und waren vor allem gefährlich. Außerdem war Erik ein hervorragender Koch.

«Was gibt's heute Abend zu essen?», fragte er, während sie durch die letzte Tür gingen, um in ihren Block zu gelangen.

«Heute Abend gibt's Spaghetti alla carbonara. Und Hähnchenbrust mit Zitrone.»

Agostino Lumi nickte. «Hast du Oliven für das Huhn?»

«Sicher, Professor!»

Lumi schüttelte die Hände, die ihm einige Häftlinge entgegenstreckten, und betrat schließlich seine Zelle. Er war der Einzige, der nicht in einem Etagenbett schlief. Ihm fiel sofort auf, dass das Kissen verschoben war. Er schob die Hand unter die Decke und zog ein Blatt Papier darunter hervor, das aus einem karierten Block herausgerissen worden war.

Morgen stand darauf.

Der Professor sah Erik und den Nigerianer an. Dann steckte er sich das zusammengeknüllte Stück Papier in den Mund und begann zu kauen.

«Was ist das?», fragte Erik.

«Die Vorspeise.»

«Commissariato Colombo, was kann ich für Sie tun?»

«Geben Sie mir De Silvestri.»

«Mit wem spreche ich?»

«Vicequestore Schiavone.»

Er wartete. Das Commissariato Colombo in Rom war seine ehemalige Dienststelle, in der er lange gearbeitet hatte und wo sein Kollege De Silvestri immer noch tätig war, der inzwischen betagte Agente, der Roccos Anfänge bei der Polizei mitbekommen hatte, über das Gedächtnis eines Computers verfügte und so intelligent war wie ein Nobelpreisträger. Das schnurlose Telefon am Ohr, blickte Rocco aus dem Fenster. Grau und nass. Es konnte jeden Moment wieder anfangen zu regnen. Allerdings waren die Fenster nicht beschlagen, was ein Zeichen dafür war, dass die Außentemperatur sich allmählich der Jahreszeit anpasste.

«Dottore? Was ist denn da passiert?», ließ sich De Silvestris heisere Stimme vernehmen.

«Hast du's schon gehört?»

«Zufällig, in den Regionalnachrichten. Das galt Ihnen, nehme ich an?»

«Ja genau, Alfredo. Und ich brauch deine Hilfe.»

«Was auch immer ich tun kann.»

«Gibt es jemand, der in der letzten Zeit entlassen worden ist?»

«Inwiefern ‹jemand›?»

«Einer, den ich in den Knast gebracht habe. Ich weiß nicht, irgendwer, der etwas gegen mich haben könnte.»

Rocco hörte den Agente tief durchatmen. «Dottor Schiavone, bitten Sie mich gerade darum, sämtliche Namen aus den Gelben Seiten durchzugehen?»

«Ja, aber lass die kleinen Fische weg. Kleine Diebstähle, Betrügereien und den ganzen Scheiß. Nur die schweren Fälle.»

«Wie viel Zeit habe ich?»

«So lange, wie du brauchst.»

«Ich rufe Sie an.»

Rocco beendete das Gespräch. Er hatte Hunger. Also weckte er Lupa.

«Kommst du mit nach draußen?»

«Kann ich zu Chiara?», fragte Max.

«In Ordnung, aber nicht zu lange, okay? Sie ist noch sehr erschöpft», antwortete Silvana Berguet.

Max lächelte mit seinen perfekten Zähnen, strich sich durch die blonden Haare und ging die Treppe hinauf, die vom Wohnzimmer zu den Schlafzimmern führte. Er hatte seine Freundin ewig nicht mehr gesehen. Im Krankenhaus hatte Max sie lieber nicht besucht, weil er sich vor Krankenhäusern fürchtete. Er brauchte nur einen Blick auf einen Kranken zu werfen, und schon fühlte er bei sich auch irgendein Leiden. Ein amputiertes Bein, ein Herzinfarkt, Blinddarmentzündung, es gab kein Übel, das den jungen Mann nicht ansteckte wie ein schlechter Geruch, der ihm in die Nase stieg.

Er hatte Dutzende SMS an Chiara geschickt, aber sie hatte ihm immer nur mit halben Sätzen oder wenigen Worten geantwortet: *Mir geht's gut. Wir sehen uns. Komm nicht ins*

Krankenhaus. Grüß alle in der Schule. Na ja, da war diese Geschichte mit Filippa. Aber das war nun wirklich nicht seine Schuld, sie hatte sich ihm geradezu an den Hals geworfen. Natürlich war er mit Chiara zusammen. Er hatte versucht, mit seinem Vater darüber zu reden, dem großen Doktor Turrini, der Chefarzt im Krankenhaus war. Aber der hatte nur lächelnd gesagt: «Max, du bist zwanzig Jahre alt, siehst gut aus und bist gesund. Treib's, mit wem du willst, tob dich aus, und mach dir keine Sorgen. Die Zeit, dass es ernst wird, kommt noch früh genug.» Aha, dass es ernst wird. Aber das konnte er Chiara doch nicht antun, nach dem, was sie durchgemacht hatte. Entführt! Max wollte gar nicht daran denken. Sie war mehrere Tage lang mit einem Sack über dem Kopf in einem Keller eingesperrt gewesen, in der Kälte in den Bergen zurückgelassen, ohne etwas zu trinken oder zu essen. Und die beiden Typen, die sie entführt hatten und dann bei einem Autounfall gestorben waren, hatte er auch noch gekannt. Er hatte ihnen eine Packung Stilnox verkauft, die er aus dem Medikamentenschrank seines Vaters gemopst hatte. Und er wusste genau, welche Wirkung das Zeug hatte: Es knockte jeden aus. Die Vergewaltigungsdroge. Wenn eine Tussi das intus hatte, konnte man mit ihr machen, was man wollte, ohne dass sie irgendwas mitbekam und sich nachher daran erinnerte. Ob sie das mit Chiara auch gemacht hatten? Ob sie sie vergewaltigt hatten? War er dann dafür verantwortlich, war es seine Schuld? Aber wenn er das Zeug nicht an die beiden Mistkerle verkauft hätte, hätte es ein anderer getan.

Bevor er an die Tür von Chiaras Zimmers klopfte, sammelte er sich: Pass auf, was du sagst, Max! Mach keinen Scheiß!

Er klopfte. Keine Antwort. Vorsichtig öffnete er die Tür. «Chiara? Chiara, ich bin's, Max ...»

Sie lag angezogen unter einer Wolldecke auf dem Bett und sah durchs Fenster nach draußen. Ihre Füße, die in dicken bunten Wollsocken steckten, lugten unter der Decke hervor. Langsam wandte sie den Kopf in seine Richtung. Als sie ihn sah, erschien kurz ein Lächeln auf ihrem Gesicht, das jedoch gleich wieder erlosch.

«Ciao.»

«Ciao.» Max schloss die Tür hinter sich und setzte sich am Fußende aufs Bett. «Wie geht's?»

Chiara zuckte mit den Schultern. «Gut. Und dir?»

«Gut.» Er sah sie an.

Ihr Haar war zerzaust, und sie hatte dunkle Ringe unter den Augen.

«Du hast mir gefehlt», sagte er. «Wie fühlst du dich?»

«Müde.»

«Wann kommst du wieder zur Schule?»

«Ich weiß nicht. Im Moment schaff ich es noch nicht.»

Max seufzte. «Kannst du wenigstens schlafen?»

«Nein.»

«Und das Bein?»

Während Chiara in dem Keller in tausend Metern Höhe gefangen gewesen war, hatte sie sich am Bein verletzt, und die Wunde hatte sich entzündet. Sie ging noch an einer Krücke, aber der Arzt war optimistisch.

«Könntest du bitte aufhören, mir die gleichen Fragen zu stellen wie die Journalisten?»

Max senkte den Kopf. Er hatte sich doch nur bemüht, sich an ihrem Zustand interessiert zu zeigen.

Chiara wandte sich wieder zum Fenster um. «Ich glaube, das verheilt nie.»

«Wieso sagst du denn so was? Die Wunde wurde doch genäht!»

Was für ein Idiot, dachte Chiara. Schön, aber strunzdumm. «Ich rede nicht von der Wunde am Bein, Max. Ich träume jede Nacht davon. Jede Nacht bin ich wieder an diesen Stuhl gefesselt mit dem Sack über dem Kopf. Allein. Und draußen regnet und schneit es, und ich bin allein. Ohne einen Tropfen Wasser ...»

«Aber die beiden Kerle, die dich entführt haben, sind tot, Chiara. Jetzt kann dir niemand mehr etwas tun, glaub mir!»

Chiara wandte ruckartig den Kopf und sah Max in die Augen. «Und woher willst du das wissen? Bist du dir sicher?» Sie schloss die Augen. «Ist dir aufgefallen, dass ich neunzehn geworden bin und nicht mal gefeiert habe? Weil ich nicht will, dass alle mich so ansehen wie du.» Eine Träne quoll unter ihren Lidern hervor. «Das arme Mädchen, das entführt wurde, und wer weiß, was sie sonst noch mit ihr gemacht haben!»

«Chiara, ich wollte nicht ...»

«Reden sie in der Schule über mich? Und was sagen sie?»

«Dass sie dich wiedersehen wollen.»

Chiara beruhigte sich und wurde sanfter. «Und du? Wie geht es dir?»

«Na ja. Zu Hause ist es die Hölle.»

«Wieso?»

Max blickte auf seine Hände. Er rieb sie unentwegt aneinander. «Alles ist furchtbar, Papa und Mama sind … uff! Ich halte es zu Hause nicht mehr aus!»

Chiara schnaubte. «Dann hau doch ab. Geld hast du genug.»

«Da bin ich auch schon drauf gekommen. Aber solange ich nicht mit der Schule fertig bin, krieg ich keinen Cent.»

Das brachte Chiara endlich zum Lächeln. «Ich mag dich, Max, aber du musst mir eins versprechen.»

«Klar.»

«Komm nicht mehr her.»

Max riss erstaunt die Augen auf. «Aber …»

«Geh in die Schule, amüsier dich mit deinen Freunden, aber denk nicht mehr an mich. Chiara Berguet existiert nicht mehr.»

«Warum?»

«Wenn ich es wüsste, würde ich es dir sagen. Aber ich weiß es nicht. Ich weiß es selbst nicht.»

«Bekomme ich nicht mal einen Kuss?»

«Tut mir leid, Max, lass mich schlafen. Ich bin müde.»

Ein Stockwerk tiefer saß Staatsanwalt Baldi im luxuriösen Wohnzimmer der Berguets und rührte in der Tasse, die die Hausangestellte Dolores ihm gerade aus der Küche gebracht hatte. Alessandro und Silvana Berguet sahen ihm dabei zu.

«Es freut mich, dass es Ihnen wieder bessergeht, Signora Berguet», sagte Baldi.

«Danke, ja, ich kann endlich wieder schlafen.»

Der Staatsanwalt wandte sich ihrem Mann zu. Im Gegensatz zu seiner Frau war er noch immer blass, konnte die Hände nicht stillhalten und zündete sich eine Zigarette nach der anderen an.

«Also: Ich bin hier, um etwas zu klären. Ihre Firma hat sich an einer Ausschreibung der Region beteiligt. Richtig?»

Damit hatte der Staatsanwalt ins Wespennest gestochen. Alessandro Berguets Gesichtsfarbe änderte sich von Leichenblass in Feuerrot. «Sie haben uns rausgeschmissen!», explodierte er. «Sie haben uns von der Ausschreibung ausgeschlossen! Wegen ‹Verdacht auf Verbindung zu einer Mafia-Organisation›, heißt es. Können Sie sich das vorstellen, Dottor Baldi? Meine Tochter wird entführt von diesem ... Cuntrera, diesem Mistkerl, und der Mafioso bin ich? Ich habe versucht, der Ausschreibungskommission die Situation klarzumachen. Dass diese Scheißverbrecher uns erpresst haben!»

«Alessandro!», rief seine Frau erschreckt aus. Doch ihr Mann hörte nicht auf sie.

«Und jetzt ist die Edil.ber eine Firma mit Verbindungen zur Mafia?»

«Und was hat man Ihnen geantwortet?»

«Sie haben gesagt: Vergessen Sie nicht, dass Cristiano Cerruti, Ihr Geschäftsführer und Ihre rechte Hand ... Mitglied dieser Organisation ...» Alessandro Berguet stand abrupt vom Sofa auf. «Und damit haben sie ja auch recht, Dottor Baldi. Nur zu recht! Cristiano, meine rechte Hand, hat bis zum Hals mit dringesteckt. Was also hätte ich darauf antworten sollen? Verstrickung in die Machenschaften der Mafia? Allerdings!»

Baldi nahm einen Schluck von seinem Kaffee. «Die Ausschreibung gewonnen hat, soweit ich weiß, die Firma ...»

Alessandro Berguet kam ihm zuvor: «Architettura Futura. Ein recht junges Unternehmen, das es erst seit ein paar Jahren gibt.» Er ging zum Fenster hinüber. «Allerdings ist es das erste Mal, dass sie einen so großen Auftrag erhalten haben.»

«Darf ich fragen, um was für einen Bau es sich handelt?»

«Ein neuer Krankenhausflügel und zwei medizinische Einrichtungen, eine in Cervinia und eine in Saint-Vincent.»

«Von wie viel Geld reden wir?»

«Jeder Menge, Dottore. Jeder Menge.»

«Was werden Sie jetzt tun?»

«Ich werde versuchen, rechtlich dagegen vorzugehen. Aber ich bin mir so gut wie sicher, dass sich das nur für meine Anwälte lohnen wird.»

«Diese Firma, Architettura Futura ... Wer ist der Eigentümer?»

«Luca Grange.»

«Aus Aosta?»

«Aus Pont-Saint-Martin.»

Die Tür wurde geöffnet, und Max erschien. Der Junge sah traurig aus, wie ein begossener Pudel.

«Salve ...», sagte er beinahe flüsternd.

Silvana lächelte. «Dottor Baldi, das ist Max … Chiaras Freund.»

«Ja, ich kenne den jungen Mann. Und auch seine Mutter kenne ich gut. Wie geht's, Max?»

«Geht so.»

«Hast du Chiara hallo gesagt?», fragte Silvana Berguet.

«Ja. Also danke, und entschuldigen Sie die Störung. Bis bald.»

«Ja, komm doch einfach gar nicht mehr, dann tust du mir glatt einen Gefallen!», brüllte Alessandro Berguet ihm unvermittelt nach.

«Alessandro!», rügte Silvana Berguet ihren Mann mit strengem Blick.

«Geh zurück zu deiner Mutter, Max, und zu dem Arschloch von deinem Vater! Und richte ihm von mir aus, dass ich ihm die Pest an den Hals wünsche!»

«Dottor Berguet?»

«Wissen Sie, Baldi, die Lage, in der ich mich jetzt befinde, habe ich vor allem der Mutter von diesem … Geh, Max, verschwinde, hau ab!»

«Entschuldigung …», setzte der Junge mit gesenktem Blick zu seiner Verteidigung an. «Ich habe nicht …»

«Und sag deiner Mutter vielen Dank von mir!»

Max zog den Kopf noch ein Stück weiter ein und verließ wie ein geprügelter Hund das Haus.

Silvana war mit schamgerötetem Gesicht aufgestanden. «Alessandro, der arme Junge hat damit doch gar nichts zu tun!»

«Weißt du, wer mir geraten hat, mich an diesen Cuntrera zu wenden? Mir das Geld bei diesem Scheißmafioso zu leihen? Weißt du das? Die Mutter dieses ‹armen Jungen›! Laura Turrini von der Banca delle Vallée! Und ich muss jetzt noch dieses Balg in meinem Haus ertragen!» Mit vor Wut geschwollenen Halsadern wandte Alessandro Berguet sich an Staatsanwalt Baldi: «Und bei denen suhlt sich alles im Sumpf des Verbrechens. In den Häusern der Turrinis und ihrer Freunde, in den besten Häusern der Stadt.»

«Dottore, bitte beruhigen Sie sich …»

«Einen Scheiß mache ich. Und Sie? Was machen Sie? Sie können nichts weiter als … herkommen, ein trauriges Gesicht machen und sagen, wie leid es Ihnen tut!» Alessandro Berguet war jetzt so richtig in Fahrt. Die Wut ließ ihn sämtliche Gebote der Höflichkeit vergessen. «Wenn Sie wirklich etwas herausfinden wollen, dann gehen Sie in den Lions oder den Rotary-Club oder ins Restaurant Santalmasso außerhalb der Stadt, wo ein Essen zweihundert Euro kostet! Dort können Sie die dicken Fische an Land ziehen! Anstatt bei mir auf dem Sofa rumzusitzen, Kaffee zu trinken und Ihre Betroffenheit zur Schau zu stellen!»

«Alessandro!»

«Ihr könnt mich alle mal!» Mit einem Tritt gegen das Sofa verließ der Hausherr den Raum.

Seine Frau und Staatsanwalt Baldi blieben stumm zurück, bis Silvana Berguet schließlich das Schweigen brach: «Entschuldigen Sie, Dottor Baldi. Es war nicht seine Absicht, Sie zu beleidigen.»

«Machen Sie sich keine Sorgen. So was passiert. Aber wenn ich fragen darf …», fuhr Baldi fort, um das Thema zu wechseln, «... kommen Chiaras Freunde her, um sie zu besuchen?»

Irgendwo im Haus wurde eine Tür zugeschlagen.

Silvana Berguet setzte sich wieder hin. «Ehrlich gesagt, rufen mehr Journalisten an als Schulkameraden.»

Baldi stellte die Tasse auf den niedrigen Glastisch. «Haben Sie schon mal an psychologische Betreuung gedacht?»

«Sie will nichts davon hören.»

«Sie müssen darauf bestehen.»

«Wir werden es versuchen. Hören Sie, mein Mann und ich, wir ... Wir sind noch gar nicht dazu gekommen, Ihnen und den Männern aus der Questura für all das zu danken, was Sie für uns getan haben.»

Der Staatsanwalt winkte ab, um das Loblied zu unterbrechen. «Bitte. Ich bin nicht wegen solcher Dinge hier. Außerdem gibt es nur eine Person, der Sie danken müssten, und das ist Dottor Schiavone. Wenn er nicht gewesen wäre, wäre Chiara womöglich nicht gerettet worden.»

«Das würden wir gern tun, aber in der Questura hatten wir kein Glück. Und anders konnten wir Dottor Schiavone bisher nicht erreichen.»

«Wem sagen Sie das!»

Vicequestore Rocco Schiavone saß vorm Fernseher und sah sich eine politische Talkshow an. Ohne Ton. Die Teilnehmer in der Runde wirkten wie Fische in einem Aquarium. Ihre Münder öffneten und schlossen sich. Wobei sie fast immer ihre Zähne zeigten. Aber das Interessanteste waren die Augen, da deren Ausdruck überhaupt nicht zu den

Mundbewegungen passte. Je weiter die Redner den Mund öffneten, desto ausdrucksloser wurden ihre Blicke. Rocco vergnügte sich damit, die Fische im Aquarium zu kategorisieren: Die Frau mit den übereinandergeschlagenen Beinen und dem schlecht gelifteten Gesicht war eine Muräne. Der Dicke mit dem Dreifachkinn und den wenigen Haaren ein Kugelfisch. Der seriöse Brillenträger ein Clownfisch ... Ein irritierendes Geräusch unterbrach seine kleine Spielerei. Irgendjemand hatte ein Blatt Papier unter dem Türspalt hindurchgeschoben. Rocco stand vom Bett auf, bückte sich und hob es auf. Der Rezeptionist teilte ihm mit, dass Anna sechsmal nach ihm gefragt hatte und um Rückruf bat.

Aber Anna anzurufen kam überhaupt nicht in Frage. Ihm fehlte einfach die Kraft dafür, Zeit mit ihr zu verbringen, irgendwas zu essen und Blödsinn zu reden. Er hatte nicht mal Lust, sie zu küssen oder mit ihr zu schlafen. Er war bisher nie in der Lage gewesen, in den Armen einer anderen Frau als Marina einzuschlafen. Mit ihr hatte er eine ganze Nacht ineinander verschlungen verbringen können, ohne die Position zu verändern oder sie loszulassen, um im Rhythmus ihres Atems einzuschlafen und ihren Träumen zu folgen.

Das Telefon klingelte.

«Verdammt nochmal ...!» Ohne nachzudenken, hob er den Hörer ab. «Schiavone ...»

«Ein Anruf aus Rom für Sie», sagte die kühle Stimme des Rezeptionisten. «Übrigens habe ich Ihnen, um sie nicht zu belästigen, eine Nachricht unter der Tür durchgeschoben.»

«Ja, hab ich gesehen, danke. Stellen Sie den Anruf

durch …» Kurz darauf war die Stimme seines alten Freundes zu hören.

«Dottore, ich bin's, De Silvestri.»

«Schon was gefunden?»

«Ja …»

«Warte eine Sekunde, ich stelle dich auf laut, damit ich mir nebenher Notizen machen kann. Wenn ich das Telefon mit der Schulter einklemme, verrenk ich mir bloß den Hals.» Rocco drückte die entsprechende Taste und setzte sich an den kleinen Schreibtisch vor dem Fenster. Darauf lagen ein Briefblock und ein paar Stifte.

«Schieß los, Alfredo, ich bin so weit.»

«Dann fang ich mal an.» De Silvestris Stimme füllte den ganzen Raum. «Ich habe, wie Sie gesagt haben, alle ausgeschlossen, bei denen es um kleine Diebstähle, Betrügereien und sonstigen Kleinkram ging. Bei dem, was übrig bleibt, hätten wir zuerst Antonio Biga. Erinnern Sie sich?»

«Vage.»

«Im Jahr 2004. Er hat acht Jahre gekriegt, für bewaffneten Raubüberfall und …»

«Ach ja, natürlich! Antonio Biga!»

«Er ist vor drei Monaten entlassen worden. Seine letzte bekannte Adresse ist Viale Massaia 85 im Garbatella-Viertel.»

«Sonst noch jemand?»

«Sicher. Nummer zwei: Stefania Zaccaria. Die haben Sie 2006 wegen Zuhälterei hinter Gitter gebracht. Ist letztes Jahr entlassen worden.»

«Stefania Zaccaria. So eine Kleine?»

«Ja, hier steht ein Meter achtundfünfzig.»

«Wäre möglich. Die ist ziemlich irre. Vielleicht war sie es nicht selbst, aber irgendein armer Schlucker, der eine solche Drecksarbeit erledigt, findet sich immer. Ich schreib sie mal mit auf. Stefania Zaccaria. Und was ist mit Fabio Zuccari?»

«Klar, an den hab ich auch zuerst gedacht. Aber der ist im Krankenhaus. Krebs im Endstadium. Bleiben noch die Brüder Gentili und Walter Cremonesi.»

Die Brüder Gentili hielten den Rekord von sieben Wohnungseinbrüchen an einem Tag. Und Walter Cremonesi war ein besonders harter Hund. Er hatte 1976 zum ersten Mal wegen Beteiligung an bewaffneten Überfällen gesessen, ein Einzelgänger und Rechtsextremist. Raubüberfälle, Morde ... Cremonesi war öfter im Gefängnis gewesen als zum Einkaufen im Supermarkt. Beim letzten Mal hatte Rocco ihn wegen Raub und Mord drangekriegt.

«Wo sind die Gentili-Brüder?»

«Wie es scheint, in Costa Rica. Sie haben dort ein Restaurant eröffnet. Die können wir vergessen, Dottore.»

«Walter Cremonesi dagegen ... Warum ist der draußen?»

«Was für eine Frage! Wegen guter Führung natürlich. Wie es aussieht, verwandeln diese Typen sich im Gefängnis alle in brave Laienschwestern, die jeden Sonntag zum Beichten in die Kirche gehen.»

«Cremonesi ist ein durchaus ernst zu nehmender Kandidat. Wie alt ist er jetzt?»

De Silvestri rechnete kurz nach. «Nächsten Monat wird er achtundfünfzig.»

«Erinnere mich daran, dass ich ihm gratuliere.»

«Er hat seit Jahren nichts mehr von sich hören lassen. Angeblich ist er in Paris. Und mehr Kandidaten fallen mir im Moment nicht ein.»

«Okay. Ruf mich an, wenn es irgendwas Neues gibt.»

«Aber sicher doch!»

Rocco sah auf seine Notizen. Er hatte nur zwei Namen aufgeschrieben: Antonio Biga und Stefania Zaccaria. Die er nun dreimal unterstrich.

Das hieß, sich ins Flugzeug zu setzen und nach Rom zu fliegen.

«Caterina? Ich bin's, Rocco.»

«Dottore! Schön, Ihre Stimme zu hören. Sie fehlen uns!»

«Du solltest nicht lügen. Man merkt es sofort. Hör mal, kannst du mir einen Gefallen tun?»

«Ich nehme an, es geht um Lupa, oder?»

«Genau. Könntest du auf sie aufpassen?»

«Ich komme morgen früh vorbei und hole sie ab.»

Schade, dachte Rocco. Am selben Abend noch wäre ihm lieber gewesen.

«Danke, Caterì. Bis morgen.»

«Bis morgen, Dottore.»

«Caterì, wenn ich mich recht erinnere ... Waren wir nicht beim ‹Du›?»

Für ein paar Sekunden war es still in der Leitung. Dann lächelte Caterina, zumindest stellte Rocco es sich so vor. «Bis morgen, Rocco.»

Der Vicequestore spürte ein Kribbeln.

Kehrte er womöglich ins Leben zurück?

MITTWOCH

«Taxi … Taxi … Brauchen Sie eins?»

In der Ankunftshalle am Flughafen Fiumicino näherte sich ein Schwarm dickbauchiger Männer den Passagieren, um ihnen das magische Wort «Taxi» zuzuraunen.

Rocco reagierte nicht darauf. Er ging gleich weiter zum überdachten Parkplatz, wo die autorisierten Taxis warteten. Dabei ging es nicht um sein Rechtsempfinden. Aber die Jungs hatten immerhin die Lizenz bezahlt, die mehr kostete als eine Wohnung hier, daher hielt er es für beleidigend, sich den Piraten ohne Lizenz anzuvertrauen.

«Taxi, Dotto'? Ich fahr Sie in die Stadt.»

«Von wegen Taxi!», gab Rocco zurück.

«Und wie kommen Sie nach Hause?»

Rocco baute sich vor dem Illegalen auf. «Ich fahre mit dem Dienstwagen. Ich bin Vicequestore. Also mach dich vom Acker, bevor ich nervös werde!»

Der Illegale wich zwei Schritte zurück und warf seinen Kollegen warnende Blicke zu. Sie begriffen sofort, senkten die Köpfe und unterbrachen ihre Jagd auf Kundschaft für einen Moment.

«Nicht sauer werden, Dotto' … Auch wir müssen von irgendwas leben!»

«Was du nicht sagst!»

Die Sonne schien. Aber der Gestank nach Auspuffgasen sorgte dafür, dass sich jegliche poetische Anwandlung angesichts des azurblauen, wolkenlosen Himmels sofort verflüchtigte. Rocco ging zum ersten freien Wagen hinüber.

«Via Poerio bitte … Nummer 12.»

«Ich fliege», sagte der Fahrer, während er das Taxameter einstellte. «Was für ein Tag, was?»

«Ja, aber bis nach Monteverde hätte ich gern meine Ruhe. Weder Roma noch Lazio, nichts über kriminelle Politiker, darüber, dass in dieser Stadt nichts funktioniert, dass die Kommunisten an allem schuld sind oder irgendeinen anderen Mist. Danke!»

«Nicht sauer werden. Ich werde schweigen wie ein Grab.»

Der Vicequestore gab sich seinen Gedanken hin. Antonio Biga finden und nach Stefania Zaccaria suchen. Das war gar nicht so einfach. Möglicherweise war die Mühe umsonst. Aber er musste es versuchen, diesen Leuten in die Augen sehen und ihren Gestank riechen. Rocco musste alles erst mal hautnah spüren und dann rational darüber nachdenken. Denn von den Menschen gingen Schwingungen und Signale aus, die manchmal mehr wert waren als hundert Gedanken. Genau wie damals, als ihm sein Onkel beim Kartenspiel immer wieder eine Regel aus dem Handbuch des Monsignore Chitarella zitiert hatte: Denk immer dran, Rocco, ein Blick in die Karten ist besser, als hundertmal nachzudenken!

Die Autobahn Roma–Fiumicino war dicht. Der Fahrer nahm eine Abkürzung durch das Magliana-Viertel in Richtung Portuense. Überall war es schmutzig. Und die großen Löcher in der Straße ließen das Taxi so auf und ab hüpfen, als durchquerten sie ein Viertel von Beirut während des libanesischen Bürgerkriegs. Rocco kam ein Song eines römischen Liedermachers in den Sinn, der darin Rom als eine Hündin inmitten einer Horde Schweine besang.

«Dottor Schiavone!» Der Ausruf der Überraschung hallte im ganzen Treppenhaus wider. «Wie schön, Sie zu sehen!»

«Wie läuft's denn so?»

«Gut. Und bei Ihnen?»

«Wie soll es schon gehen? Sagen Sie, hat in den letzten Tagen jemand nach mir gefragt?»

Die Portiersfrau in der Via Poerio dachte nach. «Nein, Dottore. Es sind nur die üblichen Rechnungen gekommen, die ich Ihnen immer nach Aosta weiterleite.»

«Vielen Dank.»

«Hier im Haus ist es gerade ein wenig schmutzig. Die Putzfrau war diese Woche nicht hier, weil ihre Tochter entbunden hat.»

«Keine Sorge.»

Er nahm den Aufzug und fuhr hinauf ins oberste Stockwerk. Die Dachwohnung. Sein Zuhause.

Zwischen den mit Zellophan bedeckten Möbeln roch es so muffig, wie er es erwartet hatte. Er sah sich erst gar nicht länger um, sondern ging gleich ins Bad, wusch sich kurz, zog ein frisches Hemd an und war schon wieder weg.

Brizio wartete in der üblichen Bar auf der Piazza Santa Maria in Trastevere auf ihn. Sie hatten sich seit neun Monaten nicht mehr gesehen. Brizio hatte sich den Schnurrbart abrasiert und trug jetzt einen Seitenscheitel. Die Frauen verloren seinetwegen noch immer den Kopf, und auch bei ihm drehte sich alles um das weibliche Geschlecht. Seit seinem sechzehnten Lebensjahr war das das Einzige, womit Brizio sich ernsthaft beschäftigte. Bis er Stella begegnet war, die ein wenig Ruhe in sein Leben gebracht hatte.

«Du bist alt geworden, Rocco.»

«Du auch ...»

Sie umarmten sich. «Wie lange bleibst du?»

«So lange wie nötig.»

«Wie geht's Seba?»

«Wir treffen ihn nachher zusammen mit Furio. Gehen wir ein paar Schritte?»

«Die berühmten paar Schritte.»

Im Mai war Trastevere voller Touristen, und auf der Treppe an der Piazza Trilussa drängten sich bereits die jungen Leute mit Bierflaschen oder einem Eis in der Hand. Sie überquerten den Ponte Sisto und gingen weiter Richtung Via dei Giubbonari. Der Tiber war eine langsam dahinfließende schlammige Pampe. Zwischen den Platanen und den Dächern der Häuser flatterten Möwen umher. Zwei junge Leute lieferten sich lachend eine Verfolgungsjagd auf dem Fahrrad.

«Was die Namen angeht, die du mir genannt hast, Rocco ... Walter Cremonesi müsste in Paris sein.»

«Und?»

«Ich sage ‹müsste›, weil sich seine Spur irgendwo verliert. Aber was hat das mit dir zu tun?»

«Erinnerst du dich nicht? Der Raubüberfall auf der Piazza Bologna?»

«Scheiße, Rocco, aber das war doch schon 99!»

«Ja, aber ich hab ihn in den Knast gebracht.»

«Und du denkst, dass er dreizehn Jahre später ... Nein, das kannst du knicken. Außerdem ist Cremonesi kein Psycho. Er ist ein Stück Scheiße, aber was hätte er von so einer Racheaktion? So was hängt immer mit den großen Fischen zusammen.»

Rocco nickte nicht wirklich überzeugt. «Und wie denkst du über Zaccaria?»

«Stefania Zaccaria? Die hat vor zwei Tagen auf der A 90 einen Unfall gehabt. Liegt im Krankenhaus Santo Spirito und ist von oben bis unten eingegipst. Wenn sie da nochmal lebend rauskommt, sollte sie eine Wallfahrt zur Jungfrau von Medjugorje machen.»

«Vor zwei Tagen? Das ist kein Alibi. Und außerdem hätte sie jemanden beauftragen können. Und Antonio Biga? Was macht der?»

«Keine Ahnung. Macht sich rar. Angeblich soll er sich mit dem Casamonica-Clan zusammengetan haben. Mafia also, der ist und bleibt ein Arschloch.»

«Wohnt er noch im Garbatella-Viertel?»

«Nein. Da ist die Wohnung seiner Mutter. Er wohnt hinter der Piazza della Chiesa Nuova.»

«Sind wir dahin gerade unterwegs?»

«Ich hoffe, du kannst dich beherrschen.»

Auf dem kleinen Platz mitten im Gassengewirr stand ein riesiger krummer, knotiger Feigenbaum. Rocco und Brizio betraten die Bar direkt neben dem Haus, in dem Antonio Biga wohnte. Rocco lächelte, als er die Tramezzini unter dem feuchten Tuch sah.

«Ich nehm zwei davon. Eins mit Thunfisch und Artischocken und eins mit Hühnersalat. Und ein Wasser», sagte er glücklich zu der jungen Frau hinter der Theke.

Dann setzten sie sich draußen an einen Tisch.

«Bist du sicher, dass er nicht zu Hause ist?»

«Sicher», entgegnete Brizio. «Sein Nachbar hat mir gesagt, dass er unterwegs ist. Aber er wird gleich zurückkommen.»

Die junge Frau brachte die Tramezzini und den Espresso für Brizio. Rocco schob sich gleich eins in den Mund.

«Ahhh ... genau das ... das hat mir gefehlt.»

«Warum? Gibt's in Aosta keine Tramezzini?»

«Nein.»

«Na, super!», meinte Brizio und nahm einen Schluck von seinem Espresso.

«Ja, aber dafür gibt's da ein paar andere tolle Sachen.»

«Zum Beispiel?»

Rocco überlegte. «Panini mit Mocetta.»

«Was für'n Zeug ist das?»

«Das nächste Mal bring ich welche mit. Das kann man nicht beschreiben.»

Sie hielten ihn zu dritt fest, wobei jeder von ihnen das Doppelte wog und mindestens dreißig Zentimeter größer war als ihr Opfer. Sie verdeckten mit ihren Köpfen die Sonne, nahmen ihm die Luft zum Atmen und die Sicht auf die Mauern und den Wachtturm.

«Wie lange sollen wir noch warten, Abdul?», zischte der Blonde drohend. Sein eines Auge war durch eine Narbe nur halboffen, und aus seinem Halsausschnitt wand sich der tätowierte Kopf einer Schlange hervor. Hier im Knast nannten sie ihn Erik, den Roten.

«Also, Abdul?»

Omar verzichtete lieber darauf, die falsche Anrede zu korrigieren. «Keine Ahnung. Ich hab euch doch gesagt, ich mach solche Sachen nicht.»

«Scheiße, Mann!», knurrte der Schwarze. Ein Hüne, der jeden Tag seine Muskeln trainierte. Draußen hatte er geboxt, und jetzt hier drinnen war er ein Mörder. «Du Scheißmarokkaner besorgst uns das Zeug!»

Omar war kein Marokkaner. Er kam aus Tunesien. Aber auch diese falsche Titulierung nahm er hin. Der Nigerianer drückte ihn mit seinen riesigen Händen gegen die Wand und spuckte ihm entgegen: «Willst du so jung schon sterben?» Dabei stellte er seine mit Zahnstein verunzierten Zähne zur Schau. Sein Mundgeruch war schlimmer als der Druck seiner Faust.

«Na? Willst du wirklich mit zwanzig schon sterben, du Stück Scheiße?»

Schon wieder falsch. Omar war am 18. Mai 1988 in Tunesien geboren. Wenn er also, wie Oluwafeme ihm androhte, an diesem Tag draufgehen würde, wäre dies wenige Tage vor seinem fünfundzwanzigsten Geburtstag. Aber er hielt lieber den Mund, vor allem weil die riesige Hand des Afrikaners nun auf seinen Adamsapfel drückte.

«Hör zu», sagte jetzt der Dritte im Bunde. Der mit der Brille, der Professor. Ein Dauergast. Zweimal lebenslänglich und noch ein paar Jahre dazu, die er sich «ehrenhaft» verdient hatte. Hinter den Brillengläsern hatte der keine Augen. Die beiden Glasscheiben waren seelenlos, dienten zum Sehen, Bespitzeln und Beobachten, aber nicht dazu, Emotionen zu transportieren.

«Pass auf, Omar, ich weiß von den Sauereien, die du hier drinnen veranstaltest, und meine Freunde ebenso. Du verkaufst hier regelmäßig Geschenke, die dir deine Freunde mitgebracht haben. Damit du Kohle hast, wenn du rauskommst. Denn du kommst doch bald raus, oder?»

Omar nickte. Er hatte nur noch sechs Monate.

«Ich korrigiere mich: Denn du denkst, dass du bald rauskommst, oder?» Der Professor sah Omar ernst an. «Und laut unserer Information haben deine Freunde von draußen dir heute Morgen was Schönes mitgebracht. Also, wo ist das Zeug?»

«Heute hab ich nichts gekriegt, das schwöre ich. Marini war im Besuchszimmer. Und mit dem im Rücken … Ihr wisst ja, da läuft gar nichts! Ich lüge nicht, Professor. Ich bin nicht …»

Oluwafeme handelte schnell und effektiv. Eine direkte Gerade auf Nase und Lippen. Ein kurzer Schlag, so schnell ausgeführt, dass man ihn hätte übersehen können, wenn da nicht das Blut gewesen wäre, das Omar von der Lippe und aus der Nase schoss. Der junge Tunesier hielt sich die

Hände vors Gesicht. Er sah nur noch Sternchen vor den Augen, und ein dumpfer Schmerz durchbohrte sein Gehirn. Er konnte sich nicht mehr auf den Beinen halten, konnte sich aber auch nicht einfach fallen lassen, da Oluwafeme ihn mit der anderen Hand gegen die Mauer drückte.

«Nein, wir glauben dir nicht! Und wenn wir etwas nicht glauben, was passiert dann?»

Das Vierauge, das Hirn der Truppe, schüttelte den Kopf. «Was uns passiert, weiß ich nicht. Aber ihm blasen wir das Licht aus.» Er fasste nach Omars Kinn und sah ihm in die Augen, die der junge Tunesier kaum noch offen halten konnte. «Hast du kapiert, was ich gesagt habe? Du stirbst. Und jetzt frage ich nochmal: Wo ist das Zeug?»

Omar konnte nur noch mühsam atmen. Er senkte den Kopf, spuckte einen Klumpen Blut auf den Boden und blickte wieder auf. «War ich nicht deutlich genug?» Er schielte mit dem rechten Auge an der Schulter des Schwarzen vorbei, der die Faust schon für den nächsten Schlag ballte, und sah seinen Freund Tarek, der im Hof nach ihm suchte. Er musste irgendwie auf sich aufmerksam machen, sonst hatte tatsächlich sein letztes Stündlein geschlagen. «Welchen Teil hast du nicht verstanden, Professor? Ich hab nichts, verdammt!»

Der nigerianische Ex-Boxer ließ seine Rechte noch einmal nach vorn schnellen und traf ihn diesmal an der Schläfe. Omars Kopf sank nach unten, bevor Erik ihn mit einem Kinnhaken gleich wieder nach oben beförderte, was den Tunesier ein paar Zähne kostete und die Unterseite seiner Zunge spaltete. Dazu kam einer von vielen Schlägen in den

Magen, den Oluwafeme ihm mit der Linken verpasste, die genauso durchtrainiert war wie seine Rechte. Omar kotzte sich das Frühstück auf die Schuhe. Inzwischen hatte die Schlägerei vor dem Sportfeld des Gefängnishofes von Varallo Aufmerksamkeit auf sich gezogen. Auch Tarek und Karim, Omars Freunde, hatten endlich kapiert, was los war, und warfen sich auf Erik und den Nigerianer.

Tarek sprang einen halben Meter hoch durch die Luft und trat Oluwafeme in den Nacken, sodass dieser gegen die Hofmauer krachte. Karim hatte sich mit seinem vollen Gewicht auf Eriks Rücken geworfen, und während er sich festklammerte wie ein Koala an einem Eukalyptusbaum, griff er ihm mit den Fingern in die Augen. Der Blonde versuchte den schmerzhaften Angriff abzuwehren und den Angreifer abzuschütteln, aber vergeblich. Omar war mit Schleim und Blut im Mund zu Boden gesunken. Der Professor trat nach Karim, der sich noch immer an Eriks Rücken klammerte, und traf ihn in die Nieren. Der junge Mann heulte auf, nahm dabei jedoch nicht die Finger aus den Augen seines Opfers, das verzweifelt versuchte, die Wildkatze auf seinem Rücken loszuwerden. Inzwischen hatte sich Oluwafeme kopfschüttelnd wieder aufgerichtet. Tarek erwartete ihn schon. Der Nigerianer stürzte sich auf ihn. Tarek versuchte, ihn mit dem bisschen Karate, das er in einer armseligen Muckibude in Hammamet gelernt hatte, auf Distanz zu halten, was den Riesen jedoch nur ein wenig kitzelte. Die anderen Insassen sahen der Prügelei zwischen den drei Tunesiern und den Leuten des Professors interessiert zu, ohne einzugreifen. Die Jüngeren hatten ihr Fußballspiel unterbrochen, die Älteren die Briscola-Karten zur Seite gelegt. Aziz löste sich aus einer Gruppe, die vor der Tischlerei stand, und rannte zu Erik hinüber, um seinen Landsleuten zu Hilfe zu kommen. Oluwafeme hatte Tarek inzwischen mit einer gezielten Rechten zu Boden geschickt. Omar versuchte mit blutendem Gesicht und zugeschwollenen Augen verzweifelt, sich aufzurichten, was der Professor mit dem Fuß auf dem Hals des Tunesiers verhinderte. Erik gelang es schließlich, sich mit einem Schlag in die Nieren von dem auf seinem Rücken festgeklammerten Karim zu befreien. Wutentbrannt ging er ihm an die Kehle und drückte immer fester zu. Karim bekam keine Luft mehr, und seine Augen quollen hervor, doch genau in dem Moment griff Aziz ins Geschehen ein und rammte Erik die Faust hinters Ohr. Erik lockerte den Griff um Karims Hals, und Karim sank hustend und nach Luft schnappend zu Boden. Aziz brüllte, um sich Mut zu machen, und stürzte sich auf den Blonden mit den blutunterlaufenen Augen. Dann ließ er mit aller Kraft und voller Angst die Fäuste sprechen. Die nicht trafen, denn Aziz war Kaufmann, und Schlägereien waren nicht sein Ding, was Erik genau wusste. Also hielt er schützend die Fäuste vors Gesicht und wartete die Schläge seines Gegners ab, um dann mit einer beachtlichen Serie an Boxhieben Aziz' Gesicht zu verunstalten. Blut und Speichel spritzten. An diesem Punkt angekommen, beschlossen die anderen Gefängnisinsassen, dass es Zeit war, in Aktion zu treten. Gemeinsam setzten sie sich in Bewegung, um das Massaker zu beenden. Und vom Tor her eilten endlich auch zwei Aufseher heran, um den Streit zu schlichten. Noch immer erklang lautes Geschrei, und die Fäuste flogen. Ein dritter Aufseher aus Block drei namens Federico Tolotta stürzte herbei, und dies trotz seines beträchtlichen Körpergewichts. Er hob unterwegs ein Schlüsselbund auf, umfasste es mit der Faust und rammte es dem Nigerianer so in den Nacken, dass dieser ins Wanken geriet. Immer mehr bewaffnete Aufseher kamen angerannt und nahmen Oluwafeme, Erik und den Professor in Gewahrsam, wobei sie fleißig mit ihren Schlagstöcken austeilten. Das Scharmützel war zu Ende. Omar und Aziz waren schlimm zugerichtet. Karim bekam langsam wieder Luft, und Tarek, den Oluwafeme zu Boden geschickt hatte, hatte sich aufgerappelt. Abgesehen von seinem Kinn, das bei jeder Bewegung knirschte, schien bei ihm alles in Ordnung.

Zwei der Aufseher nahmen die Nordafrikaner mit auf die Krankenstation, Erik und der Nigerianer kamen in Isolationszellen, um dort der disziplinarischen Maßnahmen zu harren, die auf sie zukommen würden.

Sechs weitere Aufseher versuchten unter Leitung des Dienstältesten, Mauro Marini, unter den anderen Insassen wieder für Ruhe zu sorgen. Auf der gegenüberliegenden Seite des Hofs, weit weg vom Ort des Geschehens, lag neben dem Tor zu Block drei ein Gefangener auf dem Boden.

Mauro Marini trat zu ihm: «Los! Steh auf!»

Der Angesprochene rührte sich nicht.

Marini bückte sich, um ihm hoch zu helfen. «He! Was ist?» Er drehte den Mann auf den Rücken. Der hatte die Augen verdreht, und aus seinem offenen Mund rann ein Speichelfaden.

«Ach du Scheiße!», murmelte Marini, während er mit dem Blick nach einem Kollegen suchte.

«Was ist los?», rief Daniele Abela herüber, der erst seit wenigen Monaten im Dienst war.

«Kommt rüber, verdammt!», rief Marini zurück und legte dem am Boden liegenden Mann zwei Finger an den Hals, um dort nach dem Puls zu fühlen. Abela und Tolotta, der hünenhafte Aufseher von Block drei, rannten zu ihm.

«Den hat's erwischt!», verkündete Marini.

«Oh, Scheiße ... Holt den Direktor her!»

Rocco hatte bereits vier Tramezzini und zwei Espressi verputzt. Der Nachmittag verabschiedete sich feierlich, indem er das Tageslicht allmählich orange färbte. Rocco ließ die Straßen und Gassen um Bigas Haus herum nicht aus den Augen. Brizio war hingegen ständig von den vorbeigehenden Damen abgelenkt.

«Das geht mir allmählich auf den Sack, Brizio. Wann kommt dieser Scheiß-Biga denn endlich?»

«Na ja ...», murmelte Brizio. «Wenn er es war, wird er vielleicht nicht so leicht aufzugabeln sein. Wenn er anstatt dich Adele weggepustet hat, versteckt er sich womöglich in irgendeinem Loch.»

«Tja, wer weiß das schon? Aber Antonio ist einer von der alten Garde.»

Brizio nickte. Sie wussten, dass die Unterwelt in Rom schon immer eine Schwäche hatte: Die harten Kerle waren unverbesserliche Angeber. Die liefen mit stolz geschwellter Brust durch die Gegend, wenn sie sich besser verstecken sollten, rühmten sich der eigenen Taten und schmissen mit Geld nur so um sich. Biga musste inzwischen über siebzig sein, und nach den vielen Jahren im Dunkeln fühlte er sich sicher und unangreifbar, zumindest hier in Rom.

Einen Augenblick später kam er aus dem Vicolo delle Vacche. Antonio Biga war allein, und obwohl der Abend mild und frühlingshaft war, hatte er einen Regenschirm bei sich. Er benutzte ihn wie einen Spazierstock und stützte, während er über das Pflaster ging, bei jedem Schritt sein Gewicht darauf. Rocco stieß Brizio mit dem Ellbogen an, der sich sofort von der hübschen Teutonin in Shorts abwandte.

«Da haben wir ihn», sagte Rocco. Er stand auf. Je näher der alte Mann kam, desto deutlicher wurde, dass das, was er in der Hand hatte, gar kein Regenschirm war. Es war ein seltsamer Gehstock, der in der Mitte eine Ausbuchtung hatte und in einem hakenförmigen Griff endete. Als Antonio Biga Rocco bemerkte, zuckte er weder zusammen, noch verzögerte er seinen Schritt. Er humpelte lächelnd auf ihn zu. Für einen unbeteiligten Zuschauer sah es aus wie das Zusammentreffen zweier alter Freunde.

«Sieh mal einer an, wen haben wir denn da? Rocco Schiavone. Und was verschlägt dich her? Jetzt wieder in Rom im Dienst?»

«Ich bin wegen dir hier.»

Antonio Biga brauchte offensichtlich eine Pause. Er drückte auf einen Knopf, und wie durch Zauberhand verwandelte sich der Gehstock in einen Hocker.

«Wenn's dich nicht stört. Vor sechs Monaten hab ich eine

neue Hüfte gekriegt. Ich hab jetzt einen Gelenkkopf aus einem Material, das sie bei der NASA benutzen. Aber ich bin noch nicht wieder richtig gut zu Fuß.» Vorsichtig ließ er sich auf dem Hocker nieder, der garantiert made in China war. «Super, oder? Normalerweise wird das Ding beim Angeln benutzt.»

Rocco war stehen geblieben. Er betrachtete Biga von oben herab. «Und wo gehst du hin?»

«Wohin?»

«Zum Angeln.»

«Ich hab mich noch nie für so einen Scheiß wie Angeln interessiert.» Der alte Mann brach in Gelächter aus, was gleich drauf zu einem krampfartigen Husten wurde. Er war knallrot im Gesicht und bekam keine Luft mehr, doch Rocco machte keinerlei Anstalten, ihm zu Hilfe zu kommen.

«Nicht dass du hier vor meiner Nase den Löffel abgibst, Antò!»

Sein Gegenüber kam wieder zu Atem und wischte sich über den Mund. «Erzähl mal ein bisschen, du Superpolizist. Nachdem du mein Leben ruiniert hast, hab ich erfahren, dass es dir nicht viel besser ergangen ist.»

«Wie es aussieht, bist du gut informiert. Übrigens lassen dich die Eltern von der Semplici herzlich grüßen. Erinnerst du dich an sie? Das war die, die du in der Bank kaltgemacht hast.»

«Ich hab niemanden umgebracht. Du weißt, dass ich unschuldig bin.»

«Natürlich! Und was machst du so Schönes, außer wie ein Krüppel durch die Gegend zu humpeln?»

«Was soll ich sagen? Noch zwei Monate, dann kriege ich Rente.»

«Du kriegst Rente?»

«Ja, ist das nicht ein tolles Land!»

«Das kannst du laut sagen, wenn der Staat sogar ein Stück Scheiße wie dich mit durchfüttert.» Rocco zündete sich eine Zigarette an. «Hast du vielleicht die eine oder andere kleine Reise gemacht?»

«Wann?»

«In letzter Zeit.»

«Abgesehen von einer Tour nach Frascati, nein. Ich war nirgendwo.» Antonio Biga bemerkte den Mann, der am Eingang zur Gasse an einer Hauswand lehnte. «Was ist? Hast du jetzt 'ne Eskorte?»

«Ein Freund von mir.»

Biga sah genauer hin. «Sieh mal einer an … Brizio! Er ist alt geworden. Zu zweit hier, um ein Wrack wie mich zu besuchen?»

«Weißt du, wo ich jetzt bin?»

«Ich hab gehofft, dass du längst ins Gras gebissen hast. Doch stattdessen läufst du fröhlich herum, um anderen auf die Eier zu gehen.»

«Und das bedauerst du?»

«Ziemlich, mein Lieber. Ziemlich.» Der alte Gauner nieste. «In den ersten beiden Jahren, die ich gesessen hab, hab ich ständig darüber nachgedacht, wie ich dich um die Ecke bringen könnte. Aber dann hab ich mir gesagt: ‹Antò, was machst du dich verrückt? Genieß einfach das Leben, sobald du hier wieder raus bist.›»

Rocco schnippte die Zigarettenkippe weit von sich.

«Schiavò, ich hatte noch gar keine Gelegenheit, dir mein Beileid zum Tod deiner Frau auszudrücken.»

Rocco trat gegen Bigas Hocker, sodass der sich in null Komma nichts auf dem Boden wiederfand.

«Zur Hölle mit dir!»

Rocco bückte sich und packte den alten Mann am Kragen. «Ich lass dich reden, weil du ein alter Krüppel bist und ich auf deine Worte einen Scheiß gebe. Aber übertreib's nicht.»

Die beiden sahen sich in die Augen.

«Komm, hilf mir hoch», sagte Biga.

«Einen Scheiß mach ich», zischte Rocco. Er rückte mit dem Gesicht noch näher an das des alten Verbrechers heran. «Was weißt du?»

«Verrat mir eins, Bulle. Hab ich dir jemals irgendwas gesagt? Nein, nie. Also warum stellst du mir all diese Fragen? Was, glaubst du, werde ich jetzt ausplaudern?»

«Wer in der letzten Zeit eine Reise nach Aosta gemacht hat, zum Beispiel.»

Antonio Biga grinste. Er hatte schwarze Zähne und keine Schneidezähne mehr. «Du hast so richtig die Hosen voll, oder?»

«Sagt wer?»

«Mit tut's nur leid um Sebas Frau, die nichts damit zu tun hatte. Eine Schande. Adele war 'ne hübsche Pussy ...»

Rocco verpasste dem alten Mann eine Ohrfeige. «Nimm bloß nicht noch einmal ihren Namen in den Mund. Und?» Er zog Bigas Jackenkragen noch ein Stück enger.

«Ich weiß es nicht. Such unter denen, die dich zur Hölle wünschen. Sind 'ne Menge, Schiavone! Also mach dich besser an die Arbeit!»

«Antò, wenn ich rauskriege, dass du irgendwas damit zu tun hast, brech ich dir beide Hüftgelenke!» Rocco ließ den Alten los, richtete sich auf und betrachtete ihn von oben herab. «All die Jahre im Knast haben dich nicht verändert. Ich hoffe für dich, dass wir uns nicht mehr wiedersehen, Biga!»

Er ging zu Brizio zurück, der sich von der Straßenecke nicht wegbewegt hatte.

Antonio Biga, der immer noch am Boden lag, versuchte aufzustehen. Er strampelte mit den Beinen wie ein Käfer, der auf dem Rücken liegt.

«Schiavò, mit solchen Geschichten hab ich nichts mehr zu tun. Ich war's nicht. Und weißt du, warum? Weil ich nicht die Falsche erwischt hätte. Ich hätte Sebastianos Frau nicht erschossen. Ich hätte dich erledigt!» Das Geschrei des Alten hallte durch die leere Gasse. «Wenn meine Hüfte im Arsch ist, zeige ich dich an!»

«Tackere sie dir mit dem Zeug von der NASA wieder zusammen!», brüllte Schiavone zurück. Dann machte er Brizio ein Zeichen. «Gehen wir. Er war's nicht. Er weiß was, sagt aber nichts.»

«Vielleicht kommt ein Auto vorbei und macht ihn platt», meinte Brizio mit Blick auf den alten Mann, der nun über den Boden kroch und versuchte, sich auf den Klappstuhl zu stützen, um wieder auf die Füße zu kommen.

«Ist leider 'ne Fußgängerzone.» Rocco blickte in den

Himmel. «Der Tag ist noch nicht zu Ende. Sollen wir Stefania Zaccaria einen Besuch abstatten?»

«Der gewünschte Gesprächspartner ist zur Zeit nicht erreichbar ...» Staatsanwalt Baldi knallte den Hörer auf. «Wo steckt der, verdammt?», brüllte er ins Zimmer. Dann bohrte er sich den Zeigefinger ins Ohr und kratzte sich. «Wo treibt sich dieser Irre bloß rum?», schrie er die Wände seines Büros an. Er griff noch einmal zum Telefon.

«Questura von Aosta, was können wir für Sie tun?»

«Hier Baldi. Wo ist Schiavone?»

«Wir haben ihn auch schon eine Weile nicht mehr gesehen, Dottore.»

«Mit wem spreche ich?»

«Agente Deruta.»

«Gib mir ... Wer ist sonst da?»

«Ich weiß nicht. Möchten Sie das Telefonverzeichnis?»

«Nein, den, der Schiavone vertritt!»

«Ah ... Das ist Pietra von den Mobilen Einsatztruppen in Turin. Ich weiß nicht, ob er im Büro ist. Wollen Sie mit ihm sprechen?»

«Nein, ich will mit ihm essen gehen. Natürlich will ich mit ihm sprechen!»

Im Hintergrund waren Geräusche zu hören. Leises Gerede. Baldi verdrehte die Augen. Jemand griff nach dem Hörer.

«Dottore, hier Agente Pierron, was kann ich für Sie tun?»

«Wo ist Carlo Pietra?»

«Ehrlich gesagt, ich weiß es nicht. Ich hab ihn seit gestern nicht mehr gesehen.»

«Verfickte Scheiße! Wir haben keine Zeit für solchen Mist! Kommen Sie sofort in die Staatsanwaltschaft!»

«Was ist passiert?»

«Wir müssen so schnell wie möglich zum Gefängnis von Varallo. Besteht Hoffnung, Schiavone irgendwo aufzutreiben?»

«Ich tue, was ich kann. Spätestens morgen liefere ich ihn bei Ihnen ab.»

«Dann nichts wie los, Pierron.»

«Dottore, was wollen wir denn im Gefängnis von Varallo?»

«Mimmo Cuntrera wurde umgebracht!»

Stefania Zaccaria befand sich im Ospedale Santo Spirito auf der unfallchirurgischen Station. Sie lag in einem Einzelzimmer, das rechte Bein in einer Schlinge, einen Arm eingegipst, das andere Bein geschient und das linke Auge verbunden. Die Lippen, die offenbar von einem schlechten Schönheitschirurgen wiederhergestellt worden waren, waren geschwollen und blutverkrustet. Am Fußende des Bettes saß eine alte Frau und häkelte. Durchs Fenster drangen vereinzelte Sonnenstrahlen herein und belebten das obligatorische Verwaltungsgrün, das als Wandfarbe in Krankenhäusern und Gefängnissen sein Bestes gab. Stefania Zaccaria hatte ein regelrechtes Prostitutions-Imperium aufgebaut. Sie hatte Dutzende Souterrain-Einzimmerwohnungen in verschiedenen römischen Vierteln gekauft und dort junge Slawinnen oder Südamerikanerinnen für sich anschaffen lassen. Ein nettes Geschäft, das ihr in mageren Jahren mehrere hunderttausend Euro einbrachte. Rocco hatte sie zweimal in den Knast geschickt, aber irgendwie war sie jedes Mal davongekommen. Was der Macht des Geldes und guten Anwälten zu verdanken war, von denen viele zu ihren Kunden zählten.

Als Rocco ins Zimmer trat, unterbrach die Frau, die bei der Patientin saß, ihre Häkelarbeit und legte den Zeigefinger an die Lippen. «Psst», ermahnte sie Rocco. «Sie schläft.»

Der Vicequestore trat ans Bett. Stefania Zaccaria hatte das unverbundene Auge geschlossen, aber ihre Lider zuckten ein wenig zu sehr.

Rocco spielte das Spiel mit. «Wie geht es ihr?»

«Na ja», entgegnete die Frau. «Und Sie sind? Ein Freund?»

«Ein enger Freund. Wie ist das denn passiert?»

«Ein Autounfall in Casalotti. Sie ist frontal mit einem Betonmischer zusammengestoßen.»

«Immerhin lebt sie noch», meinte Rocco. Dann trat er ein Stück näher an die Patientin heran. Auf Stefanias Stirn und den Jochbeinen waren dicke Schrammen zu sehen. «Seit wann ist sie hier?»

«Heute ist der dritte Tag.»

«Was sagen die Ärzte? Kann ich sie in die Questura mitnehmen?»

«In die Questura?», fragte die Frau, der vor Schreck die Häkelnadel auf die Tagesdecke fiel.

«Eher nicht, oder? Dann muss ich wohl mit dem Staatsanwalt wiederkommen. Stefà, es ist wieder so weit. Im Gefängnis wartet eine schöne Zelle auf dich.»

Stefania hielt das Auge immer noch geschlossen.

«Aber was reden Sie denn da? Sehen Sie nicht, wie es ihr geht?»

«Ja, das sehe ich. Aber noch vor sieben Tagen hat Stefania so richtig zugeschlagen. Und da wir sie erwischt haben, wird sie nun auch dafür bezahlen. Stimmt's?»

«Einen Scheiß werd ich!», entgegnete Stefania Zaccaria und öffnete das gesunde Auge. «Diesmal wirst du mich ums Verrecken nicht in den Knast schicken, Schiavone! Und jetzt lass mal hören, was ich vor einer Woche angeblich getan habe!»

«Oh, du bist ja wach!», sagte Rocco scheinbar überrascht. Er stellte fest, dass der Patientin auch ein paar Zähne fehlten. «Du weißt ja, wie's läuft, Stefania!»

«Schiavò, mit dir geh ich bestimmt nicht ins Kommissariat. Schick mir einen Staatsanwalt, schick mir wen auch immer. Und wendet euch an meine Anwälte!» Sie zog sich leicht mit dem Oberkörper nach oben, um ihre Drohung zu untermalen, und erntete ganz offensichtlich heftige Schmerzen im Genick.

«Vorsichtig», riet die alte Frau.

«Halt die Klappe, du dumme Kuh!», schrie Stefania.

«Behandelt man so seine Mutter?»

«Das ist nicht meine Mutter, Commissa'.»

«Und ich bin kein Commissario. Ich bin Vicequestore. Also wer ist die Dame dann? Deine Tante?»

«Falsch. Die beschissene Nervensäge macht mir den Haushalt.»

Die Alte nickte lächelnd: «Ich bin schnell wie der Wind!», bekräftigte sie stolz.

«Also los, Vicequestore, raus damit! Was soll ich vor einer Woche getan haben?»

Rocco zog sich einen Resopal-Stuhl zum Bett heran. Dann sah er die Alte an. «Hören Sie, Signora, könnten Sie mir einen Gefallen tun?»

«Sicher», sagte die Frau lächelnd.

«Könnten Sie uns für zwei Minuten allein lassen?»

Die Frau sah Stefania an. «Soll ich?»

«Sie sollen nicht sie fragen. Sie sollen einfach aufstehen und für zwei Minuten das Zimmer verlassen. Wenn Sie jetzt so freundlich wären!»

Die Alte legte das Häkelzeug aufs Bett. «Ich geh dann mal einen Schluck Wasser trinken, wenn's recht ist.» Sie erhob sich und verließ mit einem schiefen Lächeln den Raum.

«Gut, Stefania. Da wir nun unter vier Augen sind … oder besser drei», korrigierte Rocco sich und wies auf den Verband in Stefanias Gesicht, «können wir jetzt mal ernsthaft miteinander reden?»

«Ich meine immer ernst, was ich sage.»

«Dann sag mir, wo du vor einer Woche gewesen bist.»

Stefania richtete den Blick aus dem gesunden Auge zur Decke und dachte nach. «Vor einer Woche … Vor einer Woche. Donnerstagabend also?»

«Genau.»

«Lass mich nachdenken … Ich erinnere mich nicht. Ich denke, ich war zu Hause. Nichts Besonderes. Aber warum?»

«Streng dich an!»

Stefania schien ihr Bestes zu geben. «Nichts, dazu fällt mir nichts ein. Warum willst du das wissen?»

«Das weißt du.»

«Nein, ich weiß es nicht.»

«Alle hier in Rom wissen es.»

«Ich aber nicht. Hast du dem Falschen ans Bein gepinkelt?»

Rocco streckte die Hand aus und legte sie auf Stefanias gesunden Arm.

«Lass meinen Arm in Ruhe.»

Rocco zog die Hand nicht zurück. «Du weißt, warum ich hier bin. Und du hast mich erwartet. Warst du es?»

«Was?»

Rocco drückte den Arm. Stefania verzog vor Schmerzen das Gesicht. «Ich hab dir gesagt, dass es jetzt ernst wird. Soll ich dir auch noch den gesunden Arm brechen?»

«Ich weiß es nicht. Ich weiß es …»

Rocco drückte fester zu. «Du weißt es nicht?»

«Doch, ich weiß es … Ich weiß, was passiert ist … Hör auf damit, du tust mir weh!»

«Das war meine Absicht. Also?»

«Das tut so weh … Nicht drücken …»

«Wenn du nicht langsam gesprächig wirst, nehm ich mir mal das gebrochene Bein vor.»

«Ich hab nichts mit der Sache zu tun. Auch wenn ich's selbst gern getan hätte, das kannst du mir glauben. Aber ich hab keinen Gedanken an dich verloren, wusste nicht mal, wo du steckst.»

«Und wer hat dir erzählt, dass ich Besuch bekommen habe?»

«Lass mich, lass mich los, ich sag's dir!»

Rocco verringerte den Druck um Stefanias Handgelenk. Er sah ihr in die Augen. «Ich warte.»

Stefania Zaccaria schluckte. «Hab's von jemandem gehört ...»

«Jemand, der wie heißt?»

«Von diesem Typ da ... Wie heißt der noch ...?»

Rocco streckte die Hand in Richtung des geschienten Beins aus. Stefania sprang beinahe aus dem Bett. «Paoletto Buglioni!»

Rocco lächelte. Er strich über den Arm, den er gerade noch malträtiert hatte, und stand auf.

«Du bist ein Scheißkerl, Schiavone, weißt du das? Warum kehrst du nicht einfach dahin zurück, wo du hergekommen bist?» Rocco ließ sie schreien. Er stellte den Stuhl an seinen Platz zurück und ging zur Tür. Ohne sich umzudrehen, winkte er Stefania noch einmal zu, die noch immer herumbrüllte, sodass das Bett und der ganze Schlingentisch quietschten. «Na toll! Verpiss dich! Ich ruf jetzt meine Anwälte an, Commissà, das kannst du mir glauben! Du kannst nicht einfach herkommen und mir drohen! Wenn ich will, kann ich ...»

Den Rest hörte Rocco nicht mehr. Er war bereits auf dem Flur. Ein Pfleger kam ihm entgegen.

«Kümmern Sie sich mal um die Patientin von 209. Sie zieht gerade eine ziemlich seltsame Nummer ab.»

«Immer diese Scheiße! Von mir aus kann sie das Nummerngirl geben, solange sie will.»

Und so ging der rettende Engel ungerührt seines Weges.

Alessandro Martinelli saß mit vor der Brust verschränkten Armen an seinem Schreibtisch. Er hatte eine lange Karriere in der Verwaltung hinter sich und war mit vierundfünfzig Jahren in Varallo gelandet, um dort das Gefängnis zu leiten. Sein Büro war genauso minimalistisch wie seine Kleidung, und mal abgesehen von dem gerahmten Foto seiner drei Kinder vor ihm auf dem Tisch wirkte der Raum wie die Zelle eines Mönchs.

«Ich weiß nicht», sagte er kopfschüttelnd. «Das will ich nicht riskieren. Dann müssen Sie erst mit dem Arzt reden.»

Ihm gegenüber saß Staatsanwalt Baldi in einer eleganten Lederjacke, und an der Tür stand Italo Pierron.

«Wie heißt dieser Arzt?», erkundigte sich Baldi.

«Oreste Crocitti, er ist der zuständige Anstaltsarzt», entgegnete der Direktor.

Sie gingen durch etwa ein Dutzend Gänge und ein paar Gittertore, die beim Öffnen und Schließen derartig knirschten, klapperten und quietschten, dass es einem Konzert gleichkam. Auch hier glänzten die Wände in dem üblichen Verwaltungsgrün. Schließlich erreichten sie den Hof, wobei es sich eigentlich um zwei Höfe handelte, die durch eine hohe Mauer voneinander getrennt waren.

«Der überdachte Teil ist für die Isolationshäftlinge und der größere Hof für die anderen.» Der Direktor spielte für die Gäste den Fremdenführer. Neben einer kleinen Einbuchtung in der Mauer nicht weit vom Eingang zu Block drei standen zwei Wachhabende und Dottor Crocitti über ein weißes Laken gebeugt, aus dem zwei Beine herausragten.

«Sehr angenehm, Baldi von der Staatsanwaltschaft in Aosta.»

Crocitti richtete sich auf. Er war ein magerer, ein Meter neunzig großer Riese mit kahlem Schädel und erloschenem Blick hinter seinen Brillengläsern. «Crocitti ...»

Baldi sah auf die Leiche hinunter, ohne dass ihm irgendeine Emotion anzumerken war. «Was haben wir?»

«Myokardinfarkt», entgegnete der Arzt. «War sofort tot. Hat sich bei der Prügelei offenbar zu sehr aufgeregt.»

«Domenico Cuntrera stirbt doch nicht an einem Herzinfarkt», brüllte Baldi so laut, dass der Arzt und die beiden Aufseher überrascht zusammenschraken. Italo Pierron zuckte nicht mit der Wimper, während der Gefängnisdirektor unbehaglich von einem zum anderen sah. «Ich habe diesen Cuntrera gerade erst eingebuchtet. Das ist ein Mafioso, der Geld zu Wucherzinsen verliehen hat und in die Entführung eines jungen Mädchens verwickelt war. So einer stirbt nicht an einem Infarkt. Ich will eine Autopsie.»

«Natürlich, Dottore, es wird eine Autopsie geben. Wir bringen ihn nach Vercelli und ...»

«Nach Vercelli können Sie in Urlaub fahren! Der kommt nach Aosta!», brüllte der Staatsanwalt.

«Aber ...», versuchte Martinelli einen Einwand. «Das für uns zuständige Gericht ist in Vercelli und ...»

«Hören Sie mir gut zu, Martinelli. Dieser Mann gehört mir. Ich rede mit dem Staatsanwalt von Vercelli darüber. Italo! Sag Fumagalli schon mal Bescheid. Ich will, dass er diese Autopsie durchführt.»

«Sofort!» Italo entfernte sich von der Gruppe.

«Ich denke nicht, dass das den Vorschriften entspricht», protestierte der Direktor.

«Ich pfeif drauf, Martinelli!»

«Sie sind also überzeugt, dass es kein Infarkt gewesen sein kann?», fragte der Arzt.

Der Staatsanwalt sah ihm direkt in die Augen. «Ich verwette meinen Arsch darauf, dass wir es hier mit einem Mord zu tun haben.»

Es war beinahe Mitternacht, aber in der Straße im Quartier Trieste war so viel los wie in der Hauptverkehrszeit. Paoletto Buglioni stand mit verschränkten Armen vor der Diskothek Hysteria und kontrollierte die jungen Leute, die vor dem Eingang Schlange standen. Schwarz gekleidet, ohne ein Haar auf dem Kopf, mit düsterem Blick und Dreitagebart überragte er die Gäste um mindestens dreißig Zentimeter. Seine Jacke war an den Oberarmen so straff gespannt, dass es aussah, als würde sie jeden Moment von seinem Bizeps gesprengt werden. Wenn die Gäste lärmend und sich zuprostend an der doppelten Eisentür ankamen und den Riesen sahen, verstummten sie sofort und warteten brav und geduldig darauf, eingelassen zu werden. Rocco und Brizio standen etwa zehn Meter entfernt, an den Rollladen eines Antiquitätengeschäfts gelehnt, und beobachteten die Szenerie. Schließlich entdeckte Paoletto die beiden. Er nickte Brizio zu, der mit der gleichen Geste antwortete.

«Er kommt rüber», sagte Brizio zu Rocco.

Keine zwei Minuten später kam ein anderer Türsteher aus der Diskothek, ein Schwarzer mit blond gefärbten Haaren und Sonnenbrille. Er war ein wenig kleiner als Buglioni, aber noch muskulöser. Paoletto Buglioni sagte ihm etwas ins Ohr, und der andere nickte. Dann entfernte sich der Riese von der Reihe der ungeduldig Wartenden und kam mit entschiedenen Schritten zu Rocco und Brizio herüber.

«He, Brizio!» Rocco wäre beinahe in schallendes Gelächter ausgebrochen. Denn die Tonlage von Buglionis Stimme lag etwa eine Oktave über der der Callas, klang jedoch weinerlich und unfreundlich wie die Stimme eines bockigen kleinen Mädchens.

«Ciao Paolè. Kennst du Rocco?»

Paoletto nickte, verzichtete aber auf einen Handschlag. «Da hat wohl jemand etwas gegen dich, was?», sagte er stattdessen.

«Wie kommst du darauf?», entgegnete Rocco.

Der Türsteher sah zur Seite, nahm eine Packung Zigaretten aus der Tasche und zündete sich mit einer Geste eine an, die er wahrscheinlich von irgendeinem Schauspieler abgeguckt hatte. «Man hört so einiges.»

«Stefania hat die Sache von dir, aber von wem hast du es? Was weißt du darüber?», fragte Brizio.

«Ach. Du weißt doch, wie das ist, Brizio.»

«Nein, wie denn?»

«Gerüchte halt. Es tut mir leid für Adele. Wie geht's Seba?»

«Was denkst du denn, wie's ihm geht», mischte sich Rocco ein. «Er hat eine Scheißwut.»

«Wenn ich etwas für Seba tun könnte, würde ich das. Aber ich weiß ehrlich nichts, Jungs.» Er zog an der Zigarette und hielt sie zwischen Daumen und Zeigefinger. Dann kniff er die Augen zusammen und sah Rocco an. «Wie ist sie gestorben?»

«Acht Schüsse. 6,35, Kleinkaliber.»

Schweigen. Aus einer der Türen kamen zwei junge Frauen, die sofort Brizios Aufmerksamkeit auf sich zogen. Paoletto Buglioni warf die Zigarettenkippe weg. Das Neonlicht, das das Antiquitätengeschäft beleuchtete, spiegelte sich auf seiner Glatze und färbte sie blau.

«Wie geht's deinem Bruder?», fragte Rocco.

«Was weiß ich.»

«Hat er dir davon erzählt?»

«Wovon?»

«Von dem, was oben in Aosta passiert ist.»

«Ich hab Flavio schon seit einer Weile nicht mehr gesehen. Das wisst ihr doch, oder? Er lebt bei unserer Mutter. Die Arme ist jetzt fünfundachtzig und vollkommen taub. Es geht ihr nicht besonders gut. Aber wenn ich jetzt darüber nachdenke ... Ich glaube, Antonio Biga hat mir davon erzählt. Den kennt ihr, oder?»

Brizio nickte. Er strich sich mit der Hand übers Haar. «Hör mal, Paolè ... Wenn du irgendwas in Erfahrung bringst, lass es uns wissen, okay? Mich oder Seba.»

«Klar doch! Verlass dich drauf!»

Brizio streckte die Hand aus, und der Türsteher schüttelte sie. Dann gab er auch Rocco die Hand. «Tut mir leid, Rocco.»

Rocco und Brizio gingen davon, und Paoletto schlenderte zur Diskothek zurück. Kaum waren die beiden außer

Sichtweite, zog er sein Handy aus der Tasche. «Flavio ... Ich bin's ...»

Die verschlafene Stimme seines Bruders meldete sich: «Was gibt's?»

«Wie geht's Mama?»

«Du rufst mich um ein Uhr nachts an, um dich nach Mama zu erkundigen?»

«Nein, hör zu. Hast du in letzter Zeit eine 6,35 verkauft?»

«Und?»

«Verdammt, Flavio! Die hättest du nicht verticken dürfen, das weißt du. Wem hast du sie gegeben?»

«Warum kümmerst du dich nicht um deinen Scheiß!»

«Das ist mein Scheiß, du Arschloch! Wem hast du sie verkauft?»

«Warum?»

«Weil sie benutzt worden ist. Möglicherweise, um in Aosta auf Adele zu schießen. Also?»

«Oh, Scheiße ... Ich hab gedacht, der macht einen Raubüberfall.»

«Wer?»

Flavio seufzte. «Enzo. Enzo Baiocchi.»

Paoletto verdrehte die Augen. «Der Bulle ist auf der Suche nach ihm. Du weißt von nichts. Verhalte dich ruhig. Und wenn die Waffe wiederauftaucht, schmeiß sie in den Tiber.»

«Denkst du, der kommt auf mich?»

«Keine Ahnung. Aber du weißt nichts, und ich hab nichts gesagt. An Enzo Baiocchi ... Bescheuerter kann man nicht mehr sein!»

Rocco legte sich einfach auf die Plastikfolie, die das Bett bedeckte. Es wurde eine schlaflose Nacht, jedes Mal, wenn er die Augen schloss, tauchten die Gespenster auf und gönnten ihm keine Ruhe. Hin und wieder hatte er das Gefühl, dass eines von ihnen am Fußende saß und ihn mit geschlossenen Augen ansah. Und dass sein Hunger niemals zu stillen war.

DONNERSTAG

Mit der ersten Morgendämmerung stand Rocco auf, froh, dass die schlaflose Nacht hinter ihm lag. Er hoffte inständig, dass es die letzte dieser Art war, die er je erleben würde!

Um Viertel nach sechs saß Rocco auf der Terrasse, rauchte die erste Zigarette des Tages und sah zu, wie die aufgehende Sonne die Stadt in rotes und orangefarbenes Licht tauchte.

«Schön, richtig schön, stimmt's?»

Marina umfasste ihre Kaffeetasse mit beiden Händen und fröstelte kurz. «Deswegen haben wir die Wohnung gekauft, oder?»

«Na ja, eigentlich, weil deine Familie in der Nähe wohnt.»

«Komm, wir spielen. Du fragst, und ich antworte.»

Sie würde natürlich wie immer richtigliegen. «Fangen wir mit etwas Einfachem an. Der Turm hinter den Dächern da unten?»

«Sant'Anastasia am Circus Maximus.»

«Sehr gut. Und da unten hinter dem Monumento Nazionale?»

«Torre delle Milizie! Komm, mach's mir nicht so leicht!»

«Na schön! Siehst du die Zypressen dort? Oberhalb von Testaccio?»

«Santa Sabina! Darf ich daran erinnern, dass wir da geheiratet haben?»

Sie hat recht. Bei den Zypressen auf dem Aventin-Hügel und dem Giardino degli Aranci, dem Orangengarten. «Marì, weißt du vielleicht, warum auf Friedhöfen immer Zypressen gepflanzt werden?»

Sie trinkt einen Schluck Kaffee. «Wegen der Wurzeln. Sie wachsen gerade nach unten und nicht zur Seite weg. So bleiben sie von den Gräbern fern und kitzeln die Toten nicht.» Sie sieht mich lächelnd an.

«Was du alles weißt!»

«Nicht wahr!»

Ich betrachte sie, während sie leicht blinzelnd auf die Stadt hinunterblickt.

«Sind das Falten da um deine Augen herum?»

«Das sind Lachfalten. Die Altersfalten hab ich nicht mehr erlebt.» Sie wendet sich mir zu. «Du vergisst tatsächlich all meine Fehler. So ist das immer bei denen, die gehen, stimmt's? Das Erste, was ihr von uns vergesst, sind die Fehler.»

«Du hattest keine.»

«Natürlich!» Sie fängt an zu lachen. «Bleib bei der Wahrheit, Rocco. Du siehst langsam Gespenster ...»

«Tue ich nicht!»

«Das ist keine so einfache Sache …», meinte Furio, während er sich eine Zigarette anzündete. Sebastiano saß am Tisch und bemühte sich zu verhindern, dass das Kakaopulver im Milchschaum versank. Brizio hatte wie immer die Augen überall. Die Piazza Santa Maria in Trastevere war zu dieser frühen Stunde bereits voller Menschen, vor allem junger Frauen.

Rocco griff nach seiner Tasse. «Antonio Biga redet nicht. Die Zaccaria hat nichts damit zu tun. Und Paoletto ist nur eine alte Tratschtante.»

«Wie alle hier in Rom. Zumindest scheint es so», fügte Furio hinzu.

«Ich hab's ja gesagt», meinte Brizio. «Boah, ich weiß auch nicht. Wer sonst käme in Frage?»

«Dieser Walter Cremonesi?», fragte Furio.

Rocco trank seinen Espresso aus und lehnte sich zurück. «Ich weiß nicht. Das ist so lange her … Warum erst jetzt? Er hätte genügend Zeit gehabt, als ich noch in Rom war.»

«Vielleicht hat er auf den richtigen Moment gewartet?»

Brizio wandte sich seinen Freunden zu. «Nein. Cremonesi hat ganz oben mitgespielt. Bei den großen Fischen, die hier alles unter Kontrolle haben. Warum sollte er ein solches Risiko eingehen? Und außerdem hat ihn nicht nur Rocco eingebuchtet.»

«Das stimmt», gab Rocco zu.

«Eben. Nein, Walter Cremonesi hat nichts damit zu tun.»

«Ich zermartere mir ununterbrochen das Gehirn, aber ich habe keine Ahnung, wer's gewesen sein könnte. Das gefällt mir gar nicht.»

«Irgendeine Ratte, die aus ihrem Loch gekrochen ist», sagte Sebastiano, ohne den Blick von seinem Cappuccino und dem Cornetto abzuwenden, das er noch nicht angerührt hatte. «Irgendeiner, der eine Weile weg vom Fenster war.» Endlich hob er den Blick und sah seine Freunde mit feuchten Augen an.

«Gut möglich», sagte Rocco. «Daran hab ich auch schon gedacht. Das heißt, wir müssen nach jemandem suchen, der irgendwo abgetaucht war und seit kurzem wieder an Deck ist.»

«Genau», antwortete Sebastiano. «Ich wette mit euch, dass die Kanalratte, die auf Adele geschossen hat, sich jetzt irgendwo versteckt hält.»

Bei der Erwähnung von Adeles Namen senkten alle die Köpfe und blickten hinunter auf die Tischplatte. Nur Sebastiano lächelte. «Nein, nein, nicht so! Lasst uns jedes Mal, wenn einer Adele erwähnt, lächeln.»

Und so machten sie es. Nur dass Sebastiano sich eine Träne aus dem Gesicht wischen musste. «Leck mich …», brummte er, griff mit seiner behaarten Hand nach dem Cornetto und biss gleich die Hälfte davon ab, wobei ihm Krümel auf den Bart und die Jacke fielen. Der Lärm auf der Piazza Santa Maria wurde immer lauter. Sie betrachteten die Senegalesen, die ihren Krimskrams verkauften, und die jungen Leute, die auf den Stufen des Brunnens saßen und rauchten. Rocco dachte an jenen Nachmittag vor so vielen Jahren, als er Marina genau auf diesen Stufen zum ersten Mal gesehen hatte. Während die Sonnenstrahlen die vergoldeten Mosaiken der Basilika aufleuchten ließen, hatte er augenblicklich beschlossen, dass er diese Frau heiraten würde.

Die Rückreise nach Aosta wurde ein Albtraum. Schon in Rom hatte der Flug mehr als eine Stunde Verspätung. Und in Turin hatte jemand Roccos Volvo so zugeparkt, dass er einen Abschleppwagen rufen musste. Erst auf der Fahrt von Caselle nach Aosta schaltete er sein Handy wieder ein. Ein Feuerwerk an Pieptönen verkündete, dass Dutzende Nachrichten eingegangen waren. Er musste gar nicht überprüfen, wer sie hinterlassen hatte, denn er wusste es auch so: Büro, Staatsanwaltschaft und Anna. Also rief er erst mal seinen römischen Ex-Kollegen an.

«De Silvestri, ich brauche erneut deine Hilfe!»

«Was kann ich tun, Dottore?»

«Ich glaube, wir müssen nach jemandem suchen, der sich nicht frei bewegen konnte.»

«Weil er im Knast saß?»

«Kann sein. Oder weil er gezwungen war unterzutauchen. Vielleicht kannst du herausfinden, wer …»

«Schon klar: Nicht nur, wer vor kurzem entlassen wurde, sondern auch, wer ausgebrochen ist …»

«Genau. Wenn die Daten passen, haben wir ihn.»

«Ich hoffe es, Dottore. Aber machen Sie nicht noch einmal den gleichen Fehler.»

«Welchen?»

«Sie waren in Rom und sind nicht vorbeigekommen, um Hallo zu sagen.»

«Du hast recht, Alfrè, du hast wirklich recht!»

Caterina wartete vor der Bar an der Piazza Chanoux auf ihn. Sobald Lupa ihn sah, flitzte sie über die Via di Porta Pretoria auf ihn zu und sprang an ihm hoch, als hätten sie sich seit einer Ewigkeit nicht mehr gesehen. Hunde hatten kein Zeitgefühl. Ob ihr Herrchen nur fünf Minuten lang weg war oder zwanzig Jahre wie Odysseus, machte für sie keinen Unterschied. Vor allem für Hunde wie Lupa, die ihr Vertrauen in die Menschheit verloren hatten.

«Danke, Caterina. War sie brav?»

«Sehr brav. Wir sind jetzt gute Freunde. Stimmt's, Kleines?» Sie lächelte der Hündin zu, die schwanzwedelnd und winselnd ihr Herrchen umkreiste. «Hören Sie, Dottore ...»

«Noch einmal, wir sind beim Du!»

«Ich geb mir Mühe ... Hör mal, Rocco, Baldi sucht dich. Ein Mord im Gefängnis.»

«Ein Mord?»

«Genau. Mehr weiß ich nicht. Ich hab's nicht genau mitgekriegt. Jedenfalls ist Italo gestern mit dem Staatsanwalt dorthin.»

«Und was sagt Italo?»

«Ich hab keine Ahnung. Seit gestern habe ich ihn nicht mehr gesehen.»

Rocco nickte. «Das heißt, ihr wart gestern Abend nicht zusammen?»

«Er ist beleidigt. Hat gemerkt, dass ich ihn belogen habe.»

«Du hast gelogen?»

«Na ja, wir waren bei seiner Tante zum Essen eingeladen, was mich nicht gerade begeistert hat. Ich hatte keine Lust. Ich hab's nicht so mit Einladungen bei Verwandten.

Sagen wir, ich habe mit der ‹Institution Familie› so meine Probleme. Und jetzt ist er beleidigt.»

«Wegen so einer Kleinigkeit?»

«Manchmal sogar wegen noch Kleinerem.»

Ein Riss. In einer Beziehung, die so bombenfest schien, so unvergänglich wie ein Diamant, machten sich jetzt schon die Spuren der Zeit und der Gewohnheit bemerkbar? Er schämte sich, aber er machte sich nichts vor: Die Probleme in dieser Beziehung kamen ihm durchaus entgegen. «Habt ihr euch gestritten?»

«Also, Dottore ... Könnte es sein, dass Sie das nichts angeht?»

Rocco streichelte Lupa.

«Entschuldige, Caterina. Du hast recht. Das geht mich nichts an. Danke, dass du dich um Lupa gekümmert hast. Ich ziehe mich jetzt wieder in meinen Schuhkarton zurück.»

«Und wann kommen Sie wieder ins Büro?»

Rocco verdrehte die Augen. «Okay, Caterina, ich geb's auf. Irgendwann wirst du dich schon daran gewöhnen, mich zu duzen.»

«Das klingt wie eine Drohung», sagte Caterina lächelnd.

«Das ist eine Drohung!» Er pfiff Lupa zu sich und machte sich auf den Weg zum Apartmenthaus. Caterina sah ihm nach. Dann drehte sie sich um und ging in Richtung Kathedrale, wo sie ihr Auto abgestellt hatte.

Rocco hatte gerade geduscht und sich ein paar Panini gemacht, als es an der Tür klopfte.

«Wer ist da?», schrie er.

Keine Antwort. Wieso wurde er ständig belagert? Das war bestimmt wieder der Typ von der Rezeption.

«Wer ist da?»

Stille.

Schnaubend erhob er sich vom Bett und ging zur Tür. «Wer ist da?», brüllte er erneut, als er sich nur noch wenige Zentimeter vor dem Türblatt befand.

Stille.

Er öffnete.

Vor ihm stand D'Intino, die Dienstmütze in der Hand, und sah ihn ausdruckslos an. Der Agente, der aus den fernen Abruzzen stammte, war die schlimmste Strafe, die Rocco bei seinem Dienstantritt in der Questura vorgefunden hatte. Er war noch schlimmer als der Schnee und die Kälte.

«Warum kommst du her? Was willst du? Hast du nicht gehört, dass ich gerufen habe?»

«Aber ich hab doch unser geheimes Klopfzeichen benutzt.» D'Intino grinste.

«Unser geheimes Klopfzeichen?»

D'Intino hob die Faust, schlug dreimal gegen die Tür und strahlte seinen Chef an.

«Was soll der Quatsch?»

«Unser Klopfzeichen, oder?»

«Nein. Du und ich haben kein geheimes Klopfzeichen. Außerdem, was sollen drei Schläge gegen die Tür für ein Klopfzeichen sein? D'Intino, du musst verdammt nochmal lernen zu antworten, wenn du anklopfst und jemand fragt: Wer ist da?»

Lupa bellte, als ob sie die unbestreitbare Logik dieser Angelegenheit unterstreichen wollte.

«Was für ein schöner Hund!», meinte D'Intino.

«Hündin», korrigierte Rocco. «Ist ein Weibchen!»

«Oh. Welche Rasse?»

«Ein Saint-Rhémy-en-Ardennes.»

«Ein …?»

«Saint-Rhémy-en-Ardennes. Eine äußerst seltene Rasse, die der Comte Gaston de Veilleuse im achtzehnten Jahrhundert gezüchtet hat. Und zwar in der Stadt Sedan. Die Rasse ist ziemlich unbekannt, weil diese Hunde voller Gegensätze sind, aber treue Begleiter. Manchmal sind sie äußerst anhänglich, dann wieder von ungezügelter Wildheit, was sie den berühmten Instinkt, der beste Freund des Menschen zu sein, vergessen lässt. Also geh nicht so nah ran, denn es könnte sein, dass er dir die Hand leckt oder sie abbeißt, man weiß es nicht. Jetzt sag nicht, du hast noch nie von diesen Hunden gehört!»

«Nein, nein, jetzt, wo ich darüber nachdenke … Ja, Saint-Rhémy…»

«… en-Ardennes. Und wenn du mir nun bitte verraten könntest, was du hier willst.»

«Da hat es etwas … etwas sehr Hässliches … im Gefängnis von Varallo gegeben.»

«Okay. Und sagst du mir auch, was es im Gefängnis von Varallo gegeben hat?»

«Einen Toten!»

Rocco nickte. «Weißt du, was, D'Intino? In der Questura gibt es, wenn du genau nachsiehst, einen Mann. Er ist eigentlich einfach zu finden, denn er wiegt mindestens hundertzwanzig Kilo. Sympathisches Gesicht, gut gelaunt und sehr, sehr intelligent.»

«Deruta?»

«Ich habe gesagt, sehr intelligent. Findest du, dass diese Beschreibung auf Deruta passt?»

D'Intino antwortete nicht.

«Gut. Dieser Mann hört auf den Namen Carlo Pietra. Er ist der Chef von den Mobilen Einheiten in Turin. Derzeit müsst ihr euch an ihn wenden, denn der Mann, der vor dir steht, ist, solange er es für angemessen hält, von der Arbeit befreit. Hab ich mich deutlich ausgedrückt?»

D'Intino stand mit offenem Mund in der Tür.

«Mein lieber D'Intino, welcher Teil meiner Ausführungen ist dir nicht klar?»

«Dotto', mir ist nicht klar, was ich jetzt tun soll.»

«Dann schreib mit: Erstens! In die Questura zurückkehren …»

D'Intino wiederholte leise: «… in die Questura zurückkehren …»

«Zweitens: mit Carlo Pietra reden.»

«… mit Carlo Pietra reden.»

«Drittens: Schiavone nicht auf den Sack gehen.»

«… drittens: Schiavone nicht auf den Sack gehen.»

«Jetzt alles klar?»

D'Intino lächelte strahlend. «Ich soll in die Questura gehen, Pietra suchen und ihm sagen, dass er Schiavone nicht auf den Sack gehen soll.»

«In etwa.»

«Das heißt, Sie kommen nicht?»

«Wohin, D'Intì?»

«Ins Gefängnis?»

«Hau ab!» Rocco schlug D'Intino die Tür vor der Nase zu.

Die Phase der Rekonvaleszenz und des Rückzugs war zu Ende. Das Leben hatte ihn wieder und forderte mit lauter Stimme seinen Einsatz. Morgen würde er wieder in die Questura gehen.

«Schluss mit der Zeitverschwendung, Rocco!», sagte er laut zu sich selbst.

Alessandro Martinelli, der Gefängnisdirektor, hatte Baldi und Pietra großzügig sein Büro zur Verfügung gestellt. Die Aufseher Mauro Marini und Daniele Abela saßen auf zwei Holzstühlen und blickten auf den riesigen Chef der Mobilen Einheiten, der am Fenster stand. Baldi dagegen hatte es sich auf dem Ledersessel des Direktors bequem gemacht und spielte mit einem Stift, während der Direktor wie ein Besucher auf der Türschwelle stand. Italo Pierron neben ihm hatte die Hände hinter dem Rücken verschränkt und betrachtete die beiden Gefängnisaufseher.

Marini war über fünfzig, Abela unter dreißig. Beide hatten gebräunte Gesichter.

«Jetzt erklärt mal genau, wie das Ganze abgelaufen ist», begann Baldi, ohne die beiden anzusehen.

«Abela und ich haben eingegriffen, um eine Schlägerei zu beenden, die im Hof in der Nähe der Tür zu Block zwei im Gange war. Sie prügelten sich zu viert oder zu fünft, also haben Daniele und ich sie zusammen mit ein paar Kollegen auseinandergebracht.»

«Die vier Tunesier sind danach auf der Krankenstation gelandet», fuhr Abela fort. «Die anderen in Isolationshaft. Als die Prügelei beendet war, haben wir Cuntrera am Boden liegen sehen und festgestellt, dass er tot war.»

«Dieser Cuntrera …», mischte sich Pietra ein, während er aus dem Fenster des Büros auf die Dächer des Gefängnisses schaute, «… war der an der Prügelei beteiligt?»

«Das wissen wir nicht genau. Aber einer der Insassen sagt, dass er sich rausgehalten und eine Zigarette geraucht hat.»

Baldi warf einen Blick auf Pietra, der noch immer aus dem Fenster sah. «Und wen habt ihr in Isolationshaft genommen?»

«Die Anstifter der Schlägerei: Enrico Carini, genannt Erik, der Rote. Dann Oluwafeme Chiama, ein Nigerianer und ehemaliger Hobby-Boxer, und der Dritte ist Agostino Lumi, genannt der Professor. Die drei haben Omar Ben Taleb und seinen Cousin Aziz angegriffen. Und Tarek Essebsy und Karim Lakal, beide ohne ernsthafte Verletzungen.»

«Der Grund?»

«Na ja …», ergriff Marini das Wort. «Ich arbeite seit fünfundzwanzig Jahren als Gefängnisaufseher, Dottore, und die Gründe für Prügeleien sind immer die gleichen: Geld, Drogenhandel, Zigaretten, Missachtung der Hierarchie. Hier drin, das ist eine Welt für sich, wissen Sie? Die bringen sich gegenseitig um, um sich Respekt zu verschaffen. Es gibt ein spezielles Machtgefüge, eine Rangordnung, und der Professor steht mit seinen beiden Handlangern ziemlich weit oben. Omar hat sich wohl nicht an die Regeln gehalten. Oder er schuldet ihnen einfach nur Geld.»

Baldi beendete das Gespräch. «Fürs Erste können Sie gehen. Danke.» Die beiden Aufseher standen auf und verließen das Büro des Direktors.

«Kann ich mit dem reden, der in Isolationshaft ist?», fragte Baldi, an Martinelli gewandt.

«Mit allen dreien?»

«Nur mit dem Chef. Diesem Agostino Lumi.»

«Ich empfehle Ihnen, erst mal einen Blick in meine Kartei zu werfen, damit Sie wissen, mit was für einem Menschen Sie es zu tun haben.» Martinelli wies auf einen alten Metallschrank, dessen Schubladen alphabetisch nummeriert waren. Baldi machte Pietra ein Zeichen, der sofort die Mappen unter dem Buchstaben «L» durchsah. Unterdessen blickte Baldi nachdenklich auf das übliche Foto des Präsidenten, das Kruzifix, die Flagge und das kleine IKEA-Regal, in dem Dutzende ungeordnete Bücher standen.

«Hier haben wir ihn. Agostino Lumi.» Pietra gab Baldi die Mappe.

«Dann werfen wir mal einen Blick hinein.»

Agostino Lumi hatte ein beachtliches Strafregister. 1968 in Varese geboren, hatte er etwa ein Dutzend bewaffnete Raubüberfälle begangen, drei Schusswechsel mit den Carabinieri hinter sich, war des zweifachen Mordes angeklagt worden, weil er zwei Mitglieder seiner Bande um die Ecke gebracht hatte, sowie des versuchten Mords. Dazu kamen diverse Verbrechen wie Diebstahl und Betrug, die ihm im

Laufe seiner Karriere zweimal lebenslänglich eingebracht hatten. Sein letzter Aufenthaltsort war das Gefängnis in Viterbo gewesen. Nachdem er aus disziplinarischen Gründen nach Varallo verlegt worden war, hatte er sich augenscheinlich neue Getreue gesucht, um auch in diesem Gefängnis den Ton anzugeben.

«Ein wirklich nettes Kerlchen, würde ich sagen.»

«Wenn mich meine Erfahrung nicht täuscht, Dottore, ist von so einem nicht viel zu erwarten», erklärte Martinelli. «Jedenfalls habe ich bereits um seine Verlegung gebeten, was mir auch zugesagt wurde.»

«Gut», seufzte Baldi. «Eine letzte Sache noch. Gibt es Aufnahmen der Überwachungskameras?»

«Sicher. Möchten Sie sie haben?»

Baldi antwortete nicht, sondern nickte nur. Dann wandte er sich an Italo Pierron, der während der ganzen Befragung schweigend zugegen gewesen war. «Pierron, lassen Sie sich von Dottor Martinelli das Material geben.»

«Übrigens, Dottore», meinte Pietra. «Ich muss morgen nach Turin zurück.»

Baldi nickte. «Pierron, gibt es etwas Neues von unserem Verrückten?»

Italo hob bedauernd die Hände.

«Aber Sie erinnern sich durchaus noch an Ihr Versprechen, ihn heute bei mir abzuliefern, Agente?»

«Natürlich, Dottor Baldi! Keine Sorge!»

«Du suchst einen, der gesessen hat?» Marina, die an dem kleinen Schreibtisch am Fenster sitzt, malt irgendwelche

sinnlosen Schnörkel auf ein Blatt Papier. Ihr gefällt es nicht, hier zu sein. Mit so wenig Platz und so beengt. Sie würde gern wieder in eine normale Wohnung ziehen.

«Vielleicht», antworte ich. «Warum sollte er sonst nicht schon früher versucht haben, mich umzubringen?»

«Vielleicht war er im Ausland.»

«Du hast recht. Ein Hinweis, den ich unbedingt an De Silvestri weitergeben muss.»

«Du sprichst sonst nie über deine Arbeit.»

«Es geht ja auch nicht um meine Arbeit, sondern um den Mistkerl, der Adele erschossen hat und es eigentlich auf mich abgesehen hatte. Es geht ums Überleben.»

«Eingeigelt», sagt sie und nimmt das übliche Notizbuch heraus. «Ist das nicht ein schönes Wort? Eingeigelt. Die Vorstellung von jemandem, der sich wie ein kleines Tier zusammenrollt und verkriecht.»

«Und was willst du damit sagen?»

«Das weißt du nicht? Es ist wichtig, Rocco. Sehr wichtig.»

Sergio Mozzicarelli blickte auf den Sprungfederrahmen des Bettes über ihm, das sich unter dem Gewicht seines Zellengenossen Aldo bog. Er hatte die Hände auf der Brust gefaltet, als würde er beten. Doch er dachte nach. Nun, in der Nacht, war es still. Jemand schnarchte. Jemand hustete. Eine Anzahl einsamer, verlassener Männer, die zu schlafen versuchten. Sergio drehte sich um und sah auf das leere Bett, das Bett, das für ein paar Tage das von Mimmo Cuntrera gewesen war. Sie hatten die Bettwäsche mitgenommen, und die dünne Matratze lag zusammengefaltet auf dem nackten Sprungfederrahmen. Seine anderen beiden Zellengenossen schienen tief und fest zu schlafen. Das Mondlicht fiel auf die Wand gegenüber, reflektiert von dem grün gestrichenen Gitter vor dem Fenster. Im Abfluss der Toilette gurgelte Wasser. Sergio Mozzicarelli atmete tief durch. Er schloss die Augen, versuchte an nichts zu denken und sich vorzustellen, dass es sich bei dem gurgelnden Klo um eine frische Quelle in den Bergen handelte. Doch das Gurgeln war und blieb ein Abflussproblem, und er befand sich nicht auf einer grünen Wiese in einem alpinen Tal, sondern in einer Gefängniszelle. Seine Augen öffneten sich wieder, als wären sie mit einer gut geölten Feder ausgestattet. Noch einmal blickte er zu dem Etagenbett neben dem seinen hinüber. Karim schien zu schlafen, aber als er sich umdrehte, sah Sergio Mozzicarelli die Augen des jungen Tunesiers im Dunkeln glänzen. Er war wach. Ihre Blicke kreuzten sich.

«Schläfst du nicht?», flüsterte Sergio, um Aldo über sich nicht zu wecken, der noch immer vor sich hin schnarchte und mit seinen neunzig Kilo den Sprungfederrahmen durchbog.

«Nein», entgegnete Karim. «Du auch nicht?»

Sergio drehte sich auf die Seite. «Wie geht es dir?»

«Der Mund tut noch weh, aber das geht vorbei.» Karim strich über sein Kinn, das am meisten abbekommen hatte. «Diese Arschlöcher. Das werden sie noch bereuen.»

«Vergiss es. Dass ich inzwischen achtundsechzig Jahre alt bin, hab ich nur der Tatsache zu verdanken, dass ich vieles vergessen habe.»

Karim nickte. Dann drehte er sich auf die andere Seite und wandte Sergio den Rücken zu. Ein Zeichen, dass er das Gespräch nicht fortsetzen wollte. Sergio dagegen hätte gern noch eine Weile geplaudert. Er blieb nicht gern mit seinen Gedanken allein. Dabei waren es gar keine sehnsüchtigen oder unbequemen Gedanken. Denn draußen wartete niemand mehr auf ihn. Seine Frau war bereits gestorben, und die beiden Kinder arbeiteten im Ausland. Sein Bruder saß im Gefängnis von Lecce, das er lebend nicht mehr verlassen würde. Sergio war allein, und noch nie hatte ihn dies so sehr belastet wie in dieser Nacht.

Schon seit Stunden fragte er sich wieder und wieder dasselbe: Wem konnte er sich anvertrauen? Er musste über diese Sache, die ihm von Minute zu Minute schwerer auf der Seele lag, mit jemandem reden. Denn Sergio Mozzicarelli hatte es gesehen.

Er hatte alles gesehen.

Rocco lag auf der harten Matratze in seinem Apartment und starrte an die Decke, die vom Neonlicht eines Pubs unten in der Straße beleuchtet wurde. Es flammte mit der Regelmäßigkeit eines Metronoms in wechselnden Farben auf. Hellrosa, dunkelrosa, violett. Eins, zwei, drei, eins, zwei, drei. Ein Walzer. Erst Mitternacht. Wie konnte es sein, dass die Nächte in diesem Haus so langsam vergingen? Eins, zwei, drei. Rocco stand auf. Lupa sah ihn überrascht an.

«Ich geh raus, Lupa. Was machst du? Kommst du mit?»

Er zog sich die Hose an. Der Hund wartete bereits an der Tür.

Es war eine ganz normale Mainacht. Die Sterne glitzerten am Himmel, und der ein oder andere Nachtschwärmer spazierte durch die Stadt. Rocco ging zur Rue Piave, wo er in den vergangenen neun Monaten gewohnt hatte. Er betrachtete das Gebäude und die Regenrinne, die der noch namenlose Mörder ein paar Tage zuvor benutzt hatte, um die Wand hinaufzuklettern und in die Wohnung zu kommen. Da war sie. Mit geschlossenen Rollläden. Geschlossene Augen. Tot und blind. Wie die von Adele. Die nun auf dem Friedhof von Monte Compatri lag.

«Wie heißt die Straße nochmal, in der der Questore eine Wohnung für mich gefunden hat?», fragte er Lupa, die an einem Kanalschacht schnüffelte. «Via Laurent Cerise …»

Lupa trottete neben ihm her. «Lass uns bei Ettore in der Bar vorbeischauen. Dort können wir fragen, wo diese Straße ist.» Er schlug die Richtung zur Piazza Chanoux ein.

Die Via Cerise war eine nichtssagende Straße. Wenige niedrige Häuser. Es gefiel ihm. Vor allem gefiel ihm das Gebäude mit der bogenförmigen Durchfahrt an der Kreuzung zur Via Archet. Er hoffte, dass der Questore genau hier eine Wohnung für ihn ausfindig gemacht hatte. Rocco ging zum Hauseingang hinüber. An der Tür hing ein Schild mit der Aufschrift *Zu vermieten.* Er lächelte.

«Es scheint tatsächlich dieses Gebäude zu sein. Morgen sehen wir uns die Wohnung mal an, ja? Gefällt es dir hier? Ist doch schön. Schau mal, auf dieser Seite Berge und auf dieser Seite Berge. Urkomisch!», sagte er und machte sich auf den Rückweg zu seinem Apartment. Dabei fiel ihm auf, dass die Straße direkt hinter dem Gerichtsgebäude verlief. «Was? Eine Wohnung neben der Staatsanwaltschaft?», sagte er in die Nacht. «Das kommt überhaupt nicht in Frage!» Mit Baldi und Konsorten im Rücken würde er keine Minute Ruhe haben. «Hier will ich nicht mal begraben sein!» Lupa bellte überzeugt.

Vor der mit Schmiedeeisen verstärkten Glastür des Apartmenthauses wartete jemand auf ihn. Der Schatten ließ auf einen Mann schließen. Und er rauchte. Wenn es wenigstens Anna gewesen wäre. Wobei er im Grunde froh war, dass sie es nicht war, denn zu dieser späten Stunde hätte er eine Diskussion über die Zukunft der Zweierbeziehung im einundzwanzigsten Jahrhundert nicht ertragen. Automatisch schob Rocco die Hand unter seinen Lodenmantel. Dabei trug er seit Jahren keine Waffe mehr bei sich. Der Schatten machte zwei Schritte nach vorn, und im Neonlicht des Pubs erkannte Rocco die Gestalt von Italo Pierron.

«Ciao, Rocco.»

«Ciao, Italo. Was machst du denn um diese Uhrzeit hier?»

«Wann nimmst du deinen Dienst wieder auf?»

«Keine Ahnung.»

Lupa schnüffelte an der Hose des Agente, der in Zivilkleidung gekommen war, doch dieser scheuchte sie leicht genervt davon. Italo Pierron hatte es nicht so mit Hunden.

«Die Sache im Gefängnis. Ist ziemlich heftig.»

«Wie heftig?»

«Sehr.»

«Gib mir eine Zigarette.»

Italo zog ein Päckchen aus der Tasche, und Roccos Augen leuchteten auf.

«Camel? Du hast dir ein Päckchen Camel gekauft?»

«Ich hatte keine anderen mehr.»

Während Rocco sich die Zigarette anzündete, schaute er Italo an. «Willst du mich bestechen?»

«Nein, im Ernst. Ich stand vor dem Automaten, konnte wählen und hab mir gesagt, wenn ich schon zu Rocco unterwegs bin, warum soll ich dann nicht die nehmen, die er am liebsten mag?»

«Danke. Das ist ein ziemlich weiblicher Gedankengang.»

«Was für ein Kompliment!»

«Woher wusstest du, dass ich nicht schlafe?»

«Weil ich, seit du hier wohnst, jeden Tag die Rezeption anrufe und deine Gewohnheiten inzwischen kenne.»

Rocco blies den Rauch aus und sah in den sternenübersäten Himmel. «Also kommen wir auf das Heftige dieser Angelegenheit zurück.»

«Der Tote im Gefängnis ist Mimmo Cuntrera.»

Als Rocco den Namen hörte, schloss er die Augen. «Verdammte Scheiße!», murmelte er. «Wie ist das möglich? Wurde er umgebracht?»

«Sieht aus, als hätte er einen Herzinfarkt gehabt, aber der Staatsanwalt meint, dass das nicht sein kann.»

«Genau. Mimmo Cuntrera stirbt nicht einfach so. Das wäre zu schön, um wahr zu sein, wenn Scheißkerle wie er von einem Herzinfarkt dahingerafft würden. Unkraut vergeht nicht.»

«Vielleicht solltest du doch wieder ins Büro kommen, Rocco.»

Italo hatte recht, das wusste Rocco ganz genau. Mimmo Cuntrera war der Dreh- und Angelpunkt im Fall Berguet gewesen und in der Ermittlung zur Rettung von Berguets Tochter Chiara, die er geleitet hatte. Er konnte sich nicht länger hier im Vieux Aosta einigeln. Adele war tot. Und er fühlte sich dafür verantwortlich, auch wenn sein Freund Seba es nicht so sah. Diese Projektile Kaliber 6,35 waren für ihn bestimmt gewesen, für Rocco Schiavone.

«Nimm es zu den Akten, Italo. In einer Mainacht um … zehn nach eins vergibt Vicequestore Rocco Schiavone eine Zehn für etwas, was ihm tierisch auf den Sack geht!»

Italo grinste bei dem Gedanken an die Liste, die er vor Roccos Büro angebracht hatte. «Okay, ich schreib's gleich morgen dazu.»

Rocco sah ihn verständnislos an.

«Und was machst du jetzt, Rocco?»

«Drüber schlafen.»

«Bist du müde?»

«Nein, Lupa ist müde.»

In der Tat. Die kleine Hündin war auf Roccos Clarks eingeschlafen.

Rocco dachte an den Fall mit Mimmo Cuntrera und der Familie Berguet zurück. Wie passte das alles zusammen? Es gab einen allzu deutlichen Missklang in dieser Partitur. Cuntrera war gefasst worden, Rocco und seine Leute hatten Chiara Berguet befreit, und der Versuch der Mafiaorganisation, die Firma Edil.ber zu übernehmen, konnte gerade noch verhindert werden. Warum also hatten sie Cuntrera aus dem Weg geräumt? Was hatte er gewusst? Wer hatte seinen Tod gewollt? In diese Überlegungen vertieft, stieg er die Treppe hinauf und fand sich schließlich erneut auf der harten Matratze in seinem Apartment wieder. An der Decke spielten die Lichter des Pubs noch immer ihren dreifarbigen Walzer. Eins, zwei, drei, eins, zwei, drei … Schlagartig war er eingeschlafen.

FREITAG

«Ist dir klar, dass ich, um mit dir zu reden, nach der Nummer dieses Apartmenthauses im Telefonbuch suchen musste, wo sie nicht drinsteht, weil es zu alt ist, sodass ich mich im Internet schlaumachen musste, wo ich erst nach sechs veralteten Webseiten die richtige gefunden habe, nur um endlich deine Scheißstimme zu hören?»

«Wie viel Uhr ist es?», fragte Rocco.

«Halb acht, der Teufel sollte dich holen!», brüllte Alberto Fumagalli ins Telefon. «Komm sofort her. Ich bin nämlich bei der Arbeit. Und ich hab hier was entdeckt, was man nicht mal in einem Spielberg-Film zu sehen kriegt. Beeil dich!»

«Was haben denn die Filme von Spielberg damit zu tun?»

«Weil es wie in einem Horrorfilm ist.»

«Aber Spielberg macht keine Horrorfilme, du Banause.»

«Egal, beweg deinen Arsch hierher!»

«Aber ist denn Pietra nicht an der Sache dran?»

«Pietra ist wieder in Turin. Ein Mord in Parella. Ich hab den Questore und den Staatsanwalt angerufen. Und sie haben beschlossen, dass dein Scheißurlaub beendet ist. Also komm aus der Hüfte!» Der Gerichtsmediziner beendete das Gespräch.

Rocco rieb sich die Augen. Er hatte nicht die Absicht, auf Fumagalli zu hören und sich zu beeilen. Wenn er schon ins Leben zurückkehrte, dann würde er seine Haut teuer verkaufen. Sie wollten ihm auf den Sack gehen? Gleich zehnten Grades? Aber dann bitte alles in der richtigen Reihenfolge: duschen, Frühstück bei Ettore auf der Piazza Chanoux und anschließend der morgendliche Joint in der Questura. Und dann, aber erst ganz zum Schluss, würde er sich auf den Weg in die Rechtsmedizin machen.

Und so geschah es. Seine Rückkehr ins Büro war wie das Wiedersehen mit jemandem, der seit Jahren behauptet, dein Freund zu sein, es aber nie war. Die Putzleute hatten darauf verzichtet, ordentlich sauber zu machen. Er machte die Tür zu und öffnete das Fenster, sodass eine sanfte, duftende Maibrise hereinwehte. Dann schloss er die Schreibtischschublade auf und gönnte sich nach mehreren Tagen Abstinenz den ersten Joint. Dabei sah er aus dem Fenster. Unten auf der Straße floss der Verkehr, die Höhenlagen der Berge waren noch immer mit Schnee besprenkelt und glitzerten in der milden Frühlingssonne, während die Hänge inzwischen eine smaragdgrüne Farbe angenommen hatten. Frisches Gras, gut für die Kühe.

«Weißt du, was, Lupa? Ich könnte hier aus dem Fenster springen. Aber ich würde lediglich auf dem Dach über dem Eingang zur Questura landen. Das ist nicht mal einen Meter tiefer. Ich würde mir höchstens das Fußgelenk verstauchen. Aber schau mal …» Die Wolkendecke war aufgerissen. Nur ein paar leichte weiße Wolken waren übrig. Auf den Wiesen blühten Blumen.

«‹Ninetta mia crepare di maggio›», sang er leise vor sich hin, während er das wunderbare Panorama betrachtete, «‹ci vuole tanto troppo coraggio, Ninetta bella dritto all'inferno avrei preferito andarci in inverno.›» Liebe Ninetta, sterben im Mai verlangt zu viel Tapferkeit, schöne Ninetta, ich wäre lieber im Winter in die Hölle gekommen …

Er nahm noch einen Zug. Gut. Leicht und aromatisch. Die kleine Eisenbahn in seinen Adern setzte sich in Bewegung. Im Gehirn erhöhte sich die Drehzahl, die Kolben wurden entstaubt, die Nervenknoten wurden gut geschmiert, und schließlich war Vicequestore Rocco Schiavone zu allem bereit. Nun konnte er hinausgehen und sich Fumagallis Neuigkeiten und sein Horror-Szenario anhören. Er warf die Kippe aus dem Fenster, zog seinen Lodenmantel an und öffnete die Tür.

«Was für eine Freude, Sie wiederzusehen, Dottore!», sagte Casella. Sie standen alle vor ihm: Casella, D'Intino, Deruta, Italo, Caterina und Antonio Scipioni.

«Was ist?», fragte Rocco. «Steht ihr für mich Spalier?»

«Schön, dass Sie wieder da sind! Sie haben uns gefehlt, wissen Sie?», meinte Deruta. Sie grinsten alle wie die Honigkuchenpferde und wirkten wie eine Schulklasse, die gerade Leim auf den Stuhl des Lehrers geschmiert hatte und es nun nicht erwarten konnte, dass er sich setzte.

«Dürfte ich erfahren, was mit euch los ist?»

Italo zwinkerte und blickte bedeutungsvoll zu der Wand neben Roccos Bürotür. «Was ist los, Italo?»

«Schauen Sie selbst ...»

Rocco wandte sich um. Das hatte er beim Hereinkommen vor einer Viertelstunde gar nicht gesehen: Neben der Tür hing ein Plakat, das in vier nummerierte Rechtecke eingeteilt war. Die Überschrift lautete: *Was ihm am meisten auf den Sack geht.* Rocco trat näher. Seine Agenti kicherten.

«Wer war das?», fragte er.

Italo hob die Hand.

«‹Was ihm am meisten auf den Sack geht ...›», begann Rocco die Lektüre. Hin und wieder zuckten seine Schultern. Er lachte. «‹Bars, in denen es kein Langnese-Eis gibt›, stimmt. Das geht mir ziemlich auf den Sack ... und Radio Maria auch. ‹Die Nullen bei den IBAN-Nummern ...› Hast du das alles gesammelt?»

«Ja, in den letzten Monaten», entgegnete Italo. «Und es ist noch Platz, um Neues hinzuzufügen.»

«Dann kannst du gleich damit anfangen: sechsten Grades: das Lesezeichen aus dem Buch verlieren. Siebten Grades: am Flughafen auf den Koffer warten. Oder ihn kaputt zurückzukriegen. Oder ihn gar nicht zurückzukriegen. Bei achten Grades kannst du hinzufügen: alle, die Nachrichten schicken, ohne ihren Namen darunterzusetzen. Neunten Grades: eine folkloristische Tanzveranstaltung ansehen zu müssen. Und zehnten Grades natürlich den neuen Mordfall. Apropos, Pierron, mach dich fertig, wir müssen los. Fumagalli hat was für uns.»

«Muss ich unbedingt mit? Ich hab den Toten schon gestern im Gefängnis gesehen.»

«Du bist unverzichtbar!»

Italo nickte.

Caterina stellte sich mit einem Stift in der Hand vor das Plakat. «Ich schreib schon mal die neuen Sachen hinzu.»

«Caterì, wenn du mit dieser undankbaren Aufgabe fertig bist, könntest du dann Lupa ein bisschen Wasser bringen? Sie schläft auf dem Sessel in meinem Büro.»

«Sicher. Das mit dem Koffer am Flughafen, welcher Grad war das nochmal?»

«Siebter. Trag es bei siebten Grades ein.»

«Ist es wirklich nötig, dass ich mitkommen muss?», hakte Italo nochmal nach, in der Hoffnung, den Besuch in der Rechtsmedizin verhindern zu können. «Ich hab gerade erst gefrühstückt.»

«Ganz ruhig. Es scheint nichts Ekliges zu sein, nur was Erschreckendes.»

«Also nichts, weswegen man kotzen muss?»

«Genau.»

Fumagalli erwartete sie bereits draußen vor dem Eingang der Rechtsmedizin. Er blickte in den Himmel mit all den Wolken, die wie Wattebäuschchen im leichten Frühlingswind vorüberzogen. Die Zeiten von Schnee, Kälte und dunklem Himmel schienen Lichtjahre her.

«Es ist seltsam, stimmt's?», meinte Fumagalli, kaum dass Rocco und Italo in Hörweite waren.

«Was?», fragte Rocco.

«Im Winter ziehen die Tage sich hin, als gingen sie nie zu Ende. Und auch die Kälte scheint für immer anzuhalten. Und jetzt dagegen! Zack! Und schon erinnert man sich nicht mehr an den Winter.»

«Das gilt vielleicht für dich. Ich kann mich noch sehr gut daran erinnern. Als wenn es letzte Woche gewesen wäre», entgegnete Rocco. «Also, was ist jetzt mit dem Horrorfilm?»

Fumagalli kniff die Lippen zusammen und sah die beiden ernst an. «Bevor wir reingehen, müsste ich dich mal kurz sprechen, Rocco.»

Sie gingen zur Seite und ließen Italo vor dem Eingang stehen.

«Hör mal. Das ist wirklich kein schöner Anblick. Also was ihn angeht ...» Er wies auf Italo, «... ich seh ihn schon wieder ohnmächtig am Boden liegen. Sollen wir ihm das nicht lieber ersparen. Es sei denn ...»

«Es sei denn?»

«Es sei denn, wir machen eine kleine Wette.»

Rocco sah Fumagalli an. «Die Idee gefällt mir ...»

«Gut, ich gebe ihm sechs Sekunden.»

«Hm, du bist eindeutig im Vorteil, Alberto, weil du weißt, was uns erwartet, und ich nicht. Mit deinen sechs Sekunden sind deine Gewinnchancen also größer als meine. Deshalb müsstest du mir einen anderen Vorteil gewähren.»

«Und der wäre?»

«Ich sage sieben Sekunden, und wenn Italo nur sechs Sekunden oder weniger durchhält, gewinnst du. Von sechs und einer Hundertstelsekunde bis dahin, dass er gar nicht ohnmächtig wird oder zum Beispiel zehn Sekunden schafft, gewinne ich.»

Fumagalli dachte nach. «Das heißt, ich gewinne, wenn er in der sechsten Sekunde umkippt?»

«Oder früher.»

«Ist gebongt.»

«Okay, aber worum wetten wir?», fragte Rocco.

«Um ein Abendessen. In der Enoteca Croix de Ville.»

«Vorspeise, Hauptspeise und Nachtisch?»

«Und noch einen Amaro danach!»

Rocco schlug ein. Dann gingen sie wieder zu Italo hinüber, wobei Fumagalli sein Handy aus der Tasche nahm. Nicht, dass er vorgehabt hätte zu telefonieren. Er wollte die Stoppuhr in Bewegung setzen, sobald Italo den Blick auf das richtete, was er selbst als Horror-Spektakel beschrieben hatte.

«Dann mal los», sagte Rocco, und zu dritt traten sie ein.

Italo starrte auf den Linoleumboden. Rocco studierte aufmerksam das Gesicht seines Kollegen, das bereits bleich geworden war. Kaum hatten sie den Gang erreicht, in dem der typische metallische Desinfektionsgeruch herrschte, war Italo die Angst anzusehen. Rocco befürchtete schon, mit seinen sieben Sekunden zu leichtfertig gewesen zu sein. Fumagalli öffnete die Tür zur Pathologie und sagte mit einem sadistischen Grinsen: «Nur herein …»

«Rocco, ich …», begann Italo leise.

«Was?»

«Ich mache einen Rückzieher.»

«Einen Scheiß wirst du, Italo! Du bist ein Polizist, also verhalte dich auch wie einer!»

Sie traten ein. Wie eine aufmerksame Mutter ließ Rocco seinen Lieblingsagente nicht aus den Augen und sah gar nicht hin, als Fumagalli die Plastikfolie von der Leiche zog. Es stank wie üblich nach dieser seltsamen Mischung aus faulen Eiern und Formalin, ein Geruch, der immer eine Ewigkeit in den Kleidern zu hängen schien. Sie gingen zu der Bahre hinüber, auf der der Tote lag. Italo riss die Augen auf. Rocco beobachtete seinen Kollegen aufmerksam, während Fumagalli die Stoppuhr in Gang setzte.

Eins: Italos Pupillen weiteten sich wie sich ausbreitende Ölflecken. Zwei: Er öffnete leicht die Lippen. Drei: Seine Lider begannen zu flattern. Vier: Ihm traten Schweißperlen auf die Stirn. Fünf: Die Lider senkten sich. Sechs: Er verdrehte die Augen. Beinahe sieben: Italo fiel um.

«Scheiße!», sagte Alberto, der die Stoppuhr angehalten hatte. «Sechs Sekunden fünfundfünfzig, so ein Mist!»

Rocco grinste und bückte sich zu seinem Kollegen hinunter. «Bravo, Italo! Ich wusste, dass du mich nicht enttäuschen würdest! Albè, du schuldest mir ein Abendessen!»

«Versprochen ist versprochen … wegen nur fünfundfünfzig hundertstel Sekunden, es ist zum Mäusemelken!»

Sie hoben Italo hoch, schleiften ihn nach draußen und legten ihn auf eine Bank.

«Und jetzt? Warten wir, bis er wieder aufwacht?»

«Ach was! In zwei Minuten ist der wieder auf den Beinen», meinte Rocco. Sie ließen Italo liegen und gingen zurück in den Autopsiesaal.

Erst jetzt sah sich Rocco den Toten an.

Mimmo Cuntreras Leiche sah ganz normal aus, so wie Rocco es bereits Dutzende Male gesehen hatte. Das Ungewöhnliche war allerdings, dass die Verwesung bereits stark fortgeschritten war.

«Mir fällt nichts Schlimmes auf», sagte er. «Okay er ist schon ziemlich angefault. Aber wo ist jetzt der Horrorfilm?»

Alberto Fumagalli grinste. Er ging zu einem Tisch, der neben der Bahre stand, und hob ein weißes Kleidungsstück hoch. Dabei hielt er es so, als wollte er zeigen, wie schön weiß es beim Waschen geworden war. «Und?», fragte er.

«Was und?» Roccos Geduld war allmählich am Ende.

«Das hatte er an, als die vom Gefängnis ihn hier abgegeben haben. Ein weißes T-Shirt made in China, würde ich sagen. Baumwolle. Und das trug er auch noch, als ich ihn auf dem Tisch hatte.»

«Ich verstehe noch immer nicht, was daran seltsam ist.»

«Es ist zerrissen.»

«Das sehe ich. Und?»

«Als ich ihn gestern Abend ins Fach geschoben hab, war es noch unversehrt. Was also ist passiert?» Fumagallis Frage verhallte in der Stille des Raums.

«Ich weiß es nicht. Er ist gar nicht tot?»

«Domenico Cuntrera ist mindestens genauso tot wie Julius Cäsar.»

«Vielleicht ist jemand in der Nacht hier gewesen und hat es in einem Wutanfall zerfetzt?»

«Nein, es gibt nur eine Antwort.»

«Ein Zombie?»

«Leck mich, Rocco. Von wegen Zombie. Er hat sich aufgebläht.»

«Ist das bei Leichen nicht so üblich?»

«Ich versuche, es deutlicher zu machen. Dieser Leichnam hat sich in nur einer Nacht übermäßig aufgebläht, und wenige Stunden später war er wieder relativ normal.»

«Und was sagt dir das?»

«Nichts. So was ist mir noch nie untergekommen. Seit heute Morgen zerbrech ich mir darüber den Kopf. So verhalten sich Leichen normalerweise nicht. Und vor allem: Willst du mal den Anus sehen?»

«Muss das sein?»

«Wie du willst. Es geht mir nur um die wissenschaftliche Genauigkeit. Du siehst ja, dass der Verwesungsprozess bereits eingesetzt hat. Nach gerade mal vierundzwanzig Stunden.»

«Das ist wirklich seltsam. Hast du schon eine Ahnung, warum?»

«Das ist nicht leicht. Das ist wirklich nicht leicht … Er riecht vergiftet. Ich weiß noch nicht, womit, aber ich denke, dass es daran liegt.»

«Hast du eine Lupe?»

«Was willst du dir ansehen?»

«Die Haut.»

«Rocco, mein Lieber, das ist mein Job. Wobei ich die Haut natürlich nicht mit der Lupe untersuche.» Fumagalli ging zu einem Stativ hinüber. «Sondern hiermit: eine Lupenleuchte mit LED-Licht.»

Er zog die Lampe zu dem Toten hinüber und schaltete sie ein. «Bikonvexe Linse, Beleuchtungsstärke bei 50 cm: 550 Lux.»

«Albè, ich will sie nicht kaufen.» Rocco zog die Lampe zu sich heran und betrachtete den Hals des Toten.

«Was suchst du?»

Rocco antwortete nicht. Er begutachtete schweigend die Pigmente der Haut, die Muttermale. Dann hielt er plötzlich inne. «Hierzu würde ich gern die Meinung des Experten hören.»

Er machte Platz, damit Fumagalli sich die Sache ansehen konnte.

«Verdammt … Das ist klein, sehr klein, aber ich verwette meine Rente darauf, dass das ein Einstich ist.»

«Gibt es Bienen im Gefängnis?», fragte Rocco lächelnd.

«Das ändert alles. Ein Einstich in der Jugularvene. Volltreffer!»

«Was sagst du dazu?»

Fumagalli richtete sich abrupt auf. «Allmählich wird die Sache klar. Ich muss jetzt schnell handeln. Wenn du willst, kannst du bleiben. Aber ich muss den Patienten öffnen, und glaub mir, das ist für jemanden wie dich kein angenehmer Anblick.»

«Ich gehe.» Rocco strebte dem Ausgang zu, während Fumagalli sich mit dem nötigen Werkzeug bewaffnete. «Was genau hast du vor?», fragte er von der Tür her.

«Ich muss dem guten Mimmo ein paar Teile entnehmen und sie analysieren lassen. Dafür brauche ich einen fähigen Toxikologen. Einen, der richtig gut ist. Das ist eine Sache, die ich persönlich noch nie gesehen habe. Und ehrlich gesagt, finde ich sie ausgesprochen aufregend!»

«Aufregend?»

«Ja, genau das.»

Rocco nickte. «Aufregend. Du schuldest mir ein Abendessen.» Er öffnete die Tür.

«Ach, Rocco?»

Der Angesprochene hielt inne. «Was?»

«Gibt's was Neues über den Scheißkerl, der in deine Wohnung eingedrungen ist?»

Rocco schüttelte den Kopf.

«Wenn du ihn hast, sag mir Bescheid. Denn, unter uns gesagt, würde ich ihn sehr gern als Patienten hier aufnehmen.»

Als Rocco draußen war, kam Italo gerade wieder zu sich.

«Auf, Italo, zurück ins Büro! Ich fahre.»

Italo nickte und gab Rocco den Autoschlüssel.

«Entschuldige, ich kann einfach nicht ...»

«Kein Problem, ich hab dir ein leckeres Abendessen zu verdanken!»

Das Meer war ruhig. Eine weite silbergraue Fläche, die am Horizont beinahe violett wirkte. Die sanften Wellen brachen sich geruhsam an den Felsen. Ein paar einsame Möwen glitten durch die Luft. In der Ferne zeichnete sich ein Schiff vor dem Himmel ab. Corrado Pizzuti stand mit vor der Brust verschränkten Armen vor der Bar und betrachtete das Panorama, das sich ihm bot, mit verlorenem Blick. Er hatte in Erwägung gezogen, Enzo Baiocchi anzuzeigen.

Denn alles in allem war er selbst ja unschuldig. Schließlich hatte er ihn nur nach Aosta gefahren. Oder war er dadurch mitschuldig? Er hatte nicht gewusst, was Enzo vorhatte, könnte er der Polizei sagen. Was ja auch der Wahrheit entsprach. Denn hätte er vorher gewusst, was dieser Mörder plante, hätte er ihn an irgendeiner Tankstelle an der Autobahn zurückgelassen und sich auf und davon gemacht. Das Problem war nur, dass die Polizei ihm wahrscheinlich nicht glauben würde. Denn er war schon zweimal im Gefängnis gewesen, einmal wegen Versicherungsbetrugs und einmal wegen Drogenhandels. Was also würde ein Polizist von seiner Aussage halten? Wahrscheinlich gar nichts. Vor allem angesichts dieser verdammten Hotelquittung. Wie hatte er nur einen so dummen Fehler machen können! Einen von vielen in seinem Leben.

Er musste Enzo irgendwie loswerden.

Entweder er oder ich, dachte er.

«Hier … schön stark, wie du ihn gern magst.»

Tatiana war mit zwei Tassen Espresso zu ihm nach draußen gekommen. «Danke …»

Sie führte ihre Tasse an die Lippen. «Heute ist das Meer wunderschön, stimmt's? Der Winter ist vorbei. Schon bald wird es wieder warm, und die Saison beginnt.»

Corrado lächelte, während eine lautstarke Vespa am Meer entlangfuhr. «Du hast recht. Aber dann steigt auch der Lärmpegel wieder, und ich kann vor drei Uhr nachts nicht einschlafen.»

«Was ist denn los mit dir gerade?»

Endlich sah er sie an. «Unnütze Grübeleien.»

«Willst du darüber reden?»

«Es ist nichts, mach dir keine Sorgen.»

«Mach ich mir aber. Denn seit du letzte Woche weg warst, benimmst du dich sehr seltsam. Was ist passiert?»

«Nichts, wie ich gesagt habe. Manchmal denke ich an Rom und bekomme ein wenig Heimweh. Aber das geht vorbei.»

«Heute Abend lade ich dich zum Essen ein.»

Corrado lächelte. «Und dein Buchhalter? Lässt du den alleine zu Hause?»

«Pfft, einen Abend ohne mich wird er wohl verkraften.»

«Wie heißt dein Heimatort nochmal? Ich kann es mir nicht merken.»

«Du wirst es dir nie merken können. Wsewoloschsk. In der Nähe von Sankt Petersburg.»

«Und wenn wir dort zusammen eine Bar eröffnen?»

Tatiana lachte. «Das würdest du keine drei Wochen aushalten. Da ist es viel zu kalt für dich. Aber warum? Gefällt es dir hier nicht?»

«Nicht mehr.» Er ließ Tatiana stehen und ging wieder in die Bar.

Tatiana seufzte. Im selben Moment kam Barbara aus ihrer Buchhandlung. «Hallo, Tatiana.»

«Hallo.»

Barbara sah sich um. Sie schien Tatiana unbedingt etwas mitteilen zu wollen und warf einen Blick auf den Eingang der Bar. «Ich muss mit dir reden», sagte sie atemlos, kam jedoch nicht näher.

«Dann mach das.»

«Nicht hier. Später. Jetzt muss ich noch was erledigen.» Und weg war sie.

Irgendwie verhalten sich gerade alle äußerst seltsam, dachte Tatiana.

Corrado hatte mit der Zubereitung der Panini begonnen. Ruhig, mit geübten Bewegungen. Ein halbes Panino, Mayonnaise, ein Salatblatt, Thunfisch, noch ein Salatblatt, noch eine Schicht Mayonnaise. Beim dritten Panino mit Schinken hielt er inne. Betrachtete das Messer mit dem gelben Griff, das er in der Hand hielt, und nahm den Gedankengang wieder auf, den seine Geschäftspartnerin vorhin unterbrochen hatte. Wie er es auch drehte und wendete: Eine andere Lösung gab es nicht. Er konnte nicht länger ertragen, von diesem Stück Scheiße erpresst zu werden. Er musste etwas tun. Es in Ruhe vorbereiten und dann überraschend zuschlagen. Wenn Enzo am wenigsten damit rechnete, wenn Enzo wehrlos war. Ansonsten hatte er keine Chance, ihn zu überwältigen. Ein entschiedener Stich, schnell und präzise, und das Problem war gelöst. Er musste nur den Mut dazu finden. Zur Not konnte er vor dem Zubettgehen mit einem Wachmacher ein wenig nachhelfen. Damit er einen klaren Kopf hatte, wenn er dem Monster das scharfe Messer mit dem gelben Griff in den Leib rammte.

Bei der Rückkehr in sein Büro sah Rocco, dass Caterina das Plakat mit dem, was ihm am meisten auf den Sack ging, auf den neuesten Stand gebracht hatte. Er lächelte angesichts der Mühe, die sie sich damit gemacht hatte.

«Dottor Schiavone!»

D'Intinos schrille Stimme hallte laut durch den Flur. Rocco wandte sich um.

«Was gibt's, D'Intì?»

«Der Hund.»

«Und?»

«Er ist drin. Schläft noch immer. Er ist doch nicht krank?»

«Er ist ein Welpe. Schlafen ist seine Lieblingsbeschäftigung.»

«Ah. Hören Sie, Staatsanwalt Baldi hat mindestens sechsmal angerufen. Er sucht wie ein Verrückter nach Ihnen.»

«Wie spät ist es?»

«Fünf.»

Rocco verdrehte die Augen. «Dann mach ich mich mal auf den Weg in die Staatsanwaltschaft.»

«Möchten Sie, dass ich Sie begleite?»

«Um Himmels willen!»

«Soll ich mich um den Hund kümmern?»

«Auch nicht.»

«Soll ich irgendetwas anderes tun?»

Rocco wollte gerade antworten: Zieh Leine, als ihm ein plötzlicher Gedanke kam, ein genialer Geistesblitz.

«D'Intino, ich habe eine wichtige Aufgabe für dich und Deruta. Eine wirklich bedeutende Aufgabe!»

D'Intino stand stramm. «Ja, ja. Soll ich Deruta rufen?»

«Da ist er schon», meinte Rocco, als der dicke Agente im selben Moment aus einer Seitentür trat. «Deruta, komm bitte mal her.»

«Sofort, Dottore.» Mit trippelnden Schritten kam er auf seinen kleinen Füßen näher.

«Also, ihr beiden, es handelt sich um eine äußerst wichtige Angelegenheit, die sehr viel Fingerspitzengefühl erfordert.»

«Stets zu Ihren Diensten», entgegnete Deruta in militärischem Gehorsam.

«Und was ganz wichtig ist: Ihr dürft nur mit mir darüber reden. Mit keinem anderen in der Questura, verstanden?»

Einheitliches Nicken.

«Es ist keine leichte Aufgabe, aber ich weiß, dass ihr es schaffen werdet. So wie ihr noch immer alles hingekriegt habt.»

Ein wenig skeptisch verzog Deruta den Mund.

«Was ist?»

«Na ja ... beim letzten Mal haben Sie uns einen Schlüssel gegeben, und wir mussten die Tür dazu suchen, was wir beinahe mit dem Leben bezahlt hätten.»

«Stimmt», bestätigte D'Intino, «und ein anderes Mal mussten wir zwei Drogenhändler beschatten, wobei ich mir zwei Rippen gebrochen habe ...»

«Und dann letzte Woche in den Bergen mitten im Schnee. Beinahe wäre D'Intino der große Zeh erfroren und hätte amputiert werden müssen.»

«Ich hinke noch immer.»

«Diesmal ist es etwas viel Schwierigeres. Aber wenn ihr euch dazu nicht in der Lage seht, ist das nicht schlimm. Ich werde Scipioni fragen, dem macht so schnell nichts Angst.»

«Soll das ein Witz sein?» Auch Deruta hatte seinen Stolz! «Worum handelt es sich denn?»

«Mittwoch, den 9. Mai, und Donnerstag, den 10. Mai ...»

«Letzte Woche ...»

«Bravo, Deruta. Ihr sollt bei allen – ich wiederhole: allen – Hotels und Pensionen in Aosta vorbeifahren und euch die Gästelisten für diese Tage geben lassen. Luxusherbergen und Hotels mit drei Sternen könnt ihr weglassen. Nur zwei Sterne und drunter. Also die billigen Absteigen.»

«Wen suchen wir?», fragte D'Intino in verschwörerischem Tonfall.

«Ihr sucht einfach. Und spitzt besonders die Ohren, wenn ihr hört, dass jemand aus Rom hier war. Ich verlasse mich auf euch. Also lasst euch die Gästelisten geben, und bringt sie mir. Nur mir. Habe ich mich klar ausgedrückt?»

Erneutes Nicken im Duett. «Wann sollen wir anfangen?»

«Sofort, Deruta. Auf der Stelle!» Die beiden Agenti blieben unbeweglich im Korridor stehen. «Und? Los! Auf geht's!»

«Um diese Aufgabe zuverlässig erledigen zu können, brauchen wir noch etwas!» Deruta sah D'Intino auf Unterstützung hoffend an.

«Und das wäre?»

Deruta hob die rechte Hand mit vier gestreckten Fingern. «Vier Textmarker.»

«Einen rosafarbenen, einen gelben, einen grünen und einen blauen», erklärte D'Intino.

Rocco zog die Augenbrauen hoch. «Und die habt ihr nicht im Büro?»

«Nein», entgegnete Deruta betrübt. «Sie haben unsere Bestellung nie genehmigt.»

Rocco breitete resigniert die Arme aus. «Reichen zehn Euro?»

«Sicher.»

Rocco nahm seine Brieftasche heraus. Er hatte keinen Zehn-Euro-Schein. Also gab er ihnen einen Zwanziger. «So kann sich jeder von euch seine eigenen vier Stifte kaufen.»

D'Intino und Deruta strahlten vor Freude aus sämtlichen Poren. Hastig griffen sie nach dem Geldschein, bedankten sich und gingen tuschelnd über den Flur davon.

«Was sagt man dazu!», murmelte Rocco und betrat sein Büro.

Lupa stand neben der Tür. Sie hatte Roccos Stimme gehört und wedelte so eifrig mit dem Schwanz, dass der rhythmisch gegen die Rückenlehne des Sessels schlug, auf dem sie geschlafen hatte.

«Ciao, Lupacchiotta, wie geht's?» Rocco nahm den kleinen Hund in den Arm und sah ihm in die Augen. «Wir müssen jetzt ein ernstes Gespräch führen. Es kann sein, dass Papa für ein paar Tage wegmuss. Bist du ein braves Mädchen?»

Lupa leckte ihrem Herrchen über die Nase.

«Ich nehme das mal als Ja. Und jetzt darfst du mich zum Staatsanwalt begleiten.»

Lupa leckte erneut.

«Aber du musst dich anständig benehmen, verstanden?

Los, Abmarsch!» Er setzte den Hund auf dem Boden ab, der sofort aus dem Büro rannte und im Flur verschwand.

Lupa war höchst fasziniert von den Fransen des falschen Perserteppichs in Baldis Büro, die sie eine nach der anderen zerkaute.

«Hier in der Staatsanwaltschaft sind Hunde verboten», sagte Baldi.

«Ich weiß. Aber die unten haben eine Ausnahme gemacht.»

«Der verpestet mein Büro.»

«Lupa stinkt nicht. Sie riecht nach Popcorn. Vor allem, wenn sie schläft.»

Baldi schüttelte den Kopf. «Sagen Sie mir nur, ob Sie sich schon einen Überblick verschaffen konnten, Schiavone.»

«Zunächst mal, muss ich Ihnen gratulieren.»

Der Staatsanwalt sah ihn fragend an.

«Wenn Sie nicht darauf bestanden hätten, dass der Leichnam des Opfers sofort zu Fumagalli gebracht wird, wäre es uns nie aufgefallen.»

«Was, Schiavone?»

«Sie hatten recht. Es war kein Infarkt. Cuntrera wurde umgebracht.»

«Wusste ich's doch!»

Rocco warf einen Blick auf Lupa, die immer noch am Teppich kaute.

«Aber könnten Sie mir die Sache genauer erklären?»

«Fumagalli hat eine seltsame Reaktion bei der Leiche festgestellt, die sich in der Nacht ereignet hat. Deshalb wird nun untersucht, wie die Leiche eine solche geworden ist.»

«Sehr gut!» Baldi schlug mit der Faust auf den Schreibtisch, sodass das Foto seiner Frau und sämtliche Stifte hüpften, zusammen mit einem alten Messingkalender, der Juni 2005 anzeigte. Lupa dagegen ließ sich nicht ablenken. Sie war sehr ausdauernd mit dem Perser beschäftigt. Baldi stand abrupt auf und ging um den Schreibtisch herum. «Dieser Teppich ist Staatseigentum! Wenn Ihr Hund so weitermacht, müssen Sie ihn ersetzen.»

«Lupa!» Der Hund ließ vom Teppich ab und wandte sich den Schnürsenkeln von Roccos Clarks zu.

«Wir haben es also mit einem Mord zu tun. Und der Mörder könnte unser geheimnisvoller Drahtzieher sein, richtig?»

«Ja. Der angebliche Carlo Cutrì.»

«‹Angeblich› trifft's genau. Also hören Sie mir zu … Ich fasse mal kurz zusammen. Domenico Cuntrera gehörte zu den Leuten, die die Familie Berguet erpresst haben. Aber wir müssen die Mosaiksteine zusammensetzen. Wichtige Mosaiksteine. Erstens: die Unterlagen, die Cuntrera dabeihatte, als wir ihn an der Grenze erwischt haben. Gut, daran arbeite ich … und da passt einiges nicht zusammen. Aber das sind komplizierte Bankgeschichten, die Sie nicht weiter interessieren dürften.»

«Wenn Sie das sagen.»

«Das Ganze geht nicht auf, und wenn man den Zahlen glauben mag und die chiffrierten Konten verfolgt, gerät man in schwindelerregende Höhen, Dottor Schiavone.»

«Sie scheinen mir nicht gerade an Höhenangst zu leiden.»

Baldi lachte. «Das ist gut, das merk ich mir. Aber kommen wir zu dem zweiten Mosaikstein: der Banca della Vallée. Erinnern Sie sich? Sie hat Berguets Firma Edil.ber Kredite gewährt, dann jedoch den Geldhahn zugedreht, sodass Alessandro Berguet sich an Cuntrera gewandt hat, also an die 'Ndrangheta, und die wollte Teilhaber an der Baufirma werden, um sie sich später unter den Nagel zu reißen.»

«Ich erinnere mich sehr gut, Dottore. Das ist ja erst ein paar Tage her.»

Baldi ignorierte den Einwurf. «Außerdem haben Sie herausgefunden, dass sieben von Cuntreras Opfern, alle kleine Unternehmer, die ihm Geld schuldeten, eines gemeinsam haben, und zwar ihr Konto bei der Cassa della Vallée. Können Sie mir so weit folgen?»

Rocco beschränkte sich darauf zu nicken.

«Nun habe ich begonnen, mich näher mit dieser Bank zu beschäftigen, deren Direktorin, Laura Turrini, Sie ja kennengelernt haben. Und nun das zweite Mosaiksteinchen: Dottoressa Turrini arbeitet nicht mehr für diese Bank. Entlassen, im Laufe eines Nachmittags aus dem Weg geräumt.»

«Das klingt seltsam.»

«Und jetzt kommen wir zu der dritten Besonderheit, die die beunruhigendste ist und diesen Carlo Cutrì betrifft, der wohl der Komplize des nun leider verschiedenen Cuntrera war.»

«Genau. Mit Wohnsitz in Lugano, oder?»

«Diesen Carlo Cutrì gibt es nicht.»

Rocco riss erstaunt die Augen auf.

«Jedenfalls nicht dort», erklärte Baldi. «An der angegebenen Adresse wohnt eine französische Familie, und auf der Liste der Einwohner von Lugano taucht der Name Carlo Cutrì nicht auf.»

«Und das bedeutet?»

«Ich weiß nicht. Es bedeutet zum Beispiel, dass Carlo Cutrì ein Deckname für denjenigen ist, der Mimmo Cuntrera Befehle erteilt und die Entführung der armen Chiara Berguet organisiert hat.»

Rocco zündete sich eine Zigarette an. «Oder es ist dessen richtiger Name, und er ist unter einem falschen Namen eingetragen.»

«Genau.»

«Ein ziemliches Durcheinander, Dottore.»

«Es kommt mir dauernd so vor, als würde ich immer einen Schritt hinterherhinken.»

«Aber hinter wem?»

«Keine Ahnung, Schiavone! Wenn ich das wüsste, hätte ich das Problem bereits gelöst, denken Sie nicht? Ich habe das Gefühl, dass ich das Nest erst entdecke …»

«… wenn die Vögel bereits ausgeflogen sind. Ein hässliches Gefühl.»

«Und machen Sie die Zigarette aus. Ich kann mich nicht erinnern, Ihnen erlaubt zu haben, hier zu rauchen.» Rocco gehorchte mit saurer Miene, während der Staatsanwalt an seinen Schreibtisch zurückkehrte. Dabei fiel ihm auf, dass das Foto seiner Frau umgefallen war und die Vorderseite nach unten zeigte. Er nahm es in die Hand, und zum ersten Mal drehte er es in Roccos Gegenwart so, dass er das Foto sehen konnte. Baldi stellte ihm die Dame vor: «Meine Frau ...» Rocco grinste. Vielleicht war die Ehe des Staatsanwalts ja gerettet. Nach all dem Hin und Her seit September, wobei das Foto in die Schublade gewandert war, dann von dort in den Papierkorb, um anschließend mit der Vorderseite nach unten auf dem Schreibtisch zu liegen, schien der Haussegen wieder gerade zu hängen. Baldi überzeugte sich davon, dass der Hund seine Einrichtung in Ruhe ließ.

«Was für eine Rasse ist das?»

«Ein Saint-Rhémy-en-Ardennes.»

«Ein was?»

«Eine äußerst seltene Rasse. Diese Hunde sind bipolar. Sie können sehr friedlich sein und plötzlich extrem aggressiv werden. Hängt vom Charakter seines Herrchens ab.»

«Dann streichel ich ihn lieber nicht. Saint-Rhémy-en-Ardennes ... So ein Blödsinn. Wenn wir also Cuntreras Mörder finden ...»

«... könnte uns das zu seinem Auftraggeber führen. Cuntrera war noch nicht lange dabei und hat es gleich geschafft, sich Feinde zu machen, die ihn umlegen.»

«Da bin ich absolut Ihrer Meinung. Und wie schon gesagt: Die Unterlagen, die Cuntrera bei seiner Verhaftung bei sich hatte, sind brisant. Richtig brisant. In diesem Material müssen wir nach dem Auftraggeber suchen. Wie wollen Sie vorgehen?»

«In einem Gefängnis zu ermitteln ist eine mühevolle

Angelegenheit. Wir werden dort auf eine Mauer des Schweigens stoßen, die den Gefängnismauern alle Ehre macht. Niemand wird mit mir reden, und niemand wird in meinem Beisein einen falschen Schachzug riskieren. Ich werde den Fall anders lösen müssen. Und eins hat mich das Leben gelehrt: Wenn du es mit Morast und Scheiße zu tun bekommst, musst du in die Kanalisation hinabsteigen und so tief in den Dreck eintauchen, bis du selber stinkst.»

«Soll ich sie in den Knast stecken?»

«Das bringt nichts, Dottor Baldi. Die Insassen merken sofort, dass man keiner von ihnen ist. Und ich brauche Zeit. Nein, ich werde dort hingehen und irgendeinen Routinejob vortäuschen. Nur auf die Art kann ich versuchen, mir Sympathiepunkte zu verdienen. Es wäre gut, wenn Sie mit dem Direktor reden könnten, damit er mir jede mögliche Unterstützung gewährt.»

«Ist so gut wie erledigt.»

Rocco brauchte nur ein paar Hemden und Einwegrasierer. Dazu schlich er sich wie ein Dieb in seine alte Wohnung in der Rue Piave. Er ging zuerst ins Bad, zählte bis drei und traute sich erst dann ins Schlafzimmer. Er hatte Angst. Angst, dass die Matratze mit den rostfarbenen Flecken noch dort war. Angst, Adeles von Kugeln durchsiebten Körper vor sich zu sehen. Er öffnete die Schlafzimmertür und wagte sich zum Kleiderschrank vor, ohne sich umzudrehen, ohne nachzudenken, schnell, die Luft anhaltend, als wäre sie nach dem Mord noch verseucht. Dort, im zweiten Fach, lagen die Hemden. Er riss sie an sich und verließ den Raum. Die Wohnungstür zog er lediglich hinter sich zu, ohne abzuschließen. Mit noch immer angehaltenem Atem rannte er die Treppe hinunter und holte erst wieder Luft, als er draußen auf der Straße stand. Auf der noch warmen Motorhaube seines Volvos saß mit vor der Brust verschränkten Armen Anna.

«Wie geht's?», fragte sie.

«Ging schon mal besser. Und dir?»

«Ging schon mal besser.»

Ihre Augen glänzten verdächtig, und Rocco wusste nicht, ob Wut oder Traurigkeit in ihnen lag. Sie war ganz in Schwarz gekleidet. Einen schwarzen Pullover, über dem sie eine Kette mit einem hübschen silbernen Anhänger trug. Einen schwarzen Rock, der knapp bis zum Knie reichte. Knöchelhohe Schuhe, keine Strümpfe. Sie strich sich das Haar nach hinten. «Ich warte seit Tagen auf dich.»

«Ich weiß. Ich bin erst seit heute wieder im Büro.»

«Hast du heute Abend schon was vor?»

«Ich habe nie was vor.»

«Ich gehe zu einer Party. Kommst du mit?»

«Mir ist nicht nach Feiern zumute.»

«Es wird dir gefallen. Die Crème de la Crème Aostas wird da sein.»

«Dein Liebhaber auch?»

«Du bist mein Liebhaber.»

«Ich meine den offiziellen. Den Architekten Bucci-Irgendwas.»

Anna lächelte. «Bucci-Rivolta. Wieso kannst du dir diesen Namen einfach nicht merken? Ich weiß nicht, ob er kommt. Aber du kannst beruhigt sein. Er ist nicht mehr mein Liebhaber.»

«Weißt du, ich habe mehr als genug von Leuten, die mir ans Leder wollen.»

«Keine Sorge, er hat nicht mal einen Waffenschein. Um acht bei mir?»

Rocco nickte.

«Hast du einen schwarzen Anzug?»

«Gehen wir zu einer Totenwache?»

«Nein, es wird um elegante Abendkleidung gebeten.»

«Schwarz ist nicht elegant. Es gehört auf den Friedhof. Ich zieh das Beste an, was ich hab.» Er drückte auf den Türöffner am Autoschlüssel, und der Volvo blinkte an allen vier Ecken.

«Und damit ist das Gespräch beendet», sagte Anna zu sich selbst. «Wenn du später kommst oder gar nicht, sagst du mir Bescheid?»

«Sicher.» Rocco setzte sich ins Auto. Anna klopfte an die Scheibe. Er öffnete. «Ja?»

«Wäre es sehr verwegen, dich um einen Kuss zu bitten?»

Rocco reckte sich hoch und berührte leicht ihre Lippen, dann legte er den Rückwärtsgang ein.

«Ich hab schon Steine geküsst, die wärmer waren», murmelte Anna.

«Bitte?»

«Nichts», sagte sie, drehte sich um und ging nach Hause.

«Aber warum? Warum?», brüllte Rocco und hieb mit den Fäusten aufs Lenkrad.

Der einzige funktionierende Fernseher in der Questura stand im Warteraum. Rocco vertrieb zwei Agenti daraus, die sich dort nach einer Vierundzwanzig-Stunden-Schicht ausruhten. Während sich Italo mit dem Kabelsalat abmühte, trat Antonio Scipioni mit einem Packen DVDs in der Hand ein.

«Gut.» Rocco ging ihm entgegen. «Sind das alle?»

«Das sind die Aufnahmen der Kameras vier, fünf und sechs auf dem Hof.»

«Perfekt. Bist du so weit, Italo?»

Pierron wandte sich zu seinem Chef um. «Geschafft.»

«Das sind Aufnahmen von über einer Stunde!», erklärte Scipioni. «Sie beginnen etwa zwanzig Minuten, bevor der Tote gefunden wurde, und enden eine Stunde später.»

«Das, was danach passiert ist, interessiert uns nicht.» Rocco öffnete die erste DVD-Hülle. «Uns interessiert das davor.»

«Sehen wir uns alles hintereinander an?»

«Ihr seht euch alles hintereinander an», erklärte Rocco. «Jede einzelne Minute. Und schreibt alles auf, was euch auffällt.»

Die Mienen der beiden Agenti verdüsterten sich.

«Was denn?», fragte Rocco. «Hattet ihr heute etwas anderes vor?»

«Also ... ich finde ...»

«Antonio, eine schöne Kino-Session zusammen mit einem Freund, was willst du mehr?» Grinsend ließ Rocco die beiden mit der undankbaren Aufgabe allein.

Auf dem Flur sah Rocco Casella aus einem der Büros treten und rief nach ihm.

Der Angesprochene horchte auf. «Ja, Dottore.»

Rocco öffnete seine Brieftasche und nahm erneut einen Zwanzig-Euro-Schein heraus. «Geh zur Konditorei und hol ein paar Naschereien für Antonio und Italo. Sie sind im Warteraum.»

«Warum?»

«Ist es schon so weit gekommen, dass du bei einem eindeutigen Auftrag eines Vorgesetzten nach dem Warum fragst?»

«Nein, aber da sich bei mir die Akten stapeln, dachte ich …»

«Da hast du falsch gedacht. Los, beeil dich, damit du in zehn Minuten wieder zurück bist. Vielleicht habe ich ja noch mehr für dich zu tun!»

«Bin schon weg.»

Casella griff nach dem Geldschein und ging Richtung Ausgang.

Bevor Rocco sein Büro betrat, warf er einen Blick auf das Plakat mit dem, was ihm auf den Sack ging. Dann zog er einen Stift aus der Tasche und fügte unter sechsten Grades hinzu: Sonntagskuchen.

Das Geräusch der schließenden Tür überschnitt sich mit dem Klingeln des Telefons. Rocco griff nach dem Hörer. «Wer stört?», brüllte er.

«Schiavone? Ich bin's, Farinelli.»

Der Chef der Spurensicherung aus Turin.

«Ciao.»

«Wie geht's, Schiavone?»

«Besser als gestern.»

«Ich warte immer auf den Moment, in dem du einfach nur ‹Gut› sagst! An diesem Tag würde ich nämlich mein Glück im Lotto versuchen.»

Rocco setzte sich in den Ledersessel. Lupa machte es sich auf dem Sofa bequem. «Dieser Tag wird kommen, und zwar dann, wenn die Erde komplett von Wasser überschwemmt und der Planet vom Übel der Menschheit erlöst ist.»

«Alles klar. Offenbar bist du wieder voll in Form. Hör zu: Es tut sich was.»

«Lass hören!»

«Reden wir erst mal über die Pistole, die in deiner Wohnung abgefeuert wurde. Die 6,35. Ich hab das mit ein paar anderen Fällen abgeglichen, und weißt du, was? Die Waffe wurde vor drei Jahren bei einem Raubüberfall auf eine Bank in Cinecittà benutzt. Und dabei hat es einen Toten gegeben. Das Opfer hieß Ugo Ferri, ein Rentner. Ist unglücklicherweise in die Schusslinie geraten.»

«Weiter.»

«Zwei Täter. Der eine wurde gefasst, der andere ist entkommen, und die Pistole ist nie wieder aufgetaucht. Und nun hat sie der geheimnisvolle Mörder, der deine arme Freundin Adele auf dem Gewissen hat.»

«Weißt du den Namen des Festgenommenen?»

«Warte, das hab ich hier ...» Rocco hörte, wie Farinelli in den Unterlagen blätterte. «Wo zum Teufel ... Ah, das ist er! Also ... Pasquale Scifù. Er ist ein paar Jahre nach seiner Verhaftung im Gefängnis gestorben.»

«Und der andere?»

«Nichts. Scifù hat nie geredet.»

«Gibt es Zeugen oder irgendetwas anderes, was mir helfen könnte?»

«Wenig. Es gibt nur einen einzigen Anhaltspunkt: Im Vergleich zu Scifù, der von normaler Statur war, soll der andere ein Riese gewesen sein. Und er war derjenige, der geschossen hat.»

«Danke. Das war sehr hilfreich.»

«Bringt dich das weiter?»

«Ich hoffe, ja.»

«Endlich! Und langsam sieht das Glas wieder halb voll aus.»

«Welches Glas?»

Antonio Scipioni und Italo Pierron saßen nun schon drei Stunden vor dem Fernseher und hatten allmählich bunte Streifen vor den Augen.

Rocco Schiavone rauschte wie eine frische Brise zur Tür herein. «Wie sieht's aus?»

«Vielen Dank für die Süßigkeiten. Die waren super», sagte Scipioni.

«Rocco, wir können nicht mehr. Seit Stunden sehen wir uns immer dieselben Sachen an», meinte Italo und fuhr sich mit den Händen übers Gesicht.

«Und dürfte ich erfahren, was ihr gesehen habt?»

«Wir zeigen es Ihnen am besten im Schnelldurchlauf und kommentieren das Ganze.»

«Antonio, wolltest du mich nicht duzen, so wie Italo?»

«Oh … ja … nur hier im Büro …»

«Wenn kein anderer dabei ist, was soll's?»

«Du hast recht, Dottore. Soll ich anfangen?»

«Auf geht's!»

Scipioni drückte eine Taste auf der Fernbedienung, und der Schwarzweißfilm begann.

«Das ist Kamera eins.» Im Schnelldurchlauf betrachtet, wirkte die Aufnahme wie ein Film des russischen Formalismus.

«Also. Hier haben wir die Prügelei. Die drei Häftlinge links nehmen sich gerade den Marokkaner vor.»

«Tunesier», korrigierte Italo.

«Genau. Und dann kommen dem Tunesier zwei weitere Nordafrikaner zu Hilfe, siehst du? Einer von ihnen klammert sich hier am Rücken von dem mit der Narbe im Gesicht fest, diesem …»

«Erik», ergänzte Italo.

«Der andere versucht, den Neger mit ein paar Karate-Manövern in Schach zu halten.»

«Den Schwarzen, Antonio, das Wort ‹Neger› ist diffamierend», berichtigte Rocco.

«Stimmt. Den Schwarzen. Der nun dem anderen die Luft abdrückt, sodass der anschwillt wie ein Gummiboot.»

«Wow, was für eine Rechte! Der teilt ganz schön aus, der Afrikaner, oder?»

«Stimmt. Dann …»

«Dann», übernahm Italo, «… kommt noch ein Nordafrikaner dazu, der hier, siehst du? Ich meine, er heißt Aziz, und er gerät gleich an Erik.»

«Auch dieser Erik haut ganz schön zu, was?»

«Und jetzt greifen die anderen Gefangenen ein, um die Prügelei zu beenden. Und auch die Aufseher tauchen auf, um für Ordnung zu sorgen.»

Sie sahen noch immer auf die Bilder.

«Wer ist der Dritte, der da den Tunesier vermöbelt?»

«Er wird der Professor genannt. Scheint das Hirn der Truppe zu sein», antwortete Italo.

«So, jetzt kommt's!» Antonio wies auf die rechte Seite des Bildschirms. «Siehst du, dass die Männer da hinten zusammenströmen? An dieser Stelle muss die Leiche von Mimmo Cuntrera liegen.»

«Und warum sehen wir sie nicht?»

«Weil dort ein blinder Fleck ist.»

Rocco strich sich übers Kinn. Sein Zweitagebart knisterte wie Öl in einer heißen Pfanne. «Und die anderen Kameras?»

«Keine der sechs Kameras filmt in dieser Ecke des Hofs.»

«Das heißt, dass wir nirgendwo sehen können, wie der Mann zu Boden geht.»

«Genau.»

Rocco stand auf.

«Das wäre ja auch zu einfach gewesen.»

Die beiden Agenti sahen sich an, als wäre es ihr Versagen.

«Aber immerhin wissen wir jetzt eins: Cuntreras Mörder kennt das Gefängnis und die Kameras ganz genau. Es muss also jemand gewesen sein, der schon eine Weile dort drin ist.»

Sergio Mozzicarelli ging in seinen Block zurück. Mit einer kurzen Geste grüßte er den diensthabenden Aufseher. Ihm war nicht danach, in den Hof zu gehen. Nicht nach dem, was geschehen war. Nicht nach dem, was er gesehen hatte. Er lehnte sich mit dem Rücken an die Wand und betrachtete seine Mithäftlinge.

Mit wem konnte er reden?

Die Ausländer schloss er von vornherein aus. Mit denen hatte er nichts zu tun, er kannte sie kaum. Die Afrikaner sprachen nur wenig Italienisch, die Rumänen und die Albaner so gut wie gar nicht. Blieben also die Italiener, die hier den geringsten Teil der Sträflinge ausmachten. Er könnte mit Cavabucion reden, dem ehemaligen Barista aus Padua, von dem er nicht mal wusste, wie er richtig hieß ... Besser nicht. Mit Graziano? Aber der würde es sicher falsch verstehen, wenn er ihn ansprach, und es für einen Annäherungsversuch halten. Er würde irgendwelche schmutzigen Andeutungen machen, von einem Stelldichein unter der Dusche oder heimlich in seiner Zelle während der Sozialisierungszeit. Mariano? Der Lkw-Fahrer, der in einer einzigen Nacht seine Frau und seine Geliebte umgebracht hatte? Nein, der auch nicht. Blieben noch Marco und Federico. Aber die waren zu jung. Sie dachten nur an ihre Kinder zu Hause und daran, wie lange es noch dauerte, bis sie das Gefängnis verlassen konnten. Ihre Stärke bestand darin, Lederarmbänder mit einem schwarzen Stein zu basteln, auf dem das Sternzeichen eingraviert wurde. Und das war's dann auch schon mit den Landsleuten. Es waren wirklich nicht viele, und keinem von ihnen konnte er sein Geheimnis anvertrauen und darauf bauen, dass er es auch für sich behalten würde. Aber vor allem war keiner von ihnen in der Lage, ihm einen Rat zu geben.

Vergiss es!, sagte ihm sein Verstand. Vergiss es einfach, Sergio, du hast es gesehen, na und? Kümmere dich um deinen eigenen Kram. In einem Jahr bist du wieder frei und kannst die letzte Etappe deines Scheißlebens genießen.

«Ich bringe mich bloß in Schwierigkeiten», sagte er leise zu sich selbst, den Blick zu Boden gerichtet. Und wofür? Domenico Cuntrera war nicht einmal sein Freund gewesen. In den wenigen Tagen hatten sie nur vereinzelt ein paar Worte gewechselt. Er wusste lediglich, dass Cuntrera aus Kalabrien stammte, jeden Abend zur Jungfrau Maria betete und bald verlegt werden sollte. Aber leider nicht rechtzeitig genug.

Vergiss es.

Doch dann fiel ihm wieder ein, wie der arme Kerl ihn angesehen hatte, als er schon ganz blau war. Mit weit aufgerissenen Augen, als flehe er ihn um Hilfe an, während ihn schnell und feige das Leben verließ. Röchelnd und mit Schaum vor dem Mund. Und was hatte er getan? Wie hatte er auf diesen verzweifelten Hilferuf reagiert? Er hatte sich hinter der Betonsäule versteckt, um nicht gesehen zu werden, während sich auf der anderen Seite des Hofs ein paar Irre gegenseitig massakrierten.

Vergiss es.

«Alle rein! Die Zeit ist vorbei!», brüllte einer der Aufseher. Langsam kehrte er mit Aldo und Karim in seine Zelle zurück. Mit einem metallischen Geräusch rasteten die Metalltüren ein. Es war bald Zeit zum Abendessen.

Vergiss es.

Halb neun. Rocco war zu spät. Er hatte Zeit verloren, weil er Brizio angerufen hatte, um ihm zu erzählen, was er über die Pistole und den Raubüberfall mit dem Toten in Cinecittà erfahren hatte. Brizio hatte ihm versichert, dass er sich dahinterklemmen würde. Selbst wenn er von einem Neapolitaner namens Scifù noch nie gehört hatte. Nun war Rocco, zusammen mit Lupa, die ihm schwanzwedelnd folgte, eilig auf dem Weg zu seinem Apartmenthaus. Er musste schnell unter die Dusche springen und sich anziehen. Wobei er bereits mit dem Gedanken spielte, Anna anzurufen und sie zu enttäuschen. Er betrat das Apartmenthaus und wollte sich gerade den Schlüssel geben lassen.

«Du bist ziemlich spät dran!»

Er drehte sich um. Hinter ihm auf dem Sofa in der Eingangshalle saß Anna. Lupa lief ihr bellend entgegen. Anna empfing sie mit offenen Armen. «Lupa! Freust du dich, mich zu sehen?» Anna beugte sich vor, um den Hund zu streicheln, dann sah sie zu Rocco auf. «Sie freut sich, mich zu sehen. Du solltest von ihr lernen.»

«Ich brauche nur drei Minuten, um mich kurz umzuziehen. Kann ich den Hund heute Abend mitnehmen?»

«Ich fürchte, nein.»

«Nicht mal den Hund? Na gut.» Rocco pfiff, und Lupa folgte ihm die Treppe hinauf.

Er entschied sich für den üblichen braunen Cordanzug mit einem blauen Hemd ohne Krawatte und natürlich seine Clarks. «Du machst jetzt schön heia», sagte Rocco und schüttete eine Portion Trockenfutter in den rosafarbenen Plastiknapf. «In Ordnung? Ich bin bald wieder zurück.» Lupa stürzte sich aufs Futter. Rocco zog sich den Lodenmantel über, ließ für Lupa das Licht an und schloss die Tür hinter sich.

«Danke, dass du hergekommen bist. Ich wurde aufgehalten.»

Anna begutachtete Rocco. «Und das soll ein eleganter Anzug sein?»

Neben Anna gab er tatsächlich eine miserable Figur ab. Sie trug ein schlichtes schwarzes Kleid und zur Auflockerung eine Kette in Form von Weinreben mit roten Edelsteinen zwischen goldenen Blättern, eine enge pinkfarbene Jacke mit vergoldeten Knöpfen und schwarze Stiefeletten in Schlangenlederoptik.

«Du bist angezogen, als wolltest du ins Büro gehen.»

Rocco betrachtete sich im Spiegel der Eingangshalle. Er hatte sich nicht mal gekämmt. «Findest du?»

«Und dann noch der Bart! Na komm, wir sind sowieso spät dran. Nehmen wir dein Auto, oder willst du dich auch noch fahren lassen?»

«Wohin?»

«Raus aus Aosta. Richtung Rumiod.»

«Weißt du den Weg?»

«Ja, wir fahren zu Berardo Turrini.»

«Ein vertrauter Name. Ist er irgendwie mit Laura Turrini verwandt, der Direktorin der Banca della Vallée?»

«Er ist ihr Mann. Der Chefarzt.»

Berardo Turrinis Heim als «Haus» zu bezeichnen war untertrieben. Sie fuhren durch ein zweiflügeliges Gittertor, das von sechs antiken Leuchtern angestrahlt wurde, auf das Anwesen. Dann nahmen sie eine kleine Straße, die auf beiden Seiten von Birken flankiert wurde. Im Dunkel der Nacht wirkten die Bäume wie Skelette. Die festlich erleuchtete Villa war gigantisch. Rocco betrachtete sie, nachdem er seinen Wagen auf einer Wiese neben ein paar Luxuslimousinen geparkt hatte, deren Wert womöglich höher war als das Bruttoinlandsprodukt so manchen afrikanischen Staates. Drei Etagen moderne Architektur, ein Schmuckstück aus Glas, Holz und Stein. «Nicht schlecht, was?», meinte Anna, die genau darauf achtete, wo sie ihre Füße hinsetzte, um nicht umzuknicken. Dabei war die Wiese glatt und weich wie Samt.

Über einen Kiesweg gelangten sie zu einem riesigen Eingangsportal mit Rundbogen und Glastür, das in einen Saal im Erdgeschoss führte. Sie landeten mitten in einem Gewimmel von Menschen mit Gläsern in den Händen, zwischen denen Kellner in Livree volle Tabletts entlangbalancierten. Kaum waren Anna und Rocco eingetreten, streckte ihnen ein glatzköpfiger alter Butler die Hände entgegen, um ihnen die Jacken abzunehmen. «Na, ob wir die nochmal wiedersehen?», meinte Rocco. «Ich hab meine Brieftasche dringelassen.»

Doch Anna würdigte ihn keiner Antwort.

Ein gedämpftes Licht beleuchtete wirkungsvoll die Kunstwerke an den Wänden. Rocco zuckte regelrecht zusammen, als er sich einer Leinwand mit einem Schnitt in der Mitte näherte. «Ein Fontana!», murmelte er. Und die anderen Bilder waren nicht weniger beeindruckend. Ein Burri, ein Wandteppich von Boetti und eine Reihe Zeichnungen von Miró bis Léger.

«Verdient ein Chefarzt so gut?»

«Familienvermögen, Rocco. So, genug gestaunt, begrüßen wir den Gastgeber.»

«Anna!» Ein Mann Ende fünfzig, gebräunte Haut, schneeweißes Haar, schwarzer Anzug sportlich über einem T-Shirt in der gleichen Farbe, näherte sich mit ausgebreiteten Armen. «Da bist du ja!»

«Berardo!» Sie umarmten sich. Die üblichen Wangenküsse. «Darf ich dir Dottor Schiavone vorstellen?»

«Ich habe schon viel von Ihnen gehört», sagte Turrini mit einem angedeuteten Lächeln. Sie gaben sich die Hand.

Rocco blickte sich um. «Braucht man eine Eintrittskarte, wenn man Sie besuchen will?»

Berardo Turrini brach in schallendes Gelächter aus. «Wie ich sehe, schätzen Sie zeitgenössische Kunst. Kommt mit, ich bringe euch zu meiner Frau.»

Sie durchquerten einen Raum, der so groß war wie eine ganze Wohnung, und näherten sich dem Tisch mit den Weinen, wo Laura Turrini mit einer Frau um die siebzig plauderte, deren von Falten durchzogenes Gesicht so gar nicht zu den frisch aufgespritzten Lippen passen wollte.

«Laura, sieh mal, wer da ist?»

«Anna!» Die Gastgeberin ließ mit einer entschuldigenden Geste ihre Gesprächspartnerin stehen. «Anna, wie schön, dich zu sehen.» Sie umarmten sich. Als Laura Turrini anschließend Rocco anblickte, wurde ihr Gesicht traurig. «Dottor Schiavone …»

«Ihr kennt euch bereits?», fragte ihr Mann.

«Ja», entgegnete Rocco. «Wie geht es Ihnen?»

«Heute Abend sollten wir uns duzen, finde ich.»

«Wie geht es, Laura?»

«Gut. Du siehst hervorragend aus!»

«Erzähl keine Lügen», wandte Anna ein. «Er sieht aus wie nach einer Achtundvierzig-Stunden-Schicht.»

«Hast du die Berguets nochmal gesehen?»

Laura Turrini wurde bleich. Ihr Mann griff ein: «Lasst uns lieber nicht davon sprechen. Das, was geschehen ist … Eine unangenehme Sache.»

«Nur unangenehm?»

«Äh, na ja. Nennen wir es ‹furchtbar›», meinte Berardo Turrini.

Seine Frau bekam langsam wieder Farbe. «Was glaubst du denn? Das, was die Berguets durchgemacht haben, tut mir sehr leid. Wir sind seit Jahren mit Silvana und Alessandro befreundet. Und die Bank, die ich repräsentiere, stand den Berguets ebenfalls nahe.»

«Außer in der letzten Zeit.»

Anna verdrehte die Augen. «Ihr müsst entschuldigen. Rocco, hältst du es für angebracht, hier über diese Dinge zu reden? Wir sind schließlich auf einer Party.»

«Anna hat recht», fügte Berardo Turrini hinzu. «Ich habe noch andere Gäste, entschuldigt mich ...» Mit einem Lächeln, das seine blitzenden Zähne zur Schau stellte, ließ er die drei zurück.

«Darf ich euch ein Glas Wein anbieten?»

«Gern», entgegnete Anna, und leise miteinander plaudernd, entfernten sich die beiden Frauen. Rocco folgte ihnen nicht. Er sah ihnen nach, während sie in Richtung Buffet gingen.

«Was mache ich hier eigentlich?», fragte er sich.

Irgendwo mussten sich Lautsprecher befinden, die dafür sorgten, dass überall Musik zu hören war. Wenn der Hausherr auch ein gutes Auge für die bildende Kunst hatte, ließ sich etwas Ähnliches über seine Ohren nicht sagen. Rocco meinte «Strangers in the night» in einer Version des italienischen Saxophonisten Fausto Papetti zu hören. Er betrachtete die Gesichter der Gäste. Den Männern war ihre Aufgeblasenheit deutlich anzusehen. Den Frauen die Botox-Spritzen. Sie hatten alle irgendwie das gleiche Gesicht. Das Gesicht, das es in den Operationssälen gab. Eine demokratische Vereinheitlichung ihrer Züge, die sämtliche Rassen und sonstige Kennzeichen ausradierte und zu diesen glatten, glänzenden und ausdruckslosen Gesichtern verhalf. Ein Haus voller Reptilien.

«Na, nehmen Sie jetzt die Wohnung?»

Die freundliche Stimme des Questore veranlasste Rocco, sich zu einem der drei riesigen Fenster umzudrehen, die den Saal beherrschten. «Dottore, buonasera!»

«Wie ich gehört habe, sind Sie wieder im Büro. Das macht mich sehr glücklich. Wobei es mich gleichzeitig traurig macht, dass Sie sich nicht bei mir gemeldet haben. Aber Sie wissen, dass ich Sie gesucht habe, stimmt's? Haben Sie die Zeitungen gelesen?»

«Allerdings.»

Corsi schob sich die Brille zurecht. «Nehmen Sie die Dinge, die über Sie geschrieben werden, nicht allzu schwer.»

«Sie meinen den Artikel von Signora Buccellato, oder? Ganz schön spitze Feder!»

Corsi brummte. Nach wie vor hasste er die Pressefuzzis, weil seine Frau ihn für einen Journalisten aus Turin verlassen hatte. Er schüttelte verärgert den Kopf, als müsse er sich von Kolumnen, Überschriften und Buchstaben befreien, die vor seinen Augen herumtanzten und über ihn und seine Leute spotteten. Dann sah er Rocco eindringlich an. «Wie geht es Ihnen, Schiavone? Sind Sie auch wirklich in der Lage, wieder zu arbeiten?»

«Nein, Dottor Corsi. Ehrlich gesagt, nein.»

«Ich verstehe. Werden Sie mir den Mistkerl liefern, der in Ihre Wohnung eingedrungen ist?»

«Ich hoffe es.» Rocco dachte an das Versprechen, das sein Freund Sebastiano ihm abgerungen hatte, Adeles Mörder ihm zu übergeben, damit dieser die Sache eigenhändig zu Ende führen konnte. Seba würde für den Tod seiner Frau blutige Rache nehmen.

«Ich vertraue Ihnen.» Corsi lächelte wieder. «Und? Nehmen Sie nun die Wohnung in der Via Laurent Cerise?», fragte er dann. «Achtzig Quadratmeter, und die Miete ist absolut günstig. Sie können die Wohnung auch möbliert mieten, wenn Sie möchten. Mit Diebstahlsicherung und Gittern vor den Fenstern.»

«Schön, sie hat nur einen riesengroßen Makel.»

«Welchen?»

«Sie liegt direkt hinter dem Gerichtsgebäude.»

Corsi sah Rocco an. «Ich halte das eher für einen Vorteil.»

«Ich weiß. Deswegen verstehen wir uns so gut. Unsere Ansichten zu bestimmten Fragen des Lebens unterscheiden sich grundlegend.»

Corsi nickte. «Allerdings. Und apropos Ansichten: Was halten Sie denn von der Gefängnissache?»

«Ich weiß es noch nicht. Auf jeden Fall war es Mord. Cuntrera, der Mafioso, der die Familie Berguet erpresst hat, wurde umgebracht.»

«Was für eine unschöne Geschichte. Und da wir gerade von den Berguets reden: Sehen Sie mal ...»

Der Questore wies mit dem Kinn auf eine bestimmte Stelle im Saal, wo ein Mann an einem Wandteppich lehnte: blond, helle Augen, dunkler, perfekt sitzender Anzug.

«Wer ist das?»

«Luca Grange.»

«Der statt der Edil.ber die Ausschreibung der Region gewonnen hat?»

«Genau der. Die Party findet unter anderem auch ihm zu Ehren statt.»

«Ah. Nicht schlecht, wenn man bedenkt, dass Laura Turrini doch so eng mit den Berguets befreundet ist.»

«Ja, ganz eng», meinte Corsi traurig. «Aber das Leben geht weiter, nicht wahr?»

«Mir sieht das viel eher nach ‹Mit dem Gewinner fährt man am besten› aus.»

«Das gilt für alles, nur nicht beim Fußball. Ich werde immer zu Genua halten, in guten und in schlechten Zeiten.»

«Gab's für die mal gute Zeiten?»

«Lassen Sie's gut sein, Schiavone, und denken Sie an Ihre Mannschaft.»

«Sie haben recht. Wissen Sie sonst noch was über diesen Luca Grange?»

«Ein junger Unternehmer. Sein Vater ist hier in Aosta für die Reinigung der öffentlichen Verkehrsmittel zuständig. Luca dagegen ist Architekt, hat eine Firma gegründet, und wie es scheint, mischt er schon nach zwei Jahren bei den ganz Großen mit.»

Um Luca Grange seinem mentalen Bestiarium zuzuordnen, musste Rocco nicht lange überlegen. Ein entschlossener und aufmerksamer Blick aus eisblauen Augen, die den Schnee in der Steppe zum Schmelzen brachten. Außerdem weiße Zähne und eine spitze, kleine Nase. Luca Grange war eindeutig ein Siberian Husky, ein Hund, der aus Sibirien stammte, als Schlittenhund zum Einsatz kam und als Protagonist in so manchem Wildwestroman.

«Luca Grange ist also jemand, der sich so richtig ins Zeug legt», brummte Rocco.

«Scheint so.»

Fausto Papetti beglückte die Anwesenden nun mit seiner Version von «Killing me softly». Corsi grinste Rocco an. «Jemand sollte nach der Stereoanlage suchen und für anständige Musik sorgen.»

«Das würde ich sehr zu schätzen wissen, Dottore.»

Mit einem Lächeln entfernte sich der Questore.

«Teufel nochmal! Natürlich dürft ihr ihn euch ansehen!», rief Berardo Turrini mit einem Glas Wein in der Hand von der Mitte des Saales aus. «Kommt mit!» Er wandte sich zum Ausgang. Eine Gruppe von sechs Personen folgte ihm.

Rocco sah zu Anna hinüber, die sich schulterzuckend anschloss.

«Wohin geht's?», fragte er sie.

«Das hab ich nicht verstanden. Er will uns irgendetwas sehr Wichtiges zeigen, glaube ich.»

Im Gänsemarsch folgte der Tross, der inzwischen aus etwa fünfzehn Leuten bestand, dem Gastgeber wie dem Rattenfänger von Hameln durch eine Tür auf der Rückseite des Hauses und über einen schmalen Weg hinweg. Das Knirschen des Kieses durchbrach die Stille der Nacht. Der von wunderschönen antiken Lampen beleuchtete Weg führte zu einer Reihe von rötlichen Gebäuden.

«Sieh mal, die Sterne», sagte Anna.

«Schau nicht nach oben», riet Rocco. «Mit diesen Absätzen landest du sonst in der Traumatologie.»

«Auf dieser Party sind mindestens drei Orthopäden! Warum nutzt du nicht die Gelegenheit und lässt mal deinen Rücken untersuchen?»

Je näher die Gruppe den Gebäuden kam, desto intensiver wurde der Geruch nach Pferden, Leder und Heu. Etwas weiter hinten versprach das Azurblau eines taghell erleuchteten Pools den sich nähernden Sommer.

Ein kleiner, untersetzter Mann kam der Gruppe entgegen. «Das ist Dodò, der beste Jockey im ganzen Tal. Dodò, das sind meine Freunde.»

«Buonasera», sagte das Männlein. Mit den tiefen Furchen sah sein Gesicht aus, als wäre es immer wieder gefaltet worden wie eine alte Landkarte.

«Sie möchten sich gern Winning Mood ansehen.»

Dodò lächelte und wies in die entsprechende Richtung: «Hier entlang.»

Die Absätze der Besucher hallten auf dem Pflaster wider. In einer der Boxen trat ein Pferd heftig um sich. In einer weiter entfernt gelegenen Box wieherte ein anderes, das sich offensichtlich gestört fühlte.

Der Jockey öffnete eine Schiebetür, und gleich darauf wurden er und sein Gefolge von Feuchtigkeit und dem durchdringenden Geruch nach Pferdeurin eingehüllt. Dann wurde das Licht eingeschaltet und erhellte einen langen Gang mit vergitterten Pferdeboxen, die jeweils etwa zehn Meter auseinanderlagen. Es sah aus wie im Gefängnis. «Winning Mood ist ganz hinten», sagte Berardo Turrini, der seine Erregung nun nicht mehr verbergen konnte. «Kommt! Kommt!»

Rechts und links waren Pferde zu sehen, die entweder schliefen oder mit gesenktem Kopf an dem auf dem Boden verstreuten Futtergetreide knabberten. Ein graues Pferd streckte die Schnauze nach draußen. Es hatte die Ohren nach hinten gelegt und sah die neugierigen Besucher mit ausdruckslosem Blick an. Schließlich blieb Berardo Turrini stehen.

«Dodò!»

Der Jockey, der nach einem Seil gegriffen hatte, öffnete die Box und trat ein.

«Signore e Signori, darf ich Ihnen Winning Mood vorstellen!»

Auf Turrinis Geste hin führte der kleine Mann ein braunes Pferd heraus.

«Da ist er, Signori!»

Es war ein riesiges Tier. Glänzend, kräftig, mit langer Mähne und starken, muskulösen Beinen. Unter seinen Hufen schienen Funken zu sprühen.

Von den neugierigen Besuchern war ein beeindrucktes «Oh!» zu hören. Außer von Rocco, der von Pferden noch weniger verstand als von Frauen.

«Er ist wundervoll!», zwitscherte eine Blondine vorn in der Gruppe.

Ein Typ mit Brille trat vor und begann das Tier zu streicheln. «Wer kann dich jetzt noch aufhalten?»

«Genau», sagte Turrini und lächelte geschmeichelt. «Sein erstes Rennen wird Ende des Monats in Cattolica stattfinden.»

«Wer wird ihn reiten?»

«Ich weiß noch nicht. Vielleich Rodrigo.»

«Schön, nicht?», sagte eine Frau komplizenhaft zu Rocco.

«Phantastisch», antwortete er.

«Ein Nachkomme von Chandelier!», fuhr die Frau fort.

«Phantastisch», entgegnete Rocco.

«Er wird sicher viele nationale Rennen gewinnen, obwohl er erst sechs Jahre alt ist.»

«Phantastisch!»

Anna näherte sich Roccos Ohr. «Kannst du nicht mal was anderes sagen?»

«Das ist wie in diesem alten Witz …», flüsterte Rocco. «‹Phantastisch› ist die höfliche Variante von ‹Ich scheiß drauf›.» Rocco drehte sich um und stellte fest, dass sie nicht die Letzten in der Gruppe waren. Hinter ihnen stand Luca Grange mit dem Weinglas in der Hand und lachte leise.

«Ich konnte nicht anders, als zuzuhören», sagte er.

Aus der Nähe sah er noch mehr wie ein Schlittenhund aus.

«Ich wollte niemanden beleidigen.»

«Kein Problem. Ich versteh genauso wenig was von Pferden. Das ist so ähnlich wie mit einer Krankheit, solange man sie nicht selbst hat, weiß man nichts darüber.» Er streckte Rocco die Hand hin: «Luca Grange.»

«Rocco Schiavone. Und das ist Anna …»

«Cherubini!», ergänzte sie und gab Luca Grange die Hand. Rocco schämte sich. Dass er sich nicht an ihren Nachnamen erinnern konnte, war ein schlimmer Fauxpas. Und das ließ ihn Anna mit blitzenden Augen auch spüren.

«Sollen wir wieder reingehen?», schlug Rocco vor.

«Geh du. Ich bleibe noch etwas und schau mir Chandeliers Enkel an.»

«Phantastisch!», sagte Rocco, entlockte Anna aber nicht einmal ein Lächeln.

Rocco blieb nichts anderes übrig, als allein ins Haus zurückzukehren. Er musste an einen Film mit Peter Sellers denken, der sich in die Party eines reichen Filmproduzenten schmuggelt und dort jede Menge Peinlichkeiten heraufbeschwört. Mit einem Grinsen ließ er sich einen Rotwein einschenken und griff nach einem Häppchen von undefinierbarer Farbe.

«Was ist das?», fragte er den Kellner.

«Stockfisch mit Butter auf Maispolenta.»

Rocco verschlang das Häppchen mit einem Bissen. Es war hervorragend. Doch es blieb ihm beinahe im Halse stecken, als er weiter hinten im Saal einen alten Bekannten entdeckte: Dort stand in einem unbefangenen Gespräch mit zwei lächelnden Damen Walter Cremonesi. Auf das Konto des rechtsextremen Terroristen, der 1976 seine Knastkarriere begonnen hatte, gingen jede Menge Diebstähle, Raubüberfälle und ein paar Morde. Rocco hatte ihn ziemlich lange nicht gesehen. Cremonesi musste inzwischen um die sechzig sein, wirkte allerdings äußerst gesund und munter.

Was macht der denn in Aosta?, fragte sich Rocco und musste sofort an Adele denken, die erschossen in seinem Bett lag.

Wie von einem Magneten angezogen, hatte er sich Cremonesi, ohne es zu merken, bis auf ein paar Meter genähert. Er war ein Meter achtzig groß, schlank und sportlich und hatte aus seinen aktiven Jahren eine kleine Narbe unter dem quadratischen Kinn zurückbehalten. Es fiel Rocco nicht schwer, ihm sofort ein passendes Tier zuzuordnen. Für ihn war schon immer klar gewesen, dass Walter Cremonesi eine Dendroaspis polylepis war, auch bekannt als Schwarze Mamba. Mit seiner schlanken Statur, den unruhigen Reptilaugen und dem lippenlosen Mund sah er aus, als würde er jeden Moment zuschnappen wollen. Aber was er vor allem mit einer Schlange gemeinsam hatte, war die Form seines Kopfes. Wie ein Sarg.

Cremonesi richtete den Blick auf Rocco, und seine Augen blitzten kaum merklich auf, während sich die Halogenspots an der Bar auf seinem rasierten Schädel spiegelten.

Rocco runzelte die Stirn.

«Rocco Schiavone! Ich bin erfreut, dich wiederzusehen.»

Rocco trat noch einen Schritt näher. Die beiden Damen, die mit Cremonesi geplaudert hatten, lächelten nun nicht mehr. Sie schienen sich gestört zu fühlen und nickten dem Neuankömmling lediglich verhalten zu.

«Ich weniger, Walter Cremonesi. Deutlich weniger. Und ich erinnere mich nicht, dass wir uns geduzt haben.»

Cremonesi nickte mit einem spöttischen Lächeln. Die hochgezogene Oberlippe entblößte für einen Moment eine Reihe kleiner Zähne, so gerade wie nach unten weisende Messerklingen.

«Darf ich dir meine Freundinnen vorstellen?»

«Wenn das Freundinnen von dir sind, verzichte ich.»

«Flegel!», meinte die größere der beiden und verließ die kleine Gruppe. Die kleinere dagegen, die ein paar Jahre jünger war, schien sich zu amüsieren.

«So ist er, der Herr Polizist. Etwas barsch, aber immer zu Scherzen aufgelegt, liebe Amelia.»

«Ah, Sie sind Polizist?», fragte die Frau. «Angenehm, ich heiße Amelia.» Sie reichte Rocco ihre Hand mit den langen ferrarirot lackierten Fingernägeln. Ihr Mund war von Chirurgenhand modelliert worden, und ein Tätowierer hatte ihren Hals mit einer kleinen Biene geschmückt. Rocco übersah die ausgestreckte Hand und stürzte seinen Wein hinunter.

«Gefällt Ihnen mein Tattoo?», fragte die Frau.

«Nein. Aber ich mag Bienen.»

«Ich auch. Und wissen Sie, warum? Weil sie von Blume zu Blume fliegen.» Mit einem leichten Lächeln ließ sie den Mann mit dem Dreitagebart und dem deplatzierten Cordanzug stehen. «Wir sehen uns, Dottor Schiavone», sagte die junge Frau noch, als sie nur wenige Zentimeter vor Roccos Nase davonstolzierte.

Der Duft: Tuberose. Zu intensiv, dachte Rocco.

«Hübsch, nicht? Interessiert, Schiavò? Aber eine wie Amelia ist vielleicht eine Nummer zu groß für dich. Oder auch nicht. Du willst dich doch sicher verbessern.»

«Weißt du, was? Dich hier frei rumlaufen zu sehen ist schlimmer als ein Fluch in der Kirche.»

Cremonesi wurde ernst. «Ich habe für alles bezahlt.»

«Das bezweifle ich. Du hattest ein paar Jahrhunderte abzusitzen, wenn mich mein Gedächtnis nicht täuscht.»

«Und was ist mit guter Führung? Ich habe zehn Jahre gesessen. Findest du nicht, dass das genug ist?»

«Frag das mal den Bankangestellten aus der Via Nomentana, den du umgebracht hast.»

«Das war ich nicht.»

«Und ich warte auf die Zulassung zum Grand-Slam-Turnier in Wimbledon.»

«Wie auch immer. Jedenfalls bin ich jetzt ein freier Mann genau wie du.»

«Vielleicht bist du frei, aber, verdammt, du bist kein bisschen wie ich. Was machst du hier in Aosta?»

«Ich wohne hier im Tal, Signor Vicequestore. Ich mache Wein. Schmeckt er dir übrigens?» Er wies auf das Glas, das Rocco noch in der Hand hielt. «Der kommt nämlich von meinem Weingut. Du hast da gerade meinen Primot Rosso im Glas. Ein sehr anständiger Wein. Hast du sonst noch Fragen? Denn ich habe heute Abend keine Lust, mich einem Verhör zu unterziehen.»

«Ich würde gern wissen, wo du in der Nacht vom 10. Mai warst.»

Walter Cremonesi lachte. «Ich kann es nicht glauben! Eine Vernehmung? Jetzt? Hier? Auf einer Party?»

«Erinnerst du dich oder nicht?»

Cremonesi verdrehte theatralisch die Augen. «10. Mai, 10. Mai ... Nein, ich erinnere mich nicht. Vielleicht war ich zu Hause, vielleicht im Klub, vielleicht im Ausland, ich weiß es nicht. Vielleicht hab ich ja auch deine Frau gevögelt.»

Rocco sah ihm in die Augen. Dann leckte er sich den Wein von den Lippen. «Dein Wein ist gut. Und alles in allem freue ich mich, dass du wieder in Freiheit bist, Cremonesi. Denn es wird mir ein Vergnügen sein, dich nochmal am Arsch zu kriegen.»

«Wenn du was von mir willst, sprich mit meinem Anwalt.

Schau, dort.» Er wies auf eines der Sofas. «Es ist der Kleine mit dem Schnurrbart, der gerade mit Staatsanwalt Messina spricht. Sein Name ist Ferretti. Stefano Ferretti. Den Staatsanwalt kennst du vielleicht, er ist hier am Gericht. Frag doch ihn!» Kopfschüttelnd ging Cremonesi davon.

Rocco blieb zurück. Er wechselte noch einen letzten Blick mit Amelia, die ihm lächelnd zuzwinkerte. Vielleicht sollte er zu ihr gehen, mit ihr plaudern und einen angenehmen Abend verbringen. Doch stattdessen wartete er lieber, bis Avvocato Ferretti vom Sofa aufstand, und ging dann zu Baldis Kollegen hinüber.

«Heute Abend sind ja wirklich alle versammelt. Sogar Sie ...»

Staatsanwalt Messina klopfte mit der Hand auf das Kissen neben sich zum Zeichen, dass Rocco sich setzen sollte. «Sie erinnern sich an mich, Schiavone?»

«Warum sollte ich nicht, Dottore?»

«Ich habe gesehen, dass Sie Cremonesi kennen.»

«Ja, ich hab ihn mal in den Knast geschickt. Und mir gefällt nicht gerade, ihn hier herumspazieren zu sehen, glauben Sie mir.»

Messina strich sich über den dichten schwarzen Bart. «Niemand muss in den Knast, der einen guten Anwalt hat und es mit der italienischen Justiz zu tun bekommt.»

«Das aus Ihrem Mund zu hören ist beruhigend.»

«Ja. Möchten Sie wissen, warum Walter Cremonesi auf freiem Fuß ist?»

«Zum Beispiel.»

«Er macht Wein, hat ein Weingut. Primot. Und erraten

Sie es? Er arbeitet mit einer Gruppe Häftlinge in Resozialisierung. Eine gute Zusammenarbeit. Kennen Sie das Gozzini-Gesetz?»

«Könnten Sie meinem Gedächtnis auf die Sprünge helfen?»

«Für uns, die wir in Freiheit leben, hat ein Jahr zwölf Monate. Für diejenigen, die eine Haftstrafe abbüßen, jedoch nur neun. Wenn der Häftling an einer Resozialisierungsmaßnahme teilnimmt, werden ihm pro Halbjahr ein Monat und zwei Wochen von der Strafe abgezogen. Das läuft dann auf neun Monate hinaus. Aber an einer Resozialisierungsmaßnahme teilzunehmen bedeutet nicht, dass man sonst was tun muss. Im Grunde genügt es, dass man niemanden umbringt oder vergewaltigt, das war's. Wenn man sich also ruhig verhält, hat man das Seine getan. Und einer, der nur noch vier Jahre abzusitzen hat, wird laut Strafvollzugsgesetz entweder nach Hause geschickt, um dort die restliche Strafe zu verbüßen, oder in eine soziale Einrichtung. Ganz einfach, oder? Und dann gibt es ja auch noch den Straferlass!»

«Dieser Mann war ein Terrorist. Er hat gemordet, Raubüberfälle begangen ...»

«Kommen Sie mal einen Tag mit mir zum Gericht. Dann zeige ich Ihnen, dass nur die armen Schweine in den Knast gehen. Vier Prozesse, das Haftprüfungsgericht, Verjährung. Dies ist ein Immunitätsstaat, Dottor Schiavone.»

«Und Sie arbeiten weiterhin als Staatsanwalt?»

«Was bleibt mir anderes übrig?»

Rocco sank gegen die Rückenlehne des dreisitzigen Sofas. «Cremonesi könnte derjenige gewesen sein, der in meine Wohnung eingedrungen ist.»

«Das glaube ich nicht. Cremonesi ist Unternehmer geworden. Er gehört zur guten Gesellschaft. Alles andere hat er meiner Meinung nach hinter sich gelassen.»

«Nein. Unkraut vergeht nicht. Cremonesi ist Unkraut. Und er wird es bis ans Ende seiner Tage bleiben.»

Messina lächelte. Er strich sich noch einmal über den Bart und entgegnete nichts darauf.

Die Nächte im Gefängnis waren lang. Schon immer. Doch für Sergio Mozzicarelli schienen sie derzeit endlos. Er wälzte sich im Bett herum, ohne Schlaf zu finden. Wie, zum Teufel, konnte Aldo nur so gut schlafen? Aber Aldo hatte es nicht gesehen. Und Karim? Er schien auch wach zu sein. Sergio sah genauer hin. Karim schrieb gerade etwas an die Wand.

«Was machst du da?», fragte Sergio leise.

«Ich schreibe meinen Namen.»

«Warum?»

«Wenn ich ihn intensiv anstarre, schlafe ich vielleicht ein.»

Sergio setzte sich auf.

«Warum schläfst du nicht, Sergio?»

«Weil ... Karim, ich hab da was gesehen.»

Der Tunesier drehte sich um. Er hatte feuchte Augen. Er weinte. «Was hast du gesehen?»

«Letztens im Hof.» Er senkte die Stimme und flüsterte: «Ich hab gesehen, wer Cuntrera umgebracht hat.»

Karim atmete tief durch. Rieb sich mit der Hand übers Gesicht. «Bei uns zu Hause sagt man: ‹Am Baume des Schweigens hängt seine Frucht, der Friede.›»

«Aber es geht mir nicht mehr aus dem Kopf.»

«Sag es nicht mir. Ich will es nicht wissen. Ich will überhaupt nichts wissen. Ich zähle die Tage, Sergio, und warte darauf, hier rauszukommen. Und wenn das alles erst vorbei ist …» Karim ließ den Blick durch die kleine Zelle schweifen, «… wird es nur noch eine hässliche Erinnerung sein.»

Sergio nickte. «Was würdest du an meiner Stelle tun?»

«Schlafen.»

«Willst du nichts essen, Rocco?», fragte Anna, bevor sie sich ein mit schwarzem Reis gefülltes Dolma in den Mund steckte. Den Fehltritt im Stall schien sie ihm verziehen zu haben.

«Woher kennst du diese Leute?»

«Über meinen Exmann. Er hatte geschäftlich mit ihnen zu tun, bevor er nach Genf gegangen ist. Hochfinanz. Bei den Turrinis handelt es sich um eine schwerreiche Mailänder Familie. Sie haben Geschäfte, Häuser. Berardos Großvater war ein erfolgreicher Unternehmer in der Stahlindustrie.»

«Ja, aber warum hast du noch immer mit diesen Menschen zu tun?»

«Ich weiß nicht. Vielleicht aus Langeweile. Willst du die Wahrheit hören? Siehst du den Mann dort, der aussieht wie Giuseppe Verdi?» Sie heftete den Blick auf einen kleinen

Mann, der einen anthrazitfarbenen Anzug und eine ramponierte gelbe Blume im Knopfloch trug. Er unterhielt sich angeregt mit einer Frau, die so hager war wie der vertrocknete Ast eines Olivenbaums.

«Und?»

«Er ist Galerist. Ich möchte ein paar Worte mit ihm wechseln, vielleicht stellt er mich aus. Er hat eine Galerie in Turin und eine in Mailand. Und er ist Mitinhaber eines der bedeutendsten ‹Salons› in Berlin.»

«Gut, dann kümmer du dich um Giuseppe Verdi, und ich gehe nach Hause.»

Anna sah ihn verblüfft an. «Warum?»

«Weil ich sonst kotzen muss. Weil dieser Ort hier eklig ist und die Scheiße von den Wänden schwitzt, weil ich mit diesen Leuten nichts zu tun haben will und weil ich es als Beleidigung empfinde, dass du mich hierhergeschleppt hast. Wir sehen uns!»

Er drehte sich um und ließ Anna mit dem kleinen Teller in der Hand stehen.

«Den Lodenmantel bitte.»

«Sofort», entgegnete der Butler mit den wenigen Haaren und verschwand hinter einem Brokatvorhang.

Rocco hatte das Gefühl, dass der Boden unter seinen Füßen brannte. Fausto Papettis Musik dröhnte in seinem Kopf. Das Licht und der Geruch des Essens drohten ihn zu ersticken.

«Dieser, Signore?»

Rocco griff nach dem Mantel und kontrollierte, ob die

Brieftasche noch da war. Der Butler lächelte: «Kein Vertrauen?»

«Nein! Und wenn Sie einen guten Rat wollen, dann wechseln Sie den Job.»

«Ich habe drei Kinder.»

«Dann ficken Sie weniger.»

Als Rocco durch den Garten ging, bemerkte er, dass ihn jemand beobachtete. Er drehte sich um und blickte zurück zur Villa. An einem der Fenster im ersten Stock war ein Kopf mit blonden Haaren zu sehen. Die Person rauchte. Das Gesicht lag im Schatten, doch dann beugte sie sich vor ins Licht. Es war Max. Rocco hob grüßend die Hand. Max grüßte träge zurück.

«He? Feierst du nicht mit?»

Max schüttelte den Kopf.

«Warum? Ein Haufen ganz toller Leute!»

Max Turrini zuckte mit den Schultern, zog sich ins Zimmer zurück und schloss das Fenster.

Die Nacht war kalt und menschenleer. Rocco kaute wütend an einem trockenen, geschmacksneutralen Panino herum, das er in der Bar am Bahnhof gekauft hatte. Er dachte an den Abend, der hinter ihm lag. An Anna, die ihn zu Dingen zwang, die nicht zu ihm passten. Und vor allem an die Tatsache, dass er in diesem Moment allein war, mitten in der Nacht, ohne dass ein Auto auf der Straße oder ein beleuchtetes Fenster zu sehen gewesen wäre. Ein leichtes Opfer, kinderleicht. Er sah sich um. Sein Mörder konnte dort hinter dem gelben Haus an der nächsten Ecke stehen. Oder zwischen dem Auto und der geschlossenen Apotheke. Oder einfach hinter ihm, im Schatten der Tannen verborgen. Vielleicht war er noch immer in Aosta, der Mann, der in seiner Wohnung gewesen war. Hatte sich außerhalb in irgendeiner Pension versteckt, um einen Moment wie diesen abzuwarten. Und kaum war er, Rocco Schiavone, allein, unbewaffnet und abgelenkt, konnte der Mörder seinen Job vollenden. Rocco breitete die Arme aus. Drehte sich langsam um sich selbst. Doch abgesehen von einem Ast, der im Wind schaukelte, und einem Fenster im dritten Stock, in dem das Licht anging, geschah nichts.

Er rief: «Hier bin ich! Hier hast du mich!»

«Leck mich!», entgegnete eine Stimme in der Ferne.

Eine bekannte Stimme.

Rocco lachte. Aus der Straße, in der sich sein Apartmenthaus befand, trat ein Mann. Er rauchte. Näherte sich ihm mit schnellen nervösen Schritten und hatte nicht ein Haar auf dem Kopf. Furio!

«Was treibst du denn hier, Rocco?»

«Die Zielscheibe spielen.»

Sie umarmten sich. Furio warf die Zigarette weg. «Und dein Handy? Schaltest du das nicht mehr an?»

«Warum bist du hier?»

«Auf der Durchreise. Ich bin auf dem Weg nach Frankreich.»

«Wozu?»

«Besser, wenn du es nicht weißt. Gibt's hier irgendwo ein ruhiges Plätzchen?»

«Noch ruhiger als das? Hier ist doch keine Menschenseele!»

«Mitten auf der Straße?»

«Und?»

Furio sah sich um. Er nickte. Dann nahm er Rocco am Arm. «Komm!»

Er zog Rocco in eine Ecke unter einem Bogengang.

«Würdest du mir mal verraten, worum's geht? Was hast du so Wichtiges mitzuteilen?»

Furio steckte eine Hand in die Jackentasche. «Ich habe gar nichts mitzuteilen. Aber legst du es etwa darauf an, dass er zurückkommt? Dass du dich hier mitten auf der Straße zum Idioten machst, ist absolut inakzeptabel. So lasse ich dich nicht zurück!» Er drückte Rocco eine Neun-Millimeter in die Hand.

Der betrachtete die Waffe.

«Ich trage keine Waffen mehr.»

«Ich weiß, aber wenn du die bei dir hast, bin ich beruhigter. Ich hab seit Tagen nicht mehr geschlafen. Das ist eine Ruger, halbautomatisch. Siebzehn Patronen im Magazin, Kaliber 9×19, klein und weniger als ein halbes Kilo schwer.»

Rocco nahm die Waffe.

«Sicherung am Abzug, am Griff ist auf beiden Seiten ein Knopf, über den man das Magazin auswerfen kann, liegt gut in der Hand.»

«Du redest wie ein Handelsvertreter», meinte Rocco.

«Und vor allem ist diese Braut noch jungfräulich.»

«Hör mal, Furio, auch wenn du sie hierlässt, werde ich sie nicht benutzen.»

Furio packte ihn am Kragen. «Jetzt hör mir mal gut zu, du scheiß Sturkopf. Das ist kein Spaß mehr! Jemand will dir ans Leder, kapier das endlich! Du musst die Waffe immer dabeihaben. Ich hab die Nase voll von Beerdigungen!»

Rocco sah Furio in die Augen. Dann nickte er. «In Ordnung, Furio. In Ordnung.»

Furio ließ den Kragen von Roccos Lodenmantel wieder los. «Entschuldige.»

«Apropos Pistole. Hast du was von Brizio gehört?»

«Ja, er hat mir alles erzählt. Dass die Waffe, die auf Adele abgefeuert wurde, bei einem Raubüberfall in Cinecittà benutzt wurde.»

«Und das bedeutet, dass der Bastard aus Rom ist. Zumindest ist es eine Spur.»

«Und die führt uns ganz sicher zum Täter, Rocco.»

«Genau. Gehen wir noch was trinken? Ettore hat noch auf.»

«Aber nur einen, ich muss noch fahren.»

Sie traten aus dem Torbogen heraus und gingen Richtung Piazza Chanoux. «Weißt du, wem ich heute Abend begegnet bin?»

«Nein.»

«Walter Cremonesi.»

Furio blieb mitten auf der Straße stehen. «Ich fass es nicht.»

«Ich schwör's.»

«Und was macht der hier?»

«Wein.»

«Und das glaubst du?»

«Genau so, wie ich daran glaube, dass Catanzaro Fußballmeister wird.»

«Dann war er es?»

«Ich weiß nicht. Muss noch drüber nachdenken.»

«Behalt ihn im Auge. Der ist eine Kobra.»

«Nein eine Mamba, also von Tieren verstehst du wirklich gar nichts!»

Das Schnarchen im Nachbarzimmer passte zum Rhythmus der Wellen, die an den Strand schlugen. Es war das langsame Schnarchen eines alten Mannes. Das Licht der Straßenlaternen, das durch die Jalousie ins Zimmer drang, verwandelte die weiße Bettdecke in ein Zebrafell. Corrado schlug die Decke zurück und stellte die Füße auf den Boden. Die Fliesen waren eiskalt. Er stand auf. Das Bett knarrte ganz leise. Er lauschte. Im anderen Zimmer atmete Enzo nach wie vor regelmäßig. Vorsichtig schlich er durch das Halbdunkel. Seit Mitternacht hatte er die Augen offen gehalten, um sich an die Dunkelheit zu gewöhnen, und jetzt sah er wie eine Katze. Das Funkeln des Quarzes im Straßenbelag machte das Ganze noch einfacher. Er schob langsam seine Zimmertür auf, die er vorsichtshalber nur angelehnt hatte, um jedes unnötige Geräusch zu vermeiden. Die Angeln, die er extra geölt hatte, als Enzo unter der Dusche stand, gaben keinen Laut von sich. Jetzt stand er im Flur. Den kannte er ganz genau und wusste, dass man mit sieben kurzen Schritten zum Wohnzimmer kam. Einen Fuß vor den anderen setzend, gelangte er dorthin, wo Enzo auf der Bettcouch schlief. Corrado griff nach der Klinke, umfasste sie und drückte sie langsam nach unten. Auch diese Klinke hatte er geölt, sodass er ohne jegliches Geräusch ans Ziel gelangte.

Noch immer brachen sich die Wellen am Strand im Takt zu Enzos Atem. Der Geruch nach Achselschweiß und Zigaretten stieg ihm in die Nase und stand wie ein schmieriger, öliger Nebel im Zimmer. Dort lag das Monster, im Unterhemd, die Decke bis zur Brust hochgezogen. Er hatte die Arme ausgebreitet wie ein unbeugsamer Christ. Sein Mund stand offen, und die behaarte Brust hob und senkte sich.

Es würde nur eine Minute dauern. Ein Sprung im Dunkeln und dann würde alles wieder sein wie vorher, wie vor dem Moment, in dem Enzo Baiocchi in seinem Leben aufgetaucht war, um es ihm zur Hölle zu machen. Corrado steckte die Hand hinten in die Hose. Er fühlte den Griff des Messers, das vom Gummi der Unterhose gehalten wurde. Der Griff war kalt, kälter als die Klinge. Oder es lag an seinem Blut, das nicht mehr zirkulierte. Ein Schritt vor den anderen, ohne den Blick von dem Mann auf der Bettcouch abzuwenden. Er hatte es auf dem Land schon einmal bei einem Schwein probiert. Es war ganz einfach gewesen. Er hatte dem Tier die Klinge mit einer kurzen, präzisen Bewegung in den Hals gerammt. Das Schwein hatte geschrien und vier- oder fünfmal mit den Beinen gestrampelt. Dann hatte es schlapp dort gelegen, und aus dem Hals war das Blut geflossen wie aus einem Wasserhahn. Enzo würde nicht schreien. Dafür würde er keine Zeit haben. Er würde ihm das Messer direkt ins Herz rammen, mit beiden

Händen, mit seinem gesamten Gewicht und all seiner Wut. Das sind deine letzten Atemzüge, dachte er.

Die Fensterläden waren nur angelehnt. Ein kalter Lichtschein erhellte einen Teil von Enzos Gesicht. Er schlief. Corrado hielt das Messer an Enzos Hals.

Einmal zustechen würde reichen. Ein einfacher, kurzer, entschiedener Stich. Jetzt!

Ein plötzliches Feuer loderte neben Corrados Bauchnabel auf. Er riss erschrocken die Augen auf und starrte Enzo an, dessen Augen nun ebenfalls geöffnet waren. Sein Mund zu einem höhnischen Grinsen verzogen. Das Gesicht voller Falten. Corrados Messer fiel herunter, er schwankte. Enzos Hand war voller Blut und fest um den Griff seines Klappmessers geschlossen. Die Klinge steckte tief in Corrados Bauch. Er konnte weder atmen noch sprechen. In seiner Speiseröhre brannte es, als müsse er sich übergeben. Er griff nach Enzos Händen, um das Feuer in seinem Bauch zu löschen. Enzo erhob sich und baute sich dicht vor Corrado auf. Corrado roch den Schweißgeruch unter Enzos Achseln und spürte seinen nach Zwiebeln stinkenden Atem auf dem Gesicht. Mit einem einzigen Ruck zog Enzo das Messer bis zum Brustbein nach oben, wobei er Corrado mit der anderen Hand den Mund zuhielt.

Corrado fühlte einen höllischen Schmerz, spürte, wie das warme, klebrige Blut herausquoll und ihm seitlich die Beine hinablief. Dann verschwamm das Bild vor seinen Augen. Der Mond, das Zimmer, der Gestank nach Schweiß und Zigaretten, alles verschwand. Schlaff wie ein Mehlsack sank er zu Boden.

Enzo reinigte die Klinge seines Messers an Corrados Unterhemd. Jetzt musste er handeln. So konnte er die Wohnung nicht hinterlassen. Er wickelte Corrados Leiche in sein Bettlaken. Der Bastard hatte ziemlich viel Blut verloren; er würde gleich noch putzen müssen. Alles erledigen, solange es noch dunkel war. Wie eine Spinne in ihrem Netz wickelte er den weißen, blutigen Kokon in die Decke. Dann zog er sich eilig an und suchte nach den Autoschlüsseln von Corrados Wagen, den dieser direkt vor dem Wohnzimmerfenster geparkt hatte. Er musste schnell und leise vorgehen und konnte nur hoffen, dass ihn weder ein schlafloser Rentner noch ein heimtorkelnder Säufer zufällig beobachtete.

«Du Scheißkerl!», beschimpfte er leise das zu seinen Füßen liegende Bündel. Dann hob er es an. Corrado Pizzuti war zum Glück nicht schwer. Wenigstens würde er nicht ins Schwitzen kommen. Er schleppte seine grausige Last zum Fenster hinüber, öffnete es und sah auf die Straße. Einsam und verlassen. Kein Auto. Nur das Rauschen der Wellen hinter den geschlossenen Strandkabinen. Enzo hievte die Leiche aus dem Fenster. Mit einem dumpfen Geräusch plumpste sie neben Corrados Auto, einen grünen Fiat Multipla, auf den dunklen Gehsteig. Nun musste er sie nur noch weit genug wegbringen. Enzo griff nach dem Haustürschlüssel und ging nach draußen. Er würde die Leiche irgendwo auf dem Land im Kiesbett eines Flusses versenken, mitten im schlammigen Schilf, wo niemand nach ihr suchen würde.

SAMSTAG

Der erste Schwung Frühstücksgäste war gegangen, die Theke war voller Krümel, und im Spülbecken stapelten sich große und kleine schmutzige Tassen. Entkoffeinierter Kaffee, Espresso macchiato, Cappuccino, Cornetti ohne Füllung oder mit Marmelade, Teilchen, Strudel, ein unendlicher Fluss an Bestellungen, den Tatiana dadurch bewältigt hatte, dass sie wie eine Irre zwischen der Kaffeemaschine und der Kasse hin und her gehastet war. Um neun Uhr war Corrado immer noch nicht da. Sein Handy war ausgestellt. Das war, seit sie die Bar eröffnet hatten, noch nie vorgekommen. Wenn er sich mal verspätete, hatte er sich immer gemeldet oder zumindest eine Nachricht geschickt. Schließlich wohnte er nur zehn Minuten zu Fuß von der Bar entfernt.

Was mag passiert sein?, fragte sich Tatiana, während sie, ans Spülbecken gelehnt, ihren dritten Espresso schlürfte und dabei neben der Eistruhe auf einen Punkt am Boden starrte.

Dabei entging ihr völlig, dass Barbara hereingekommen war. «Buongiorno, Tatiana.»

Tatiana wandte sich um und lächelte. «Ciao, Barbara. Buongiorno.»

Die Buchhändlerin trat an die Theke. «Und Corrado?»

«Gute Frage. Kaffee?» Barbara nickte, und Tatiana wandte sich um, um ihrer Freundin Kaffee zu machen. «Er war heute noch nicht hier.»

«Wie, er war heute noch nicht hier? Hast du ihn angerufen?»

«Das Handy ist ausgeschaltet.» Tatiana leerte das Sieb und füllte es neu. «Keine Nachricht. Nichts.»

«Sicher ist es gestern spät geworden, und er schläft noch.»

«Wahrscheinlich.» Schäumend lief der heiße Espresso in die Tasse. «Und was ist mit dir?» Tatiana nahm die Tasse und drehte sich wieder zu Barbara um. «Möchtest du ein Cornetto? Oder ein Hefeteilchen?»

Barbara antwortete nicht. Sie leerte ein halbes Tütchen Rohrzucker in die Tasse und rührte um. «Hör mal, ich muss dir was erzählen.»

«Schieß los.»

Barbara trank einen ersten Schluck, stellte die Tasse wieder ab und sah Tatiana an. «Ich habe da einen Verdacht.»

Tatianas Magen zog sich zusammen. Sie wusste, dass Barbara ein Faible für Intrigen und Geheimnisse hatte und sich oft die Zeit damit vertrieb, überall ein Komplott zu vermuten, doch an diesem Morgen war sie derart beunruhigt, dass diese Worte sofort einen Alarm bei ihr auslösten.

«Was für einen Verdacht?»

«Ich glaube, dass Corrado nicht allein in seiner Wohnung ist.»

«Was meinst du damit?»

«Ich erkläre es dir. Gestern Abend war durch die Rollläden Licht zu sehen, obwohl Corrado noch hier in der Bar war.»

Tatiana zuckte mit den Schultern. «Na und? Vielleicht hat er es angelassen.»

«Nein. Ich habe das Licht im Vorbeifahren gesehen, als ich Diego mit dem Auto zum Fußball gebracht habe. Und als ich zehn Minuten später wieder an Corrados Wohnung vorbeikam, war das Licht ausgeschaltet. Und Corrado hat die Bar erst verlassen, als ich bereits wieder in der Buchhandlung war. Ich sage dir, da ist jemand.» Während Barbara den restlichen Espresso trank, sah sie Tatiana an, als hätte sie einen Schatz gefunden und könnte nicht erwarten, ihn auszugraben.

Tatiana strich sich eine Haarsträhne aus dem Gesicht. «Dann wird der jemand wohl … eine Frau sein», sagte sie und stellte überrascht fest, wie schwer diese banale Feststellung wog. Eine Frau. Sie hatte nie in Erwägung gezogen, dass Corrado eine Freundin haben könnte, eine Lebensgefährtin oder einfach nur eine Frau, mit der er hin und wieder ins Bett ging. Und diese Vorstellung gefiel ihr nicht. Überhaupt nicht. Sie erschauderte, und dieses leichte, kribbelnde Frösteln fuhr ihr direkt ins Herz.

«Du glaubst, er hat eine Freundin?», fragte Barbara skeptisch.

«Nein!» Sie hätte gern ein «Hoffe ich» hinzugefügt, unterließ es aber.

«Weißt du, was, frag ihn doch einfach, wenn er kommt?»

«Wie denn?»

«Na zum Beispiel: ‹Hast du gerade Besuch von deiner Mutter?›»

Tatiana verzog das Gesicht. «Ich glaube nicht, dass er noch eine Mutter hat, und wenn doch, hat er mir nie von ihr erzählt.»

Barbara nickte. Dann eben anders. «Wie wär's damit: ‹Corrado, warum verdienst du dir nicht etwas dazu und vermietest ein Zimmer? Hast du nicht manchmal genug davon, immer allein zu sein?›»

«Corrado hat nur ein Schlafzimmer.»

«Dann sag ihm, dass deine Schwester für ein paar Tage zu Besuch kommt, und frag ihn, ob sie bei ihm wohnen kann.»

«Ich habe keine Schwester.»

«Himmel nochmal!» Barbara schnaubte. Wo waren all die Commissari aus den Büchern, die sie seit Jahren verschlang, wenn man sie und ihre Tricks mal brauchte? «Warte, ich hab's! Sag ihm: ‹Mein Mann und ich feiern unseren zweiten Hochzeitstag. Deine Freundin und du, ihr seid heute Abend herzlich zum Abendessen eingeladen.›»

Tatiana dachte darüber nach. «Und wenn er mich dann fragt: ‹Welche Freundin?›?»

«Dann schaust du ihm in die Augen und sagst: ‹Die, die in deiner Wohnung wohnt, seit du von deiner geheimnisvollen Reise zurückgekehrt bist. Ich möchte sie gern kennenlernen.› Und dann pass auf, wie er reagiert. Wenn er seine Nase berührt, deinem Blick ausweicht, zu Boden schaut oder das Gespräch abbricht, kannst du dir sicher sein, dass er lügt.»

Das schien eine gute Taktik zu sein. Direkt, einfach, ohne Ausweichmöglichkeit. «Meinst du?»

«Weiß ich alles aus einer Fernsehserie über einen, der Lügner nur dadurch entlarvt, dass er ihre Mimik beobachtet. Und du wirst sehen, er wird dich anlächeln, sich bedanken und sagen: ‹Sicher, ich und Wie-auch-immer-sie-heißt kommen gern.› Und dann weißt du Bescheid.»

«Dann ist es das also.»

«Was?», fragte Barbara, während sie einen Euro auf die Theke legte.

«Deshalb ist er so nachdenklich und zerstreut. Das ist es, was er verheimlicht. Eine Frau!»

«Siehst du?» Barbara lächelte und ging wieder zu ihrer Buchhandlung hinüber.

Eine Frau. Corrado und eine Frau. Tatiana biss die Zähne zusammen, konnte jedoch nicht verhindern, dass ihr eine Träne über die Wange lief.

Rocco Schiavone saß an seinem üblichen Tisch auf der Piazza Chanoux vor dem Frühstück, das Ettore ihm gerade gebracht hatte. Die Luft war frisch, die Wiesen schimmerten smaragdgrün, und der Schnee, der wenige Tage zuvor noch in der Stadt gefallen war, hatte das Tal verlassen und sich auf die Gipfel der Berge zurückgezogen. Die Sonne strahlte hoch am Himmel, und ihre Strahlen streichelten die Häuser und die Berge, die die Stadt umschlossen. Es war ein derart schöner Maimorgen, dass alle Tische draußen besetzt waren. Die Stammgäste lächelten und wirkten gut gelaunt, und der ein oder andere ließ sich die Sonne, ausgestreckt auf dem Stuhl sitzend, mit geschlossenen Augen ins Gesicht scheinen. Alles sah nach einem wohltuenden Sonntagmorgen aus. Es war noch nicht so weit, dass man die Jacke ausziehen konnte, aber die Wärme tat den Knochen ausgesprochen gut. Rocco blickte auf seine Füße. Er lächelte seinen Clarks zu, die auf ein längeres Leben hoffen durften als die zwölf Paar, die in weniger als acht Monaten ein Opfer von Regen, Matsch und Schnee geworden waren.

Er sah sie etwa zehn Meter von seinem Tisch entfernt vorbeigehen. Auch in Jeans und eng anliegender leichter Jacke machte sie eine gute Figur. Mit einem Lächeln signalisierte die Frau, dass sie ihn erkannt hatte, machte kehrt und kam auf ihn zu. «Ein wenig die morgendliche Sonne genießen?»

«Bevor ich zur Arbeit gehe.»

«Gestern Abend waren Sie nicht gerade bester Laune, Vicequestore Schiavone.»

«Nein, Amelia. Das war ich nicht. Sagen wir, dass die anderen Gäste nicht gerade nach meiner Fasson waren.»

Amelia zog sich einen Stuhl heran und setzte sich zu ihm an den Tisch.

«Darf ich Ihnen etwas bestellen?», fragte Rocco.

«Nein danke, ich habe schon gefrühstückt. Was für ein schöner Hund!»

Lupa lag auf dem Gehsteig und beschränkte sich darauf, den Neuankömmling zu betrachten. «Wie heißt er?»

«Lupa.»

«Oh … niedlich. Was für eine Rasse ist das?»

«Ein Saint-Rhémy-en-Ardennes.»

Amelia sah ihn kurz an und brach dann in Gelächter aus. «Noch nie gehört.»

«Vielleicht kann ich in Sachen angemessener Garderobe noch etwas lernen, aber was Hunde angeht, kann mir keiner das Wasser reichen.»

«Ein Saint-Rhémy ...» Amelia schüttelte den Kopf.

Ihr nach Tuberosen duftendes Parfüm stieg Rocco in die Nase. Nach seinem Geschmack übertrieb sie es ein wenig damit. «Kennen Sie Walter Cremonesi schon lange?»

«Nein. Ich bin ihm noch nicht oft begegnet. Ich bin mit Dottor Turrini befreundet. Und mit seiner Frau, um eventuellen Missverständnissen vorzubeugen.»

«Kommen Sie aus Aosta?»

«Wie es scheint, sind Sie auch in Ihrer Freizeit Polizist.»

«Berufskrankheit. Apropos, was machen Sie denn so?»

«Ich kümmere mich um die Public Relations für Luca Grange. Sie haben ihn gestern Abend kennengelernt, nicht wahr?»

«Ach ja, der aufsteigende Stern am hiesigen Unternehmerhimmel.»

Amelia lächelte. «Ich bin vierunddreißig Jahre alt und stamme aus Gruskavà.»

«Sie sind keine Italienerin?»

Amelia lächelte erneut. «Auf Italienisch heißt der Ort Groscavallo, auf Frankoprovenzalisch Gruskavà. Eine Gemeinde in Turin. Ich bin durch und durch italienisch.» Sie strich sich eine Haarsträhne nach hinten. «Ich habe schon vor längerer Zeit meine Familie verloren und bin nach

Aosta gezogen. Möchten Sie sonst noch etwas wissen?» Sie sah ihn mit ihren großen nussbraunen Augen an.

«Nein. Das reicht, danke.»

«Ein anderer hätte sicher die Gelegenheit genutzt, um mich nach meiner Telefonnummer zu fragen.»

«So einer bin ich nicht.»

Amelia lachte und strich sich über den Hals. «Ich versichere Ihnen, dass ihr Männer in Wahrheit alle gleich seid. Sie sind vielleicht ein wenig geschickter als andere, aber meine Nummer hätten Sie trotzdem gern.»

Rocco lächelte und blinzelte leicht. «Viel mehr als Ihre Telefonnummer interessiert mich die Frage, ob die Biene auf Ihrem Hals das einzige Tattoo ist, das Sie haben.»

Amelia beugte sich zu Rocco hinüber und flüsterte. «Es gibt nur eine Möglichkeit, das herauszufinden ...» Sie stand auf. «Ich wünsche Ihnen noch einen schönen Tag, Dottor Schiavone.»

«Ich Ihnen auch, Amelia ... Amelia, und weiter?»

«Amelia reicht.» Sie zwinkerte ihm zu und ging davon. Rocco zwang sich, ihr nicht auf den Hintern zu gucken, während sie sich entfernte, schaffte das aber nur für drei Sekunden.

Er hatte zwei perfekte Hemisphären vor sich.

Das dritte Feuerzeug funktionierte zum Glück. Die anderen beiden hatte er Lupa gegeben, die nun damit beschäftigt war, sie zwischen ihren Pfoten auseinanderzunehmen. Schon beim ersten Zug machte sich Rocco klar, dass er einen schwierigen Fall vor sich hatte, der sich nicht so schnell lösen lassen würde. Auf dem Corso Battaglione Aosta waren nur wenige Autos unterwegs. Als er aufgeraucht hatte, warf er die Kippe wie immer aus dem Bürofenster. Dann kam er auf die Idee nachzusehen, wie es da unten eigentlich aussah, und lehnte sich nach draußen. Auf dem Eingangsdach zur Questura hatte sich eine unschickliche Menge an Jointkippen angesammelt, die er seit September vergangenen Jahres Tag für Tag dort hinausgeworfen hatte. Sie bildeten ein durchaus auffallendes Häufchen, und falls sich der Questore eines Tages aus seinem Fenster im zweiten Stock beugen sollte, würde er sich sicher fragen, worum es sich bei der Ansammlung an eingerollten Papierschnipseln dort unten handelte. Er musste ein wenig sauber machen. Also setzte er sich rittlings auf die Fensterbank, um hinauszuklettern. Schließlich lag ja nicht viel mehr als ein Meter zwischen ihm und dem Dach, das den Eingang zur Questura vor dem im Aostatal reichlich vorhandenen Regen schützte.

Viceispettrice Caterina Rispoli hatte es vorgezogen, zu Fuß ins Büro zu gehen. Einen Diätriegel kauend, ging sie über die Straße. Die Questura lag direkt vor ihr. Sie war äußerst schlechter Laune. Am Vorabend hatte sie sich mit Italo gestritten. Aus den üblichen Gründen. Wegen der üblichen Probleme, denen sich junge Paare gegenübersahen. Italo wollte, dass sie zusammenzogen. Und das empfand Caterina als äußerst bedrohlich. Nicht dass sie Angst davor hätte, sie wollte einfach nur, dass alles so blieb, wie es war. Sie fühlte sich wohl in ihrer kleinen Wohnung mit ihren

Büchern und dem Freiraum, den sie dort hatte. Allein der Gedanke daran, Italo mit seiner Unordnung, seinen Unterhosen, den Urinspritzern auf der Toilette und der ständig eingeschalteten PlayStation ununterbrochen um sich zu haben, erschreckte sie. Wie sollte man mit so einem Halbwüchsigen zusammenleben?

«Du hast Angst, diesen naheliegenden Schritt zu wagen, der für ein Liebespaar selbstverständlich sein sollte!», hatte Italo geschrien.

«Der Gedanke daran, zusammenzuwohnen, ruft alle möglichen Befürchtungen hervor», hatte sie gesagt. «Als Nächstes fangen wir dann an, uns zu vernachlässigen, mit Pyjama und Wollsocken ins Bett zu gehen, eingemummelt wie ein Weihnachtsmann. Und das war's dann mit dem Sex.»

Italo hatte vergeblich versucht, ihr klarzumachen, dass es normal war für Leute, die sich gern hatten, zusammenzuziehen, Dinge gemeinsam zu machen und nur eine Miete zu bezahlen.

«Also darum geht es!», hatte sie zurückgebrüllt, «die Miete! Ich fass es nicht!»

«Bist du denn nicht gern mit mir zusammen?»

«Was hat das damit zu tun? Ich bin gern mit dir zusammen, aber ich möchte lieber meine eigene Wohnung behalten. Ich brauche das einfach.»

«Hast du einen anderen?»

«Drehst du jetzt völlig durch?»

«Hast du einen anderen oder nicht?»

«Welchen anderen denn? Was soll das, Italo? Es reicht vollkommen aus, dass ich dich habe!»

Vielleicht hätte sie besser erklärt, dass sie nie eine wirkliche Familie gehabt hatte, dass ihre Eltern sich, wenn sie zusammen waren, ständig an die Gurgel gegangen waren, dass ihr Vater ein Monster gewesen war und dass sie, wenn sie die Augen schloss und an den Mann dachte, den sie nur die ersten sechs Jahre ihres Lebens «Papa» genannt hatte, kotzen musste.

«Ich finde unsere Beziehung im Moment einfach unbefriedigend, Caterina. Mir gefällt das nicht, so kalt und distanziert.»

«Was willst du damit sagen?»

«Haben wir überhaupt eine Zukunft?», hatte Italo gefragt und ihr eindringlich in die Augen gesehen.

«Ich weiß es nicht, darüber denke ich nicht nach. Im Moment gefällt es mir so, wie es ist. Warum willst du das alles kaputtmachen?»

«Weil ich ein gemeinsames Ziel vor Augen brauche! Denk mal an Rocco.»

«Was hat der damit zu tun?»

«Er hat ein Ziel. Er will später in der Provence leben. Er tut alles, um sein Leben zu ändern. Er arbeitet für das, was er sich wünscht.»

«So eine Scheiße!» Caterina fluchte nie, aber Italo brachte sie einfach auf die Palme. «Was erzählst du denn da? Unser Vicequestore ist doch nicht ganz dicht. Der arme Kerl lebt allein in einer Stadt, in der er sich nicht zu Hause fühlt, er wird von Leuten verfolgt, die ihm an den Kragen wollen, und er hat wirklich sehr spezielle Freunde.»

«Ich mag Rocco.»

«Dann zieh doch mit ihm zusammen!»

Mit dem Echo dieser Auseinandersetzung im Kopf hob Caterina nach dem Überqueren der Straße den Blick und sah ihren Chef auf dem Dach über dem Eingang zur Questura herumturnen.

«Dottore, was veranstalten Sie denn da oben?»

Rocco sah zu ihr hinüber. «Ah, Caterina, ciao.»

«Was machen Sie auf dem Dach?»

«Nichts. Ich hab ja keinen Balkon. Ich wollte nur ein wenig Luft schnappen.»

Der ist doch völlig bescheuert, sagte sich Caterina. «Sind Sie wahnsinnig? Sie könnten runterfallen!»

Rocco blickte sich um. «Nein. Ich befinde mich gerade mal einen Meter unterhalb meines Fensters.»

«Ja, aber wenn Sie vom Dach fallen, sind das drei Meter.»

«Aber ich falle ja nicht.»

«Was haben Sie sich da in die Tasche gesteckt?»

«Ich habe ein paar Münzen verloren.»

Caterina schüttelte den Kopf.

«Ach, Caterina? Könntest du der Liste der Dinge, die mir auf den Sack gehen, noch etwas hinzufügen?»

«Was?»

«Leute, die sich nicht um ihren eigenen Scheiß kümmern. Achten Grades.»

«Verstanden.» Caterina verschwand durch die Tür.

Rocco stützte sich auf die Fensterbank und stemmte sich hoch. Er kletterte gerade mühsam durchs Fenster zurück, als Italo hereinkam. «Was veranstaltest du denn da, Rocco?»

«Aha, das Laster liegt in der Familie.»

«Was meinst du?»

«Das Gleiche hat deine Frau mich eben auch gefragt.»

«Sie ist nicht meine Frau. Und seit wann ist es ein Laster, Fragen zu stellen?»

«Nein, Italo, das Laster ist, sich in die Angelegenheiten anderer Leute einzumischen. Was ist?»

«Wie es aussieht, haben ein Dutzend Leute versucht, dich telefonisch zu erreichen. Warum schaltest du dein Handy nicht an?»

«Um nicht ein Dutzend Anrufe zu kriegen. Und wie ich sehe, frönst du weiter dem Laster, auf das ich dich gerade aufmerksam gemacht habe.»

«Mich in die Angelegenheiten anderer Leute zu mischen?»

«Genau.»

«Mensch, ruf endlich den Staatsanwalt an. Sonst dreht der mir noch den Hals um.»

Rocco ließ sich auf den Schreibtischsessel fallen. «Hast du etwa Angst vor einer Versetzung? Das ist gar nicht so übel, sieh mich an: eine neue Questura voller interessanter Leute, mit denen du den Tag verbringst. Fröhliche, sympathische, extrem inspirierende Menschen. Sonst hätte ich nie jemanden wie D'Intino getroffen oder wie Deruta, ganz zu schweigen von Casella! Wer möchte nicht solche Kollegen haben? Und dann diese Stadt! Anheimelnd, warm, unterhaltsam und voller Leben! Und immer scheint die Sonne! Ich sage es dir aus tiefstem Herzen: Ich würde um nichts in der Welt tauschen wollen!»

Italo sah seinen Chef ein paar Sekunden lang schweigend an: «Nimmst du mich auf den Arm?»

Rocco antwortete nicht.

«Meines Erachtens bist du im Irrtum, Rocco. Du vergisst, dass es dich noch viel schlimmer hätte treffen können.»

«Ach ja?»

«Du hättest zum Beispiel auch in Sacile landen können, im Friaul!»

«Ich könnte Baldi vorschlagen, dich dorthin zu schicken. Aber in Ordnung, ich ruf ihn gleich an. Versprochen.»

Italo stützte sich auf den Schreibtisch. «Hast du keine Angst, Rocco?»

«Wovor?»

«Dass derjenige, der versucht hat, dich umzubringen, es noch einmal probieren wird.»

Rocco steckte sich eine Zigarette an. «Nein, Italo. Nicht sofort. Im Moment ist die Sache zu heiß. Später vielleicht, wenn sich alles wieder ein wenig beruhigt hat. Nur dass ich ihn vorher kriege.» Er nahm einen Zug und blies den Rauch an die Decke. «Aber sag mir eins: Wie katalogisieren wir unseren neuen Fall aus Varallo? Er ist unbedingt eine Zehn, weil es erneut um Mimmo Cuntrera geht. Aber obendrein ist es auch noch im Gefängnis passiert.»

«Scheiße hoch zehn?»

«Hatten wir schon. Wie wäre es mit einer Zehn Nonplusultra. Kannst du schon mal eintragen.»

«Ich kümmere mich drum. Übrigens … Vor der Tür wartet jemand auf dich.»

Rocco verdrehte die Augen. «Wer?»

«Silvana Berguet, erinnerst du dich?»

«Natürlich erinnere ich mich. Und was will sie jetzt noch? Ihre Tochter ist doch wieder zu Hause. Bitte, ich kann das jetzt nicht. Sag ihr, dass ich nicht da bin. Dass ich geplatzt bin, dass ich in einem Raumzeit-Tunnel verschwunden bin, dass ich ...»

«Rocco, willst du einen Rat? Wechsel ein paar Worte mit ihr. Es lohnt sich bestimmt.»

«Warum?»

Italo lächelte scheinheilig. «Staatsanwalt Baldi legt viel Wert darauf.» Er verließ den Raum, ohne die Tür zu schließen, durch die wenige Sekunden später Silvana Berguet eintrat. Rocco stand auf, um ihr entgegenzugehen und ihr die Hand zu reichen. «Signora Berguet, ich freue mich, Sie zu sehen.»

Silvana Berguet sah wesentlich entspannter aus als bei ihrer letzten Begegnung. Die dunklen Schatten unter ihren Augen waren nicht mehr da, aber in ihrem müden Blick stand ein trübes Leuchten. Sie lächelte nur mit dem Mund, und ihre Lider wirkten schwer. «Verzeihen Sie mir, Dottor Schiavone, dass ich ... Sie in Ihrem Büro behellige.»

«Was kann ich für Sie tun?»

«Sie haben schon so viel für uns getan.» Silvana Berguet blieb vor dem Schreibtisch stehen. Rocco schnüffelte in die Luft. Der Zigarettenrauch hatte den süßlichen Geruch des Joints überdeckt, der so oft in diesem Raum hing. «Ich bin gekommen, um mich zu bedanken. Sie haben mir meine Tochter zurückgebracht.»

«Wie geht es Francesca?», fragte Rocco, während er sich setzte.

«Chiara», korrigierte Silvana Berguet.

«Entschuldigung, ja, Chiara. Wie geht es ihr?»

«Ich weiß nicht …» Die Frau holte tief Luft und gab dann einen Seufzer von sich, wie er nur von einer Mutter kommen konnte, die sich um die Zukunft ihres Kindes sorgt. «Sie geht noch nicht wieder zur Schule, redet wenig, isst kaum und will keinen psychologischen Beistand. Mein Mann ist überzeugt, dass die Zeit die Wunden heilen wird.»

«Glauben Sie ihm nicht», entgegnete Rocco. «Die Zeit sorgt nur dafür, dass man älter wird.»

«Chiara wäre gern mitgekommen, um Sie kennenzulernen und Ihnen persönlich zu danken, aber sie schafft es noch nicht, das Haus zu verlassen.»

«Und wie geht es Ihrem Mann?»

«Mein Mann …», Silvana Berguet seufzte erneut. Anders. Heftiger. Das Seufzen einer leidenden Ehefrau. «Mein Mann … Ich weiß nicht. Seit ein paar Tagen ist er nicht mehr er selbst. Er hat die Ausschreibung verloren und ist oft unterwegs, ohne dass ich weiß, wohin. Ins Büro geht er nur selten, seine Firma scheint ihn nicht mehr zu interessieren.»

Rocco taugte nicht wirklich zum Eheberater. Daher beschränkte er sich darauf, verständnisvoll und mitfühlend zu nicken.

«Er geht bei jeder Kleinigkeit in die Luft», fuhr Silvana Berguet fort, «als wäre er verrückt geworden. Ich habe versucht, mit seinem Bruder Marcello darüber zu reden …»

«Wie geht es dem Professore?»

«Er scheint das alles besser verkraftet zu haben. Alessandro dagegen ... Ich bin wirklich sehr beunruhigt. Aber ich möchte Ihnen nicht noch mehr Zeit stehlen. Ich wollte nur kurz danke sagen. Übrigens habe ich in der Zeitung von dieser hässlichen Sache gelesen, dem Mord in Ihrer Wohnung. Das ist furchtbar!»

«Ja. Ich arbeite daran.»

«Denken Sie, dass das Motiv Rache ist?»

«Ganz bestimmt, Signora. Aber es hat mit der Erpressung Ihres Mannes nichts zu tun. Es geht um etwas anderes, und das werde ich früher oder später herausfinden.»

Silvana Berguet nickte. Rocco fand, dass damit alles gesagt war, und streckte der Frau erneut die Hand entgegen. «Vielen Dank nochmal, und grüßen Sie Ihren Mann und Ihre Tochter von mir.» Doch Silvana Berguet blieb sitzen. Sie sah ihn mit Tränen in den Augen an und sagte dann kaum hörbar: «Helfen Sie mir.»

Rocco zog fragend die Augenbrauen hoch. Er verstand nicht. «Wie könnte ich Ihnen helfen, Signora Berguet?»

«Ich bin dabei, alles zu verlieren. Meine Tochter, die Firma, meinen Mann. Ich bitte Sie. Ich weiß, dass Alessandro eine andere hat. Er ist so kalt und distanziert. Er ist nicht mehr er selbst. Bitte!»

«Signora, um so etwas kümmern sich Privatdetektive und nicht die Polizei.»

«Könnte ich Sie damit beauftragen?»

«Nein. Wohl nicht.»

Silvana Berguet starrte zu Boden. «Könnten Sie zumindest … mit Chiara …? Sie spricht nicht mehr mit mir. Sie hat mir nur gesagt, dass sie sich bei Ihnen bedanken möchte, aber nicht den Mut aufbringt, hierher in die Questura zu kommen. Ich bitte Sie, kommen Sie sie besuchen. Ein einziges Mal nur.»

«Ich werde versuchen …»

«Nein. Sie müssen es mir versprechen!»

Sergio Mozzicarelli hatte Dienst auf der Krankenstation. Er musste Omar Ben Taleb, dem Tunesier, der ein paar Tage zuvor vom Professor und seinen Freunden verprügelt worden war, das Essen bringen. Sergio ging durch die Stahltüren, die ihm die Gefängniswärter eine nach der anderen öffneten, ohne ihn zu grüßen. Was kein Zeichen von Überheblichkeit war, sondern sie erinnerten sich einfach nicht an seinen Namen, und das, obwohl er bereits seit gut sieben Jahren in dieser Anstalt einsaß. Sergio war einer von den Unsichtbaren. Ein unauffälliges Gesicht, von unauffälliger Größe und mit unauffälligem Blick. Er war ein flüchtiger Schatten, nicht mehr als ein Windhauch. In der Vergangenheit war ihm das oft zugutegekommen, wenn er sich verstecken musste oder keinen Verdacht erregen wollte. Und auch im Gefängnis war es durchaus von Vorteil, wenn man nicht im Mittelpunkt der Aufmerksamkeit stand. Anonym zu bleiben, nur ein Statist im Leben der anderen zu sein, war für ihn absolut selbstverständlich. Er fühlte sich wohl in seinem unsichtbaren Körper, damit, dass niemand ihn aufs Korn nahm oder um einen Gefallen bat. Aber genau diese Unsichtbarkeit hatte ihm seiner Meinung nach diesmal den Schlamassel eingebrockt, weil er nur deshalb alles gesehen und alles mitbekommen hatte. Schatten hatten kein Gewissen, sagte er sich immer wieder, aber seine Angst war größer. Er konnte sein Wissen nicht länger für sich behalten, ein Wissen, das den Mörder überführen würde. Er erreichte die letzte Gittertür, die in den Gang der Krankenstation führte. Tolotta, ein großer, kräftiger Aufseher, öffnete ihm lächelnd. Auch der erinnerte sich nicht an seinen Namen. «Ist das für Omar? Lass mal sehen.» Er blickte aufs Tablett. Neben der Gemüsesuppe lag eine Scheibe hellen Fleischs. «Was ist das?»

«Pft ... Kalb ... Schwein.»

«Schwein? Sind die blöd in der Küche? Schweinefleisch isst der doch nicht. Okay, sag ihm, dass es Kalbfleisch ist.»

Sergio grinste, während Federico Tolotta das Schloss öffnete.

Omar war der einzige Patient auf dem Flur. Sergio ging zu ihm. Der junge Tunesier lag dort mit geschlossenen Augen. Sein Gesicht war geschwollen, die Nase von einem Verband bedeckt, die Lippen waren aufgeplatzt, und um die Augen lagen dunkle Schatten. Die eine Hand war ebenfalls verbunden, der andere Arm hing am Tropf.

«Hier, dein Essen!», sagte Sergio. Er stellte das Tablett auf den Nachttisch. «Kriegst du das alleine hin, oder brauchst du einen Krankenpfleger? Soll ich einen rufen?»

Omar öffnete ein Auge. Es sah den anderen Gefangenen an.

«Sergio ... Du bist Sergio, stimmt's?», sagte er.

«Ja, stimmt», antwortete Sergio erstaunt. «Warum?»

«Kümmere dich um deinen Kram, Sergio. Rede mit niemandem darüber. Behalte für dich, was du gesehen hast …» Er sprach den Satz nicht zu Ende. Schloss wieder die Augen. Sergio war baff. Wie konnte Omar davon wissen? Wer konnte es ihm gesteckt haben? Dann ging ihm ein Licht auf. Karim natürlich. Er selbst hatte seinen Zellengenossen eingeweiht, und der musste es seinem Landsmann erzählt haben. Der Flurfunk im Gefängnis war manchmal langsam wie eine Schnecke, manchmal so schnell wie ein Leopard. Aber dass nun zwei Leute davon wussten, bereitete ihm Unbehagen. Er ging zurück zur Gittertür, wo Federico Tolotta bereits auf ihn wartete, um wieder abzuschließen.

«Sergio! Richtig? So heißt du doch?»

«Wir kennen uns seit Jahren, und jetzt auf einmal erinnerst du dich an meinen Namen? Hast du gelauscht?»

Tolotta grinste. «Hast du ihm gesagt, dass es Kalbfleisch ist?»

«Federico, der Kerl kann kaum was trinken. Schick ihm einen Krankenpfleger, hörst du?»

Doch Tolotta schloss entschieden die Tür ab. «Spinnst du? Sprichst du für uns mit der Gewerkschaft, oder was? Los, Sergio, geh wieder in deinen Block rüber. Und lass es dir gutgehen.»

Sergio steckte sich eine Zigarette in den Mund und machte sich auf den Rückweg.

«Und die zündest du erst an, wenn du draußen bist!», rief Tolotta ihm nach. Der andere hob den Daumen und entgegnete: «Verstanden. Und mit Nachnamen heiße ich Mozzicarelli.»

«Wer sagt denn, dass Freunde zu nichts nütze sind?», meinte Italo Pierron und legte eine Zeitschrift mit vielen Bildern auf Roccos Schreibtisch.

«Was ist das?»

«Sieh mal auf Seite zwölf nach.»

Rocco blätterte in der Zeitschrift, die von einem Maklerbüro in Aosta stammte. «Seite zwölf. Und?»

«Lies mal.» Italo trat näher. «Zwei Zimmer, Küche, Bad, oberste Etage mitten im Zentrum, 650 Euro im Monat. Via Croix de Ville! Perfekt für dich!»

Rocco senkte die Zeitschrift. «Willst du dir eine Provision verdienen?»

Italo wurde blass. «Hast du sie noch alle?»

«Soll das heißen, du bist einfach so für mich auf Wohnungssuche gegangen?»

«Genau.»

Rocco sah noch einmal in die Zeitschrift. «Okay. Tu mir einen Gefallen. Warte …» Er zog seine Brieftasche hervor, nahm das Scheckheft heraus, unterschrieb einen Scheck, riss ihn heraus und gab ihn Italo. «Hier. Für die Miete, die Kaution und was auch immer. Aber bitte verlier ihn nicht, ist ein Blankoscheck.»

Italo nickte. «Und wenn dir die Wohnung nachher nicht gefällt?»

«Nimm Lupa mit. Wenn sie bellt, ist die Wohnung in Ordnung. Wenn nicht, vergiss es.»

«Lupa und ich sind nicht gerade ein Herz und eine Seele.»

«Dann überlass Caterina das Ganze.»

Italo verzog das Gesicht. «Caterina, also …»

«Was?»

«Da gibt es ein Problem. Vielleicht könntest du mir einen Rat geben!»

«Madonna! Jetzt leckt mich doch! Wieso halten mich alle auf einmal für einen Eheberater?»

«Warum?»

«Weil Silvana Berguet davon überzeugt ist, dass ihr Mann eine Geliebte hat.»

«Und? Stimmt es?»

«Woher soll ich das wissen?»

«Bevor ich es vergesse ... Staatsanwalt Baldi will wissen, ob ...»

«Ja, ja, ich weiß schon. Ich muss nach Varallo fahren. Ruf Antonio und Caterina her. Wir müssen was besprechen.»

Italo salutierte und schickte sich an, den Raum zu verlassen. Doch in der offenen Tür blieb er noch einmal stehen. «Rocco ...»

«Was?»

«Ist das nicht gefährlich?»

«Was? Ins Gefängnis zu gehen?»

«Ja. Wenn der, der in deiner Wohnung war, dort jemanden kennt ...»

«Das Risiko muss ich wohl eingehen. Apropos: Hat jemand aus Rom für mich angerufen?»

«Nein. Niemand.»

«Dann übertrage ich dir jetzt eine wichtige Aufgabe: Nimm du die Telefonate aus Rom für mich entgegen. Genauer gesagt, die vom Commissariato Cristoforo Colombo im EUR-Viertel. Von Agente Alfredo De Silvestri.»

«Geht klar!» Italo verließ den Raum.

Rocco öffnete die Schublade. Darin lag die Ruger, die Furio ihm am Vorabend gegeben hatte. Er ließ sie liegen und steckte sich stattdessen einen fertigen Joint in die Tasche. Dann schob er die Schublade wieder zu und schloss sie ab.

Antonio Scipioni, Caterina Rispoli und Italo traten ins Zimmer. Lupa bellte und lief Caterina entgegen. Sicher mochte der Hund sie auch deshalb so, weil sie diejenige war, die ihn aus dem Schnee gerettet hatte. Caterina nahm Lupa auf den Arm, und sie leckte ihr die Hände.

«Jetzt hört mir bitte gut zu. Italo hat euch ja sicher schon gesagt, dass ich nochmal für eine Weile weg sein werde.»

Caterinas und Antonios fragende Blicke bestätigten dies nicht.

«Schon wieder?»

«Okay. Also: Ich werde ins Gefängnis gehen, um so viel wie möglich über den Mord an Cuntrera in Erfahrung zu bringen. Und ihr sollt, während ich dort bin, mit Baldi in Kontakt bleiben. Er nimmt gerade einen gewissen Luca Grange unter die Lupe, der anstelle von Berguet die Ausschreibung der Region gewonnen hat. Da scheint es eine Menge Ungereimtheiten zu geben. Italo und Caterina, ihr folgt bitte solange Baldis Anweisungen.»

«In Ordnung», entgegnete Caterina, deren Hand bis zum Puls in Lupas Maul steckte. «Soll ich mich in der Zeit um den Hund kümmern?»

«Das wäre gut. Denn ich glaube nicht, dass ich ihn mitnehmen kann.»

Italo verzog das Gesicht. Was weder Rocco noch Caterina entging.

«Irgendein Problem, Italo?»

«Ich hab's eben nicht so mit Hunden.»

«Ja und? Er wohnt ja bei mir und nicht bei dir.»

«Also der Hund ja, und ich nicht?»

«Du nervst!»

«Es reicht!», unterbrach Rocco das Scharmützel und klatschte in die Hände. «Schluss damit, und hört nochmal zu! Jetzt kommt der schwierige Teil. Dabei geht es um einen Mann namens Walter Cremonesi. Ein ehemaliger Terrorist, den die Justiz lieber nicht auf die Gesellschaft loslassen sollte. Er hat jetzt ein Weingut im Umkreis von Aosta, Vini Primot heißt es.»

«Soll ich ein Auge auf ihn haben?», fragte Antonio.

Rocco nickte. «Genau, aber sei vorsichtig. Der schreckt vor nichts zurück. Beschäftige dich erst mal mit seinem Lebenslauf, bevor du ihm auf die Pelle rückst. Cremonesi hat schon Leute umgelegt, als du noch an der Mutterbrust hingst.» Rocco erhob sich. «Eine letzte Sache noch: Ich brauche die DVDs von der Videoüberwachung im Gefängnis. Die will ich mitnehmen.»

«Ich kümmere mich darum», sagte Scipioni. «Wie lange wirst du weg sein?»

«Nicht lange, hoffe ich. Das Gefängnis von Varallo ist nicht gerade der Club Med.»

Tatiana klingelte zum dritten Mal an der Sprechanlage. Dann wartete sie noch etwa zehn Sekunden.

Nichts. Corrado reagierte nicht. Im ersten Stock saß eine Nachbarin am Fenster, eine alte Frau mit einer riesigen Brille, die Tatiana noch nie in Francavilla al Mare gesehen hatte. Sie machte ihr ein Zeichen, das Fenster zu öffnen. Die Frau schien nicht zu verstehen.

«Machen Sie bitte das Fenster auf!», schrie sie. Die Frau erhob sich von ihrem Stuhl, griff langsam nach der Klinke und öffnete das Fenster.

«Was ist?»

«Kennen Sie Corrado Pizzuti? Den Mann, der im Hochparterre wohnt?» Tatiana wies mit dem Finger auf die geschlossenen Fenster. Im Gesicht der alten Frau zeigte sich die Andeutung eines Lächelns. «Ja.»

«Wissen Sie, wo er ist? Haben Sie ihn gestern oder heute gesehen?»

«Nein.»

«Könnten Sie mir bitte das Tor öffnen? Dann kann ich im Treppenhaus vielleicht noch jemand anders fragen.»

«Nein.»

«Da ist ja die alte Schlampe schon wieder!» Eine schrille Stimme hallte hinter Tatiana durch den Hof. Sie drehte sich um. Eine zweite alte Frau, deren Haarfarbe erstaunlicherweise ins Grünliche tendierte, war an einem der Fenster im ersten Stock des gegenüberliegenden Gebäudes mit dem Treppenaufgang B erschienen. «Was hängst du dich da über die Brüstung, du Schlampe?»

Offensichtlich herrschte Zwietracht zwischen ihr und der Alten im ersten Stock von Gebäude A. «Geh wieder ins Haus! Ihr seid widerlich, du und deine Katzen!»

Die beiden Furien wechselten böse Blicke. Tatiana sah erst die eine, dann die andere an, ohne zu wissen, was sie tun sollte.

«Halt die Klappe!», schrie die andere aus dem ersten Stock zurück und zog ihre Strickjacke zurecht. «Und denk an deinen Mann!»

«Was du wohl auch gern tun würdest, was?»

«Leck mich!», brüllte die mit der Brille und schloss das Fenster, um dann im Dunkel des Zimmers zu verschwinden. Tatiana blickte zu der Wohnung in Gebäude B hinauf. «Buongiorno, Signora.»

«Warum redest du mit dieser Schlampe?»

«Ich habe sie gefragt, ob sie Corrado gesehen hat. Corrado Pizzuti, der in Gebäude A im Hochparterre wohnt.»

«Bist du seine Freundin?»

«Nein. Seine Geschäftspartnerin. Wir führen zusammen die Bar Derby drüben am Lido Sirena.»

«Schlampe! Du bist genauso eine Schlampe wie meine Schwester!» Auch sie knallte das Fenster zu und zog sich ins Haus zurück. Tatiana hob hilflos die Hände. Dann ließ sie den Blick über die anderen Wohnungen schweifen. Abgesehen von denen im ersten Stock wirkten sie alle unbewohnt. Sie klingelte überall, doch niemand meldete sich an der Sprechanlage. Inzwischen war die bebrillte Alte im ersten Stock wieder am Fenster erschienen. Tatiana gab ihr erneut ein Zeichen, es zu öffnen, woraufhin die Frau jedoch lediglich wieder verschwand.

«Wo steckst du bloß?», sagte sie leise zu sich. Da fiel ihr ein, dass sie nach Corrados grünem Fiat Multipla Ausschau halten könnte. Das Meer war unruhig. Im Laufe der Nacht hatte sich der Mistral erhoben, rüttelte an den Palmen und sorgte für hohe Wellen, die sich am Strand brachen. Tatiana setzte ihr Basecap auf. Dann ging sie dreimal um den ganzen Häuserblock, ohne eine Spur von Corrados Auto zu entdecken. Die Angst war mittlerweile so groß, dass es ihr die Kehle zuschnürte. Sie lehnte sich gegen eine Mauer und atmete tief durch. Sie war sich ganz sicher. Irgendetwas war geschehen.

«Chto mne delat? – Was soll ich machen?», fragte sie sich leise. Sie hatte keine andere Wahl, als zum Derby zurückzukehren, es wieder zu öffnen und bis zum Abend zu warten. Und wenn Corrado dann immer noch kein Lebenszeichen von sich gegeben hatte, würde sie zur Polizei gehen.

Rocco saß bereits seit zehn Minuten auf dem gelben Sofa vor Staatsanwalt Baldis Bürotür. Lupa war eingeschlafen, und er hatte sich mit allem befasst, was an Lektüre vorhanden war: mit einer drei Tage alten Ausgabe von La Stampa, zwei Exemplaren der Informationsschrift der Finanzpolizei Guardia di Finanza, dem verwaisten Prospekt eines Hotels in Courmayeur, allen Hinweisen, die an den Wänden hingen, und sogar der Aufschrift auf dem Feuerlöscher. Aber die Tür blieb geschlossen. Also begann er wie üblich, die Maserung im Holz von Baldis Tür zu studieren, um darin nach verborgenen Figuren zu suchen. Damit war er noch immer beschäftigt, als die Tür endlich geöffnet wurde. Staatsanwalt Baldi trug ein Jackett mit Fischgrätmuster im Stil der achtziger Jahre, und seiner blassen Haut nach war er seit Stunden nicht an die frische Luft gekommen. Hinter ihm im Büro entdeckte Rocco den bärtigen Staatsanwalt Messina und einen Mann in einer schwarzen Uniform mit jeder Menge silberweißer Dienstgradabzeichen.

«Schiavone! Das hier zieht sich hin. Können wir uns vertagen?»

Rocco stand auf. «Ich wollte mich nur versichern, dass alles in Ordnung ist. Morgen mache ich mich auf den Weg nach Varallo. Haben Sie mit dem Direktor gesprochen?»

«Sicher ...» Baldi warf einen Blick zurück in sein Büro und schloss behutsam die Tür. «Ein Ende dieser Besprechung ist noch nicht abzusehen, aber wir kommen gut voran.»

«Daran habe ich keinen Zweifel.»

«Cuntreras Dokumente ... Die, die er dabeihatte, als wir ihn an der Grenze geschnappt haben ... Sie liefern uns entscheidende Informationen.»

«Wenn ich mich nicht irre, habe ich in Ihrem Büro einen Carabiniere gesehen, oder?»

«Einen Colonnello, ja.» Baldi sah Rocco an. «Ich kann noch nicht viel sagen, aber diesmal kriegen wir dank Ihnen und diesem Mistkerl Cuntrera jede Menge Leute dran. Wie ich letztens bereits erwähnt habe, sind ein paar dicke Fische darunter. Und Sie kümmern sich um die Probleme im Gefängnis.»

«ROS?», fragte Rocco.

«Bitte?»

«Dieser Colonnello ... ROS?» Womit er den Raggruppamento Operativo Speciale meinte, die Spezialeinheit der

Carabinieri, die die Ermittlungen im Bereich des organisierten Verbrechens koordinierte.

Baldi nickte. «Ja, diesmal unterstützen sie uns.»

«Wenn Sie mich brauchen, wissen Sie, wo Sie mich finden.» Rocco gab Baldi die Hand, dann pfiff er leise, um Lupa zu wecken. «Auf geht's!»

«Schiavone?»

Rocco drehte sich im Flur noch einmal um.

«Schalten Sie nicht wieder Ihr Handy aus!»

«Bestimmt nicht.»

In der Abenddämmerung wurde es deutlich kälter. Die wärmende Sonne ließ am Tag die Temperaturen steigen, doch kaum zog sie sich hinter die Berge zurück, kam die seit Monaten vertraute Kälte wieder und ließ sich auf Straßen und Plätzen nieder. Rocco beschloss, in einer Trattoria zu Abend zu essen, jedoch erst, nachdem er Lupa gefüttert hatte. Daher betrat er das erleuchtete Apartmenthaus und ging zur Rezeption, um den Schlüssel zu holen. Der Portier begrüßte ihn lächelnd und wies dann mit dem Kinn auf das Sofa hinter ihm. Rocco drehte sich um. Dort, am nicht brennenden Kamin, saß Anna. Er ging auf sie zu.

«Was soll ich jetzt denken?», fragte sie, ohne aufzustehen.

«Das klingt ziemlich allgemein. Um was geht es?»

«Um dich und mich, Rocco. Was soll ich jetzt denken?»

Lupa wollte gestreichelt werden, doch Anna war derart geladen, dass sie eine Tischlampe hätte zum Brennen bringen können. Also rollte Lupa sich auf den Füßen ihres Herrchens zusammen.

«Du bist gestern Abend bei den Turrinis einfach gegangen, ohne dich zu verabschieden. Dabei geht es nicht um Liebe oder eine Beziehung, sondern einfach um gutes Benehmen!»

«Ich kann mich nicht benehmen, das dürftest du inzwischen wissen.»

«Ja, du machst nur das, was dir passt, ohne an die Folgen zu denken.»

«Das ist eins meiner Probleme.»

Doch Anna war noch nicht fertig. «Hast du dich mal gefragt, wie ich nach Hause gelangt bin? Oder ist dir der Gedanke erst gar nicht gekommen?»

«Irgendwer wird dich schon mitgenommen haben.»

«Du Arschloch!» Anna senkte den Blick.

Da haben wir's wieder, dachte Rocco. Obwohl sie dagegen anzukämpfen versuchte, kamen Anna die Tränen. «Was hab ich dir getan, Rocco?»

Rocco setzte sich neben sie. «Nichts. Du hast mir nichts getan. Leider.»

«Und dann ist ein Anruf zu viel verlangt? Oder ein kurzer Besuch, um zu sehen, ob ich heil nach Hause gekommen bin?»

«Was das angeht, hast du recht. Das war ein beschissener Ort. Und ich hätte dich nicht allein dort zurücklassen dürfen. Obwohl ich das Gefühl hatte, dass du dich ziemlich wohl gefühlt hast.»

«Jedenfalls wurde an diesem beschissenen Ort über dich geredet. Die Turrinis zum Beispiel haben sich gewundert, dass du dich nicht von ihnen verabschiedet hast.»

«Glaub mir, ich werde einen Weg finden, mich ihnen gegenüber erkenntlich zu zeigen», entgegnete Rocco mit unverhohlener Ironie.

«Und mein Bekannter, der Galerist, hätte dich gern kennengelernt.»

«Aber ich wollte ihn nicht kennenlernen. Was hätte ich davon?»

Anna öffnete ihre Tasche und nahm ein Taschentuch heraus. Sie stand auf, ging zwei Schritte und wandte ihm den Rücken zu. Dann trocknete sie sich die Tränen. Der Portier senkte peinlich berührt den Blick. Gleich darauf drehte Anna sich wieder um. «Als Nora mir gesagt hat, was für ein Scheißkerl du bist, hat sie noch untertrieben.»

Rocco seufzte.

«Also sag mir: Was war ich für dich? Nur ein schneller Fick?»

«Es waren zwei.»

«Ja. Zwei.» Anna lachte hysterisch. «Die nicht wirklich denkwürdig waren, glaub mir.»

«Hab ich was anderes behauptet? Hör zu, Anna, setz dich.»

«Nein!»

«Bitte.»

Anna schloss die Augen, atmete tief durch und setzte sich neben Rocco aufs Sofa. «Hör zu. Stell dir eine Waage vor. Auf der einen Seite bist du und hast viel Gewicht auf die Waagschale gelegt. Auf der anderen Seite bin ich, und ich habe beinahe nichts dazugegeben. Also, was passiert?» Er zeigte es mit den Händen. «Siehst du? Wir sind nicht im Gleichgewicht. Und um es wiederzufinden, gibt es nur einen Weg: Entweder nimmst du ein wenig Gewicht weg, oder ich lege etwas drauf.»

Anna sah ihm in die Augen. «Und das wirst du nicht tun?»

«Ich kann es versuchen. Aber du musst mir Zeit geben.»

Anna nickte. «Warum habe ich mich in dich verliebt?»

«Du kannst den Gastgeber nicht fragen, ob der Wein gut ist!»

Da endlich lächelte Anna wieder und sah ihn offen an. «Meine Mutter hat immer gesagt: ‹Anna, hüte dich vor Männern, die dich zum Weinen bringen, und such dir einen, der dich zum Lachen bringt.›»

«Deine Mutter war ziemlich clever.»

«Du bist ein wenig das eine wie das andere. Kann ich bei dir schlafen?»

«Und dann? Dann kommen wir wieder an den gleichen Punkt wie heute Abend, nur dass es drei Ficks anstatt zwei waren, ohne dass sich sonst etwas geändert hat.»

«Sind wir jetzt bei der ‹Ich habe dich nicht verdient›-Stelle?»

«Nein, ich versuche nur, dir zu erklären, wie ich die Sache mit uns sehe. Möglichst, ohne dich zu verletzen.»

«Du liebst mich einfach nicht. Sag es, und dann ist die Sache vorbei.»

Rocco atmete tief durch. Er nahm Annas Hände in die seinen. «Ich liebe dich nicht.»

Anna war sichtlich getroffen. Sie schloss die Augen, und zwei Tränen rannen ihr über die Wangen. «Es ist schmerzhaft, das zu hören, aber wenigstens hast du es gesagt.» Sie öffnete die Augen wieder. «Danke.»

«Wofür?»

«Für deine Ehrlichkeit.» Sie nahm ihre Tasche und stand auf. «Ich wünsche dir eine gute Nacht und morgen einen schönen Tag.»

«Oh danke, aber ich muss morgen ins Gefängnis.»

Anna sah ihn an und lächelte verhalten. «Dass du mal im Gefängnis landest, wundert mich nicht wirklich.»

«Auch deine Witze waren schon mal lustiger.»

«Pass auf dich auf, Rocco.» Sie wandte sich entschieden um und ging auf die Glastür des Apartmenthauses zu. Ihre Augen mussten voller Tränen sein, denn sie lief beinahe gegen die automatische Tür, die sich recht langsam öffnete. Doch anstatt über sich selbst zu lachen, ging sie weiter und verschwand im Dunkel der Straße.

Rocco sah Lupa an. «Na komm, lass uns gehen! Ich hab mal wieder Mist gebaut, oder?»

Lupa stellte sich auf die Hinterbeine und legte die Schnauze auf seinen Schoß. Rocco kraulte sie am Kopf. «Ich glaube, schon, stimmt's? Ich hab Mist gebaut. Und sieh dir an, wie weit es mit mir gekommen ist, dass ich jetzt schon einen Hund um Rat frage.» Die Lust auf ein Abendessen war ihm vergangen.

«Komm, gehen wir schlafen!»

Als Ciro sah, dass Tatiana und Barbara die Polizeiwache betraten, stand er auf und schenkte ihnen sein schönstes Lächeln. «Tatiana! Au weia, wenn Luca erfährt, dass du hier warst, nachdem er bereits Feierabend gemacht hat, stürzt er sich in den Fluss.»

Tatiana lächelte nicht. Sie hatte einen glasigen Blick und war blass im Gesicht. Barbara, die mitgekommen war, um die Freundin zu unterstützen, hielt sich dicht hinter ihr, da sie befürchtete, Tatiana könnte jeden Moment umfallen. «Was ist passiert?», fragte der Polizist. «Warum seid ihr hier? Muss ich mir Sorgen machen?»

«Ich will eine Anzeige machen, Ciro.»

Ciro sah sie überrascht an. «Eine Anzeige? Warum?»

«Es geht um Corrado», mischte sich Barbara ein.

«Was hat er angestellt?»

«Er ist verschwunden.» Tatiana brach in Tränen aus.

«Verdammt! Setz dich! Setz dich doch!» Ciro holte einen Stuhl. «Ich bringe dir ein Glas Wasser. Warte hier. Du, Barbara, passt auf sie auf, ja? Warte, ich rufe erst Lisa.» Er wandte sich einer geschlossenen Tür zu und schrie: «Lisa!» Dann nahm er einen Plastikschlüssel aus der Hosentasche, mit dem er sich am Getränkeautomaten zu schaffen machte. «Lisa!», schrie er erneut. «Könntest du bitte mal kommen?»

Die Tür wurde geöffnet, und Lisa trat mit verschlafenem Gesicht heraus. «Was ist?»

«Tatiana ist hier. Sie sagt, dass Corrado verschwunden ist!», rief Ciro nach hinten, während er auf den Tasten des Automaten herumdrückte. «Verflixt … Ich hab die falsche Taste erwischt. Geht auch eine Cola?»

«Kein Problem, Ciro», sagte Tatiana, als dieser die Dose herausnahm. «Das Koffein ist jetzt sicher nicht schlecht.»

Ciro öffnete die Dose, nahm ein Glas vom Schreibtisch und füllte es.

«Verschwunden? Bist du dir sicher?», fragte Lisa, die sich durch das frisch gefärbte rote Haar strich. Die Farbe war derart intensiv, dass man beinahe erwartete, dass nun auch ihre Hände tizianrot leuchteten.

«Seit gestern habe ich nichts mehr von ihm gehört. Ich rufe ihn dauernd an, aber sein Handy ist ausgestellt.»

«Vielleicht ist er irgendwo unterwegs», meinte Ciro, während er Tatiana das Glas reichte.

«Das wüsste ich. Er ist nie weggefahren, ohne mir Bescheid zu sagen. Letzte Woche ist er zwei Tage weg gewesen und hat mich regelmäßig angerufen, um zu fragen, ob alles in Ordnung ist. Corrado ist … ziemlich ängstlich.»

«Lasst uns vorschriftsmäßig vorgehen.» Lisa setzte sich an den Schreibtisch. «Wann hast du ihn zum letzten Mal gesehen?»

«Gestern Abend, bevor ich die Bar geschlossen habe.»

«Das ist noch nicht wirklich lange her. Für eine Vermisstenanzeige, meine ich. Vielleicht ist er ja inzwischen wieder zu Hause.»

«Hör zu», mischte sich Barbara ein. «Corrado war letzte Woche für zwei Tage weg. Danach hat er sich ziemlich seltsam verhalten. Äußerst seltsam.» Barbara schien vom Geiste Maigrets beseelt zu sein. «Und er hat kein Wort gesagt. Er war nervös und ist dauernd zusammengezuckt.»

«Vielleicht hatte er Angst vor dir», meinte Ciro.

«Du Blödmann», wies seine Kollegin ihn zurecht.

«Ich wollte nur ein bisschen …»

«Sei still. Sprich weiter, Barbara.»

«Seit ich Corrado kenne, lebt er allein. Aber letztens habe ich ...» Barbara senkte die Stimme «... jemanden in seiner Wohnung gesehen. Was das angeht, sind Tatiana und ich uns sicher.»

«Eine Frau?» Ciro zwinkerte Barbara zu.

«Warum waren dann die Rollläden dauernd geschlossen?», entgegnete sie. «Wenn es eine Frau war, wieso hätte sie sich im Dunkeln verstecken sollen? Warum? Wofür sollte sie sich geschämt haben?»

«Vielleicht ist sie verheiratet und wollte nicht dort gesehen werden.» Ciro ließ sich so schnell nicht von seiner These abbringen.

«Oder warum auch immer.»

«Ihr wisst doch, dass Corrado vorbestraft ist, oder? Und wer weiß ...» Tatiana zitterte, während sie sprach. «... vielleicht ... war es ein entflohener Sträfling.»

Eine angespannte Stille machte sich breit.

«Ein Sträfling?», wiederholte Lisa.

«Warum nicht?»

«Das wäre eine mögliche Erklärung», stellte Lisa fest. «Wenn es sich wirklich um einen geflohenen Sträfling handelt, dann hätte Corrado nicht einfach sagen können, dass er mal kurz wegmuss, um einen Mann zu verstecken. Logisch, oder? So etwas hält man geheim.»

«Ach was!», wandte Barbara ein, die die Zügel in die Hand genommen hatte und dies ihren leuchtenden Augen nach ziemlich genoss. «Im Gegenteil. Wenn man etwas geheim halten will, ist es besser, es am helllichten Tag zu tun. Dann hätte er nur in der Bar anrufen und sagen müssen, dass er aus irgendeinem Grund nach … was weiß ich … nach Ancona fahren muss, und das war's. Denn andernfalls macht man sich ja erst verdächtig.»

«Stimmt. Barbara hat recht», meinte Tatiana, die die Cola noch nicht angerührt hatte. «Aber er ist einfach so verschwunden, und da stimmt etwas nicht.»

«Hat jemand einen Schlüssel zu seiner Wohnung?», fragte Ciro.

Tatiana hob verzweifelt die Hände. «Bitte! Ich spüre es. Ihm ist etwas zugestoßen.»

«Also gut», sagte Lisa entschlossen, «dann lasst uns rübergehen, damit wir diese Vermisstenanzeige aufsetzen können.»

«Und was passiert dann?», fragte Tatiana und stand auf.

«Wir informieren die Questura, und der Prefetto spricht mit dem Commissario Straordinario, der in solchen Fällen zuständig ist. Und dann beginnt die Ermittlung.»

«Hoffen wir, dass nichts passiert ist!», meinte Ciro, als er die Tür zu dem anderen Büro öffnete. Barbara und Tatiana traten ein. Ciro sah seine Kollegin an. «Hast du's bemerkt? Tatiana hat sich in Corrado verliebt.»

«Oh Himmel! Luca wird sich vor Verzweiflung die Haare raufen.»

SONNTAG

Alessandro Martinelli, der Gefängnisdirektor, führte Rocco gleich in sein Büro. Baldi hatte mit ihm gesprochen, und er hatte seine Unterstützung zugesagt.

«Wo werde ich schlafen?», hatte Rocco gefragt.

«Drei Zimmer weiter. Sieht wie eine Zelle aus, aber, na ja, ich dachte, das inspiriert Sie vielleicht, oder?»

«Mag sein. Eine Bitte noch: Könnten Sie mir einen Fernseher besorgen, der kann ruhig alt sein. Und einen DVD-Player?»

«Ich lasse Ihnen die Geräte aus dem Gemeinschaftsraum im Erdgeschoss bringen. Sonst noch was? Möchten Sie vielleicht zu einer bestimmten Zeit geweckt werden? Das Frühstück aufs Zimmer?»

Rocco atmete tief durch und betrachtete seine Füße. Dann hob er den Blick und sah dem Gefängnisdirektor in die Augen. «Ich bitte Sie nicht um diesen Gefallen, um mir den Aufenthalt in diesem Loch hier zu versüßen. Ich bin zum Arbeiten hier. Wenn Sie also so nett sein könnten, sich Ihre Ironie in den Arsch zu schieben, dann vergeht die Zeit sicher schnell und schmerzfrei.»

Der Direktor räusperte sich. «Ich habe schon gehört, dass Sie nicht gerade ein umgänglicher Typ sind.»

«Ich bin ein äußerst umgänglicher Typ. Ich mag es nur nicht, wenn Leute wie Sie meinen, es mit einem Idioten zu tun zu haben. Und jetzt würde ich, wenn Sie erlauben, gern mit Agostino Lumi sprechen, bevor er verlegt wird. Liegt das im Bereich des Möglichen?»

Martinelli lächelte. «Sicher. Und das ganz unbürokratisch und kostenfrei.»

«Hervorragend.»

«Er sitzt in Isolationshaft. In dem Block, in dem die Sexualverbrecher untergebracht sind. Während ich die nötigen Vorbereitungen treffe, könnten Sie sich schon mal mit seinem Lebenslauf beschäftigen.» Martinelli übergab dem Vicequestore die entsprechenden Unterlagen, indem er sie ihm auf den Schreibtisch knallte. Da es im Raum nicht besonders hell war, setzte sich Rocco in die Nähe des Fensters und hatte so gleichzeitig einen guten Ausblick auf die Gefängnisanlage.

«Ich bin dann weg.»

«Eine letzte Sache noch. Ich muss mich hier bewegen können.»

«Ach ja, was glauben Sie? Daran habe ich durchaus gedacht. Es wird immer jemand da sein, um Sie zu begleiten. Der Kollege wartet draußen und steht Ihnen jederzeit zur Verfügung.» Martinelli öffnete die Tür. «Bis gleich. Fühlen Sie sich einstweilen ganz wie zu Hause.»

Rocco verdrehte die Augen und versuchte, den letzten Seitenhieb des Gefängnisdirektors zu ignorieren.

Zu dieser Tageszeit hielten sich die Gefangenen in ihren jeweiligen Zellentrakten auf. Zur Resozialisierung, wie dies genannt wurde. Rocco warf einen letzten Blick auf die grauen Gebäude, die ihn an einen Vorort von Rom erinnerten, und vertiefte sich dann in die Akte Agostino Lumi. Aber nicht, weil er sich über dessen Lebenslauf informieren wollte, sondern weil er hoffte, darin einen Schwachpunkt dieses Bastards zu finden.

«Na sieh mal einer an …», sagte er und las lächelnd weiter. Dann legte er die Akte wieder auf den Tisch und ging zur Tür. Wie erwartet, saß ein Gefängnisaufseher davor und las Zeitung.

Rocco genügte ein einziger Blick, um den Mann in sein persönliches Bestiarium einzuordnen. Er war ein Myocastor coypus, auch Nutria genannt. Mit seiner großen Nase und dem Schnauzbart sah er aus wie ein vergnügter und gewitzter preußischer Oberst im Ruhestand.

«Wie heißen Sie?», fragte Rocco.

Der Wachmann sprang auf. «Mauro Marini.»

«Dann sind Sie derjenige, der Cuntreras Leiche gefunden hat, wenn ich mich nicht irre.»

«Sie irren sich nicht, Dottore. Zusammen mit meinem Kollegen Daniele Abela.»

«Könnten Sie mich in den Hof begleiten?»

«Bitte. Folgen Sie mir.»

Sie machten sich auf den Weg durch die langen Gänge, wobei ihnen in regelmäßigen Abständen Stahltüren geöffnet und hinter ihnen wieder geschlossen wurden.

«Hier entlang, kommen Sie …»

«Sagen Sie mal, Marini, was halten Sie von der Sache?»

«Dem Mord an Cuntrera?»

«Nein, vom Schlussverkauf im Januar.»

Marini sah Rocco an. Dann lächelte er hinter seinem Schnauzbart. «Was ich davon halte? Wie ich bereits dem Staatsanwalt gesagt habe, arbeite ich schon seit vielen Jahren in Strafanstalten. Und manchmal reicht ein Blick oder ein Wort zu viel oder eine Beleidigung aus und ... Zack! Steht Rache auf dem Programm.»

Es roch nach Gemüsesuppe und Desinfektionsmittel. Der Geruch kam vom Fußboden, von den Wänden, von den Uniformen der Wachleute und von Roccos eigener Jacke. Endlich traten sie ins Freie.

«Das ist der Hof, hinten ist ein Fußballplatz, sehen Sie?»

«Und das Gebäude da rechts?»

«Das ist ein Arbeitsraum. Wir haben Cuntrera dort neben dem Eingang zu Block drei gefunden.» Der Aufseher wies auf eine im Schatten liegende Ecke. Rocco ging hinüber und sah sich um. Mauern und Netze. Wachtürme. «Die, die die Prügelei angezettelt haben, wo waren die?»

«Dort neben Block zwei.» Marini wies auf eine Mauer auf der anderen Seite des Hofes. Mehr als hundert Meter weit weg. Rocco schritt die Entfernung ab und sah sich dann dort um, wo die Prügelei begonnen hatte. Auch hier Netze, Mauern und Wachttürme. Von dieser Stelle aus war der Winkel, in dem Cuntrera ermordet worden war, nicht zu sehen.

«Wer war auf den Türmen?»

«Ich weiß nicht, aber das lässt sich herausfinden.»

«Danke. Ich möchte mit denjenigen reden, die auf diesen beiden Türmen Dienst hatten. Die anderen sind egal. Wie ist der tägliche Zeitplan?»

«Also: Von neun bis elf und von dreizehn bis fünfzehn Uhr können die Gefangenen hier draußen ein bisschen Luft schnappen.»

«Was machen sie dann so?»

«Reden, Fußball spielen, manche gehen dorthin, in die Arbeitsräume. Es gibt zwei Arbeitsräume, einen mit Computern und eine Tischlerei. Von siebzehn bis einundzwanzig Uhr sind die Gefangenen in ihren Blöcken. Zur Resozialisierung. Die Blöcke dürfen dann nicht verlassen werden. Um zweiundzwanzig Uhr werden die Türen geschlossen, und die Nachtruhe beginnt.»

«Wann wird gegessen?»

«Das Mittagessen wird zwischen elf und zwölf ausgeteilt, das Abendessen um achtzehn Uhr dreißig. Außerdem gibt es noch eine Bibliothek und einen Fitnessraum, was die beliebtesten Aufenthaltsorte sind.»

«Um wie viel Uhr haben Sie Cuntrera gefunden?»

«Um halb drei?»

«Ist das eine Frage?»

«Nein, nein. Um halb drei», versicherte Marini eilig.

«Lassen Sie uns wieder reingehen. Der Hof ist furchtbar.»

«Ich weiß. Aber Sie müssen erst mal die Zellen sehen. Die sind noch schlimmer. Wobei das eigentliche Problem die Krankheitsfälle sind. Wir kriegen es hier sogar mit Tuberkulosekranken und Aidspatienten zu tun. Aber wegen der Kürzungen ...»

«Apropos: Sind die vier Nordafrikaner noch auf der Krankenstation oder wieder zurück in ihren Zellen?»

«Nur Omar ist noch auf der Krankenstation. Zwei sind wieder in ihren Zellen, und Aziz, den es am heftigsten erwischt hat, ist im Krankenhaus.»

«Eines müssten Sie mir noch genauer erklären: Auf welchem Weg gelangen die Gefangenen in den Hof?»

Marini nickte. «Jeder Block hat seinen eigenen Ausgang, ein Gittertor. Sehen Sie? Insgesamt drei. Die Gefangenen, die sich in Isolationshaft befinden, dürfen nicht in diesen Hof, sondern nur dort in den überdachten Teil.»

Rocco ging wieder in den Winkel zurück, wo Cuntrera sein Leben ausgehaucht hatte. Eine Einbuchtung nur wenige Meter vom Tor zu Block drei entfernt. «Und dieser Ausgang?»

«Ist der von Block drei.»

«War Cuntrera dort untergebracht?»

«Ja, in diesem Trakt.»

«Dann ist er also ziemlich nah am Ausgang seines Blocks gestorben. Gut. Wer hatte an dem Tag an dieser Tür Dienst?»

«Ich erinnere mich nicht genau. Ich glaube, Tolotta. Federico Tolotta.»

Rocco näherte sich der Gittertür. «Könnten wir die mal kurz öffnen?»

Marini griff zum Funkgerät. Kurz darauf wurde das Tor zu Block drei geöffnet. Ein kleiner, stark behaarter Aufseher mit einem traurigen, bleichen Gesicht erschien.

«Vicequestore Schiavone. Sind Sie Tolotta?»

«Nein. Ich bin Biranson. Der Kollege Tolotta ist morgen wieder im Dienst.»

Rocco, dem Marini wie ein Schatten folgte, trat in den Gang hinter der Tür. Vor ihm lag eine Treppe. Rechts befand sich eine weitere Stahltür. «Und diese hier?»

«Da geht's zu einem internen Gang», antwortete der kleine Biranson.

«Und wohin kommt man durch diesen internen Gang?»

«Auf die andere Seite», entgegnete Marini. «Mach mal auf, Bruno, dann zeigen wir dem Commissario, wohin der Gang führt.»

«Dem Vicequestore», berichtigte Rocco.

«Ach, ja. Entschuldigung.»

Bruno steckte den Schlüssel ins Schloss, drehte dreimal um und öffnete die Stahltür. «Bitte, hier entlang.»

Vor ihnen lag ein langer, kurviger Schlauch, der nur etwas mehr als einen Meter breit war und an den Seiten von extrem hohen Mauern begrenzt wurde, während ein Stahlnetz die Decke bildete. «Sehen Sie? Dieser Gang ist nur für uns Wachleute da, wenn es brennt oder in ähnlichen Fällen. Hier passt gerade mal ein Mann durch.»

Biranson ging, gefolgt von Rocco und Marini, über den mit Unkraut bewachsenen Betonboden. «Aber er wird so gut wie nie benutzt.»

Sie erreichten eine weitere Stahltür. «Da wären wir. Der Gang ist hier zu Ende.» Biranson griff wieder zu seinem Schlüssel und öffnete auch diese teilweise rostige Tür. «Bitte.»

Sie traten wieder raus auf den Hof, direkt neben den Eingang zu Block zwei, wo die Prügelei stattgefunden hatte. «Also, wenn ich das richtig sehe, ist das ein Verbindungsweg zwischen Block drei und dem Hof.»

«Genau, und der Gang endet hier, direkt neben Block zwei», ergänzte Marini. «Und sehen Sie, dort? Das ist die Stelle, an der Omar angegriffen wurde. Man kommt also auf die andere Seite, ohne durch den Hof gehen zu müssen.»

«Aber wir benutzen diesen Gang so gut wie nie», wiederholte Biranson.

«Biranson, ich hab's kapiert», meinte Rocco. «Jetzt muss ich nur noch wissen, wer einen Schlüssel für diese Türen und die Türen zu den Blöcken hat.»

«Der heilige Petrus!», entgegnete Biranson und hob zwei Schlüsselbunde hoch, an denen ein Dutzend Schlüssel hingen. «Derjenige, der an den Türen zum Hof Dienst hat, hat die Schlüssel dazu», erklärte er und hob den ersten Schlüsselring hoch, «genauso wie die für diese beiden Stahltüren.» Er wies auf die übrigen zwei Schlüssel. «Dotto', und das Gleiche gilt für die anderen Türen, die zu den anderen Blöcken, meine ich. Hier ist auch noch so ein interner Durchgang, der genau wie der andere ist.» Er klopfte an die entsprechende Tür. Rocco nickte.

«Möchten Sie sich in einem der Zellentrakte umsehen?», fragte Marini.

«Nein. Ich würde jetzt gern mit Agostino Lumi reden.»

«Welche Ehre, Sie kennenzulernen, Dottor Schiavone.»

Rocco hatte solche Augen wie die von Agostino Lumi, genannt der Professor, bereits gesehen: in den Gesichtern der schlimmsten Verbrecher. Kalte Augen ohne das kleinste Fünkchen Leben, wie schwarze trockene Flusskiesel.

«Wie ich höre, sind Sie ein sehr erfolgreicher Polizist. Vor kurzem wurde eine Freundin von Ihnen in Ihrer Wohnung ermordet, oder?»

«Sie sind gut informiert.»

«Ich lese jeden Tag Zeitung. Ein deutscher Philosoph hat mal gesagt, dass die Zeitung ...»

«... das Morgengebet des modernen Menschen ist», vollendete Rocco.

«Wir haben also beide die Klassiker gelesen.»

«Nun, zumindest die interessantesten. Werden Sie deshalb ‹der Professor› genannt?»

Agostino drehte sich eine Zigarette. «Stört es Sie, wenn ich rauche? Schließlich ist es nicht gerade alltäglich, ein Gespräch mit jemandem wie Ihnen führen zu können. Hier hat man es eher mit groben, ungebildeten Analphabeten zu tun. Vor allem mit Ausländern. Und mit Eseln. Esel, die draußen im Hof im Kreis laufen und das Gras abfressen. Während wir mit Sicherheit ein interessantes Gespräch führen werden. Diese Freundin, die in Ihrer Wohnung ermordet wurde, war das Ihre Liebste?»

«Nein.»

«Ach, ja, seit dem Tod Ihrer Frau führen Sie ein keusches Dasein ohne Verbindlichkeiten, richtig?»

«Sie lesen wirklich eine Menge Zeitungen!»

«Ich lese und mache mir so meine Gedanken. Sie wissen ja, wie das ist, wenn man so viel Zeit zur Verfügung hat. Aber Sie sind doch noch jung! Ihnen laufen doch sicher ständig Frauen über den Weg. Was tun Sie also? Ficken Sie die nicht mal?»

«Wollen Sie sich für das abendliche Wichsen Notizen machen?»

Agostino lächelte, aber nur mit dem Mund. «Und haben Sie schon eine Ahnung, wer Ihre Freundin ermordet hat?»

«Ja», log Rocco.

Agostino Lumi klatschte in die Hände wie ein Kind im Puppentheater. «Und wann bringen Sie ihn hinter Gitter?»

«Ich will ihn gar nicht hinter Gitter bringen.» Rocco rückte so nah an Agostino Lumi heran, dass er dessen nach Knoblauch und Zigaretten stinkenden Atem wahrnahm. «Jemandem wie den in den Knast zu schicken würde bedeuten, ihm einen Gefallen zu tun. Und ich bin keiner, der anderen einen Gefallen tut. Niemandem.» Rocco ging wieder auf Sicherheitsabstand.

Agostino Lumi runzelte die Brauen. «Aber ein ordentlicher Polizist würde sich anders verhalten.»

«Wer sagt, dass ich ein ordentlicher Polizist bin?»

«Geben Sie es zu: Ihre Freundin war nicht das wahre Ziel, sondern Sie, stimmt's?»

«Wie kommen Sie auf die Idee?»

«Reine Vermutung.»

«Erzählen Sie mir von der Prügelei letztens?», wechselte Rocco abrupt das Thema.

Agostino leckte über den Klebestreifen der Zigarette. «Ach, Sie meinen die kleine Auseinandersetzung im Hof. Eine Prügelei würde ich das nicht nennen. Nicht weiter schlimm, nur eine Rauferei.»

«Ihr habt zu dritt einen jungen Mann beinahe massakriert.»

«Einen Dealer, Vicequestore.» Agostino Lumi zündete sich die Zigarette an. «Einen Dealer, der das Zeug sogar hier im Gefängnis vertickt.»

Rocco nickte. Er sah sich die Zelle an, in der Agostino hauste. Ein Bett, ein kleines Fenster, ein separates WC. Das Verwaltungsgrün an den Wänden blätterte nirgends ab, sondern war im Gegenteil gerade frisch gestrichen worden. Auf einer Konsole standen jede Menge Bücher mit zerlesenem Rücken.

«Und was treiben Sie jetzt hier? Spielen Sie den Knastbullen?»

«Ich sehe mich lieber als jemanden, der für Ordnung sorgt. Ich will hier nur ein bisschen sauber machen.»

«Das ehrt Sie.» Agostino Lumi lächelte und zog an seiner Zigarette.

«Wie kommt Omar hier drin an das Zeug?»

«Über seine außereuropäischen Freunde von draußen. Sie übergeben es ihm im Besuchszimmer. Offensichtlich drückt der ein oder andere Aufseher ein Auge zu, wenn man ihm ein paar Geschenke macht. Und dann bringen Omar, Tarek und Karim die Sachen in Umlauf. Hier drin sind zweihundert verzweifelte, gelangweilte Gefangene. Die perfekte Kundschaft, finden Sie nicht?»

«Keine Ahnung. Ich war noch nie im Knast», entgegnete Rocco.

«Ich finde, dass jeder Polizist mal eine Weile im Knast verbringen sollte, am besten unerkannt. Wenn man einen

Monat hier drin ist, kapiert man eine ganze Menge, was bei der Arbeit nützlich sein könnte.»

«Zum Beispiel?»

«Man kriegt Einblick in die Psyche von Straftätern.»

«Ich scheiß auf die Psyche von Straftätern.»

«Sie verstehen mich nicht. Ich will sagen, dass eine gewisse Zeit im Gefängnis die Arbeit der Polizei erleichtern würde, weil sie die Beweggründe und Handlungsweisen von Leuten wie mir dann besser verstehen könnten. Wobei ich damit natürlich gegen meine eigenen Interessen argumentiere.»

«Dafür muss man nicht ins Gefängnis gehen. Eure Psyche ist keineswegs so komplex, glauben Sie mir.»

Agostino Lumi drückte die Zigarette aus. Er lächelte. Wieder nur mit dem Mund. Seine Augen blieben schwarz und starr wie zwei Glasmurmeln. «Aber so, wie Sie Ihren Job als Polizist machen, werden Sie früher oder später sicher eine Weile hier verbringen müssen.»

«Wirklich? Dann hätten wir viel Zeit, uns zu unterhalten. Aber ich erzähle Ihnen jetzt mal eine kleine Episode: Ich bin im Trastevere geboren, wo sich, wie man wissen muss, das Regina-Coeli-Gefängnis befindet, direkt am Fuß des Gianicolo. Als ich, sagen wir mal, in schlechte Gesellschaft geriet, hat mich mein Vater mit zum Hügel genommen, zu einer Stelle direkt am Gefängnis, etwa zweihundert Meter unterhalb der Aussichtsterrasse. Und wissen Sie, was es da zu sehen gab? Dort standen oft die Frauen der Inhaftierten am Geländer vor dem Abgrund, um durch die vergitterten Fenster mit ihren Männern zu reden. So konnten sie Informationen austauschen oder Liebesschwüre, und manchmal ging es auch um häusliche Probleme. An jenem Tag war eine etwa dreißigjährige Frau mit einem vielleicht achtjährigen Kind dort und sprach mit ihrem Mann. ‹Aldo!›, rief sie. ‹Dein Sohn hat nur schlechte Noten auf dem Zeugnis!› Ein paar Sekunden später war dann aus dem äußersten Block Aldos Stimme zu hören: ‹Verdammte Scheiße! Wo ist er?› Darauf die Frau: ‹Hier bei mir. Er hört dich.› Und der Mann antwortete: ‹Sobald ich hier raus bin, bringe ich ihm das Lernen mit dem Gürtel bei! Sag ihm das!› Und die Frau: ‹Bis du wieder raus bist, ist der Junge längst mit der Schule fertig.› Mein Vater sah mich an und brachte mich zurück nach Hause. Und mehr war nicht nötig. Natürlich habe ich ihm auch immer mal wieder Sorgen bereitet, aber er wusste, dass ich es an jenem Tag begriffen hatte.» Rocco betrachtete sein Gegenüber lange. Nahm sich eine Zigarette und zündete sie an. Langsam, um das Schweigen so lange wie möglich auszudehnen.

«Und nun?», fragte Agostino.

«Und nun ist das Plauderstündchen vorbei, und Sie und ich sitzen in einer Isolationszelle, um wie zwei Männer miteinander zu reden, die jeden Tag ihres Lebens in der Scheiße wühlen. Also, kann ich jetzt anfangen, oder wollen Sie mit diesen persönlichen Fragen weitermachen, um mich auf die Palme zu bringen? Nein? Ich soll loslegen? Okay. Dann sag mir mal, welche Ratte dir aufgetragen hat, im Hof für dieses Chaos zu sorgen!»

«Duzen wir uns jetzt?»

«Ja, wir duzen uns jetzt.»

«Geht es immer noch um die kleine Rauferei, Rocco?»

«Genau. Aber mich zu duzen, erlaubt dir nicht, mich beim Vornamen zu nennen. Für dich bin ich Schiavone.»

«Was, zum Teufel, willst du von mir, Schiavone? Dass ich dir Dinge sage, die ich nicht weiß und die du selber rausfinden musst? Es macht Spaß, dir zuzusehen, wie du dich hier abstrampelst wie ein Hamster im Rad, du Hurensohn!»

«Apropos Hurensohn: Wie geht's deiner Schwester?»

Zum ersten Mal trat Leben in Agostinos Blick, kurz und kaum wahrnehmbar. «Warum willst du das wissen?»

«Wie nennt sie sich nochmal? Cri-cri? Warum? Ist Carmela nicht chic genug? Zu wenig aufreizend? Oder schämt sie sich, weil sie den Namen eurer Mama trägt?»

«Hör zu, Bulle, meine Schwester ist kein interessantes Gesprächsthema.»

«Das finde ich nicht. Übrigens heißt es, dass Cri-cri keinen schlechten Blowjob macht.»

Agostino lächelte. Er legte den Kopf nach rechts und nach links, wobei es in seinem Nacken knackte. «Meine Schwester lebt in Varese und arbeitet als Lehrerin. Du solltest dich besser informieren, Schiavone.»

«Deine Schwester hat in Mailand angeschafft, am Corso Como, in der Souterrainwohnung, wo du dich ein paarmal vor der Polizei versteckt hast. Während sie jetzt nur noch in teuren Hotels die Flöte bläst.»

Der Professor schien kurz davor zu explodieren.

«Cri-cri hat wirklich Karriere gemacht. Woher sie ihr Talent wohl hat? Von der lieben Mama?»

Agostino Lumi schnellte vor, doch Rocco war vorbereitet. Er schlug ihm mit voller Wucht von unten gegen die Nase. Der Professor ging zu Boden. Rocco stand auf und verpasste ihm einen Tritt in die Rippen. «Wo sind deine beiden Freunde, wenn du sie brauchst, na, Agostino?» Ein weiterer Tritt folgte. «Wo sind sie?»

Rocco setzte sich wieder. Marini schaute durch die Gittertür herein und wollte schon nach dem Schlüssel greifen, als er den Gefangenen am Boden liegen sah, doch Rocco hielt ihn davon ab. «Alles in Ordnung. Keine Sorge.»

Verblüfft verschwand der Wachmann wieder im Gang. Rocco zündete sich eine weitere Zigarette an.

Agostino Lumi bewegte sich langsam. Er tastete nach seiner blutenden Nase. Dann hob er den Kopf, kroch auf allen vieren zum Bett hinüber und griff nach einem Handtuch, um die Blutung zu stillen. «Du Stück Scheiße!», knurrte er mit Blick auf Rocco, der in aller Ruhe seine Zigarette rauchte. Lumi hob seine Brille auf und setzte sie sich wieder auf die Nase.

«Jetzt erzähl ich dir mal, wie ich das Ganze sehe, Professor.»

Agostino schwieg. Er starrte auf einen Punkt am Boden, zog sich dann hoch und setzte sich aufs Bett.

«Jemand hat dir gesagt, dass du dieses Chaos veranstalten sollst. Jemand hat es dir aufgetragen. Und du hast es getan, vielleicht ohne zu wissen, warum. Aber die, die Cuntrera hier ermordet haben, gehören zur 'Ndrangheta. Und das sind Leute, die einen wie dich zum Frühstück verspeisen. Also wenn du nochmal drüber nachdenkst und dir etwas einfällt, was du mir sagen möchtest, dann tu das. Es könnte dir vielleicht den Arsch retten.» Rocco stand auf und ging zur Tür.

«Wenn du meine Schwester anrührst, werde ich …»

«Ich würde sie nicht mal mit einem dreifachen Präservativ anfassen. Aber es gibt andere, die gewisse Dinge berufsmäßig betreiben. Und dann wird sie womöglich gefunden, aufgeschlitzt von oben bis unten wie ein altes Sofa. Denk gut darüber nach. Die Adresse einer Nutte ist in aller Munde.» Rocco warf das Zigarettenpäckchen auf den Boden. «Hier, rauch mal was Anständigeres als diese Selbstgedrehten.» Dann brüllte er: «Marini, mach die Tür auf!»

Die Krankenstation des Gefängnisses lag unterhalb der Verwaltungsräume. Auch hier musste vor kurzem erst renoviert worden sein, da es noch nach Farbe roch. Die grünen Wände und das Neonlicht färbten die Haut kränklich grau und betonten die dunklen Schatten unter den Augen wie bei den Filmgesichtern von Murnau. Es gab drei Zimmer mit je sieben Betten. Im ersten Raum lag ein junger magerer Mann, der den Blick zur Decke gerichtet hatte und kaum noch atmete. Er reagierte nicht auf den Gruß von Marini und Dottor Crocitti, dem Arzt.

«Was hat er?», fragte Rocco.

«Immunschwächesyndrom. Er kommt nach Turin auf die Infektionsstation. Er muss isoliert werden, aber dafür fehlen uns die Möglichkeiten.» Dottor Crocitti zuckte die Schultern. «Wissen Sie, wie viele Aidskranke wir hier im Gefängnis haben?»

«Nein.»

«Sieben. Und manchmal haben wir nicht mal Aspirin hier, wenn einer erkältet ist ... Na ja, vergessen Sie's. Wissen Sie, was, Dottor Schiavone? Ich gehe bald in den Ruhestand. Dann betrifft mich das alles nicht mehr. Nur dass ich all das ...», er blickte in Richtung Gang, «... für immer mit mir rumschleppen werde. Bis ins Grab.»

Crocitti war erschreckend mager, hatte ein ausgemergeltes Gesicht und hervorstehende Lemurenaugen. Seinem schwabbeligen Bauch war der Mangel an körperlicher Betätigung anzusehen. Sein dichtes, lockiges Haar, das zunehmend grau wurde, sah aus wie ein Tarnhelm.

Marini spielte mit den Schlüsseln. Er hatte mehrere Bunde in den Händen. Ein Krankenpfleger kam ihnen mit einer Glasflasche entgegen und ließ Crocitti wissen, dass er bei Omar gerade eine neue Tropfflasche angeschlossen hatte.

Der Arzt nickte und ging mit Rocco und Marini weiter. Auch im zweiten Zimmer lag nur ein Patient.

«Das ist Omar Ben Taleb. Sie haben ihn übel zugerichtet. Aber er erholt sich wieder. Ein paar Knochenbrüche, zum Glück nichts Ernsteres.»

Marini griff nach dem Schlüssel und öffnete die Tür. «Möchten Sie mit dem Patienten allein sein?», fragte er.

Rocco nickte und trat ein. Marini schloss hinter ihm ab.

Omar war wach. Auf dem Nachttisch stand eine Flasche Wasser neben einem Western-Comic. Das Gesicht, die Lippen und die Augen des Kranken waren blau unterlaufen und geschwollen.

«Kannst du reden?», fragte Rocco.

Omar nickte.

«Erzählst du mir, was passiert ist?»

Omar hob die verbundene Hand und legte sie auf eine verletzte Stelle an der Lippe. «Ich weiß es nicht. Plötzlich fingen sie an, mir zu drohen.»

«Warum?»

«Sie meinten, dass ich Gras hier reinschmuggle ... Und sie wollten es haben ...»

«Und schmuggelst du?»

Omar schüttelte den Kopf.

«Omar, du bist hier drin, weil du Rauschmittel vertickt hast, also red keinen Scheiß. Sag mir einfach die Wahrheit. Es geht um einen Toten.»

Omar atmete tief durch. «Hin und wieder. Ich habe keine Verwandten hier, und ohne Geld bist du hier drin aufgeschmissen. Ich kann nicht jeden Tag den Fraß essen, den sie einem hier vorsetzen. Also muss ich mir was kaufen.»

«Hast du gerade was da?»

Omar sah ihn verständnislos an.

«Gras? Marihuana?»

«Genau.»

Omar schüttelte den Kopf.

«Schade. Und hast du an besagtem Tag eine Lieferung erwartet?»

«Nein. Nichts. Das schwöre ich, Commissario.»

«Vicequestore.»

«Was?»

«Ich bin Vicequestore und nicht Commissario. Was denkst du über die Sache?»

«Nichts weiter. Ich bin einfach ein Pechvogel, Dottore. Früher war ich Automechaniker. Dann wurde die Werkstatt geschlossen. Was hätte ich tun sollen? Zurück nach Tunesien gehen und wieder hungern?»

«Hast du Mimmo Cuntrera gekannt?»

«Wer ist das? Der Tote?»

«Ja.»

«Nein. Keine Ahnung, wer das war. Diesen Namen hab ich noch nie gehört.»

«Hast du irgendwas mit den dreien zu tun?»

«Sind Sie verrückt? Ich habe noch nie ein Wort mit denen gewechselt. Wenn man Erik, dem Schwarzen oder dem Professor begegnet, sucht man am besten das Weite. Ich hab keine Ahnung, warum die mich gerade an dem Tag in die Mangel genommen haben. Wirklich nicht.»

«Wie lange hast du noch hier drin?»

«Zwei Jahre. Und wissen Sie, was? Ich kehr zurück nach Hause. Ich hab keinen Bock mehr, hier zu bleiben. Dann hungere ich lieber. Im Mai kann man bei uns schon baden. Dann ist es schon schön warm, und die Melonen sind reif.»

«Das kann ich nachvollziehen, Omar. Und du verschweigst mir doch nichts, oder?»

«Was sollte ich denn verschweigen?»

Eine Träne löste sich aus dem Winkel seines blau geschlagenen Auges. Rocco stand auf, stellte den Stuhl an seinen Platz zurück und überließ Omar seinen Erinnerungen.

Bevor er ging, rauchte Rocco noch eine mit Mauro Marini und Dottor Crocitti im Treppenhaus.

«Halten Sie den Fall für kompliziert?», fragte der Arzt.

«Sind Sie verheiratet?»

«Mehr oder weniger», entgegnete Dottor Crocitti.

«Und genau so sehe ich das Ganze. Es ist mehr oder weniger kompliziert. Sind Sie der einzige Arzt hier?»

«Der Sias hat noch einen geschickt.»

«Der Sias? Was ist das denn?»

«Der Servizio integrativo di assistenza sanitaria, der ergänzende Gesundheitsdienst. Die sind einen Tag nach der Prügelei bei uns aufgekreuzt. Und dann haben wir noch einen Psychiater, einen Zahnarzt, einen Immunologen und vier Krankenpfleger, die abwechselnd Dienst haben.»

Rocco warf die Zigarettenkippe auf den Boden. «Zeigen Sie mir, wo die Medikamente aufbewahrt werden?»

«Sicher. Kommen Sie.» Auch Marini schnippte seine Kippe weg. Dann gingen er und Crocitti, gefolgt von Rocco, voran.

Um in die Gefängnisapotheke zu gelangen, musste der Arzt eine weitere Stahltür öffnen, die dreimal abgeschlossen war. Rocco begutachtete das Schloss. Es war nicht aufgebrochen worden.

«Bitte treten Sie ein.»

In dem Raum standen ein schmales Bett, ein Tisch mit einem EKG-Gerät und ein großer Schrank mit Glastüren, hinter denen sich die Medikamentenschachteln stapelten.

«Wie ich bereits gesagt habe, verfügen wir hier nur über Medikamente für den Notfall. Suchen Sie etwas Bestimmtes?»

«Nein. Leider nicht. Spritzen?»

«Hier.» Der Arzt schloss eine Schublade auf. Auch an diesem Schloss hatte sich, so wie es klang, niemand zu schaffen gemacht. «Sterile Einwegspritzen und ein paar Kanülen, alles hier drin.»

Rocco nickte. «Wie viele Leute haben Zugang zu diesem Raum und den Medikamenten?»

«Nur die Ärzte. Die Pfleger wenden sich an uns, wenn sie etwas brauchen.»

Rocco strich sich über die unrasierten Wangen. «Hören Sie, Dottor Crocitti, könnte ich eine Liste der Patienten auf der Krankenstation haben? Sagen wir der letzten zwei Wochen vor der Prügelei?»

Crocitti hob den Blick. «Dazu brauchen wir keine Liste, das weiß ich auswendig. Abgesehen von dem armen Kerl, den Sie vorhin gesehen haben, war Ilie Blaga, ein Rumäne, hier, wegen eines Anfalls von Ruhr. Auch den haben wir ins Krankenhaus geschickt, er müsste in diesen Tagen entlassen und wieder hergebracht werden. Außerdem war Aziz Ben Taleb hier, der hatte einen Abszess, und Sergio Mozzicarelli, ein Alteingesessener, wegen eines Verdachts auf Nierensteine.»

Rocco atmete tief durch. «Danke. Sie haben mir sehr geholfen. Gehen wir, Marini!»

«Zu Befehl!»

Der Gefängnisdirektor hatte einen alten Röhrenfernseher und einen mit Klebeband geflickten DVD-Player auf einen wackeligen Plastikstuhl stellen lassen. Die Installation passte perfekt zum Rest des Zimmers. Ein besseres Feldbett mit einem kleinen, flachen Kissen und ein Nachttisch, der einmal ein Teil eines Karteischranks gewesen war, waren die einzigen Einrichtungsgegenstände. An der Wand hingen ein Kalender der Carabinieri und ein schreckliches Bild von einem grinsenden Clown mit Jonglierbällen. Rocco hatte die DVD mit den Aufnahmen von der Prügelei eingelegt und sah sich die Filme an.

Auf der linken Seite des Bildschirms war zu sehen, wie Omar von dem mörderischen Trio verprügelt wurde. Dann kamen Tarek und Karim ihm zu Hilfe. Wenig später stieß Aziz dazu. Mimmo Cuntrera jedoch war nirgendwo zu entdecken. Und keiner der Gefangenen näherte sich dem blinden Fleck auf der rechten Seite des Bildschirms, wo Cuntrera möglicherweise gerade das Zeitliche segnete. Aus der betreffenden Ecke kamen lediglich ein Gefangener angelaufen und dann ein Aufseher und zwei weitere Gefangene. Rocco hielt das Bild an. Ihm war bewusst, dass es nichts bringen würde, nachzufragen, ob jemand etwas gesehen hatte. Wer etwas wusste, würde schweigen. Andernfalls hätte derjenige spontan im entscheidenden Moment eingegriffen.

«Gehen wir essen?», fragte Marini, der die Tür geöffnet und den Kopf hereingestreckt hatte. Rocco nickte. «Marini, könnten Sie bitte mal kommen?»

Der Angesprochene trat heran.

«Sehen Sie mal da.» Rocco wies auf das angehaltene Bild auf dem Fernseher. «Wer ist das?», fragte er und zeigte auf eine Stelle, wo Cuntrera im Hintergrund bereits auf dem Boden liegen musste. «Dieser Gefangene, kennen Sie den?»

Marini sah auf das Bild. «Das ist Radeanu.»

«Und der Aufseher dort, der Hüne, der von rechts kommt, wer ist das?»

«Das ist Tolotta, mein Kollege, der an der Tür von Block drei Dienst hatte und deshalb von dieser Seite kommt.»

«Und hier links auf dem Bildschirm, das sind Sie, oder?»

«Ja.»

«Kompliment, Sie kommen gut rüber, und der andere ist …?»

«Mein Kollege Abela. Wir kommen beide von außerhalb des Hofs aus der Richtung von Block zwei.»

Rocco ließ die Aufnahme weiterlaufen. Die gefilmten Personen bewegten sich wieder. Während Abela und Marini zusammen mit ein paar Gefangenen die Prügelei schlichteten, hob Tolotta einen Schlüsselbund vom Boden auf und rammte ihn dem Nigerianer in den Nacken. Agostino Lumi und Erik, der Rote, wurden von Abela gestoppt, und weitere Aufseher kamen hinzu, um den Kollegen zu helfen. Der letzte Fausthieb kam von Marini, der Erik voll erwischte und zu Boden schickte.

«Beeindruckende Rechte, Marini!»

«Danke.»

«Morgen früh möchte ich mit dem Rumänen und mit Abela sprechen. Und mit Tolotta, wenn er uns mit seiner Anwesenheit beehrt.»

«Er hat heute seinen freien Tag.»

Rocco machte den Fernseher aus. «Was gibt's zu essen?»

«Ich empfehle, die Nudeln zu umgehen. Und auch das Hauptgericht.»

«Was bleibt dann noch?»

«Beilage und Obst. Dann sind Sie auf der sicheren Seite.»

«Das ist ein Witz, oder?»

«Sie sind hier im Gefängnis, Dottore, was haben Sie erwartet? Lachsforelle?»

«Corrado ist verschwunden. Ich war bei ihm zu Hause, und er hat nicht aufgemacht. Und das Auto ist auch nicht da.» Tatiana servierte ihrem Mann frisch gebackene Sofficini. Arturo De Lullo, der trotz der milden Frühjahrstemperatur eine Wollmütze trug, hustete dreimal und setzte sich langsam an den Tisch. «Die sind angebrannt, Tatiana.»

Seine Frau gab keine Antwort. «Also bin ich zur Polizei gegangen und habe eine Vermisstenanzeige aufgegeben.»

De Lullo wurde von einem seiner vielen Hustenanfälle geschüttelt. Sein Gesicht lief rot an, und er sah aus, als würde er jeden Moment das Zeitliche segnen. Als die Krämpfe langsam nachließen, atmete er ruhig durch und sagte: «Zur Polizei? War das nicht ein wenig übertrieben? Hast du es mal auf seinem Handy versucht?»

«Ist ausgeschaltet.»

De Lullo hatte der Geschäftspartner seiner Frau, der drei Jahre zuvor aus Rom hergezogen war, von Anfang an nicht gefallen. Er hatte ihm nie vertraut. Und er hatte immer damit gerechnet, dass Corrado Pizzuti irgendwann ein krummes Ding drehen würde. Tatiana war die Geschäftsbeziehung eingegangen, obwohl ihr Mann dagegen gewesen war. Aber er konnte es ihr ja nicht verbieten. Tatiana war seine letzte Frau. Die letzte Frau, mit der er Sex hatte, die letzte Frau, die er geküsst hatte, die letzte Frau, die für ihn kochte, die letzte, die ihm ein Lächeln schenkte. Und die ihm sanft die Augen schließen würde, ohne eine Tragödie daraus zu machen, weil es ein unausweichlicher Bestandteil des Lebens war. Wenn er an seine beiden Enkel dachte, von denen er seit Monaten nichts gehört hatte und die nichts anderes taten, als Tatiana schlechtzumachen und nach dem Marktwert der hundert Quadratmeter seiner Wohnung zu fragen, bekam er gleich den nächsten Hustenanfall. Tatiana war seine letzte Gefährtin, bevor seine chronische Lungenkrankheit seinem Leben ein Ende bereiten würde. Und diesem letzten Engel, der es auf sich genommen hatte, ihn bis ans Ende zu begleiten, war er etwas schuldig.

Das Sofficino war hart wie ein Stück Holz. «Aber es gibt doch noch Nachtisch, oder?», fragte er.

«Wenn er mir einen Haustürschlüssel anvertraut hätte, wäre ich in die Wohnung gekommen. Vielleicht ist er krank», erwiderte Tatiana und ging zur Anrichte hinüber. Aus der Bar hatte sie zwei mit Creme gefüllte Krapfen mitgebracht, die sie nun vor ihrem Mann auf den Tisch stellte. Der griff sofort danach. «Vielleicht hat die Nachbarin einen Schlüssel.»

«Die kann nichts anderes als sich mit ihrer Schwester streiten, die gegenüber wohnt. Du hättest mal hören müssen, was die sich an den Kopf geworfen haben!»

De Lullo wischte sich die Creme ab, die ihm aufs Kinn getropft war. Kauend sagte er: «Die Iezzi-Schwestern haben sich schon als Kinder gehasst. Jetzt beruhige dich mal, mein Schatz. Heute Abend kommt diese Tanzshow im Fernsehen, die du dir so gern ansiehst.»

Tatiana setzte sich und schenkte sich ein Wasser ein.

«Isst du denn nichts?»

«Ich habe keinen Hunger, Arturo.»

Der Speiseraum war ein großer Saal mit einem Dutzend Tische. Auf der rechten Seite befand sich die Theke, an der das Essen ausgegeben wurde. In der Mitte ragten zwei Betonsäulen zur etwa zehn Meter hohen Decke hinauf. Rocco war Marinis Rat nicht gefolgt und hatte es doch gewagt, die Hähnchenbrust zu bestellen.

An die andere Seite des Tischs setzten sich zwei Aufseher unter dreißig. «Ciao, Mauro.»

«Ah, ihr kommt gerade recht. Dottore, das sind Mattia und Ugo. Die beiden waren am Tag der Prügelei auf den Türmen.» Marini wandte sich an die Kollegen: «Rückt mal etwas näher zu uns.»

Die beiden jungen Männer nahmen ihre Gläser und rutschten auf die Plätze neben Rocco und Marini. «Darf ich euch Vicequestore Rocco Schiavone vorstellen, aus der Questura von Aosta.»

Sie gaben sich die Hand. Rocco stellte fest, dass die Neuankömmlinge sich ebenfalls für die Hähnchenbrust entschieden hatten.

«Und wie schmeckt's?», fragte er und wies auf die Teller der beiden.

«Na ja, immerhin ist es gegrillt, und es ist ein bisschen Zitrone dran.»

Rocco kostete. Es schmeckte nach Krankenhaus. «Ziemlich zäh», meinte er.

«Ich hab Ihnen ja gesagt, dass Sie sich auf die Beilagen beschränken sollen.» Marini zuckte mit den Schultern. Hinten im Raum ließ ein alter Mann in weißem T-Shirt und Arbeitshose den Vicequestore nicht aus den Augen. Rocco sah auf, und ihre Blicke kreuzten sich. Der Mann lächelte. Dann senkte er den Blick und verschwand wie eine Maus in der Küche.

«Was können wir für Sie tun?», fragte Ugo, der blond war und ein Gesicht voller Sommersprossen hatte.

«An dem Tag, als die Prügelei stattfand, wart ihr beide oben auf den Türmen und konntet den ganzen Hof überblicken, richtig?»

«Ja», entgegnete der andere, Mattia, der dunkles Haar und eine riesige Nase hatte. Auch er kaute tapfer auf dem Gummihuhn herum.

«Ist euch nichts aufgefallen? Cuntrera, der zusammenbricht? Jemand, der sich ihm genähert hat?»

Die beiden schüttelten im Duett die Köpfe wie zwei Wackeldackel auf der Hutablage im Auto. «Nein. Nichts. Ich hab mich mehr auf den Außenbereich konzentriert, wo ein kaputtes Auto herumstand», meinte Ugo.

«Ich hatte den Hof im Auge, aber ehrlich gesagt, hab ich Alarm gegeben, als ich die sich prügelnden Gefangenen gesehen habe, und nicht auf die andere Seite des Hofs geachtet, wo der Tote gefunden wurde. Erst als Mauro mit dem jungen Kollegen dahin gerannt ist …» Er sah Marini an. «Wer war das nochmal? Abela?»

Marini nickte. «Genau.»

«Also, Dottore, erst als Mauro und Abela auf dem Weg dorthin waren, hab ich dieser Ecke Aufmerksamkeit geschenkt, um zu sehen, was passiert war und warum der Mann am Boden lag.»

«Zuerst habe ich gedacht, dass es etwas mit der Prügelei zu tun hatte», fuhr Marini fort und biss in einen Apfel, wobei er sich den Schnauzbart beschmutzte. «Auch wenn es mir natürlich seltsam schien, da sich das Handgemenge ja gut hundert Meter entfernt abgespielt hatte.»

«Richtig», bestätigte Rocco. «Cuntrera lag vor Block drei, die Prügelei fand genau auf der anderen Seite des Hofs statt, vor der Tür zu Block zwei. Wobei eine Sache sicher ist: Als ihr hinzukamt, war Cuntrera schon tot. Das heißt, der Mörder hat vorher zugeschlagen.»

«Genau, vorher.»

Sie kauten schweigend. «Ich muss mit Tolotta sprechen», meinte Rocco schließlich.

«Tolotta fängt morgen früh um sechs an», erklärte Marini. «Das weiß ich, weil er mich ablösen wird.»

Rocco hatte erwartet, Schnarchen zu hören, das gleichzeitige Atmen von mehr als zweihundert Männern, die wie die Heringe nebeneinanderlagen. Dicht gedrängt in dem voll ausgelasteten Gebäude. Aber stattdessen war nur das ferne Ticken irgendeines elektronischen Geräts zu vernehmen. Kein Motorengeräusch eines Autos, keine Schritte. Doch trotz dieser irrealen Stille konnte Rocco nicht schlafen. Seit Stunden wälzte er sich auf dem Feldbett hin und her. Es war unbequem, zu kurz, und es gab nur eine Wolldecke und ein Kissen, das so flach war, dass er es kaum spürte. Er stand auf und ging zum Fenster hinüber. Das Gefängnis lag im Dunkeln. Über den Bergen wachten die Sterne, angestrahlt von den Lichtern der Umzäunung, die die Wiesen rings um das Gefängnis in ein verwischtes Gelb tauchten. Ein Auto fuhr in Richtung Stadt. Ein Lieferwagen bewegte sich auf das Gefängnis zu. Wie viele Menschen wohl wie er noch wach waren? Die Aufseher natürlich. Und in den Blocks die Gefangenen auf ihren Feldbetten, die mit offenen Augen an ihre weit entfernten, unerreichbaren Familien dachten.

Rocco schaltete sein Handy ein. Eine aberwitzige Kaskade von Pieptönen kündigte an, dass er Dutzende Nachrichten erhalten hatte, die fast alle verpasste Anrufe meldeten. Eine Nachricht von Caterina: «Lupa geht es gut. Sie frisst und schläft.» Eine von Italo: «Wie geht's?» Und schließlich eine von Alberto Fumagalli: «Hattest du einen Unfall? Ruf mich gleich an, wenn du die Nachricht gelesen hast.» Dann, vor einer halben Stunde, ein Anruf. Anna.

Rocco sah wieder nach draußen. Es war beinahe Mitternacht. Er betrachtete sein Spiegelbild im Fenster. Machte das Handy aus und ging zurück ins Bett.

Gegen drei schlief er endlich ein.

Antonio Scipioni fröstelte. Die Uhr am Armaturenbrett zeigte 0.22 Uhr. Er wartete nun schon seit drei Stunden vor dem Restaurant Santalmasso an der Straße Richtung La Salle außerhalb von Aosta. Walter Cremonesi hatte das

Gebäude um zehn Uhr betreten und noch nicht wieder verlassen. Die Almhütte, die das Restaurant beherbergte, war hell erleuchtet, und das Namensschild spiegelte sich in den Karosserien der vier Luxusschlitten, die davor parkten. Scipioni spürte ein Kribbeln im linken Bein. Sein Fuß war vollkommen abgestorben. War wohl besser, mal auszusteigen und durch das Seitenfenster einen Blick ins Innere des Restaurants zu werfen. Er griff nach der kleinen Kamera und öffnete die Autotür. Draußen trat er mit dem eingeschlafenen Fuß dreimal fest auf, wobei ihn ein stechender Schmerz durchzuckte. Dann neigte er den Kopf zur Seite, um die Halsmuskeln zu lockern. Anschließend stemmte er die Hände in die Seiten und lehnte sich nach hinten. Ein paar Wirbel knackten. Er atmete einmal tief durch und näherte sich dann leise dem Restaurant. Unauffällig blickte er durchs Fenster. Walter Cremonesi saß zusammen mit zwei Männern und einer Frau am Tisch, die sofort Scipionis Aufmerksamkeit erregte. Glattes schwarzes Haar, rote Lippen, eine kleine, schmale Nase und ein rotes Kleid, das ihr üppiges Dekolleté gut zur Geltung brachte. Sie trank in kleinen Schlucken ihren Wein, wobei sie einen roten Lippenstiftabdruck am Glas hinterließ. Ansonsten war der Raum leer. Ein Kellner in einer geblümten Weste näherte sich dem Tisch mit drei Desserttellern. Scipioni seufzte, da dies ein Zeichen dafür war, dass das scheinbar endlose Abendessen langsam zum Abschluss kam und er bald nach Hause fahren und zu Bett gehen konnte. Scipioni überzeugte sich davon, dass der Blitz ausgeschaltet war, und fotografierte das Quartett. Dann steckte er die kleine Nikon in die Tasche und zog sich vom Fenster zurück. Neben dem Eingang zum Restaurant hing ein beleuchteter Schaukasten, in dem die Speisekarte ausgestellt war. Neugierig trat Scipioni näher. Als er die Preise der Vorspeisen las, zog er eine Grimasse. Da gab es nichts unter zwanzig Euro. Das war kein Restaurant, das er sich leisten konnte. Er ging zum Auto zurück und machte sich eine Zigarette an. Es war eine klare Nacht, doch ein leichter, kühler Wind drang in den Kragen seiner Lederjacke und sorgte für eine Gänsehaut. Die Sterne leuchteten am dunklen Firmament. Er stieg wieder ins Auto und öffnete das Fenster einen Spaltweit, damit der Rauch abziehen konnte.

«Leg die Hände aufs Lenkrad!» Die Stimme in seinem Rücken ließ ihn mindestens so sehr erschaudern wie die Kälte. «Hast du nicht kapiert, du Blödmann? Wirf die Zigarette weg, und leg die Hände aufs Lenkrad!» Scipioni versuchte im Rückspiegel etwas zu erkennen, doch der Mann hielt sich hinter der Kopfstütze seines Sitzes versteckt.

«Was, zum Teufel ...?»

«Los!»

Langsam beförderte Scipioni die Kippe aus dem Fenster und umfasste dann das Lenkrad. Der Mann auf dem Rücksitz roch nach billigem Eau de Cologne.

«Verdammt, wer bist du?», fragte er.

«Verdammt, wer bist du?», fragte der andere. Scipioni wollte sich umdrehen, doch das kalte Eisen, das er plötzlich an der Wange spürte, hielt ihn davon ab. Aus dem Augenwinkel erkannte Scipioni den Lauf einer Pistole.

«Ich frage nochmal: Wer, zum Teufel, bist du?»

Scipioni schluckte. «Agente Antonio Scipioni, Questura von Aosta.»

«Und was machst du hier um diese Zeit?»

«Meine Arbeit.»

«Ja, leck mich doch ...» Der Mann öffnete die Tür und stieg aus dem Auto. Scipioni erhaschte nur einen flüchtigen Blick auf ihn im Rückspiegel. Der andere trat an die Fahrertür. Klopfte an die Scheibe. Scipioni öffnete das Fenster. Und endlich sah er ihn: um die fünfzig, gerader Scheitel, Schnurrbart und Fliege. Der Mann lächelte Scipioni an. «Capitano Pietro Andreotti.» Er reichte Scipioni die Hand. Der schüttelte sie, obwohl er immer noch nicht verstand, was los war. «Capitano?»

«Carabinieri, du Held! Okay, und warum überwachst du dieses Restaurant?»

«Befehl des Vicequestore. Wobei ich nicht wirklich das Restaurant überwache, sondern Walter Cremonesi.»

Der Carabiniere nickte. «Du kannst jetzt nach Hause fahren. Und vergiss Cremonesi.» Er zwinkerte Scipioni zu und verschwand zwischen den Sträuchern neben dem Parkplatz. Scipioni atmete tief durch und fasste an die Tasche seiner Lederjacke, in der die Kamera steckte. Es schien nicht angeraten, dem Militärpolizisten von den Fotos zu erzählen, die er gerade gemacht hatte. Also startete er den Wagen und ließ das Restaurant Santalmasso hinter sich, den Kopf voller offener Fragen, die die Zahl der unerledigten Vorgänge auf seinem Schreibtisch deutlich überstiegen.

MONTAG

Rocco war nicht besonders viel Schlaf vergönnt. Um fünf sprang er aus dem Bett, als gäbe es einen Feueralarm. Doch abgesehen von ein paar Schritten draußen auf dem Gang war alles still. Eilig zog er sich an, griff nach seinem Handtuch und verließ das Zimmer. Der Gang lag im Neonlicht. Er beschloss, in den Speiseraum hinunterzugehen. Vielleicht war der Kaffee ja besser als die Hähnchenbrust.

In der Küche waren bereits zwei Männer damit beschäftigt, das Frühstück vorzubereiten. Ein dritter stellte alles auf die bereitstehenden Wagen.

Rocco griff nach einer Metallkanne und füllte das schwarze Gebräu darin in einen Plastikbecher. Sogleich stieg ihm das Aroma des Kaffees in die Nase. Er war schwarz, heiß und – erstaunlicherweise – ausgezeichnet. Rocco verließ den Speisesaal wieder und folgte den Hinweisen Richtung Dusche.

«Entschuldigen Sie, wo finde ich die Umkleide?», fragte er einen Aufseher.

«Ach, sicher … dort entlang.»

Rocco ging die Treppe hinunter und öffnete eine zweiflügelige Tür, die in einen großen Raum mit Dutzenden Metallspinden führte. Zwei Aufseher zogen sich gerade um, ein dritter stand unter der Dusche und verhunzte einen Song von Lucio Dalla. Rocco glaubte, die Stimme Mauro Marinis wiederzuerkennen.

«Beim Sanremo-Festival wird er wohl keine Chance haben», meinte der jüngere der beiden Aufseher, die sich gerade die Uniform anzogen.

«Ist das Marini?», fragte Rocco.

«Ja», bestätigte der andere.

«Marini, Sie hören sich an wie ein liebeskrankes Walross!»

Der Angesprochene sah aus der Dusche herüber. «Ah, Dottore, Sie sind es! Feierabend, ich gehe nach Hause.»

«Das gibt dir nicht das Recht, uns mit deinem Gesang zu foltern!», rief einer der jungen Aufseher.

«Kann ich hier auch duschen?», fragte Rocco.

«Fühlen Sie sich wie zu Hause. Wenn Sie möchten, finden Sie in meinem Spind Duschgel und Deo. Der erste links.»

«Danke.»

In Marinis Spind hing der übliche Kalender mit der unvermeidlichen Barbusigen, die sich auf einem Motorrad räkelte. Aber solche Bilder gab es hier wohl eher der Tradition wegen als aus tatsächlichem Betrachtungswunsch. Im Spind fand Rocco außerdem Wechselkleidung, ein Paar Badeschlappen und das erwähnte Duschgel.

Er nahm Letzteres und begann sich auszuziehen. Marini war inzwischen dazu übergegangen, einen Queen-Song zu vergewaltigen.

«Nach Queen kommt üblicherweise ‹Rigoletto›.»

«Das wird ja immer anspruchsvoller!»

«Nur dass man dabei hört, wie Verdi sich im Grab umdreht!»

Als würde Marini die Anregung aufgreifen, folgte der «Schwan von Busseto». «‹Cortigiani, vil razza dannaata, per qual prezzo vendeste il mio beneee …›»

Die beiden jungen Gefängnisaufseher schlossen ihre Spinde, hielten sich die Ohren zu und flüchteten. Rocco schlüpfte unter die Dusche.

Nach der infernalischen Nacht war das eine angenehme Massage. Er ließ sich das Wasser über Kopf, Rücken, Gesicht und Ohren laufen.

Marini rief mit seiner gutturalen Stimme etwas herüber.

«Ich hab kein Wort verstanden!», entgegnete Rocco, wobei er versuchte, das Prasseln der Dusche zu übertönen.

«Toltt!»

Rocco drehte das Wasser ab und zog den Vorhang zur Seite. «Marini, ich habe nichts verstanden.»

Der Angesprochene trocknete sich gerade derart gewalttätig die Geschlechtsteile ab, dass es das Schlimmste befürchten ließ. «Jetzt gleich müsste Tolotta eintreffen. Der mit dem Sie reden wollen. Mein Kollege aus Block drei, wo wir den Toten gefunden haben. Ich übergebe Sie dann in seine Hände.»

«Ah … ja … Dann kann ich mich gleich mit ihm unterhalten.»

«Wenn man vom Teufel spricht!», verkündete Marini lächelnd. «Ciao, Federì!»

Federico Tolotta war ein Riese. Über eins neunzig groß, Glatze und Segelohren. Seine Nase war kräftig, passte aber gut in sein rundes rötliches Gesicht. Er wog garantiert über hundert Kilo. Seine dunkel umschatteten Augen veranlassten Rocco, ihn gleich in die Familie der Ailuropodi melanoleuca einzuordnen, der Riesenpandas aus Sichuan. Tolotta brauchte zwei Spinde. Allein seine Jacke füllte den einen.

«Hör mal, Federì, der Dottore will mit dir reden.»

Tolotta grinste. «Sicher. Wenn ich helfen kann.»

«Das ist Vicequestore Schiavone. Aus der Questura von Aosta.»

«Ich nehme an, es geht um diese hässliche Sache mit Cuntrera.»

«Richtig.» Rocco stellte sich wieder unter die Dusche.

«Jetzt bin ich dran, Sie zu begleiten, wenn Sie mich brauchen», sagte Tolotta, während er die gepanzerte Tür öffnete.

«Okay», entgegnete Rocco. Schon wieder ein Gang! Doch allmählich fand er sich in diesem Labyrinth mit all den schweren Stahltüren und den dahinterliegenden Räumen zurecht. «Erzählen Sie mir von dem Tag der Prügelei?»

«Sicher. Ich hatte in Block drei Dienst. Dort, wo der Tote gefunden wurde.»

«Ja, ich hab Sie in der Aufzeichnung der Kamera gesehen. Fahren Sie fort.»

«Ich habe Schreie gehört, und dann hat ein Kollege hinter mir gebrüllt, dass sie dabei sind, sich gegenseitig umzubringen. Also habe ich aufgeschlossen und bin raus in den Hof. Ich bin gleich rüber zu ...»

«Warten Sie!», unterbrach Rocco den Mann. «Haben Sie die Stahltür wieder abgeschlossen?»

«Natürlich. Hinter mir. Dann bin ich rüber zu der Schlägerei gestürzt.»

«Haben Sie Cuntrera nicht am Boden liegen sehen?»

«Nein, habe ich nicht.»

«Sind noch andere Leute zusammen mit Ihnen zur Prügelei rübergelaufen?»

«Ja, jede Menge Häftlinge und Kollegen. Als wir dort ankamen, haben wir sie getrennt und ...»

«Ja, den Rest habe ich auf der Aufnahme der Überwachungskameras gesehen. Und Ihnen ist nichts Ungewöhnliches aufgefallen?»

Tolotta blieb auf halbem Weg durch den Gang stehen und dachte nach. «Nein. Nichts Ungewöhnliches. Irgendwann haben Abela und Marini etwas zu uns rübergeschrien, und dann haben wir Cuntreras Leiche gesehen. Dort in der Ecke. Etwa zehn Meter von dem Tor entfernt, an dem ich Dienst hatte.»

«Würden Sie mit mir mal rüber in den Gästetrakt kommen? Ich möchte Ihnen etwas zeigen.»

Rocco schaltete den Fernseher ein und spielte die Aufnahme einer der Überwachungskameras ab. «Das ist der Zeitpunkt der Prügelei, sehen Sie?»

Auf dem Bildschirm waren Agostino Lumi, Erik und der Nigerianer zu sehen, wie sie die Tunesier in der Mangel hatten und blutig schlugen. Andere Häftlinge kamen hinzu. Dann trafen die Aufseher ein.

«Das hier sind Sie.» Rocco zeigte auf Tolotta, der auf die Prügelei zustürzte. Er hielt das Bild an. «Und dort hinten, rechts vom Bildschirm, auf der Seite, von der Sie kommen, genau an der Stelle, die die Kamera nicht aufnimmt, haucht Cuntrera gerade sein Leben aus.»

Tolotta nickte.

«Und Sie haben das im Vorbeilaufen nicht bemerkt?»

«Nein. Ich hab's Ihnen ja schon gesagt. Ich habe nichts bemerkt. Sehen Sie, mit mir zusammen kommen zwei Häftlinge und ein weiterer Aufseher, der, glaube ich, Guidi heißt. Sie sind an mir vorbeigelaufen, und vielleicht habe ich den Mann am Boden deswegen nicht gesehen.»

«Können Sie mir sagen, warum diese Ecke nicht videoüberwacht wird?»

Tolotta lächelte. «Das stimmt nicht. Da ist eine Kamera, sehen Sie, hier?» Er wies mit dem Finger auf einen riesigen Lichtmast, der auf dem Bildschirm zu sehen war. «Genau hier oben ... Sie nimmt diese Ecke auf und das Tor zu Block drei. Das, aus dem ich gekommen bin.»

«Und warum habe ich die Aufnahme nicht?»

«Weil diese Kamera seit einer Woche kaputt ist und wir noch darauf warten, dass sie repariert wird. Darum.»

Rocco nickte. «Wie kommt es, dass Sie das wissen?»

«Das wissen alle, Dottor Schiavone. Diese Stelle wird seit einer Woche nicht videoüberwacht. Sie ahnen nicht, wie schnell sich so was unter den Häftlingen rumspricht!»

Rocco spulte die Aufnahme zurück. «Da laufen Sie auf die Prügelei zu ... Hier heben Sie den Schlüsselbund auf ... Wo kam der überhaupt her?»

«Er war mir im Gerangel aus der Tasche gefallen ...»

«Ah ja. Sie nehmen also den Schlüssel und rammen ihn Oluwafeme in den Nacken.»

«Ja. Ich habe gedacht, dass der Hieb mit dem Schlüssel effizienter ist als ein Schlag mit der Hand. Der Typ ist ein Monster!»

«Und tatsächlich haut das den Nigerianer um. Nicht ganz fair von Ihnen, oder?»

«Na ja, in einer solchen Extremsituation ...»

Die Aufnahme lief weiter. «Jetzt haben die Aufseher die Sache im Griff. Sie kümmern sich um Erik ...»

«Genau. Wir wollten ihn gerade wegbringen, als ...»

«Als Marini und Abela gerufen haben, weil sie den toten Cuntrera gefunden hatten. Hier ist nur der Rücken von einem der beiden zu sehen, und Sie gehen dort hinüber. Hier, rechts auf dem Bildschirm.»

«Aber woran ist Cuntrera gestorben?»

«An Heimweh.»

Der Riesenpanda sah ihn verständnislos an.

«Das war ein Witz. Jemand hat ihm etwas injiziert.»

«Und das hat keiner gesehen?»

«Eben. Finden Sie das nicht auch seltsam, Tolò?»

Der Gefängnisdirektor hatte Escort-Aosta in die Suchmaschine eingegeben und war auf einer Webseite gelandet, auf der jede Menge Fotos und Handynummern von bildschönen Frauen zu sehen waren. Die Gesichter waren geschwärzt, die Brüste, die Beine und die Reizwäsche hätten jedoch selbst einen Toten erregt.

Ob das echte Fotos sind?, fragte sich Alessandro Martinelli. Vielleicht waren es ja Bilder aus irgendwelchen Modemagazinen, und wenn man mit einer der Damen ein Treffen vereinbarte, sah man sich plötzlich einem ausgemergelten Junkie gegenüber oder, noch schlimmer, einer Transe. Bei einem äußerst vielversprechenden Foto hielt er inne. Dazu war eine Telefonnummer angegeben, und es gab noch weitere drei Bilder von der Frau in diversen Posen, immer mit geschwärztem Gesicht. Auf keinem der Fotos war sie vollkommen unbekleidet. Sie hatte immer etwas an, und es waren höchstens mal eine Brust oder ein Schenkel zu sehen. Sie gehörte in die Rubrik «Top Escort».

Nicht schlecht. Wenn es auch sicher mehrere hundert Euro kostete. Aber das war die Sache möglicherweise wert. Er las das Profil:

Ciao, ich bin etwas ganz Besonderes, nur für Kunden mit erlesenem Geschmack. Du solltest etwas Zeit mitbringen und gern auch ein großzügiges Geschenk. Anonyme Anfragen beantworte ich nicht. Treffpunkt bei mir oder woanders. Aber nicht vergessen: nur bei ehrlichem Interesse. Meine Zeit ist kostbar. Aber du wirst sehen, dass du es nicht bereuen wirst, mich angerufen zu haben. Das einzige Risiko dabei ist, dass du dich verlieben könntest, in meine Lippen, meine Brüste, meine Schänkel.

Martinelli war in Sachen Rechtschreibung pingelig, und dieser Fehler im letzten Wort törnte ihn ab. Es klopfte an der Tür.

«Herein!», rief er und schloss mit einem Mausklick die Escort-Seite, stattdessen erschien eine langweilige bürokratische Mail des Innenministeriums auf dem Bildschirm.

Die Tür wurde geöffnet, und ein bärtiger Gefängnisaufseher streckte den Kopf herein. «Dottore! Mozzicarelli ist hier, der Häftling, der um ein Gespräch gebeten hat.»

«Soll reinkommen.»

Auf einen Wink des Aufsehers hin trat Sergio Mozzicarelli schüchtern, mit hängenden Schultern und hängendem Kopf in das Büro des Direktors.

«Also, was gibt's?», fragte Martinelli genervt, ohne dem Besucher einen Platz anzubieten. «Du bittest seit gestern um ein Gespräch. Ich hoffe, die Sache ist wichtig.»

«Dottore, ich ... Ich muss mit jemandem reden.»

«Mozzicarelli, wir sind hier nicht in einem Hotel. Mit wem musst du so dringend reden?»

«Mit dem Vicequestore.»

Martinelli kniff die Augen zusammen. «Und dürfte ich wissen, warum?»

«Ehrlich gesagt: nein, Dottore. Es geht um eine Sache, die ... Also, die ich nur ihm sagen kann.»

Martinelli nickte ernst und wirkte leicht beleidigt. «In Ordnung. Ich kümmere mich später darum. Jetzt geh erst mal zurück in deine Zelle, und bleib ruhig.»

«Ich hab heute Küchendienst.»

«Okay, dann geh in die Küche, und wenn Dottor Schiavone Zeit für dich hat, lass ich es dich wissen.»

«Aber sagen Sie ihm, dass es eine ziemlich wichtige Sache ist.»

«Mozzicarelli, wenn es irgendwas ist, was du dir ausgedacht hast, dann sag es gleich, bevor du mir und dem Vicequestore die Zeit stiehlst.»

«Dottore, Sie kennen mich jetzt schon so viele Jahre. Und ich habe nie um irgendwas gebeten. Bitte glauben Sie mir, wenn ich sage, dass es dringend ist, dann ist es dringend und sehr, sehr wichtig.»

«Sollima!», brüllte Martinelli. Die Tür wurde geöffnet, und erneut erschien das bärtige Gesicht des Aufsehers. «Bringen Sie den Häftling zurück in seine Zelle.»

«In die Küche», korrigierte Sergio.

«Wohin auch immer.»

Die beiden Männer verließen das Büro. Martinelli ging wieder ins Internet, zurück zu dem Foto dieser jungen Frau. Ihre Telefonnummer wollte er sich trotz allem notieren.

Caterina Rispoli trat mit zwei Kaffeebechern in den Konferenzraum der Questura, wo Antonio Scipioni und Italo Pierron auf sie warteten.

«Und was soll ich Schiavone sagen?», fragte sie, während sie den Kollegen den Kaffee übergab.

Antonio umfasste seinen Becher. «Was weiß ich? Erzähl ihm, was mir passiert ist. Also dass die Carabinieri Cremonesi überwachen. Dann kann er sich damit befassen.»

«Das ist eine seltsame Sache», meinte Italo, nachdem er an dem Gebräu aus dem Automaten genippt hatte. «Ich denke, hier läuft irgendwas, bei dem wir nicht durchblicken. Was soll ich machen? Mit dem Staatsanwalt reden?»

Caterina dachte nach. «Nein. Zunächst sollten wir nur

mit Rocco sprechen. Der allerdings weiterhin sein Handy ausgeschaltet hat.»

«Und was mache ich?», fragte Scipioni. «Soll ich die Beschattung von Cremonesi fortsetzen?»

«Lass es bleiben. Warten wir auf Rocco», sagte Italo und warf den Becher in den Papierkorb.

«Die Fotos von den vieren hab ich jedenfalls ausgedruckt.»

«Leg sie Rocco in die Schublade. Wir zeigen sie ihm gleich, wenn er zurück ist», ordnete Caterina an. Scipioni nickte.

«Ich muss noch etwas berichten, das ... Na ja, es ist ein bisschen pikant, wisst ihr?»

«Raus damit, Italo», ermutigte Scipioni den Kollegen.

«Gestern musste ich meiner Tante in Nus Medikamente bringen. Und auf dem Rückweg hab ich Alessandro Berguet gesehen, Chiaras Vater.»

«Und was ist daran so pikant?», fragte Caterina.

«Er kam aus dem Hotel Pavone ...» Italo grinste Scipioni vielsagend an.

«Warum grinst du so blöd?», rügte ihn Caterina. «Also?»

«Schon gut, Caterina, aber hast du noch nie davon gehört? Das Hotel Pavone ist berühmt-berüchtigt.»

Caterina schüttelte den Kopf. «Inwiefern?»

Scipioni kam seinem Kollegen zu Hilfe. «Das ist ein Stundenhotel. Da geht man hin, um eine Nummer zu schieben.»

Caterina sah Italo eisig an. «Und warum weißt du davon?»

«Das weiß jeder.»

«Jeder, der dort regelmäßig einkehrt, um irgendwelche Schweinereien zu veranstalten?»

«Dann musst du auch Scipioni anmotzen. Schließlich weiß er auch Bescheid.»

«Was hab ich denn jetzt damit zu tun?», verteidigte sich Scipioni.

«Genau, warum weißt du davon?» Jetzt trafen die vergifteten Pfeile, die Caterina mit ihren Blicken zu verschießen schien, den Sizilianer aus den Marken.

«Caterì, das weiß wirklich jeder.»

Caterina zog einen Flunsch. «Weil ihr Männer alle Tiere seid!»

«Na, hör mal, die Männer gehen ja nicht allein dahin, sondern entweder mit einer Geliebten oder einer Frau, die sich dafür bezahlen lässt.»

«Das sind doch nur arme Seelen, denen die Männer das Blaue vom Himmel versprechen, und sie fallen darauf rein. Während ihr Männer wirklich wie Tiere seid!»

«Wenn ich so ein Tier wäre», sagte Italo ruhig, «würde ich vielleicht jetzt mit dir unter einem Dach schlafen.»

Caterina reagierte nicht auf die Provokation. Sie verließ lediglich den Raum und knallte die Tür hinter sich zu.

Rocco hatte mit dem rumänischen Häftling gesprochen, der während der Prügelei an Cuntreras Leiche vorbeigekommen sein musste. Aber leider hatte das nichts Erhellendes zutage gefördert. Mimmo Cuntrera schien irgendwo in einem Paralleluniversum das Zeitliche gesegnet zu haben, wo ihn niemand sehen konnte. Vor dem Kaffeeautomaten stehend, rührte Rocco mit dem Plastikstäbchen in seinem Espressobecher herum und sah dabei dem jungen Abela direkt in die Augen.

«Es war so, Dottore: Ich war auf der Höhe von Block zwei im Hof, als ich die Schreie gehört und die Prügelei gesehen habe. Also bin ich zusammen mit Marini rübergelaufen, um die Männer auseinanderzubringen. Ich hab mich um Agostino Lumi gekümmert und ihn anschließend den Kollegen übergeben.»

«Ja, das hab ich in der Aufnahme gesehen.»

«Dann hat Marini mich gerufen, weil dieser Mann auf dem Boden lag ... dieser Cuntrera.»

Rocco nippte an seinem Kaffee. Er schmeckte nach Zichorienbrühe. «Was für ein Scheiß ...!» Der noch halb volle Becher landete im Abfalleimer. «Dann macht es nicht wirklich Sinn, Sie weiter zu befragen, denn Sie waren genau auf der entgegengesetzten Hofseite, als Cuntrera gestorben ist.»

«Ja.»

«Sie haben also niemanden gesehen, der sich Cuntrera genähert und mit ihm gesprochen hat?»

«Nein, niemanden, Dottore. Ehrlich gesagt, wollte ich im Hof nur mal kurz Luft schnappen und hab an meinen Urlaub gedacht. Im Juni ist es nämlich so weit!», sagte er mit einem Anflug von Stolz.

«Dottor Schiavone!» Vom anderen Ende des Korridors her rief Tolotta, der Riesenpanda, nach Rocco. «Ein Anruf aus Aosta für Sie!»

Rocco verdrehte die Augen. «Wo?»

«Ich lege Ihnen den Anruf ins Büro des Direktors. Der ist unterwegs, und das Büro ist leer.»

Rocco nickte. Er schlug Abela freundschaftlich auf die Schulter und ging die Treppe zu Martinellis Büro hinunter.

«Dottore, wenn Sie erlauben, dann mache ich jetzt Mittagspause. Sie finden mich im Speisesaal.»

«In Ordnung, Tolò. Bis später.»

«Sag mal, hast du was am Daumen, oder warum machst du dein Handy nicht an? Ich versuche seit Stunden, dich zu erreichen! Ich hab in der Questura angerufen und mit deinem Agente gesprochen, auf den ich eine Ewigkeit einreden musste, damit der die Nummer von diesem Scheißgefängnis rausrückt!» Fumagalli brüllte ins Telefon, sodass Rocco, der im Büro des Direktors saß, den Hörer zehn Zentimeter von seinem Ohr weghalten musste. Er blickte auf ein gerahmtes Foto, das auf dem Schreibtisch stand. Drei Kinder. Alle blond und in weiß-blau gestreifte Latzhosen gekleidet. «Hast du nicht gesehen, dass ich schon dreimal angerufen habe?»

«Doch, hab ich.»

«Und warum hast du dann nicht zurückgerufen?»

«Weil mir nicht danach war.»

«Was machst du im Gefängnis.»

«Waren das jetzt alle Fragen, oder willst du den ganzen Tag so weitermachen?»

«Ich muss dir etwas extrem Wichtiges sagen, du Arschloch. Willst du es wissen oder nicht?»

«Raus damit!»

«Hör gut zu ...»

«Ja, aber dann hör auf, so zu schreien, Albè!»

«Es geht um Cuntrera. Also, du erinnerst dich doch daran, dass die Leiche aufgebläht war und dann wieder normal aussah und so weiter?»

«Ja, ich erinnere mich. So Gott will, wurde ich bis zum heutigen Tag von Alzheimer verschont.»

«Ich hab die Drüsen an zwei Kollegen in Brescia geschickt. Zwei Koryphäen. Ich wusste, dass nur die beiden in der Lage sind, das herauszufinden.»

«Was?»

«Welche Substanz Cuntrera um die Ecke gebracht hat. Halt dich fest: Ethylcarbamat!»

Rocco runzelte die Brauen und schwieg.

«Hast du das verstanden oder nicht?»

«Was zum Teufel ist das?»

«Selig sind die Unwissenden!»

«Ich sitze hier vor einem Computer. Soll ich im Internet nachsehen, oder klärst du mich auf?» Rocco griff nach der Maus und klickte, sodass der Bildschirm anging.

«Von der Struktur her handelt es sich dabei um einen Carbonsäureester ... kommt auch im Wein vor und bildet sich von allein ... Man nennt es auch Urethan. Einige Carbamate wie das Neostigmin werden auch in der Pharmakologie verwendet, musst du wissen.»

Rocco grinste. Als er das E als ersten Buchstaben in das Suchfenster des Internetbrowsers eingab, erschien der letzte Begriff, nach dem der Direktor gesucht hatte: Escort-Aosta.

Was für ein vorbildlicher Familienvater!

«He! Hörst du mir zu?»

«Ja, entschuldige ...»

«Weißt du, was passiert, wenn dir jemand die Substanz in hoher Dosis injiziert?»

«Sag es mir.»

«Es macht dich umgehend kalt! Und gleichzeitig hat das Zeug noch eine Eigenschaft: Es verfliegt. Und ohne eine Autopsie hätten wir nichts davon gemerkt, verdammte Scheiße!»

Rocco ließ sich von der Webseite mit den Escort-Damen ablenken. Er las gerade die Begrüßung, doch dann ermahnte er sich, dass Fumagalli jetzt wichtiger war. «Nur, damit ich richtig verstehe: Die haben Cuntrera dieses Urethan injiziert, und der ist daran gestorben, wobei der Mörder davon ausgegangen ist, dass die Leiche nicht ganz so gründlich autopsiert wird oder vielleicht erst zwei Tage später.»

«Genau. Und das hätte ergeben, dass Cuntrera eines natürlichen Todes gestorben ist. An einem hübschen Infarkt, wie du weißt.»

«Weil die giftige Substanz nicht mehr nachweisbar gewesen wäre.»

«Und der Tote wäre einfach auf dem Friedhof gelandet, ohne dass wir zumindest bemerkt hätten, dass sich der Körper auf so verrückte Art aufbläht, was auch auf das injizierte Mittel zurückzuführen ist.»

«Wo kriegt man dieses Urethan her?»

«Schwierig. Eigentlich wird es nicht mehr verwendet.

Früher wurde damit das multiple Myelom behandelt, aber heute weiß man, dass das Zeug sehr giftig ist.»

«Das heißt, man kommt nicht so leicht da ran.»

«Genau. Vielleicht gibt es noch den ein oder anderen Tierarzt, der hin und wieder so ein Präparat benutzt. Aber wie schon gesagt: Es ist nicht leicht aufzutreiben. Jedenfalls kann man nicht einfach in die Apotheke gehen und es dort bestellen.»

«Albè, ich denke, ich hab's kapiert.»

«Und? Hilft dir das weiter?»

«Natürlich hilft mir das weiter. Denn wer auch immer Cuntrera um die Ecke gebracht hat, muss draußen einen Komplizen gehabt haben. Danke dir.»

«Wann kommst du zurück nach Aosta?»

«Warum?»

«Ich schulde dir noch ein Abendessen. Spielschulden sind Ehrenschulden.»

«Sobald ich zurück bin, melde ich mich bei dir.»

Rocco legte auf. Ein Detail auf dem Foto, auf dem die Dame vom Escort-Service im heißen Mieder und mit geschwärztem Gesicht ihr Bestes gab, entlockte ihm ein Grinsen: eine kleine, auf den Hals tätowierte Biene. Rocco hatte das Tattoo sofort wiedererkannt. «Ein tüchtiges Mädchen, diese Amelia», sagte er leise: «Ich mache die PR für Luca Grange …» Aber auf gewisse Weise war das ja auch eine Art PR. Es kam nur drauf an, wie man es sah.

Rocco schaltete den Computer aus und erhob sich. In der Tür wäre er beinahe mit Alessandro Martinelli zusammengestoßen.

«Ah, Martinelli. Ich habe einen Anruf für mich in Ihrem Büro entgegengenommen.»

«Ja, ich bin informiert. Hören Sie, Dottor Schiavone, vorhin war ein Häftling bei mir. Sergio Mizzica…, Mozzica…, ich komm gerade nicht auf den Namen. Er möchte mit Ihnen reden.»

«Mit mir?»

«Ja, mir wollte er nichts dazu sagen. Aber passen Sie auf, es ist gut möglich, dass es sich nur um eine Bagatelle handelt. Die Häftlinge müssen sich schließlich irgendwie die Zeit vertreiben, und manchmal denken sie sich irgendwelche Sachen aus, um sich hier drin irgendwie hervorzutun.»

«Dieser Mozzica, Mizzica oder wie auch immer, wer ist das?»

«Ein Alteingesessener. Ohne Familie, glaube ich. Er ist schon seit vielen Jahren hier. Wollen Sie wirklich mit ihm reden?»

«Wie sagt man so schön: Die Direktoren kommen und gehen, die Gefangenen bleiben!»

«Das können Sie laut sagen.»

«Wo finde ich den Mann?»

«Ich denke, im Speisesaal. Er hat gerade Küchendienst.»

Beim Betreten des Speisesaals für das Personal schlug Rocco der Geruch nach Gemüsesuppe und gebratenen Zwiebeln entgegen. Von zehn Tischen waren nur drei besetzt. Tolotta hinten im Raum hob grüßend die Hand, während er kaute. Außerdem erkannte Rocco den kleinen Biranson aus Block drei und den jungen Abela wieder. Rocco ging zu Tolotta, seinem «Jenseitsführer», hinüber, wie der große Dante ihn nennen würde: «Tolò, ich suche einen bestimmten Häftling. Mizzica oder Mozzica ...»

Tolotta schluckte den Bissen hinunter, an dem er gerade kaute. «Sergio Mozzicarelli, ein älteres Semester. Er ist dort drüben in der Küche.» Tolotta wies mit dem Kinn zu der zweiflügeligen Tür hinter der Essensausgabe hinüber. «Warum?»

«Meine Sache!»

Ein dicker schwitzender Koch rührte in einem riesigen schwarz angebrannten Topf. Er hatte eine Zigarette im Mund und starrte mit Glotzaugen in die eklige Mischung. «Wer sind Sie?», fragte ein Stimmchen hinter Rocco. Sie kam von einem schmutzigen kleinen Männlein, das sich gerade an einem geflickten Tuch die Hände abtrocknete.

«Vicequestore Schiavone, Staatspolizei. Ich suche Sergio Mozzicarelli.»

«Sind Sie auch aus Rom?», fragte der Zwerg.

«Ja.»

«Ich komm aus Frascati!», erklärte das Männlein nicht ohne Stolz.

«Frascati ist nicht Rom, sondern Frascati. Also, wo ist Mozzicarelli?»

Der Küchenhelfer war beleidigt. Er hüllte sich in Schweigen und wies mit dem Kinn zu ein paar Tischen hinten an der Wand hinüber. Dort stand ein Mann in einem alten Arbeitsanzug mit dem Rücken zu ihnen und wischte über die Regale. Rocco ging zu ihm.

«Mozzicarelli?»

Der Angesprochene zuckte, aus seinen Gedanken gerissen, überrascht zusammen. «Ja ...?»

Rocco hatte den Mann bereits am ersten Tag im Speisesaal gesehen. Er hatte ihm zugelächelt. «Vicequestore Schiavone, Sie wollen mit mir reden?»

«Ich?»

«Ja, Sie. Sie sind zum Direktor gegangen, weil Sie mit mir reden wollen.»

Mozzicarelli sah sich um. «Nein, nichts. Ich hab mich geirrt.» Er fuhr fort, mit dem feuchten Lappen herumzuwischen. Rocco ergriff ihn am Arm. «Mozzicarelli ... Was wollten Sie mir sagen?»

«Nichts. Nichts Wichtiges. Nur eine Kleinigkeit.»

Rocco ließ den Arm des Häftlings wieder los. «Dann raus damit.»

Mozzicarelli atmete tief durch. «Wenn Sie beim Direktor ein gutes Wort für mich einlegen, kann ich Ihnen bei den Ermittlungen weiterhelfen.»

«Und wie könntest du das?»

«Cuntrera war mein Zellengenosse. Er hat kaum ein Wort gesagt. Keine Post gekriegt ...»

«Hör auf mit dem Scheiß, Mozzicarelli!»

«Können Sie mir nicht helfen? Es ist hart hier. Wenn ich ein bisschen mehr Freiheit hätte. Ich bin nicht mehr der Jüngste, und wenn ich etwas mehr Zeit außerhalb der Zelle verbringen könnte, wäre das toll.»

Rocco wandte sich um. Der Koch rührte immer noch in dem Fraß. Und das Männlein aus Frascati schälte Kartoffeln. Niemand schien an ihrem Gespräch interessiert. «Jetzt raus mit der Sprache: Was wollen Sie von mir?»

«Wie ich gesagt hab: nichts. Nur ein wenig Hilfe. Helfen Sie mir?»

Rocco seufzte. «Von wem werden Sie bedroht?»

«Ich? Warum sollte mich jemand bedrohen?»

«Warum erzählen Sie mir diesen Mist und sagen mir nicht, was Sie wirklich auf dem Herzen haben?»

«Da ist nichts!» Mozzicarelli sprach lauter. Sein Kinn zitterte, und sein Blick wurde abweisend. «Wenn Sie mir nicht helfen wollen, dann eben nicht! Ich muss hier meine Arbeit machen, sonst riskiere ich die Erlaubnis, mich in der Küche aufzuhalten, und muss zurück in die Zelle.»

Schiavone trat näher an den alten Mann heran. «Wollen Sie vielleicht woanders mit mir reden, wo wir allein sind? Ich kann dafür sorgen, dass Ihnen keiner was tut. Das verspreche ich.»

Mozzicarelli wich zurück und ging entschlossen auf die zweiflügelige Tür zu. «Lassen Sie mich in Ruhe!», sagte er und trat in den Speisesaal. Doch Rocco hatte ihn gleich wieder eingeholt und hielt ihn am Arm zurück. Leise flüsterte er dem Häftling zu: «Ich kann dafür sorgen, dass Sie in Isolationshaft kommen. Da sind Sie sicher.»

Mozzicarelli sah ihn einen Moment verzweifelt und ängstlich an. «Lassen Sie mich in Ruhe!», schrie er, jedoch ohne dass seinem Blick wirkliche Empörung anzusehen gewesen wäre. «Ich habe nichts getan und weiß nichts!» Mozzicarellis kreischende Stimme hallte im Speisesaal wider. Er riss sich von Rocco los und floh zur Essensausgabe hinüber. Die am Tisch sitzenden Aufseher beobachteten die Szene neugierig. Abela grinste, und Biranson senkte sogleich den Blick, als Rocco zu ihm hinübersah. Tolotta dagegen war mit seinem Handy beschäftigt.

«Los, Tolò! Wir müssen zurück in den Hof.»

Um diese Zeit war der Gefängnishof leer. Die Häftlinge waren in ihren Zellen und warteten darauf, an die frische Luft gehen zu können. Es war ein sonniger Tag, keine Wolke stand am Himmel, und der Wind trug den Duft nach Blumen von den Feldern herüber.

«Es ist Frühling», sagte Tolotta, der Rocco zu der Stelle hin folgte, an der Cuntrera gefunden worden war. Rocco sah zu Block zwei auf der anderen Seite des Hofs hinüber, wo die Prügelei stattgefunden hatte. Dann fasste er das Tor zu Block drei ins Auge, das direkt hinter ihm lag. Anschließend hob er den Blick und schaute zu den Wachttürmen hinauf.

«Wie weit, würden Sie sagen, liegen die Türme von hier entfernt?»

«Mindestens hundertfünfzig Meter.»

Rocco betrachtete den Schatten auf dem Boden. Dann sah er auf die Uhr.

«Bringen Sie mich zurück zum Eingang, damit ich mich vom Direktor verabschieden kann. Er war wirklich sehr freundlich.»

«Wie? Sie gehen schon?»

«Ja. Dieser Ort deprimiert mich. Ich geh nochmal kurz in mein Zimmer, um noch eine Sache zu checken, und dann sehen wir uns in einer Viertelstunde am Ausgang.»

Tolotta hob die Hand zu einem militärischen Gruß.

«Stehen Sie bequem, Tolotta.»

«Raus mit der Sprache, Mao Zedong, und bemüh dich, Italienisch zu sprechen, sonst verpass ich dir eine, dass du deine Schlitzaugen für immer schließt!» Sebastiano bedrohte Guan Zhen, der hinter der Kasse seines kleinen Geschäfts in der Via Conte Verde saß.

«Ich hab schon alles gesagt, Sebastiano. Alles, was ich weiß, hab ich längst der Polizei gesagt. Vor drei Jahren oder länger.»

Seba ballte die Hände zu Fäusten. Brizio griff ein, bevor der Bär von einem Mann sich auf den kleinen Guan und den billigen Kram in seinem Geschäft stürzen konnte. «Dann erzähl es uns jetzt nochmal! Stück für Stück.»

Guan verdrehte die Augen. Seba legte eine Hand auf die Verkaufstheke. Sie war größer als das Gesicht des Chinesen. «Also … vor drei Jahren gab es diesen Raubüberfall in Cinecittà. Es waren zwei. Ein Neapolitaner mit dem Namen … Warte!»

«Tu nicht so, als ob du dich nicht erinnerst, Mao Zedong!» Seba haute mit der Faust auf die gläserne Theke neben der Kasse.

«Doch, jetzt weiß ich's wieder: Pasquale Scifù …»

«Der hat längst ins Gras gebissen. Und der andere? Der Kräftige? Der, der geschossen und den Rentner getötet hat. Wer war das?»

Guan Zhen dachte nach. «Das weiß ich nicht genau. Angeblich …»

«Also raus damit. Wer war es ‹angeblich›?», fragte Brizio ruhig.

«Zuerst war von einem bestimmten Kerl die Rede, dann von einem anderen. Was immer auch dann stimmt.»

Seit einer halben Stunde stellten sie dem Mann, der sie mit seinen vorstehenden faulen Zähnen angrinste, immer die gleiche Frage. Und ebenfalls seit einer halben Stunde antwortete er immer den gleichen Mist. Seba hatte schon nach einer Minute die Geduld verloren, und Brizio merkte, dass auch er an seine Grenzen kam. Aber wenn Seba ausrastete, war's das mit der Information, die sie brauchten. Er würde Guan die Seele aus dem Leib prügeln, sodass nur noch ein blutiges Häufchen Knochen und Zähne übrig blieb. «Dann sag mir jetzt die Namen von beiden, Mao Zedong!»

«Ich heiße Guan. Guan Zhen.»

«Wen interessiert das?», entgegnete Brizio. «Sag uns jetzt endlich diese verfickten Namen!»

Der Chinese dachte darüber nach. «Und was springt für mich dabei raus?»

«Du bleibst am Leben», brummte Seba.

«Also, Guan, oder wie du heißt. Siehst du, mein Freund dort, der hat seine Frau verloren. Sie wurde erschossen. Und wenn du uns jetzt weiterhilfst, kannst du dein mieses Geschäft hier behalten, und wir lassen dich in Ruhe. Aber wenn mein Freund den, den er sucht, nicht findet, wird dein Laden dem Erdboden gleichgemacht.»

«Willst du mir drohen, Brizio?»

«Ja. Ich denke, schon.»

Der Chinese schüttelte lächelnd den Kopf. «Weißt du, mit wem ich befreundet bin?»

«Ja, das weiß ich. Und es interessiert mich einen Dreck. Denn weißt du, Sebastiano hier hat nichts mehr zu verlieren. Du schon. Immerhin hast du ein Geschäft, eine Frau und zwei Kinder. Was ganz schön viel ist, nicht?»

Das schien Guan zu überzeugen. «Also die beiden Namen. Zuerst hieß es, dass er es gewesen wäre.» Er hob den Zeigefinger mit dem zwei Zentimeter langen schwarzgelben Nagel und wies auf Sebastiano.

«Ich?», fragte Seba. «Ich und der Räuber von Cinecittà? Was ist denn das für ein Scheiß, Mao Zedong?»

«Genau das wurde erzählt. Und der andere Name ist vermutlich genauso falsch wie deiner.»

«Rück raus damit, dann sind wir endlich einen Schritt weiter!»

«Wenn du an den einen nicht glaubst, warum dann an den anderen?»

Seba sah Brizio an: «Ich bring ihn um!»

Brizio hielt ihn am Arm zurück. «Wir glauben tatsächlich nicht dran. Aber sag uns trotzdem den Namen!»

Der Chinese warf einen Blick auf die Tür. Dann schüttelte er den Kopf und zeigte erneut sein unverschämtes kariöses Grinsen. «Ihr könnt mich am Arsch lecken!»

Brizio ging zur Tür hinüber und ließ den Rollladen herunter. Sebastiano seinerseits griff den Ladeninhaber am Kragen und zog ihn vom Stuhl. Er verpasste ihm kurzerhand einen Kopfstoß, die Nase des Chinesen machte ein unangenehmes Geräusch und fing sofort an zu bluten. Sebastiano jedoch war noch nicht fertig und gönnte Guan noch einen Nachschlag. Der Chinese wurde bewusstlos, und Seba ließ ihn zu Boden gleiten. Dann bereiteten er und Brizio den Stuhl und das Klebeband vor.

Rocco riss die Tür zu seinem Zimmer im Gefängnis auf. Er machte sofort den Fernseher an und schob die DVD in den Player. Da gab es etwas, dessen er sich vergewissern wollte. Er musste ein Detail übersehen haben, weil er es nicht kapiert hatte. Jetzt, nachdem die Sache klar war, würde er das Ganze mit anderen Augen sehen. Denn jetzt war er sich hundertprozentig sicher: Der Mörder war in der Aufnahme zu sehen. Rocco drückte die Play-Taste und sah sich noch einmal den Anfang an, wo die beiden Aufseher Marini und Abela nach Beginn der Schlägerei in der linken Bildschirmhälfte in Aktion traten. Direkt vor Block zwei. Er hielt das Bild an, trat dicht vor den Fernseher und kniff die Augen zusammen. Dann streckte er den Zeigefinger aus, als wollte er den Gegenstand, der seine Aufmerksamkeit erregt hatte, berühren. «Da haben wir es!», sagte er. Am Boden zu Abelas und Marinis Füßen lag ein Schlüsselbund.

Als die Ampel auf Grün sprang, legte Italo den ersten Gang ein. «Nur damit ich richtig verstehe», sagte er zu Rocco, «du weißt, wer es war, aber wir nehmen ihn nicht fest?»

«Genau.» Rocco griff nach dem Zigarettenpäckchen, das auf dem Armaturenbrett des Dienstwagens lag. «Bist du wieder bei diesen widerlichen Dingern gelandet? Warum nicht weiterhin Camels?»

Italo antwortete nicht. «Wie gehen wir vor?»

«Bevor wir gegen ihn vorgehen, müssen wir herausfinden, wer hinter diesem Mord steckt. Wer der Auftraggeber ist, Italo. Denn das weiß ich noch nicht. Auch wenn ich den einen oder anderen Verdacht habe.»

Die Leute auf der Straße trugen leichtere Kleidung. Die dicken, bis zur Wade reichenden Mäntel waren kurzen Windjacken und grünen, roten, gelben und blauen Hosen gewichen. Alles war voller bunter Farben. Wahrscheinlich fiel es kaum jemandem auf, aber Gehsteige und Blumenwiesen waren sich gerade ziemlich ähnlich.

Das gefiel Rocco. Denn jedes Mal, wenn die Menschen wiederentdeckten, dass sie ein Teil der Natur waren, wusste er, dass es doch noch Hoffnung gab.

«Du lächelst ja», sagte Italo. «Normalerweise bist du doch traurig und genervt, wenn du einen Fall gelöst hast.»

«Stimmt. Aber wir haben erst die Hälfte des Weges geschafft.»

«Ich würde den Mörder, egal, wer es ist, sofort festnehmen, aber hallo!»

«Ich hätte nicht gedacht, dass es hier so schön sein kann. Mal abgesehen von den Bergen, die ich immer noch ätzend finde, sind die Wiesen ... Also solche grünen Wiesen hat Rom nicht zu bieten.»

Rocco hatte Rom erwähnt. Alarmstufe Rot! Italo wurde unruhig. Jetzt würde sein Chef jeden Moment die Römische Sonate anstimmen, was bedeutete, dass er besser auf Durchzug schaltete. Seit dem letzten September hatte er dies mindestens zweimal am Tag ertragen müssen: Ach, der Himmel in Rom! Die Häuser in Rom! Die Düfte von Rom und die Frauen in Rom! Eine unendliche Liste an täglichen Wundern, die die Hauptstadt nur denen bot, die sie zu genießen wussten.

«Hast du schon mal Stockfischfilets gegessen?», fragte Rocco plötzlich.

«Nein. Was ist das?»

«Du weißt doch wohl, was Stockfisch ist, oder? Dieses salzige Zeug. Früher gab es das in Rom nur an Weihnachten. Meine Oma hat ihn zum Beispiel mit gebratenen Artischocken serviert. Was, wie du wissen musst, Artikel vier der römischen Verfassung entspricht.»

Italo kannte die ersten drei Artikel, die Rocco ihm vorgebetet hatte, bereits auswendig. Im Geiste fügte er diesen nun den vierten Artikel hinzu. «Natürlich, Artikel vier deiner ganz persönlichen Verfassung.»

«Genau. Und Artikel fünf besagt: Niemals draußen auf dem Balkon eine vollgekrümelte Tischdecke ausschütteln, es sei denn, du willst Tauben züchten. Und Artikel sechs: Niemals in der Nähe der Piazza Vittorio Sushi essen gehen, denn dort wohnen die Chinesen, und deren Sushi kannst du vergessen. Aber um nochmal auf die Stockfischfilets zurückzukommen: Heutzutage gibt's die nicht mehr nur an Weihnachten, sondern das ganze Jahr über. Und weißt du, was man unbedingt beachten muss, um sie richtig zuzubereiten? Es kommt drauf an, wie man ihnen das Salz entzieht. Meine Oma hat das immer mit Milch gemacht, nie mit Wasser. Sie hat sie mindestens drei Tage darin eingeweicht.»

«Ja, aber was tut das Stockfischfilet jetzt zur Sache?»

«Wenn man den Fisch weniger als achtundvierzig Stunden in Wasser einweicht, ist er noch zu salzig und ungenießbar. Und man muss die Flüssigkeit mit viel Geduld abgießen, damit er schön weich wird. Anschließend wird er frittiert. Verstanden, Italo?»

Nein. Italo hatte nichts verstanden. «Und seit wann hast du Ahnung vom Kochen?»

«Hab ich nicht. Wenn ich kochen muss, geht mir das ziemlich auf den Sack. Ehrlich gesagt, könntest du zu der Liste neben meiner Bürotür noch ‹Rezepte› und ‹Köche› hinzufügen.» Rocco zündete sich eine von Italos Chesterfields an.

«Alles klar. Welchen Grades?»

«Ruhig achten Grades. Das, was früher ein Koch war, nennt sich heute ‹Chef›. Denn einer, der nur Koch ist, kann einem schlecht eine Rechnung über zweihundert Euro unterbreiten.»

«Da wir gerade von Restaurants reden …» Italo hupte einen Fahrer an, der mitten auf der Straße in seinem Auto eingeschlafen zu sein schien. «Was hältst du eigentlich von der Sache, die Antonio passiert ist?»

«Von der Begegnung mit den Carabinieri? Mit so was hab ich gerechnet. Hat er die Fotos noch nicht ausgedruckt?»

«Doch. Er hat sie in deine Schreibtischschublade gelegt.»

«Aber nicht in die, die ich abgeschlossen habe, oder?», fragte Rocco erschreckt im Gedanken an die Joints, die er darin aufbewahrte.

«Nein, denn die ist ja abgeschlossen, Rocco. Wie soll er denn da etwas reinlegen?»

«Keine Ahnung, aber weißt du, wie viele Polizisten so was besser können als jeder Dieb?»

Italo sah seinen Chef an. «Einen davon kenne ich ziemlich gut.»

Rocco schnippte die Asche von seiner Zigarette, ohne auf die Bemerkung einzugehen.

«Übrigens hat Antonio gesagt, dass außer Cremonesi noch zwei andere Männer und eine sehr schöne Frau dabei waren. Und so, wie die Frau angezogen war, war das seiner Meinung nach eine vom Escort-Service.»

Rocco öffnete das Fenster ein Stück weiter, um den Rauch abziehen zu lassen.

«Und da wir gerade beim Thema sind: In Nus hab ich Alessandro Berguet ertappt, als er gerade aus dem Pavone kam.»

«Was ist das?»

«Stimmt, als Römer kannst du das ja nicht wissen. Das ist ein Hotel oder, besser gesagt, ein Stundenhotel. Er war jedenfalls nicht allein dort ... Und ist dafür extra nach Nus gefahren, aber ich denke, in Aosta weiß trotzdem jeder Bescheid.»

«Und was ist mit der sprichwörtlichen Diskretion der Aostaner?»

«Die hat's nie gegeben. Bist du immer noch davon überzeugt, dass hier alle Leute zurückhaltend, reserviert und verschwiegen sind? Vergiss es, Rocco. Hier in Aosta interessieren sich die Leute brennend für Dinge, die sie nichts angehen. Muss ich dich daran erinnern, wie Nora erfahren hat, dass du sie mit Anna betrogen hast? War das nicht der Bäcker?»

«Stimmt. Und weißt du, was? Als Alessandro Berguets Frau bei mir in der Questura war, hat sie meiner Meinung nach schon davon gewusst. Und ich soll mit ihrer Tochter reden. Warum nur?»

«Weil du ihr das Leben gerettet hast, Rocco.»

«Na schön. Wie ist eigentlich die Geschichte mit der Wohnung in der Via Croix de Ville ausgegangen?»

«Ich hab sie mir angesehen. Und Lupa mitgenommen, wie du gesagt hast, und sie hat gebellt.»

«War Lupa mit in der Wohnung?»

«Sicher. Sie ist reingelaufen, hat rumgeschnüffelt und dann, ganz plötzlich ... plaff! Hat sie mitten ins Wohnzimmer gekackt!»

«Nein!»

«Ich schwör's dir!»

«Du hast für mich zugesagt, hoffe ich.»

«Natürlich hab ich zugesagt. Und?»

Rocco grinste. Dann schlug er seinem Agente aufs Knie. «Das ist eine gute Nachricht! Ins Wohnzimmer gekackt! Ein großartiger Anfang!»

Italo fuhr durch den Kreisverkehr, und vor ihnen tauchte in all ihrer Trostlosigkeit die Questura auf. Ein viereckiger Betonklotz ohne jeglichen Charme, der einem selbst an einem solch schönen Frühlingstag die Laune verderben konnte.

«He! Jetzt ist mir alles klar!», brüllte Italo plötzlich in

einer Lautstärke, dass Rocco vor Schreck die Zigarette aus der Hand fiel.

«Verdammt, warum brüllst du denn so, du Schwachkopf?»

«Die Sache mit dem Stockfisch! Du hast den Mörder gefunden, und jetzt lässt du ihn einweichen, damit er schön zart und schmackhaft wird ... Richtig?»

«Spät, aber immerhin.»

«Also, Dottor Schiavone.» Der Questore nahm die Brille mit dem Titangestell ab und legte sie auf den Schreibtisch. «Ich verhehle nicht, dass Sie mich mit Ihrem Schweigen ganz schön auf die Folter gespannt haben. Sicher können Sie sich vorstellen, wie anstrengend es für mich war, den Pressefritzen aus dem Weg zu gehen. Da ich nichts von Ihnen gehört und gesehen habe, bin ich jeden Tag Spießruten gelaufen. Aber es ist mir gelungen, die Meute hinzuhalten. Ich hoffe, dass Sie jetzt etwas für mich haben.»

«Natürlich, Dottore. Allerdings muss ich Sie bitten, mit der Pressekonferenz noch zu warten. Wir müssen uns den Mörder aus dem Gefängnis noch eine Weile warmhalten. Zumindest, bis wir den Auftraggeber ausgemacht haben.»

Der Questore grinste. «Gut. Dann lassen Sie mal hören», sagte er und rieb sich gespannt die Hände.

«Ich muss Ihnen gar nicht viel erzählen. Schauen Sie sich einfach diese Aufnahme an.» Rocco stand auf und schob die DVD in den Computer seines Chefs. Ein paar Mausklicks später war das Video auf dem Bildschirm zu sehen. «Das, was ich Ihnen jetzt zeige, Dottore, ist die Aufnahme einer Überwachungskamera im Gefängnishof. Sehen Sie genau hin.»

Links auf dem Bildschirm zettelten Oluwafeme, Agostino Lumi und Erik, der Rote, gerade die Prügelei gegen Omar an. Kurz darauf liefen Tarek und Aziz herbei. Die beiden Aufseher Abela und Marini versuchten zu schlichten. Dann der Schlüsselbund auf dem Boden. Die anderen Häftlinge. Tolotta, der hünenhafte Wachmann, der zum Ort des Geschehens hinüberstürzte, die Schlüssel aufhob und dem Nigerianer in den Nacken rammte.

Rocco hielt die Aufnahme an. «Ist Ihnen etwas aufgefallen?»

«Nein», antwortete Corsi. «Was hätte ich sehen sollen? Da prügeln sich welche, die Aufseher bringen sie auseinander und nehmen die Männer in Gewahrsam.»

«Tatsächlich musste auch ich mir die Aufnahme mehrfach ansehen. Aber schließlich hab ich's begriffen. Sehen Sie Tolotta, diesen Riesen, der stark ist wie ein Bär und von rechts kommt?»

«Ja.»

«Gut. Er hatte Aufsicht in Block drei. Und hier stürzt er sich in die Prügelei, dann bückt er sich und hebt den Schlüsselbund auf.»

«Den er vorher verloren haben muss.»

«Genau, das hat er mir auch gesagt. Sehen Sie? Er rammt ihn dem Nigerianer in den Nacken, dann steckt er ihn ein. Es ist also sein Schlüsselbund. Aber warum lag es schon dort auf dem Boden, bevor er dazugekommen ist?»

Corsi sah Rocco interessiert an, der wieder vor dem

Schreibtisch Platz nahm. «Sie müssen wissen, dass diese Schlüssel den Zugang zu Block drei öffnen. Und vor allem eine besondere Stahltür, die nur selten benutzt wird. Sie führt in einen Gang, einen Schlauch, der kaum einen Meter breit ist und von Block drei zu Block zwei führt. Durch ihn können die Aufseher von dem einen Block zum anderen gelangen, ohne durch den Hof gehen zu müssen.»

«Aha. Aber dennoch stellt sich die Frage, wie Tolottas Schlüsselbund schon dort auf dem Boden liegen konnte, bevor er da war?»

«Weil nicht er ihn hatte, sondern jemand anders. Derjenige, der Cuntrera vor Block drei umgebracht hat und dann durch den Verbindungsgang zu Block zwei hinübergelaufen ist, um dort in den Hof und zur Prügelei zu gelangen.»

«Himmel nochmal!», fluchte Corsi, ohne den Blick vom Monitor abzuwenden. «Dann war die Prügelei nur ein Ablenkungsmanöver.»

«Ja. Vom Täter selbst organisiert. In dem Moment, als Agostino Lumi, Oluwafeme und Erik loslegen, schreitet er zur Tat. Er bringt Cuntrera um und taucht dann auf der anderen Seite wieder auf, ohne dass irgendwem etwas auffällt.»

«Welcher Aufseher ist es? Der alte? Der junge?»

«Zuerst hatte ich den alten Marini im Verdacht. Denn Cuntreras Mörder wusste, dass diese Stelle von keiner Kamera aufgenommen wird, und Marini kennt das Gefängnis so gut wie seine Westentasche. Aber dann hab ich nochmal darüber nachgedacht. Sehen Sie, da gibt es einen Häftling, der schon sehr lange einsitzt, Sergio Mozzicarelli. Er weiß etwas und wollte unbedingt mit mir reden. Aber als ich in den Speisesaal kam, wo er Dienst hatte, hat er es sich urplötzlich anders überlegt. Offensichtlich hat er sich vor Angst in die Hose gemacht. Und er hat sich alle Mühe gegeben, mir möglichst laut mitzuteilen, dass er von nichts weiß. Mitten im Speisesaal. Damit es alle mitkriegen. Zu der Zeit waren die Aufseher Biranson, Abela und Tolotta anwesend. Biranson hatte an dem Tag, an dem Cuntrera ermordet worden ist, keinen Dienst. Wer bleibt übrig? Die beiden waren es. Abela ist der Täter und Tolotta sein Komplize in der Sache mit dem Schlüssel.»

«Und warum haben die beiden das Ihrer Meinung nach getan?»

«Es muss einen Auftraggeber geben. Erstens, weil Abela noch nicht lange dort arbeitet. Und zweitens, weil Cuntrera dort niemanden kannte und erst seit drei Tagen einsaß. Ich muss jetzt noch herausfinden, wer sie bezahlt hat und woher sie das Urethan hatten, das es mit Sicherheit in der Gefängnisapotheke nicht gab, weil die nur Standardmedikamente haben. Also, wem nutzt dieser Mord?»

Corsi lächelte. «Danke, mein lieber Schiavone. Es ist eine Freude, Sie wieder bei uns zu haben!»

«Ich war nie weg. Jetzt möchte ich Sie nur um absolute Diskretion bitten.»

«Verdammt nochmal, Schiavone!», rief Corsi aus. «Ich bin Questore und kein Waschweib!»

«Entschuldigen Sie, Sie haben natürlich vollkommen recht.»

Corsi beruhigte sich genauso schnell wieder, wie er in

die Luft gegangen war. «Haben Sie schon irgendeinen Verdacht?»

«Vage, sehr vage. Aber es ist möglich, dass die Sache mit der Ausschreibung und der ganzen Geschichte um die Berguets zu tun hat. Dieser Spur sollten wir unbedingt nachgehen.»

Corsi zog eine Grimasse. «Vielleicht ist es dann besser, die Finger davonzulassen.»

«Warum, Dottore?»

«Sehen Sie, während Ihrer Abwesenheit sind ein paar Dinge geschehen, die ... Kurz gesagt, es ist besser, wenn wir da nicht mitmischen.»

«Meinen Sie den Besuch des ROS in der Staatsanwaltschaft und die Carabinieri, die Cremonesi und seine Freunde überwachen?»

Corsi sah Rocco überrascht an: «Wieso wissen Sie von diesen Dingen?»

«Sehen Sie, ich informiere mich, halte die Augen offen, habe eine Spürnase, achte auf Details ...»

«... und gehen anderen auf den Sack», beschwerte sich der Questore. «Halten Sie sich aus der Angelegenheit mit der Ausschreibung raus. Damit befassen sich bereits genügend Leute, glauben Sie mir.»

«Ich werde es versuchen. Aber ich habe das Gefühl, dass ich am Ende bis zu den Haarspitzen drinstecken werde.»

«Dann sollten Sie sich um Ihre Haarspitzen große Sorgen machen. Die Wohnung in der Via Cerise nehmen Sie also nicht?»

«Ich habe eine fantastische Wohnung in der Via Croix de Ville gefunden.»

«Wunderbar! Mitten im Zentrum!»

«Und weit weg vom Gericht.»

Eine ausführliche Behandlung war nicht nötig gewesen. Guan hatte sofort nachgegeben, als Brizio ihm die Spitze der Schere unter das linke Auge hielt. Noch im selben Atemzug war er mit dem Namen des zweiten Täters vom Raubüberfall in Cinecittà herausgerückt. «Paoletto Buglioni», hatte er gesagt. Daraufhin hatten sie den Chinesen losgebunden und den Laden verlassen.

«Wie gehen wir jetzt vor?», fragte Brizio, während er auf die Stadt blickte, auf die ein plötzliches Gewitter niederging. Sebastiano antwortete nicht. Im Auto, das nach kaltem Rauch stank, war nur das Kratzen der Scheibenwischer über die Windschutzscheibe zu hören.

«Gehen wir heute Abend zu ihm?»

«Wann hat er Dienstschluss in der Diskothek?»

«Um fünf.»

«Lass uns was essen gehen.»

«Ich schicke Rocco eine SMS.» Brizio griff nach seinem Handy.

«Nein!», rief Sebastiano. «Das ist meine Sache. Halt Rocco da raus! Lass ihn in Ruhe!»

«Aber, Seba, das …»

«Ist genau so!», brüllte Sebastiano. «Ich muss denjenigen finden, der Adele erschossen hat. Rocco informieren wir erst, wenn alles erledigt ist. Lust auf Pasta Cacio e Pepe?»

«In Ordnung. In der Trattoria Roma Sparita?»

«Wieso, kriegt das sonst noch irgendein Laden hin?»

«Was soll der ganze Papierkram auf meinem Schreibtisch?», brüllte Rocco, kaum dass er sein Büro betreten hatte. Caterina Rispoli kam herein. «Willkommen zurück.»

«Was für ein Chaos! Und wo ist Lupa?»

«Lupa ist bei meiner Cousine, die einen Garten hat, und fühlt sich sauwohl. Der Papierkram kommt von Deruta und D'Intino. Sie wollten mir nicht sagen, was das ist, weil es angeblich nur Sie etwas angeht.»

«Natürlich! Wo kämen wir denn hin, wenn sie tatsächlich mit dir reden würden! Aber was ist das für ein Zeug?» Er nahm das oberste Blatt von einem der Stapel. Es war eine Liste mit den Namen von Hotelgästen in der Nacht vom 9. und 10. Mai. Langsam dämmerte es Rocco. Die beiden Kollegen stellten, treu und brav, wie sie waren, tatsächlich eine komplette Übersicht aller Hotelgäste zusammen, die in der Nacht des Mordes an Adele in der Rue Piave in Aosta oder der Umgebung übernachtet hatten.

«Wow, was für eine immense Arbeit!», meinte Caterina.

«Natürlich ist es das. Aber damit hab ich sie uns für eine ganze Weile vom Hals geschafft.»

Caterina grinste. «Und war das irgendwie hilfreich?»

«Absolut nicht», entgegnete Rocco und warf die Listen zurück auf den Schreibtisch. «Gut. Dann fahren wir jetzt zu den Berguets, und du kannst mich unterwegs auf den neuesten Stand bringen.»

«Zu den Berguets? Wieso das denn?»

«Ich muss ein Versprechen einlösen. Und vielleicht ist Chiara entspannter und vertrauensvoller, wenn eine Frau dabei ist. Auf geht's! Je eher wir losfahren, desto schneller sind wir wieder zurück.»

Inzwischen waren zwei Tage vergangen. Hinter der Theke zu stehen und Kaffee und Cornetti zu servieren schien Tatiana die reinste Zeitverschwendung. Sie hatte die Hoffnung nicht aufgegeben und seit Sonntag immer wieder versucht, Corrado auf dem Handy zu erreichen. Allerdings jedes Mal mit dem gleichen unbefriedigenden Ergebnis: «Der gewünschte Gesprächsteilnehmer ist zur Zeit nicht erreichbar.» Am Morgen war Tatiana noch einmal in die Via Treviso gegangen, um vielleicht irgendeinen Nachbarn anzutreffen, mit dem sie reden konnte. Doch außer den beiden Iezzi-Schwestern, die sich weiterhin beschimpften, war niemand dort gewesen. Die Läden an Corrados Fenstern waren nach wie vor geschlossen. Daraufhin hatte Tatiana das alte Fahrrad ihres Mannes genommen und war auf der Suche nach Corrados Fiat Multipla durch den ganzen Ort geradelt.

Nichts.

«Erinnerst du dich an das Nummernschild?», fragte Barbara, während sie ihren abendlichen Tee trank. Seit dem Tag von Corrados Verschwinden hatte die Buchhändlerin einen besonderen Glanz in den Augen. Sie wirkte beinahe glücklich, sich mit diesem mysteriösen Fall befassen zu können, der aus einem ihrer Lieblingsromane zu stammen schien.

«Nein … Warte!» Tatiana eilte zur Kasse hinüber und blätterte in einem Kalender, der darunterlag. Darin fand sie eine bezahlte Rechnung und zwei alte Versicherungsbelege. «Ich hab's!», meinte Tatiana strahlend. Sie las die Nummer vor.

«Wir sollten sie der Polizei geben. Ciro und Luca. So können sie überprüfen, ob der Wagen irgendwo zurückgelassen wurde.»

«Gute Idee!», sagte Tatiana. Dann hatte sie auf einmal ein komisches Gefühl im Magen. Und wenn sie den Wagen finden würden? Irgendwo abgestellt? Was dann? Was erhoffte sie sich? Dass Corrado … Kopfschüttelnd versuchte sie, die düsteren Gedanken zu vertreiben. Sie griff zum Telefon, um die Polizeistation anzurufen. Doch im selben Moment hielt der Fiat Punto der Polizei vor der Bar. Ciro und Luca stiegen lächelnd aus. Sie traten ein und grüßten. «Buonasera, ihr zwei Hübschen!»

«Buonasera», entgegneten die beiden Frauen.

«Und?», fragte Ciro. «Irgendwas Neues von Corrado?»

Tatiana schüttelte den Kopf.

«Machst du uns zwei schöne Sambucas?»

Tatiana trat hinter die Theke. «Ich wollte gerade bei euch anrufen.»

«Ach! Hast du es dir anders überlegt? Gehst du doch mit mir essen?» Luca setzte sein schönstes Lächeln auf.

«Wir haben vielmehr überlegt», mischte sich Barbara ein, vor der die beiden Männer mehr Respekt hatten, «euch Corrados Autokennzeichen zu geben, da, wie es aussieht, auch der Wagen verschwunden ist.»

«Eine hervorragende Idee, stimmt's, Ciro?»

«Ja, hervorragend.» Die beiden griffen nach ihren Sambuca-Gläsern. Ciro kippte den Likör in einem Schluck runter. Luca dagegen trank mit Genuss. «Dann schicken wir die Anzeige jetzt raus. Kommst du nochmal vorbei, Tatiana, um die nötigen Dokumente auszufüllen?»

«Ich mache das!», sagte Barbara, die die Unverschämtheit des Polizisten langsam nicht mehr ertragen konnte.

Luca grinste. «Im schlimmsten Fall könnt ihr euch ja ans Fernsehen wenden. Wie heißt diese Sendung noch ...?»

«Findest du das witzig?», platzte Tatiana heraus. «Hm? Das ist eine ernste Sache!» Luca wurde rot. «Corrado ist verschwunden. Und sein Auto auch. Er geht nicht ans Handy. Und irgendjemand war bei ihm zu Hause. Corrado hat so einiges hinter sich. Er war sogar im Gefängnis. Das ist alles andere als zum Lachen. Also nehmt die Sache gefälligst ernst, immerhin tragt ihr eine Uniform!»

«Beruhige dich, Tatiana», griff Barbara ein. «Luca wollte nur einen Scherz machen. Stimmt's, Luca?»

«Genau.»

«Dann tu uns den Gefallen, fahr ins Büro und schick diese Meldung raus!»

«Du hast recht!», bekräftigte Ciro. «Wir mögen dich sehr, Tatià, und auch Corrado, den alten Gauner. Sobald Luca den Sambuca getrunken hat, machen wir uns auf den Weg und kümmern uns um die Sache.»

Luca leerte sein Glas und steckte die Hand in die Tasche, um das Geld herauszunehmen.

«Nein, Luca, Geschenk des Hauses», sagte Tatiana wieder besänftigt. Der kleine Ausbruch tat ihr bereits leid. «Entschuldige. Ich bin einfach nur fertig mit den Nerven.»

Luca nahm den Versicherungsbeleg und verließ zusammen mit seinem Kollegen die Bar.

Tatiana verschränkte die Arme vor der Brust und lehnte sich an die Kaffeemaschine. Barbara trank schweigend ihren Tee aus. Erst dann bemerkte sie, dass Tatiana weinte. «Tatiana!» Barbara lief hinter die Theke. «Nicht doch, Tatiana, nicht ...»

Anstatt dass Barbaras Umarmung Tatiana beruhigte, hatte sie genau den gegensätzlichen Effekt. Sämtliche Dämme brachen, und sie begann hemmungslos zu weinen. Ihre Knie wurden weich, und sie ließ sich zu Boden sinken. Dort blieb sie sitzen, immer noch in Barbaras Armen, kraftlos wie ein Segel bei Windstille.

«Du wirst sehen, wir finden ihn, Liebes.»

«Nein, Barbara, nein», entgegnete Tatiana schluchzend. «Ich weiß es. Ich fühle es. Corrado ist tot. Er ist tot!»

Rocco saß auf Chiaras Bett. Caterina hatte auf dem Drehstuhl vor dem Schreibtisch des Mädchens Platz genommen, auf dem sich Fotos und CDs türmten. Silvana, die in der Tür stand, sah ihre Tochter so beschwörend an, als wollte sie ihr auf diese Art positive Gedanken und neuen Lebenswillen übertragen. Doch Chiaras Aufmerksamkeit schien auf die Landschaft vor dem Fenster gerichtet. Bleich und ernst saß sie da, das Kinn auf die Knie gestützt, die sie an die Brust gezogen hatte. Draußen wurde es langsam dunkel, und nur eine Nachttischlampe in

Form eines Heißluftballons sorgte für ein wenig Licht im Raum.

«Kann ich Ihnen irgendetwas anbieten?»

Chiara begann in zwanghaftem Rhythmus ihre Knie an sich zu ziehen.

«Nein danke, Signora», entgegnete Rocco. Doch Silvana Berguet bewegte sich nicht von der Stelle.

«Einen Tee vielleicht?», fragte sie Rocco.

«Danke, Signora, wirklich nicht.»

«Mama, sie möchten nichts, bitte!», sagte Chiara leise. Silvana senkte den Kopf, verließ das Zimmer und schloss die Tür hinter sich.

«Völlig bescheuert!», platzte Chiara heraus.

Rocco sah zu Caterina hinüber. Dann richtete er den Blick wieder auf das Mädchen. «Dir geht's beschissen, oder?»

Chiara antwortete nicht und starrte weiter aus dem Fenster.

«Es ist normal, dass deine Mutter sich Sorgen macht, weißt du?»

«Sie nervt! Das ist das Einzige, was sie tut.»

«Das ist ihr Job», meinte Rocco.

Chiara lächelte. «Ach ja?»

Auf dem Bett lag ein französisches Buch. Rocco griff danach. «Liest du das gerade?»

«Französisch-Hausaufgaben. Eine Fabel von Anatole France.»

Rocco betrachtete das Buch in seiner Hand. «‹Abeille› … Was bedeutet das?»

«Biene ... Es geht um eine Fabel, wie gesagt. Mehr weiß ich nicht. Ich kann mich nicht konzentrieren. Ich lese eine Zeile und dann ...»

«Und dann?»

«Und dann bin ich gleich mit den Gedanken woanders. Dann bin ich wieder in diesem Keller mitten im Schnee.»

Rocco legte das Buch zurück aufs Bett. «Ein Mädchen allein im Wald in der Gewalt eines bösen Riesen. Doch dann kommt der Märchenprinz und rettet sie.»

Endlich sah Chiara ihn an. «Dann sind Sie der Märchenprinz?»

«In der Geschichte schon. In der Wirklichkeit nicht. Ich bin lediglich Polizist.»

«Tatsächlich stelle ich mir meinen Märchenprinzen auch etwas anders vor.»

«Ich weiß. So ungefähr wie Max Turrini, oder?»

Chiara biss sich auf die Lippen. «Ja. Max kommt immer noch her. Aber ich weiß nicht. Sagen Sie mir die Wahrheit, Dottor Schiavone. Ich bin vergewaltigt worden, stimmt's?»

Caterina suchte seinen Blick, aber Rocco antwortete, ohne auf sie zu achten. «Ja, Chiara. Sie haben dich vergewaltigt.»

Chiara zog die Nase hoch, dann wischte sie sich eine Träne ab. «Danke, Sie sind der Einzige, der mir die Wahrheit sagt.»

«In vielen Fällen ist es das Beste. Manchmal ist es besser, sie zu verschweigen. Aber ich denke, dass du erfahren solltest, was passiert ist. Und wenigstens sind die beiden Mistkerle nicht mehr am Leben.»

«Die schon. Und der, der sie geschickt hat? Ist der auch tot?»

«Ja, der auch. Ist im Gefängnis gestorben.»

«Gut. Ich schäme mich nicht zu sagen, dass mich das freut.»

«Weißt du, was ich an deiner Stelle tun würde?»

«Nein.»

«Ich würde dieses Schuljahr sausenlassen. Mir ein Jahr Zeit nehmen und wegfahren. Mir die Welt ansehen. London, Paris, Amsterdam … Unter uns gesagt, gibt's in Amsterdam das beste Gras. Schon mal probiert?»

Chiara lächelte. «Und das aus dem Mund eines Polizisten …»

«Sieh mal.» Rocco steckte die Hand in die Tasche und zog einen Joint heraus. Caterina riss vor Schreck die Augen auf. Genau wie Chiara. Rocco zündete ihn an. Nahm einen Zug.

«Ahhh … Ich fühl mich schon besser.» Er hielt Chiara den Joint hin, die jedoch weiter ihre Knie umschlungen hielt. Sie sah Rocco an, als wolle sie um Erlaubnis bitten. Caterina saß stocksteif auf ihrem Drehstuhl.

Langsam streckte Chiara die Hand nach dem Joint aus und zog daran. Dann schloss sie die Augen. Blies den Rauch in die Luft. «Gut», sagte sie.

«Nicht wahr? Das Zeug ist aus Amsterdam, nur so nebenbei gesagt.»

Chiara fing an zu lachen. «Ich kann es nicht glauben! Ein Vicequestore, der mit mir einen Joint teilt!»

«Nicht wahr? Auch das ist die Realität. Wobei ich mir

einen kiffenden Märchenprinzen nicht wirklich vorstellen kann.»

Chiara nahm noch einen Zug und hielt den Joint dann schüchtern Caterina hin, die den Kopf schüttelte.

«Caterì, ein kleiner Zug hat noch niemanden umgebracht.»

«Ich … Seit der Schulzeit hab ich nicht mehr …»

«Genau.»

Caterina nahm den Joint. Betrachtete ihn. «Riecht gut», meinte sie. Rocco zwinkerte ihr zu. Die Viceispettrice führte den Joint zum Mund und hielt ihn dabei zwischen Daumen und Zeigefinger, als wolle sie sich nicht die Finger beschmutzen. Dann spitzte sie die Lippen und nahm einen tiefen Zug. Sie schluckte den Rauch, ohne zu husten. «Danke», sagte sie und wurde rot. Sie gab Rocco den Joint zurück.

«Ich soll also Ihrer Meinung nach so eine Art Sabbatical machen?», fragte Chiara.

«Ja, warum nicht? Du bist gut in der Schule, hast hervorragende Noten. Du kannst es dir erlauben. Dann gehst du eben ein Jahr später zur Uni. Na und? Denk an Max. Der ist schon einundzwanzig und wird das Abitur auch diesmal nicht schaffen.»

«Nur wenn seine Eltern die Lehrer schmieren.»

Alle drei lachten. Rocco hielt Chiara noch einmal den Joint hin, die diesmal ohne Umschweife daran zog. «Ich denke, dass ich es Ihnen sagen kann.» Sie stand auf, griff nach der Krücke, die am Nachttisch lehnte, humpelte zum Schrank und öffnete ihn.

Als sie zum Bett zurückkam, hatte sie einen Stapel weißer Blätter in der Hand.

«Hast du ein Buch geschrieben?», fragte Rocco sie überrascht.

«Nein, keine Sorge. Das sind Fotokopien, die Max gemacht hat.» Sie setzte sich im Schneidersitz aufs Bett und legte den Stapel auf ihre Knie. «Das sind Dinge, die er im Arbeitszimmer seines Vaters gefunden hat. Bei ihm läuft schon eine Weile einiges schief.»

«Ich kann dir nicht folgen.»

«Mit seinen Eltern ... Er hasst sie. Max hasst seine Mutter, diese hinterhältige Kuh, und seinen Hurenbock von Vater. Die Turrinis sind üble Leute und haben auch nur mit üblen Leuten zu tun.»

«Das kann ich aus eigener Anschauung bestätigen», meinte Rocco.

«Die Turrinis sind in äußert seltsame Dinge verstrickt. Max hat die Dokumente fotokopiert, die sein Vater im Safe aufbewahrt, und sie mir gegeben, weil er nicht kapiert hat, worum es geht.»

«Und du? Hast du was kapiert?»

«Nicht viel. Aber ...» Sie kramte in dem Papierstapel. «... aber eine Sache ist ziemlich klar. Sein Vater hat etwa ein Dutzend Firmen, die Hälfte davon in der Schweiz. Und es wird nicht deutlich, was das für Firmen sind. Außerdem ...» Sie gab Rocco ein bestimmtes Blatt. «... Sehen Sie dieses Dokument? Das ist ein Vertrag mit einer Baufirma ... Mit der Firma, die anstelle von Papa die Ausschreibung gewonnen hat.»

«Chiara, das ist hochbrisantes Material.»

«Geben Sie es Staatsanwalt Baldi. Ihnen wird er zuhören.»

«Und wie sollen wir vor dem Staatsanwalt begründen, dass wir diese Papiere haben?», fragte Caterina.

«Caterì, das ist nun wirklich das Letzte, worum wir uns Sorgen machen müssen. Baldi ist, seit wir zusammenarbeiten, an solche Dinge gewöhnt.» Rocco gab Chiara das Blatt zurück. «Machen wir es so, Chiara: Ich bringe dieses Zeug zum Gericht. Deinen und Max' Namen halte ich raus. Aber du musst im Gegenzug auch etwas für mich tun.»

«Was denn?»

«Zieh dich an, mach dich so hübsch wie früher, verlass dieses Zimmer ohne die Fabeln von Anatole France, geh in die Schule, begrüß deine Freunde, und geh dann auf Reisen. Oder setz dich wieder auf deinen Platz, und tu das, was man in deinem Alter am besten kann.»

«Und das wäre?»

«Leben.»

Caterina betrachtete ihren Chef, der dem Mädchen übers Haar strich. Sie wusste nicht, warum, vielleicht war es die Geste, die Worte, die sie gehört hatte, der Joint, den sie geraucht hatte, aber irgendetwas traf sie mitten ins Herz. Waren das Emotionen oder Herzrhythmusstörungen? Sie lächelte und bemerkte eine Träne in ihrem rechten Auge. Schnell wischte sie sie fort. Auch hierbei stellte sich die Frage, ob diese Träne nun gefühlsbedingt war oder eine allergische Reaktion auf den Joint.

«Und wohin wollen Sie jetzt?», fragte Caterina, als Rocco vor ihrer Haustür anhielt.

«Ich muss noch jemandem einen Besuch abstatten. Aber du hast Feierabend und gehst nach Hause.»

Caterina starrte auf die Haustür. «Woher wissen Sie, wo ich wohne?»

«Ich folge dir seit Monaten», antwortete Rocco ernst.

Caterina wurde bleich, doch dann verstand sie, dass es sich um einen Scherz handelte, und lächelte. «Also wissen Sie sicher, dass ich immer sehr spät ins Bett gehe ...»

Warum hab ich das jetzt gesagt?, fragte sich Caterina. Wie komme ich nur darauf! Bin ich verrückt geworden? Das war doch eine halbe Einladung!

Wie ein Blitzlichtgewitter schossen ihr diese Gedanken durch den Kopf, aber gesagt war gesagt.

«Ich wusste gar nicht, dass du Schlafstörungen hast. Du solltest dir jemanden suchen, der dir Gesellschaft leistet.»

Caterina sah Rocco in die Augen.

Oh Gott, ist das vielleicht ein Annäherungsversuch?, dachte sie entsetzt.

«Geh lieber, Caterì ... Sonst schlafen wir hier noch im Auto ein.»

Caterina nickte. Mit einem Lächeln öffnete sie die Tür und stieg aus dem Wagen. Rocco gab Vollgas. Er vergewisserte sich nicht, ob sie auch ihren Haustürschlüssel dabeihatte. Und diese fehlende Aufmerksamkeit irritierte sie. Als sie den Schlüssel ins Schloss steckte, fühlte sie sich benommen.

Ich bin Polizistin, eine Kollegin und keine Freundin, die

er nach einem gemeinsamen Abendessen nach Hause gebracht hat, sagte sie sich.

Aber ich bin auch eine Frau, oder?

Du kannst nicht Frau oder Polizistin sein, wie es dir gerade passt.

Du bist beides.

Und damit das ein für alle Mal klar ist: In seiner Gegenwart bin ich Polizistin.

Irrtum!

Diese widersprüchlichen Gedanken, diese Überlegungen, die sie quälten wie Ohrfeigen, ermüdeten sie mehr als der ganze Arbeitstag.

«Also ...», sagte sie, als sie die Tür öffnete und die Treppe hinaufging, «Reiß dich zusammen! Zuerst machst du dich zum Affen, und dann jammerst du, dass er sich nicht mal verabschiedet hat! Das war das erste und letzte Mal, dass du Gras geraucht hast. Selbst wenn die Welt untergeht!»

«Sehr löblich, Caterina!», sagte ihre Nachbarin Signora Cormet darauf, die gerade den Müll herunterbrachte. Caterina schlug sich die Hand vor den Mund. Sie hatte tatsächlich laut mit sich selbst geredet.

Silvana Berguet zufolge musste ihr Mann noch im Büro sein, auch wenn Rocco dahin gehend seine Zweifel hatte. Aber im ersten Stock der Baufirma brannte tatsächlich noch Licht. Rocco stieg aus dem Auto und ging zum Eingang hinüber. Alles war dunkel. Niemand da. Nicht mal ein Nachtportier, nichts. Er nahm den Aufzug und fuhr nach oben.

In dem runden Vorzimmer war nur der Lichtschein, der aus Alessandro Berguets Büro drang, zu sehen. Leise Musik erklang. Rocco klopfte an. Keine Antwort. Er klopfte heftiger. Jemand schaltete Grover Washington junior ab. «Wer ist da?»

«Schiavone, Polizei von Aosta ...» Rocco öffnete die Tür.

Alessandro Berguet saß an seinem Schreibtisch. Im Hemd mit offenem Kragen. Die Krawatte hing über einer Stuhllehne. Das Jackett lag am Boden. Er war allein und rauchte eine Zigarre, die die Luft im Raum verpestet hatte. Draußen zeichneten ein paar beleuchtete Häuser zwischen den fernen Berghängen das Bild einer weihnachtlichen Krippe.

Berguet kniff die Augen zusammen. «Ah, Sie sind es. Ich dachte, es wäre der Nachtwächter.»

«Nein. Ich habe übrigens keinen gesehen.»

«Sicher macht er gerade seine Runde.»

«Aber so, wie ich jetzt hereingekommen bin, könnte jeder hier reinspazieren, oder?»

«Na und? Ich hab doch nichts mehr zu verlieren.» Berguet machte Rocco ein Zeichen, sich auf dem Sofa niederzulassen, auf dem nur wenige Tage zuvor noch Cristiano Cerruti gesessen hatte, Berguets rechte Hand, der ihn verraten und an den Teufel verkauft hatte.

«Sagen Sie ... Eine hässliche Sache, die da bei Ihnen zu Hause passiert ist», meinte Alessandro Berguet.

«Ja. Eine hässliche Sache.»

«Wir haben hier auch nicht gerade viel zu lachen.»

Berguet hielt die dicke Zigarre hoch, betrachtete sie und

drehte sie hin und her. «Nein. Nicht wirklich.» Er drückte die Zigarre auf der Glasplatte seines Schreibtischs aus. «Man hat mir übel mitgespielt.»

«Und was tun Sie jetzt?»

«Ich rauche.»

«Sie könnten auch etwas anderes tun.»

«Zum Beispiel?»

«Zum Beispiel sich um Ihre Tochter kümmern.»

«Ja.» Berguet stand auf. Ging zum Fenster hinüber. Das Hemd hing ihm über der Hose. «Chiara … Der haben sie wahrscheinlich noch übler mitgespielt. Was für ein Versager, stimmt's?»

«Was meinen Sie?»

«Mich. Ich habe als Vater, Unternehmer und Ehemann total versagt.»

Auf dem Tisch stand eine kleine Schachtel mit einer Grußkarte und wartete darauf, in Geschenkpapier eingepackt zu werden.

«Ist Ihnen niemals zum Heulen zumute, Dottor Schiavone?»

«Schon, wie jedem mal. Aber dann gehe ich irgendwann in mich und beschließe, dass es nun gut ist.» Er stand auf. Ging zum Fenster hinüber. «Möchten Sie wissen, was so passiert, während Sie hier drinnen einen auf depressiv machen?»

Alessandro Berguet sah Rocco an. Er weinte nicht, aber seine Lider flatterten.

«Wie ich sehe, machen Sie Geschenke. Wem auch immer … Was ist das da auf dem Tisch? Ein Parfüm?»

Berguet drehte sich um und blickte auf die Schachtel. «Ja, ein Parfüm», bestätigte er.

«‹Carnal flower› … Das ist bestimmt nicht für Ihre Frau.»

«Kümmern Sie sich um Ihren eigenen Scheiß!»

«Kann ich nicht, nachdem die beiden Damen bei Ihnen zu Hause mich noch einmal in die Sache mit hineingezogen haben. Silvana ist völlig am Ende, und das wissen Sie. Ihre Tochter dagegen ist eine Kämpferin. Sie hat mir etwas gegeben … Etwas, was ich morgen in die Hände des Staatsanwalts legen werde.»

«Worum geht es?»

«Um eine Spur. Vielleicht nur eine zarte Spur, und vielleicht führt sie uns nicht weit genug, aber es wird Ihnen sicher helfen. Und Luca Grange und seine üble Bande möglicherweise in Schwierigkeiten bringen.»

Ein Fünkchen Hoffnung leuchtete in Alessandro Berguets Augen auf. «Was hat meine Tochter Ihnen gegeben?»

«Dokumente. Sehr interessante Dokumente.»

«Und wieso hat sie sich damit nicht an mich gewandt?», brüllte Berguet.

«An wen denn? An ihren Vater, der völlig am Ende ist, der keinen Plan mehr hat und seine Zeit mit Nutten verbringt?»

Berguet atmete heftig und sagte nichts.

«Was hätten Sie wohl damit gemacht? Irgendeinen Mist verzapft, denke ich. Chiara dagegen ist ziemlich clever, sehr clever sogar, und hat sie mir gegeben. Und das ist der Grund, warum für Sie und Ihre Familie und vielleicht auch für diese Firma noch ein klein wenig Hoffnung besteht.»

Alessandro Berguet fand sein Lächeln wieder. «Und Sie können mir nicht sagen ...»

«Nein», unterbrach Rocco ihn. «Ich denke, nicht. Je weniger Sie wissen, desto besser ist es. Und wenn Sie einen Rat wollen, diesmal von Mann zu Mann und nicht von mir als Polizist: Gehen Sie nach Hause, und verbringen Sie Zeit mit Ihrer Familie. Sie ahnen ja gar nicht, was für ein Glück Sie haben. Und unterstützen Sie Chiara. Und zwar nicht, indem Sie sich zusaufen oder rumschreien, sondern als Vater.» Rocco ging zur Tür hinüber. In der Mitte des Raums drehte er sich noch einmal um und zeigte auf die Schachtel. «Und schmeißen sie dieses Parfüm weg ... oder schenken es Ihrer Frau. Auch wenn es sicher nicht das Ihre ist, freut sie sich vielleicht. Und natürlich war ich nie hier.»

«Natürlich.» Berguet nickte. «Aber ich, Dottor Schiavone, was soll ich jetzt tun? Meine Anwälte anrufen?»

«Haben Sie es immer noch nicht kapiert? Halten Sie die Füße still. Sie haben mir doch schon mal vertraut, oder? Und das sollten Sie jetzt auch tun.»

Rocco verließ Alessandro Berguets Büro und nahm den Aufzug nach unten. Im Erdgeschoss gingen plötzlich die Lichter an. Ein Mann in der Uniform eines Nachtwächters und mit einer Taschenlampe in der Hand hielt ihn auf. «Wer sind Sie? Was tun Sie hier?»

Rocco würdigte ihn keines Blickes. «Alles okay ... Gute Nacht.» Und damit verließ er das Gebäude.

Er ging sich selbst auf die Nerven. Wieso war er auf einmal so ein Gutmensch? Dieser plötzliche Anflug von Verständnis gegenüber der Familie Berguet? Was waren diese

Menschen für ihn? Nicht mehr als ein gelöster Fall. Leute, die er am liebsten nie wiedergesehen hätte. Und jetzt? Er war sich völlig dämlich vorgekommen, als er wie ein alter weiser Mann auf diesen verzweifelten Trinker eingeredet hatte. Was war nur mit ihm los?

«Du wirst allmählich sentimental, Schiavò», sagte er mit einem Blick in den Rückspiegel, während er den Motor anließ. «Verdammter Frühling!», murrte er und legte den Rückwärtsgang ein.

Lupa schlief am Fuß des Bettes. Rocco dagegen hatte beschlossen, dass es Zeit wurde, mal wieder etwas Anständiges zu lesen. Er lag auf dem Bett, das Buch auf dem Bauch, und lächelte vor sich hin.

«Was liest du da?»

«Carl Hiaasen. Schon mal gehört?»

«Große Tiere ... *Nein, nie gelesen. Wie ist es?»*

«Gar nicht schlecht ... und du?» Marina liegt neben mir. Sie hat den Kopf in die Hand gestützt. «Ich sehe dich an.»

«Und gibt's da etwas Interessantes zu sehen?»

«Vor allem diese Falten um die Augen herum, die du bekommen hast.» Sie streckt den Finger aus, als wolle sie sie berühren. Stattdessen zieht sie ihn wieder zurück wie eine Schnecke, die die Fühler einzieht. «Nimmst du die Wohnung, in der Lupa ihr Revier markiert hat?»

«Natürlich nehme ich die. Ich muss noch das eine oder andere regeln und ein paar Sachen loswerden, dann ziehe ich um. Die Kaution habe ich schon überwiesen.»

«Sechshundertfünfzig im Monat. Mitten im Zentrum. In Rom bekommt man für das Geld nicht mal eine Garage. Nicht schlecht, oder?»

«Wir sind hier in Aosta, das ist was anderes als Rom.»

Sie schnaubt. «Wann lernst du endlich, dein Leben anzunehmen?»

«Warum? Mache ich das nicht?»

«Du tust nur so. Rein oder raus? Entscheide dich endlich! Man kann nicht immer nur halbe Sachen machen.»

Schwachsinn!

«Und sag nicht immer ‹Schwachsinn!›.»

«Ich hab es nicht gesagt, Marì.»

«Richtig, aber du hast es gedacht. Du weißt doch, dass ich deine Gedanken lese.»

Ich sehe sie an. Offenbar muss ich mir eine Lesebrille zulegen, denn ich kann weder Marinas Gesichtszüge noch die Buchseiten klar erkennen. Und ich hab keine Tränen in den Augen.

«Die Sehschärfe lässt nach. Das ist normal. Mit zunehmendem Alter …»

«Du hast immer eine Brille getragen.»

«Moment mal, bei mir ist es Kurzsichtigkeit. Außerdem trage ich Kontaktlinsen. Mit Brille sehe ich aus wie eine Kröte.»

«Mir gefällst du auch mit Brille.»

«Ich habe dir gefallen. Die Grammatik unserer Sprache solltest du respektieren.»

«Mir gefällst du auch mit Brille», insistiere ich. «Setzt du sie gar nicht mehr auf?»

Marina legt sich auf den Rücken und blickt an die Decke. «Sie bringt nichts mehr. Ich brauche keine Brille mehr, Rocco.» Wenn sie meinen Namen auf diese Weise ausspricht, mit diesem Nachdruck, dieser besonderen Klangfarbe, dreht sich mir immer der Magen um. «Was ist?»

«In die neue Wohnung komme ich nicht mit.»

Irgendetwas bleibt mir im Halse stecken, ohne dass ich zu Abend gegessen hätte. «Was willst du damit sagen?»

«Ich komme nicht mit. Ich komme nicht mehr. Vielleicht, wenn du eines Tages nach Rom zurückkehrst, falls du zurückkehrst, warte ich dort auf dich. Aber hier gibt es nichts mehr für mich zu tun.»

«Nichts mehr für dich zu tun? Du musst bei mir bleiben!»

Sie fährt sich mit der Hand über die Stirn. Eine Hand so weiß wie Schnee und so zart wie Blütenstaub. «Ich bin müde, Rocco. Glaubst du mir, wenn ich dir sage, dass ich nicht mehr kann?» Sie dreht den Kopf. Ihre Halsmuskeln strecken sich. Sie blinzelt. «Und du kannst auch nicht mehr, mein Liebster.»

Ich knirsche mit den Zähnen. Zwei-, dreimal. «Was meinst du damit, dass ich nicht mehr kann? Ich kann sehr wohl noch … ich.»

«Nein. Du kannst nicht mehr!» Sie streckt die Hand aus. Will mich streicheln. Ich schließe die Augen. Diesmal spüre ich sie! Spüre ich ihre Hand auf meiner Wange. Spüre ich ihre Haut, ihre Wärme, ihre Venen und ihr Blut, das schnell durch ihre Adern fließt. Sie ist hier. Sie ist wieder hier bei mir. Für immer.

«Ciao, Rocco … *Gute Nacht.*»

Ich kneife die Augen zusammen. Ich will nicht, dass sie mich weinen sieht. Nicht jetzt. Das hat sie nicht verdient. Ich will ihre Hand nehmen. Aber ich berühre nur meine Wange. Spüre meinen Bart. Ich öffne die Augen. Sie ist nicht da. Sie ist nicht mehr da.

Marina? Sag doch was, mein Engel.

DIENSTAG

Paoletto Buglionis Dienst endete um halb fünf Uhr morgens. Als er in seinen Smart stieg, hätte jeder, der ihm dabei zusah, gewettet, dass dieser Hüne die Tür nicht zukriegen würde. Vom Lungotevere aus fuhr er durch das Testaccio-Viertel und dann durch Ostiense. Am Ponte Marconi bog er links ab in die Via Cristoforo Colombo. Um diese Zeit saßen die Menschen, die zur Arbeit mussten, beim Frühstück, und ein paar vereinzelte Nachtschwärmer kehrten gerade nach Hause zurück. Buglioni gähnte und drehte das Radio so laut wie möglich. Das half ihm dabei, wach zu bleiben. Er ließ die A90 hinter sich und erreichte die Gabelung an den drei Pinien. Dort hielt er sich rechts und fuhr eine Straße entlang, die noch fünfzehn Jahre zuvor nur ein Feldweg gewesen war. Schließlich ging es links einen steilen Berg hinauf, der direkt zu dem Viertel führte, in dem er wohnte: Vitina. Eine Ansammlung von Häusern, die Hälfte davon Einfamilien- und Mehrfamilienhäuser, die in den siebziger Jahren ohne Baugenehmigung errichtet worden waren. Das Ganze war von einem Geflecht an Einbahnstraßen durchzogen. Paoletto Buglioni parkte wie üblich auf einem Behindertenparkplatz. In diesem Viertel hätte niemand, nicht mal ein Polizist, es gewagt, ihm dies zu untersagen. Er stieg aus dem Wagen, schloss die Haustür auf und ging die Treppe hinauf in seine Wohnung mit der Nummer 3. Beim Hereinkommen machte er das Licht an, hängte seine Jacke an die Garderobe und betrat das Wohnzimmer. Wo zwei Männer gemütlich auf dem Sofa saßen.

«Verdammt, was ...?»

«Ciao, Paolè», sagte Brizio. «Erinnerst du dich? Das ist Sebastiano.»

Buglioni gewann schnell seine Fassung zurück. «Natürlich erinnere ich mich. Und warum seid ihr hier in meiner Wohnung?»

«Weil deine Einbruchsicherung für'n Arsch ist», entgegnete Sebastiano ernst.

«Ich bin müde und will ins Bett, also sagt mir gleich, was ihr wollt, und verpisst euch wieder.»

«Natürlich sagen wir dir das gleich, oder, Seba?»

Sebastiano stand auf. Er war genauso groß wie Buglioni und blickte ihm ruhig in die Augen. «Die Sache mit der Bank in Cinecittà vor drei Jahren mit Pasquale ... Der andere warst du.»

«Ich? Wie kommst du denn da drauf?»

«Hör zu, das war keine Frage», fuhr Sebastiano fort. «Das ist eine bestätigte Tatsache. Wir haben es von Mao Zedong.»

«Guan Zhen», korrigierte Brizio vom Sofa aus. «Der führt einen kleinen Laden in der Via Conte Verde, der der Familie seines leider verschiedenen Freundes Pasquale gehört.»

«Guan? Wer soll das sein?»

«Jedenfalls weiß er, dass du es gewesen bist. Du hast geschossen und den armen Rentner umgebracht.»

Buglioni fasste sich an die Nase. «Ich sag dir jetzt mal was, Brizio. Ich hab keinen Schimmer, wovon ihr da redet, verdammt nochmal! Es ist nach fünf, ich hab eine lange Nacht hinter mir, und deshalb geh ich jetzt ins Bett. Im Kühlschrank findet ihr Bier und Milch für ein Frühstück oder einen Schlummertrunk, ganz wie ihr mögt. Und zieht die Tür hinter euch zu, wenn ihr geht. Selbst wenn meine Alarmanlage eurer Meinung nach für'n Arsch ist, fühle ich mich doch sicherer, wenn die Tür geschlossen ist.» Um seinen Worten Taten folgen zu lassen, zog Paoletto Buglioni sich die Jacke aus und stand im weißen T-Shirt vor ihnen. Unter dem Baumwollstoff wölbten sich seine beeindruckenden Muskeln.

«Uns interessiert einen Scheiß, dass du einen umgebracht hast. Wir wollen nur wissen, was mit der Pistole ist, die du benutzt hast.»

«Verdammt nochmal!», meinte Buglioni und verdrehte die Augen. «Ich hab überhaupt nichts damit zu tun!»

«Wem hast du sie gegeben?», insistierte Sebastiano. «Deinem Bruder?»

«Meinem Bruder?»

«Flavio, diesem Schwachkopf? Hast du sie ihm gegeben?»

Buglioni trat bis auf ein paar Zentimeter an Sebastiano heran, ohne im mindesten eingeschüchtert zu sein. «Was zum Teufel hat mein Bruder damit zu tun? Flavio wohnt mit unser fünfundachtzigjährigen Mutter zusammen.»

Die beiden Hünen wirkten wir zwei Mufflons, die aufeinander losgingen, um sich gegenseitig auf die Hörner zu nehmen. Auf der einen Seite fitnessgestärkte Muskeln, auf der anderen Seite aufgestaute Wut. Brizio versuchte zu verhindern, dass sie etwas taten, was sie nachher bereuen könnten. «Paolè, wie ich dir gesagt habe: Wir wollen weder dich noch deinen Bruder, aber die Pistole, die du damals benutzt hast.»

Buglioni starrte Sebastiano weiterhin in die Augen und fletschte die Zähne. «Ich hab dir doch schon gesagt, dass ich nichts davon weiß. Einen Scheiß weiß ich!»

«Weißt du, was dein Problem ist?», fragte Seba ruhig.

«Nein. Was?»

«Wenn du jemandem so dicht gegenüberstehst, solltest du zwei Dinge beachten. Erstens: Du solltest dir die Zähne putzen. Und zweitens solltest du nie so gerade stehen, sondern immer leicht gebeugt. Immer gebeugt. Immer ...» Und mit einer blitzschnellen Geste griff er nach Buglionis Hoden, bis der vor Schmerz aufschrie. Seba drückte so fest zu, dass der riesige Türsteher langsam in die Knie ging. Sebas Hand war eine Schraubzwinge mit geschwollenen Adern und vor Anstrengung geröteter Haut. Brizio war sitzen geblieben und sah dem Schauspiel seelenruhig zu. Buglioni brüllte noch immer: «Lass mich! Hör auf!» Doch erst als Buglionis Gesicht blau anlief, lockerte der Marsische Braunbär den Griff. Der Türsteher blieb mit angezogenen Knien und schmerzverzerrtem Gesicht am Boden liegen und legte beide Hände schützend über sein Gemächt. Er wälzte sich über den Teppich des kleinen Wohnzimmers und stieß die schlimmsten Flüche aus. Langsam ließ sich Seba auf ihm nieder und klemmte mit seinen Knien Buglionis Hände ein. «Die Pistole», sagte Sebastiano mit ruhiger Stimme. «Wem hast du sie gegeben?» Begleitend zu seiner Frage brachte er seine Faust in Position, um sie mit eisenharter Wucht in Buglionis Gesicht zu rammen. «Meinem … meinem Bruder … Flavio. Ich hab sie ihm gegeben.»

Seba nickte. Erhob sich. Wischte sich auf Kniehöhe die Hose ab. «Wenn ich rauskriege, dass du ihn angerufen hast, kommen wir wieder. Und dann warten wir nicht auf dem Sofa auf dich.»

«Er will damit sagen», erklärte Brizio und stand auf, «wenn wir nochmal wiederkommen müssen, hat dein letztes Stündchen geschlagen. Ciao, Paoletto.» Er kletterte über den am Boden Liegenden und ging zur Tür hinüber. Sebastiano warf einen letzten Blick auf den lädierten Türsteher zu seinen Füßen und folgte seinem Freund.

«Wenn Ihr Hund den Teppich so sehr mag, kann er ihn geschenkt haben.» Staatsanwalt Baldi hatte sich über den Schreibtisch gebeugt, um zuzusehen, mit welcher Hingabe Lupa dem falschen Perser zu Leibe rückte.

«Lupa!»

Der Hund hörte auf, an dem Teppich zu kauen, und legte mit schuldbewusstem Blick die Schnauze auf den Boden. «Haben Sie Nachsicht mit ihr.»

«Also, diese Dokumente?»

Rocco gab ihm den Stapel Papier, den Chiara Berguet ihm anvertraut hatte. «Hier. Ziemlich interessantes Zeug.»

«Und wie kommt es in Ihren Besitz?» Baldi nahm den Stapel entgegen und begann zu lesen.

«Max, der Sohn der Turrinis, hat all das fotokopiert und Chiara gegeben. Er hat die Intelligenz zwar nicht gerade mit Löffeln gefressen, aber dass bei ihm zu Hause etwas faul ist, hat er wohl instinktiv begriffen, und es geht ihm gegen den Strich.»

Ein strahlendes Lächeln erhellte Baldis Gesicht. «Das ist äußerst interessantes Material ... Ah!», rief er plötzlich aus und wies mit dem Finger auf ein leicht zerknittertes Blatt Papier.

«Was ist?», fragte Rocco irritiert. Und auch Lupa hatte die Ohren gespitzt.

«Nichts. Ich hab's gewusst!» Baldi sprang auf. Und setzte sich gleich wieder hin. Die Aufregung hatte seinen ganzen Körper erfasst. «Das können wir so was von gut gebrauchen! Wahnsinn!» Er sah Rocco an. «Dass die Turrinis mit Luca Grange unter einer Decke stecken, wissen wir schon seit einer ganzen Weile. Wer außer Chiara, Ihnen und mir hat diese Unterlagen gesehen?»

«Chiara, Sie und ich. Und Max, der aber, wie gesagt, nichts damit anfangen konnte. Im Übrigen habe ich Chiara versprochen, sie und Max da rauszuhalten, also muss die Quelle bitte unter uns bleiben.»

Baldi nickte und las weiter. «Sechs Firmen in der Schweiz ... Die kenne ich, die auch ...» Der Staatsanwalt war so begeistert wie ein Kind beim Tausch von Sammelbildchen. «Die hab ich ... die hab ich ... ah! Die hat noch gefehlt! Die Firma Viber! Großartig! Großartig! Großartig!

Schiavone, das Zeug ist Gold wert! Ein Geschenk des Himmels und extrem wichtig!» Er legte die Dokumente auf den Schreibtisch. «Was soll ich Ihnen sagen? Danke!»

«Gern geschehen. Da wäre noch etwas anderes ... Einer meiner Agenti ist bei der Überwachung Cremonesis einem Carabiniere begegnet.»

«Ich weiß. Wir wissen alles und sind dran an der Sache.»

«Wer ist ‹wir›?»

«Das wissen Sie doch. Sie haben ihn letztens in meinem Büro gesehen. Stellen Sie mir nicht solche Fragen, sagen Sie mir lieber ... Die Sache im Gefängnis?»

«Ist gelöst.»

Baldi klatschte in die Hände und rieb sie sich dann. «Was ist denn heute los? Haben wir Weihnachten? Sie wissen, wer Cuntrera umgebracht hat?»

«Ja. Aber ich weiß nicht, wer der Auftraggeber war. Oder besser gesagt, ich habe einen Verdacht ... Aber mir fehlen noch zwei Mosaiksteinchen, um die Sache abzuschließen.»

«Mit dem heutigen Tag haben Sie Monate der Aufsässigkeit und des mangelnden Respekts gegenüber der Gerichtsbarkeit wiederaufgewogen! Wie kann ich Ihnen weiterhelfen?»

«Gar nicht. Im Moment liegt der Ball bei mir. Mir fehlt ein Detail.» Rocco ließ einen Zeigefinger vor seinem Gesicht kreisen, als ob er eine imaginäre Windmühle in Gang bringen wollte. «Dieses Detail ist da, es ist in meinem Kopf und dreht dort wieder und wieder und wieder seine Runden, aber so schnell, dass ich es nicht greifen kann!»

D'Intino und Deruta hatten mehrere Dutzend weitere Gästelisten der Nacht vom 9. auf den 10. Mai aus diversen Hotels und Motels angehäuft, wie Rocco es ihnen aufgetragen hatte. Der Eifer, den sie dabei an den Tag gelegt hatten, war rührend. Dazu waren sie noch auf eine wundersame Idee gekommen, wie sie – zumindest in ihrer blühenden Phantasie – ihrem Chef die Arbeit erleichtern konnten: Sie hatten alle Frauennamen rosa und die Männer himmelblau markiert. Bisher hatte Rocco noch nicht herausgefunden, was die grünen und gelben Markierungen sagen sollten, aber er nahm sich vor, die beiden bei nächster Gelegenheit danach zu fragen. Im Moment waren nur Scipioni und Italo in seinem Büro. Rocco schloss die Schublade auf. Die Ruger war noch da, genau wie die vier bereits fertigen Joints. Aber dies war nicht der richtige Moment dafür. Er suchte nach den Fotos, die Scipioni am Fenster des Restaurants gemacht hatte. «Wo sind sie?»

«Ich habe sie in die mittlere Schublade gelegt. An die abgeschlossene Schublade geh ich nicht dran, wie du weißt!», antwortete Scipioni.

«Und du tust gut daran!»

Rocco nahm die Fotos heraus. Vier Personen, die an einem Tisch saßen. Er identifizierte sofort Walter Cremonesi und Amelia. Die anderen beiden, die mit dem Rücken zur Kamera gesessen hatten, waren nicht zu erkennen.

«Wer sind die zwei?» Er warf Scipioni das Foto zu.

«Keine Ahnung. Die hab ich noch nie gesehen. Einer hat blaue Augen ...»

«Sieht aus wie ein Husky?»

Antonio dachte nach. «So ein Schlittenhund? Ja, ich würde sagen, ja.»

«Dann ist das Luca Grange. Und der andere?»

«Ein kleiner Mann, ziemlich grobschlächtiger Typ.»

«Voller Falten?»

«Ja … voller Falten, und er geht so.» Scipioni versuchte seine Schenkel so zu verbiegen, dass sie aussahen wie zwei Halbmonde. «Okay, ich krieg's nicht richtig hin, aber insgesamt …»

«So ein Fußballertyp?», fragte Italo.

«Hm, einer, der früher mal Fußball gespielt hat … zur Zeit von Mazzola, denn er ist mindestens siebzig Jahre alt.»

Rocco sah Scipioni ernst an. «Hast du dich gerade ironisch über Sandro Mazzola geäußert?»

«Ich? Nein, warum?»

«Weil Sandro Mazzola derjenige ist, der in diesem Land am ehesten den perfekten Fußball verkörpert. Hämmer dir diesen Satz ins Hirn ein, schreib ihn in deinem Schlafzimmer an die Wand, kauf dir ein Poster dieses Meisters, und himmle es jeden Tag an.»

«Aber der hat doch bei Inter gespielt», wandte Italo ein, «und nie für Rom!»

«Dummkopf! Wenn es um einen solchen Könner geht, ist das Trikot völlig unerheblich. Er gehört der ganzen Menschheit, kapiert?» Rocco sah sich noch einmal das Foto an. «Was will er mit dem Groom in dem Restaurant? Eurer Meinung nach?»

«Was ist ein Groom? Eine valdostanische Spezialität?», fragte Scipioni aufrichtig interessiert.

«Nein. Sag du es ihm, Italo.»

«Ein Groom? Das ist so ein Dings … das solche Dinger hat, stimmt's?» Mit den Händen zeichnete Italo eine Art Kreis in die Luft.

Rocco verdrehte die Augen. «Ihr armen Ahnungslosen. Groom, Jockey, Rennreiter und in unserem Fall … Stallbursche. Also, ich sag es nochmal anders: Warum gehen zwei Unternehmer und ein Callgirl mit einem Stallburschen zum Abendessen aus?»

«Ein Callgirl?»

«Ja, Italo. Amelia ist genau das. Also?»

«Ich weiß nicht. Vielleicht wollten sie über Pferde reden?»

«Oder dieser Typ kümmert sich nicht nur um den Stall …»

In einem guten Zustand, vielleicht frisch gewaschen und poliert, ohne den demolierten Rückspiegel, den Riss in der Windschutzscheibe und die kaputten Rücklichter wäre der Fiat Multipla, der seit zwei Tagen neben dem Busbahnhof parkte, der Verkehrspolizei von Pescara vermutlich nicht aufgefallen. Eine solche Schrottkarre war hingegen nicht unbemerkt geblieben, und so erreichte die Nachricht, dass Corrado Pizzutis Wagen gefunden worden war, schließlich auch die Polizeiwache von Francavilla al Mare in der Provinz Chieti. Und damit hatte die Sache eine äußerst unschöne Wendung genommen. Sämtliche Trostworte, mit denen Ciro und Luca Tatiana beruhigen wollten, waren genau wie Barbaras Umarmungen umsonst. Allen war klar, dass der so aufgefundene Wagen ein Zeichen dafür war, dass sich etwas Tragisches, Düsteres und Schreckliches ereignet hatte.

«Warum hat er ihn nur dort stehen lassen?», fragte Tatiana immer wieder, auf das Geländer des Landungsstegs gestützt, der aufs Meer hinausführte. Der Wind spielte mit ihrem Haar und trocknete ihre Tränen. Sie hatte die Bar geschlossen und versuchte in Begleitung von Barbara, ihre Gedanken zu ordnen.

«Dass er das Auto am Busbahnhof abgestellt hat, könnte bedeuten, dass er einen der Busse genommen hat, oder? Oder was sonst?»

«Es könnte auch sein …», meinte Barbara zögernd, jedoch weniger aus Überzeugung, als um Tatiana zu beruhigen, «… dass jemand das Auto gestohlen und dann dort abgestellt hat, um nach Hause zurückzukehren.»

«Und warum sollte er den Wagen dann gestohlen haben?», fragte Tatiana, in der ein Fünkchen Hoffnung aufkeimte.

«Vielleicht war es irgendein Dummkopf, der nach Pescara wollte, die Rostlaube gesehen und einfach genommen hat. Es wäre typisch für Corrado, dass er … Ich meine, den Schlüssel stecken zu lassen.»

«Und warum sollte jemand, der genauso gut den Bus nehmen könnte, in dem nie ein Kontrolleur kommt und der ihn in weniger als einer halben Stunde nach Pescara bringt, riskieren, für Autodiebstahl ins Gefängnis zu kommen?»

«Und wenn er vorher schon mit dem Wagen unterwegs

gewesen ist? Wenn er damit einen Raubüberfall begangen hat?»

«Mit einem so ollen Multipla?»

Barbara betete, dass es eine andere Erklärung gab. Irgendeine, nur nicht die, die sie und Tatiana von Anfang an befürchtet hatten. Sie spielte eine letzte Karte aus. «Hör mal, und wenn er verschwinden wollte? Vielleicht hat er in Rom irgendwas angestellt, was er niemandem sagen konnte. Erinnerst du dich, wie nervös und nachdenklich er in den letzten Tagen war?»

Tatiana sah auf. «Und warum hat er dann nicht das Auto genommen?»

«Um nicht gefunden zu werden. Und er hat sein Handy weggeworfen. Um keine Spuren zu hinterlassen. Weißt du, was wir machen? Wir gehen zur Bank und fragen, ob er in den letzten Tagen zufällig einen größeren Geldbetrag abgehoben hat. Und wenn das tatsächlich der Fall ist, haben wir die Lösung des Rätsels gefunden, meine Liebe! Dann hat Corrado zwar ein echtes Problem, aber er ist irgendwo und versucht es zu lösen. Und er wird meiner Meinung nach bald etwas von sich hören lassen.»

Barbara wusste selbst nicht, wie es ihr gelungen war, Tatiana so weit aufzubauen, dass sie nun wieder lächelte. Das Fünkchen Hoffnung war größer geworden. Barbara dankte Simenon, le Carré und P.D. James und begleitete ihre Freundin zur Cassa di Risparmio. Wenn der Kassierer ihre Vermutung bestätigte, würde das ein anderes Licht auf die Sache werfen und ihnen Corrado Pizzuti lebend zurückbringen.

Durchs Fenster strömte ein Duft nach Wiesenblumen herein, der tatsächlich intensiver war als der Gestank nach Autoabgasen. Den ganzen Winter über hatte es nach verbranntem Kaminholz gerochen. Und nach dem Harz der Wälder. Auch der Schnee hatte sicher irgendeinen Geruch. Rocco hatte ihn bisher noch nicht einordnen können, weil er vollauf damit beschäftigt gewesen war, die eisige Schneedecke zu verfluchen, die ihm ein Paar Schuhe nach dem anderen zerstörte. Erst jetzt, nachdem diese Bedrohung nicht mehr vorhanden war, versuchte er sich an einer Definition. Aber ohne Erfolg. Schließlich schien ihm nur eine Lösung sinnvoll: Newtons Farbenlehre, nach der sich weißes Licht aus allen Spektralfarben zusammensetzt, auch auf den Duft des Schnees anzuwenden: Er vereinigte sämtliche Düfte auf sich, um sie dann in seiner Reinheit zu neutralisieren. Dabei hatte ihm schon mal jemand diesen Geruch erklärt. Ein Schreiner in der Gemeinde Valtournenche. Warum auch immer er das getan hatte. Vielleicht, weil Rocco ihm in seinem Lodenmantel und den durchnässten Schuhen bemitleidenswert vorgekommen war. Der Mann hatte eine Handvoll Schnee genommen, ihn zusammengedrückt und an die Nase gehalten. «Es gibt Leute, die sagen, dass er nach Wald riecht», hatte er gesagt. «Oder nach Rosenduft. Für mich riecht Schnee nach Sahne.» Dann hatte der Schreiner ihm den Schnee unter die Nase gehalten, um ihn daran schnuppern zu lassen. Doch er hatte nur den intensiven Geruch in der Nase gehabt, der von den Händen des Mannes ausging: Holz, gemischt mit Leim und feuchtem Sägemehl. Wobei der Mann das durchaus ernst gemeint hatte.

Für ihn roch der Schnee nach Sahne. Rocco lächelte, als er daran dachte, dass er sogar Marinas Duft roch, wenn sie bei ihm war. Sahne und Piniennadeln, Marina. Letztendlich roch jeder die Düfte, die ihm die liebsten waren.

Er kehrte wieder an den Schreibtisch zurück. Griff nach seinem Handy und wählte Amelias Nummer, die er auf der Webseite des Escort-Service gefunden hatte. Nach dem zweiten Klingeln meldete sich eine warme, anschmiegsame Frauenstimme. «Ciao», sagte sie. «Wer bist du?»

An einen Namen hatte er nicht gedacht. «Ein Freund.»

«Und was will dieser Freund von mir?»

«Er möchte vorbeikommen und dich kennenlernen.»

«Wann, mein Lieber?»

«Wie wär's mit sofort?»

«Oh, oh!», die Frau lachte. «Ein Notfall.»

«Ja.»

«Und willst du mich bei mir oder bei dir treffen?»

«Bei dir. Ich hab hier kein Zuhause.»

«Dann bist du nicht von hier?»

«Ansonsten wäre ich ja ein Obdachloser, oder? Und ich kann mir kaum vorstellen, dass ein Obdachloser sich das mit dir leisten kann ... Amelia.»

«Sehr sympathisch.»

«Hör mal, die Fotos im Internet ...»

«Ja?»

«Bist das wirklich du? Nicht dass ich, wenn ich zu dir komme, eine Überraschung vorfinde.»

«Mein Lieber, du hast es mit einem Profi zu tun!», sagte sie mit gespielter Strenge. «Ich bin hundertprozentig ich.

Nur mein Gesicht ist nicht zu sehen. Das ist denen vorbehalten, die … Du verstehst schon.»

«Sicher verstehe ich. Könnte ich dann die Adresse wissen?»

«Hast du was zu schreiben?»

«Ich bebe vor Erwartung …»

«Du fährst die Straße nach Arpuilles rauf … Gleich am Ortseingang, das dritte Haus links. Das rote. Wie lange brauchst du bis dahin? Bist du in der Stadt?»

«Ja. Ich fahr gleich los … Sagen wir in einer Viertelstunde?»

«Ich erwarte dich.» Nun klang die Stimme kühl und professionell wie die am Ende eines Fernsehspots für irgendein Medikament. Schnell sagte sie noch: «Ich nehme nur Bargeld. Keine Kredit- oder EC-Karten oder Schecks, und es wird im Voraus bezahlt.»

«Studentenrabatt?»

Klick. Ende des Telefonats.

Sebastiano und Brizio besuchten Flavio Buglioni, der im Ostiense-Viertel wohnte, hatten jedoch nur dessen Mutter angetroffen. Eine fünfundachtzigjährige Frau, die nicht mal das Hupen der Autos an der Ampel vor dem Haus hörte.

«Signora!», brüllte Brizio, während die Frau ihm mit einem einfältigen Lächeln auf dem Gesicht zuhörte. «Wir sind auf der Suche nach Flavio. Flavio, verstanden?»

«Flavio ist mein Sohn», sagte die Mutter stolz. «Wollt ihr einen Kaffee?»

«Nein, wir wollen keinen Kaffee. Wir wollen Flavio.»

«Flavio ist mein Sohn.»

«Herrgott im Himmel!», mischte sich Sebastiano ein. «Wir haben's kapiert. Wir wissen, dass Flavio Ihr Sohn ist, aber wo steckt er?»

Die Frau machte deutlich, dass sie ihn nicht verstanden hatte. Sebastiano wiederholte den Satz, wobei er jedes Wort mit erklärenden Gesten begleitete. «Flavio ...», sagte er und zeigte auf das Foto vom Marmortischchen am Eingang und dann auf die Alte. «... Ihr Sohn ... jetzt ...?» Er tippte mit dem Finger auf die Zeiger und bewegte die Hand rauf und runter. «Wo?»

«Ich weiß nicht, wie spät es ist. Du hast da doch eine Uhr, mein Junge.» Sebastiano schloss verzweifelt die Augen. Nun versuchte Brizio es erneut: «Signora, können Sie lesen?» Er zeigte auf ihre Augen. «Ich meine, sehen Sie noch genug?»

Flavios Mutter zuckte mit den Schultern. Brizio steckte eine Hand in die Tasche und zog einen alten Kassenbon heraus. Dann nahm er einen Stift und schrieb: *Wo ist Flavio?* Er gab den Zettel der Alten, die ihn möglichst weit weg von ihren Augen hielt, um ihn zu entziffern. «Ah!» Sie lächelte. «Ihr wollt wissen, wo Flavio ist?»

Beinahe hätte Seba sie umarmt.

«Pfft. Er ist seit drei Tagen weg.»

Der mit lauter Stimme geführte Dialog begann den Stimmbändern der beiden Freunde zuzusetzen. Daher beschloss Brizio, bei der Kommunikationsstrategie zu bleiben, die sich als erfolgreich erwiesen hatte. Er nahm ein anderes Stück Papier und schrieb: *Wo ist er hin?*

Die Frau las auch das. «Nein, mein Junge, ich weiß es nicht», brüllte sie. «Vielleicht zu seinem Bruder. Oder zu irgendeinem Freund.»

Brizio schrieb: *Hatte er Gepäck dabei?*

«Uff! Hab ich nicht gesehen. Er ist gegangen, als ich einkaufen war. Wollt ihr wirklich keinen Kaffee?»

«Nein, danke», schrie Sebastiano.

Brizio hatte keine Zettel mehr. «Seba, hast du ein Stück Papier?»

Sebastiano zog die Quittung einer Autowerkstatt aus seiner Jacke. Brizio schrieb, wobei ihm die Alte aufmerksam zusah: *Haben Sie die Handynummer Ihres Sohnes?*

Die Frau brauchte eine Weile, um die Frage zu lesen. «Du liebe Güte! Ich hab nicht mal ein Telefon im Haus. Mit diesen Mistdingern will ich nichts zu tun haben! Flavio hat eins, aber weiß der Kuckuck, welche Nummer das hat!»

Völlig erschöpft gaben sie auf. Die letzte Nachricht, die Brizio schrieb, war: *Auf Wiedersehen, Signora!*

«Und wenn er wiederkommt, was soll ich dann sagen, wer ihn gesucht hat?»

Diesmal antwortete Sebastiano: «Gino Bramieri und Corrado.»

Die Frau lächelte, nickte zum Dank und begleitete die beiden zum Treppenabsatz.

«Leck mich am Arsch!», brüllte Sebastiano grinsend.

«Danke. Ebenso und auch an die Familie.» Flavios Mutter schloss leise die Tür.

«Die hört wirklich nichts», murmelte Seba. Sie gingen die an vielen Stellen ausgebesserte, verdreckte Treppe hinunter. «Paoletto kann ihn nicht gewarnt haben. Wenn er vor drei Tagen schon weg ist, kann er es nicht gewesen sein.»

«Vielleicht», meinte Brizio. «Aber vielleicht doch. Vergiss nicht, dass Rocco und ich Paoletto schon letzten Mittwoch von der Pistole erzählt haben. Vielleicht hat er Flavio da schon gewarnt, und der ist vorsichtshalber gleich von der Bildfläche verschwunden.»

Sie traten auf die Straße und wurden von dem Gestank der Abgase und dem Lärm der Autos empfangen. «Sollen wir nochmal zu Paoletto gehen?», schrie Sebastiano erneut, um den Lärm auf der Kreuzung zu übertönen.

«Nein. Warten wir erst mal ab, was Rocco zu sagen hat. Wenn wir in ein, zwei Tagen noch nichts gehört haben, statten wir Paoletto noch einen Besuch ab …»

Seba nickte. Sie kehrten schweigend und mit rauer Kehle zum Auto zurück.

Das dritte Haus links. Da war es, ein einstöckiges rotes Gebäude. Rocco parkte den Wagen. Er wandte sich um. Lupa hatte sich mit einem Gummitier zwischen den Pfoten auf dem Rücksitz zusammengerollt. «Friss das, und beiß nicht ins Lenkrad oder den Schaltknüppel. Das ist ein Volvo, und die Ersatzteile kosten ein Vermögen. Schön ruhig bleiben, ja?» Er öffnete das Fenster einen Spaltbreit, damit der Wagen belüftet wurde. Das Haus hatte einen kleinen gepflegten Garten, der von einem weißen Holzzaun umgeben war. Ein angenehmer Ort, schön sonnig im Grünen gelegen und absolut ruhig. Die ersten Rosen schauten hervor, und der schmiedeeiserne Bogen über dem Gartentor war mit anderen, gelben Blumen betupft. An der Klingel stand kein Name. Nur zwei Buchstaben: A. A. Rocco drückte auf die Klingel. Der elektrische Schließmechanismus summte, und das Tor sprang auf. Über einen kleinen Steinweg gelangte man zur Haustür. Dort klingelte Rocco noch einmal. Wenige Sekunden später öffnete Amelia die Tür. Als sie Rocco sah, war ihr keinerlei Überraschung anzumerken. Sie lächelte. «Siehst du, ich hatte recht! Du warst doch an meiner Nummer interessiert!»

Rocco trat ein.

Ein modernes Haus mit offenem Kamin, einem Chesterfield-Sofa und vielen Bildern an den Wänden. Es reichte ein Blick, um sie einzuordnen: Berglandschaften, die nicht der Rede wert waren. Amelia trug ein äußerst eng sitzendes graues Kostüm, dessen Rock knapp über dem Knie endete. «Ich habe deine Stimme am Telefon wiedererkannt», sagte sie und küsste ihn auf die Wange.

Tuberose, im Übermaß.

«Ach ja?»

«Ja. Möchtest du etwas trinken?» Mit einer Geste lud sie ihn ein, auf dem Sofa Platz zu nehmen.

«Nein, danke.»

«Das erste Mal?», fragte sie.

«Bitte?»

«Dass du eine solche Verabredung hast?»

«Nein.»

«Wie hast du mich gefunden?»

«So wie die Biene von Blüte zu Blüte fliegt. Du hinterlässt deine Spuren», sagte er. Amelia lächelte und setzte sich. «Hast du irgendwelche Vorlieben?»

«Bezieht sich die Frage auf die Leistung, die du erbringst?»

«Genau.»

«Was hat das Haus denn zu bieten?»

«Doppelpenetration? Stehst du auf Bondage? Bist du Masochist? Oder Sadist? Magst du Golden Shower? Soll ich mich irgendwie verkleiden?»

Rocco kratzte sich im Nacken. «Ist einfach ficken nicht originell genug?»

«Keineswegs. Ich würde sagen, das lässt sich machen. Soll ich irgendwas Bestimmtes anziehen?»

«Normalerweise bin ich dabei gar nicht angezogen. Weder ich noch meine Partnerin.»

Amelia lächelte. «Ja, aber vielleicht hast du irgendeinen Fetisch. Strümpfe, Corsage, Schuhe, BH?»

«Nein. So wie du geboren bist. Ist das pervers?»

«Keine Ahnung … Wohl eher nicht», antwortete Amelia und stand auf. «Nur, weil ich normalerweise alles Mögliche auffahren muss. Gestern Abend wollte ein Freier, dass ich mich als Polizistin verkleide. Ich musste ihm Handschellen anlegen.»

«Na und? Das mach ich dauernd», sagte er mit leicht drohendem Unterton, den Amelia jedoch nicht wahrzunehmen schien.

«Also, kommen wir erst mal dazu. Darf ich …?» Sie streckte die Hand aus. Rocco verstand. Nahm seine Brieftasche heraus und zählte vier Hunderter ab, die er Amelia übergab. «Und die Quittung?», fragte Rocco.

Amelia lächelte, verließ das Wohnzimmer und verschwand hinter einer Tür. «Ich bin gleich wieder da.»

Er hatte nur wenige Sekunden.

Rocco stand auf und stürzte zu der Tasche hinüber, die er beim Eintreten gesehen hatte. Doch darin waren nur Make-up und ein Kamm. Kein Portemonnaie. Er öffnete die Kommodenschublade. Zwei Schlüsselbunde und silberfarbenes Geschenkband. Rocco verließ den Eingangsbereich und wandte sich der Kochnische zu. Dort durchsuchte er alle Schubladen: leer. Genau wie die Schränke. Er sah sich um. Es gab noch zwei weitere Möbelstücke. Das eine neben dem Sofa, das andere neben dem Kamin. Aber auch darin fand er nur Staubflusen und eine Büroklammer aus Metall.

Dieses Haus war nicht bewohnt. Blieb noch der Briefkasten draußen, aber dafür war keine Zeit mehr. Amelia, die einen durchsichtigen Morgenrock trug, rief ihn zu sich. «Ich bin fertig.»

Ich nicht, dachte Rocco.

«Willst du vorher noch duschen?»

«Stinke ich?»

«Nein. Vielleicht beginnen wir mit einem schönen Bad und dann ... sehen wir weiter.»

«Das scheint mir eine ausgezeichnete Idee», log er. Aber das verschaffte ihm noch ein wenig Zeit.

«Dann lass ich mal Wasser einlaufen.» Sie verschwand erneut hinter der Tür. Rocco sprintete los. Dann öffnete er langsam die Haustür und lehnte sie an. Er ging zum Briefkasten hinüber, der zum Glück kein Schloss hatte. Werbung, Werbung und nochmals Werbung. Nichts, weder eine Rechnung noch sonst ein Brief. Er ging wieder ins Haus, schloss die Tür und entschied, sich noch ein wenig umzusehen.

Er hörte, wie das Wasser in die Badewanne lief. Die nächst liegende Tür führte in ein rosafarbenes Schlafzimmer. Neben dem Bett standen nur zwei Nachttische im Raum, kein Schrank. Auch die Nachttische waren leer. Der nächste Raum war eine Art Arbeitszimmer voller Fotos von einer Indienreise und Schreibtischschubladen ohne Inhalt. Die dritte Tür führte ins Bad. Auf dem Badewannenrand sitzend, fühlte Amelia gedankenverloren mit der Hand die Temperatur des Wassers.

«Was ist? Bist du klargekommen?»

«Womit genau?»

«Hast du gefunden, was du gesucht hast?», fragte sie.

«Nein.»

«Kann ich dir helfen?»

«Warum hast du mit Leuten wie Cremonesi zu tun?»

Amelia wandte den Blick nicht vom Wasser ab. «Weil sie äußerst großzügig sind.»

«Aber keine anständigen Typen.»

«Kennst du anständige Typen?»

«Was treiben die drei: Cremonesi, Grange und Turrini?»

«Sie machen Geschäfte.»

«Welcher Art?»

«Keine Ahnung. So weit haben sie mich nicht ins Vertrauen gezogen.»

«Immerhin gehst du mit ihnen essen.»

Endlich hob Amelia den Blick. «Hast du mich beschatten lassen?»

«Sagen wir, es war ein Zufall.»

«Dottor Schiavone, wollen wir jetzt diese Nummer schieben, oder möchtest du mich lieber mit meinem Anwalt zur Questura bestellen?»

«Ich nehme an, dass ich das Geld sowieso nicht mehr wiedersehen werde.»

«Richtig.»

«Dann Schluss mit dem hübschen Getue, und los geht's.»

Sie nickte und zog die Hand aus dem Wasser. «Nur zur Information: Ich küsse nicht.»

«Ich auch nicht.»

Amelia gab ihr Bestes. Sie war zärtlich, einfühlsam und durchaus erfahren. Sie berührte ihn dort, wo es guttat, und es war leicht, mit ihr intim zu werden. Während er in sie eindrang, sah er ihr ins Gesicht. Sie hatte die Augen geschlossen. Ihr üppiger Busen war jetzt noch schöner, da er nicht gegen die Schwerkraft zu kämpfen hatte. Sie hatte eine gepflegte Haut ohne Dehnungsstreifen und muskulöse Beine. Die auf den Hals tätowierte Biene pulsierte über den Adern, und auf ihrer Stirn bildete sich eine leichte Schweißschicht. Das schwarze Haar, das lose auf dem Kissen lag, sah aus wie vom Wind zerzaust. Nur nicht nachdenken, einfach nur den Körper spüren. Er streichelte ihre Arme, umfasste ihre Brüste, berührte ihre Schenkel. Sein Penis brannte trotz des Präservativs, aber es war ein leichtes, beinahe zartes Brennen.

Er schloss die Augen. Die Bilder kamen lawinenartig. Caterinas Gesicht, Lupas Schwanz, Marinas Haar und ihre weiße Hand, die beinahe durchsichtig war, Silvana Berguet, die sich die Halskette richtete, Adele, lachend, noch einmal Lupas Schwanz, Cuntreras Leiche, Tuberosen, Wiesen, das Buch von Anatole France, die Brunnen bei den Turrinis, die Brille des Questore. Er öffnete die Augen. Amelia sah ihn an. Wirkte ungeduldig. Er beschloss, die Sache zu Ende zu bringen, und kam.

Beim Anziehen sagte er kein Wort. Amelia war auf dem Bett liegen geblieben, beleuchtet durch das Licht, das durch die rosafarbenen Gardinen hindurch ins Zimmer fiel. Er band sich die Schuhe zu, stand auf und griff nach der Türklinke. «Ich denke, wir werden uns wiedersehen», sagte er.

«Warum? Fühlst du dich so gut befriedigt?»

«Nein. Vierhundert Euro scheinen mir überzogen. Ich meinte in der Questura. Ciao, Amelia.» Bevor er den Raum verließ, gab er ihr noch einen kostenlosen Rat: «Übrigens, ‹Schenkel› schreibt man mit ‹e›.»

«Meine Muttersprache ist Provenzalisch. Dab plasèr … Es war mir ein Vergnügen!»

Rocco hätte nicht sagen können, warum ihm all diese Bilder durch den Kopf gegangen waren. Waren es mentale Notizen, Post-its, die an seinem Hirn klebten? Der Questore und seine Brille standen auf jeden Fall auf seinem Merkzettel, denn natürlich wollte er etwas von ihm. Marina und Caterina? Das war leicht zu beantworten. Lupas Schwanz?

Warum Lupas Schwanz? Silvana Berguet und ihre Halskette … Warum war ihm Chiaras Buch mit den Fabeln wieder eingefallen? Es waren einfach nur Bilder, dachte er, wie Fotogramme eines alten Films. Ein Freund von ihm, ein Psychiater, mit dem er zu dessen Lebzeiten tolle Abende verbracht hatte, hatte ihm mal erklärt, dass Gedanken und Träume nur selten zufällig waren. Oft waren Bilder und Vorstellungen dicht unter der Oberfläche verborgen, und es reichte ein kleiner Anstoß, um sie hervorzuholen. Er ging zurück zu seinem Auto. Lupa hatte die Fensterscheiben besabbert. Glücklich, ihr Herrchen wiederzuhaben, sprang sie auf den Vordersitz und begrüßte ihn, indem sie seinen Hals und sein Gesicht beschnupperte. «Was ist? Rieche ich komisch?», fragte er sie lachend. Lupa bellte. «Bist du eifersüchtig? Aber du weißt, wie es ist, oder? Wir Männer sind nun mal so.»

Lupa fuhr fort, ihn abzuschlecken.

«Bei der männlichen Spezies gibt es zwei Gehirne. Eins oben und eins unten! Und oft setzt sich das zweite durch.» Er steckte den Schlüssel ins Schloss neben dem Lenkrad. Kaum leuchteten die Kontrollleuchten am Armaturenbrett auf, hatte er das Gefühl, dass auch in seinem Gehirn sämtliche Lampen angingen. Das war's: das Buch von Anatole France auf Chiaras Bett! Abeille, was Biene hieß. Dann kamen ihm Zweifel. Er griff nach seinem Handy und rief Italo an. «Sprichst du Provenzalisch?»

«Nein. Patois. Das ist ein wenig anders, aber im Großen und Ganzen, ja … Warum?»

«Ich muss wissen, wie ‹Biene› auf Provenzalisch heißt.»

Italo schwieg. «Ich frage meine Tante. Die kommt nämlich aus Castagnole Piemontese, musst du wissen.»

«Scheißegal, beeil dich!»

Rocco beendete das Gespräch. Er musste nicht mal eine Minute warten. Ein Piepton meldete den Eingang einer SMS von Italo: *«Biene» heißt «Abelha». Soweit meine Tante sich erinnert.*

Biene. Abela. Der Name des jungen Aufsehers im Gefängnis von Varallo. A. A. an Amelias Gartentor. Amelia Abela? Möglicherweise hatte das Bild endlich einen Rahmen.

«Out!», rief der Schiedsrichter auf dem Stuhl. Um die Scheinwerfer auf dem Tennisplatz tummelten sich Hunderte Nachtfalter.

«Wieso ‹out›?», protestierte Vittorio Abrugiati, der den Volley im Feld gesehen hatte.

«Papa, aus ist und bleibt aus», entgegnete sein Sohn Carlo vom Hochsitz herunter.

«Vittò, versuch's erst gar nicht. Der Ball war draußen», sagte Dario Cantalini, der Vittorio Abrugiati im ersten Satz mit einem deutlichen Sechs-zu-eins deklassiert hatte und nun Zwei-zu-null bei eigenem Aufschlag führte. Vittorio versetzte seiner Tennistasche einen Tritt, dass sie davonflog und drei gelbe Bälle sowie ein Handtuch herausgeschleudert wurden. «Verdammt, der war gut einen Meter drin!»

Sein Sohn verdrehte die Augen. «Komm, Papa, der war draußen!» Er war von den beiden Freunden dazu verdonnert worden, den Schiedsrichter zu spielen, und verstand als einer der Spitzenspieler der Region wesentlich mehr vom Tennis als sein Vater.

Dario Cantalini rieb sich die Hände. «Vierzig-zu-null, das heißt, drei Spielbälle im dritten Spiel, mein Freund! Vergiss nicht, dass du mein Auto draußen und drinnen sauber machen musst!»

«Das ist noch nicht gesagt!», widersprach Vittorio. «Aber da ich heute auch den Schiedsrichter gegen mich habe!»

«Papa, Schluss jetzt, sonst kassierst du eine Verwarnung!», rief Carlo.

Vittorio bereitete sich auf die Ballannahme vor. Dario machte einen Aufschlag, der die Linie streifte und für seinen Gegner unerreichbar war.

«Ass! Spiel, Dario, Drei-zu-null, Aufschlagwechsel!», erklärte Carlo.

«Leck mich!», zischte Vittorio zwischen den Zähnen. «Bei dem blöden elektrischen Licht kann ich überhaupt nichts sehen!», beschwerte er sich und ging zur Bank hinüber, um sich mit dem Handtuch den Schweiß abzuwischen.

«Einmal liegt es am Licht, dann sind die Bälle nicht hart genug, oder der Schläger ist nicht richtig bespannt! Willst du die Wahrheit, Vittò? Du hast keine Chance gegen mich! … Dein Vater wird heute Abend einen sauren Apfel zu verdauen haben!» Dario und Carlo lachten.

«Guten Abend!» Vittorio hob den Blick. Am Rand des Tennisplatzes standen Barbara und Tatiana.

«Ciao, Barbara. Guten Abend», entgegnete Vittorio.

«Hättest du vielleicht zwei Minuten für mich?», fragte Barbara.

«Wenn du noch fünf Minuten wartest, bin ich mit ihm fertig, und er hat den ganzen Abend frei!», rief Dario, während er nach seiner Wasserflasche griff.

«Schiedsrichter, Auszeit!», sagte Vittorio und ging zu den Frauen hinüber. «Was ist los?»

«Entschuldige, wir wollten zur Bank, aber die war schon geschlossen. Daraufhin hat Federica uns gesagt, dass wir dich hier finden könnten und dass ...» Sie formte mit der Hand einen Trichter neben dem Mund und rief zu Carlo hinüber: «Deine Mutter hat gesagt, dass sie heute Abend das Auto braucht und du es nicht haben kannst!»

Carlo auf dem Hochstuhl machte eine verärgerte Geste. «Und wie komm ich jetzt nach Pescara? Papa, leihst du mir deinen Wagen?»

«Der Volley eben war aus, oder? Damit hast du dir schon selbst die Antwort gegeben!» Vittorio, der als Bankangestellter bei der Cassa di Risparmio arbeitete, wandte sich wieder Barbara und Tatiana zu.

«Also hör zu, wir haben da ein Problem. Corrado ist seit zwei Tagen verschwunden.»

«Wie, verschwunden?»

«Keiner weiß, wo er ist», sagte Tatiana. «Er ist nicht zu Hause, sein Handy ist dauernd ausgeschaltet, und sein Auto wurde ziemlich lädiert neben dem Busparkplatz in Pescara gefunden.»

«O Mist!»

«War Corrado vielleicht vor kurzem bei dir in der Bank, Vittorio? Um eine größere Geldsumme abzuheben?»

Vittorio sah Barbara an. Dann Tatiana. Sie hatte dunkle

Schatten unter den Augen. «Ja, er war bei mir», sagte er, «vor drei Tagen.» Tatiana sah aus, als hätte sie der Schlag getroffen. «Aber er hat nur etwas eingezahlt.»

Tatiana schien sichtbar in sich zusammenzufallen.

«Er hat also kein Geld abgehoben?», insistierte Barbara.

«Nein. Warum?»

«Na ja, wenn er einen höheren Betrag abgehoben hätte, hätte das möglicherweise darauf hingedeutet, dass er abgehauen ist, um sich zu verstecken.»

«Abgehauen? Um sich zu verstecken? Wie kommst du denn darauf?»

«Es war nur eine Vermutung», entgegnete Barbara.

«Nein. Tut mir leid. Morgen früh kann ich nachsehen, ob er irgendwo an einem Geldautomaten gewesen ist.»

«Könntest du mir diesen Gefallen tun?»

«Ja, sicher. Und natürlich habe ich euch nichts gesagt.»

«Klar.»

«Ist denn irgendetwas vorgefallen?»

«Wir wissen es nicht, Vittorio. Er hat sich seit Tagen seltsam verhalten. Und er hat alles einfach so zurückgelassen und kein Wort gesagt.»

«Was ist jetzt?», rief Dario von der anderen Spielfeldseite herüber. Er hatte sich schon wieder in Position begeben. «Gibst du auf?»

«Geh wieder spielen, Vittò. Und danke.» Barbara küsste ihn auf die Wange. Tatiana schüttelte ihm die Hand. «Ich melde mich bei euch.» Vittorio lief wieder zurück aufs Feld und hob unterwegs ein paar Bälle auf. Denn nun hatte er Aufschlag.

Barbara und Tatiana verschwanden aus dem Lichtkegel der Scheinwerfer, die den Tennisplatz erhellten, und gingen über einen kleinen Weg durch den dunklen Tennisclub zurück zum Auto.

«Es tut mir leid», sagte Barbara, «es tut mir so leid!»

«Es war einen Versuch wert.» Tatiana zog die Jacke fester um sich, als ob ihr plötzlich kalt geworden wäre. Dabei war es frühlingshaft mild, und der leichte Wind trug den Duft des Meeres und des nahenden Sommers heran. «Ich hoffe, dass sie wenigstens seine Leiche finden.»

Diesmal fehlte Barbara die Kraft, ihrer Freundin zu widersprechen. Sie hatte keine Argumente mehr, nur noch Hoffnungen. Aber sie wusste sehr gut, dass die Hoffnung meistens gegen die Logik verlor.

«Um die Zeit hab ich nun wirklich nicht mit dir gerechnet», sagte Alberto Fumagalli, der gerade die Tür der Pathologie hinter sich schloss. «Heute Abend kann ich dich leider nicht zum Essen einladen. Ich bin verhindert.» Er zwinkerte Rocco zu.

«Du und eine Frau?», fragte Rocco.

«Aber welche Frau denn! Poker, zu viert, um Leben und Tod. Ich, der Chefarzt der Traumatologie, ein Anästhesist und ein verdammter Krankenpfleger, der dauernd gewinnt.»

«Um wie viel spielt ihr?»

«Tausend Euro!»

«Oha …»

«Zehn Prozent davon», korrigierte Fumagalli.

«Hundert Euro? Das ganze Getue wegen hundert Euro? Wenn ihr den Einsatz mal erhöht, sag mir Bescheid.»

Fumagalli stützte die Hände in die Hüften. «Nur damit ich richtig verstehe: Du willst sagen, dass du bei tausend Euro dabei wärst?»

«Ich wär dabei und würde dich nass machen.»

«Keine Sorge, das krieg ich organisiert!» Fumagalli hob die Hand, um Rocco zu drohen. «Wart's ab!»

«Hör mal, Alberto, noch etwas Wichtiges: Dieses Zeug, was du in Cuntreras Leiche gefunden hast …»

«Stopp! Präzise gesagt, haben wir bei der Untersuchung der Drüsen herausgefunden, dass es sich um Urethan handelt. Aber diese Substanz verfliegt. Wenn wir Spuren nachweisen wollen, müssen wir noch warten.»

«Aber ist es das nun oder nicht?»

«Schon.»

«Madonna, es ist echt anstrengend, mit dir zu reden.»

«Und das sagst ausgerechnet du? Also, was willst du wissen?»

«Was hast du nochmal gesagt, wo man das Zeug herkriegt?»

«Das ist ziemlich schwierig, da es nicht mehr benutzt wird. Vielleicht setzt der ein oder andere Tierarzt es noch ein, aber wie ich dir schon erklärt habe: Es ist nicht leicht zu bekommen. Und auch nicht leicht herzustellen. Wenn du also denkst, dass es im Gefängnis von Varallo einfach so rumgelegen haben könnte, irrst du dich. Genauso wenig im Krankenhaus. Oder hier in der Pathologie.»

«Ich verstehe. Beim Tierarzt schon, hast du gesagt?»

«Ja, warum?»

«Weil dein Lieblings-Vicequestore nach und nach das Puzzle zusammensetzt. Viel Glück beim Pokern!»

Fumagalli kratzte sich geistesabwesend zwischen den Beinen.

Der Papierstapel auf Roccos Schreibtisch war noch größer geworden. D'Intino und Deruta erfüllten ihre Aufgabe mit beinahe preußischer Präzision. Rocco füllte eine Handvoll Trockenfutter, das er im Büro aufbewahrte, in Lupas Napf und warf einen Blick auf die endlosen Listen. *HB Hostellerie du Cheval Blanc, Le Pageot, Milleluci.* Sie waren sogar im Vieux Aosta gewesen. Die beiden Starermittler hatten den Namen dreimal unterstrichen und mit einem Ausrufezeichen versehen. Was auch immer das bedeuten sollte. Italo trat, ohne anzuklopfen, ein. «He, kann ich dich mal stören.»

«Komm rein.» Rocco legte die Liste wieder auf den Schreibtisch. Sein Lieblingsagente war bleich im Gesicht und hatte dunkle Schatten unter den Augen.

«Darf ich?», fragte Italo und wies auf das Sofa.

«Ich warne dich vor, dass das Lupas Sofa ist. Also wenn sie dich anspringt, beschwer dich nicht bei mir.»

Italo setzte sich, und keine drei Sekunden später rückte der Hund ihm auf die Pelle, um gestreichelt zu werden, was Italo jedoch nicht tat. «Stell dir vor, ich hab andere Probleme.»

«Welche?»

«Caterina ...», sagte Italo.

Rocco hob hilflos die Arme. «Was ist denn los? Bin ich euer Eheberater? Also, wo liegt das Problem?»

Italo schniefte. «Die Probleme, Rocco. Erstens habe ich das Gefühl, dass sie keine Familie gründen will. Sie möchte nicht, dass ich bei ihr einziehe.»

«Völlig normal. Hast du dich mal angesehen?»

«Kannst du nicht einmal etwas ernst nehmen? Sie sagt, dass sie ihren Freiraum braucht. Sie will mich nicht ständig um sich haben und lieber allein sein. Ich denke, dass sie einen anderen hat.»

«Du kapierst aber auch gar nichts. Ihr seid doch erst seit kurzem zusammen. Einer Beziehung muss man Zeit geben, damit sie wachsen kann, weißt du? Es ist wie mit Seidenpapier: Wenn man zu viel draufpackt, reißt es. Dann ist alles im Eimer.»

«Wie viel Zeit?»

«Was weiß ich, Italo? Du wirst sehen, dass sie von sich aus fragen wird, wenn sie so weit ist.»

«Und wenn ich es dann nicht mehr bin?»

Rocco lachte. «Italo, eine Frau wie Caterina findest du nie wieder! Bleib ruhig, und krieg dich wieder ein!»

«Weißt du, was? Ich bin mir nicht sicher, ob ich so weitermachen will.»

Rocco kürzte das Ganze ab. «Wenn du mal auf die Liste schaust, die du selbst draußen angebracht hast, wirst du feststellen, dass es mir ziemlich auf den Sack geht, mir den Liebeskummer von anderen Leuten anzuhören. Neunten Grades, wenn ich mich nicht irre. Ich hoffe also, dass du meine Mühe zu schätzen weißt. Ich werde dir jetzt die alles entscheidende Frage stellen, und danach machst du dich vom Acker: Kannst du dir ein Leben ohne sie vorstellen?»

Italo dachte nach. Er sah auf seine Hände. «Ein Leben ohne sie?»

«Genau!»

«Ich weiß nicht.»

«Gut. Wenn du die Antwort darauf gefunden hast, komm wieder her, und wir setzen das Gespräch fort. Aber es muss eine ehrliche Antwort sein. Gut durchdacht. Alles klar?»

«Alles klar.»

Rocco war klar, dass diese Frage Italo in Schwierigkeiten bringen würde. Nur wenige Männer waren in der Lage, sie eindeutig zu beantworten. Und Italos Unsicherheit war für ihn nicht nur ein Weg, sondern eine ganze Autobahn in Richtung Caterina Rispoli.

«Jetzt hör zu. Hast du heute Abend Zeit?»

Italo breitete ergeben die Arme aus.

«Gut. Wir beide haben etwas vor. In Zivil. Wenn möglich, in Schwarz.»

Italos Augen leuchteten auf. «Geht's ums Geldverdienen?»

«Nein. Darum, etwas herauszufinden. Ein Arbeitseinsatz, mein Freund.»

«Schade. Ob sich uns noch einmal die Gelegenheit bietet?»

«Du hast doch gerade erst vor einer Woche mehrere tausend Euro eingesackt! Oder hast du den Eimer mit dem Geld vergessen, den wir in Mimmo Cuntreras Pizzeria gefunden haben? Hab ein wenig Geduld. Und sei nicht so gierig!»

Plötzlich war Beethovens Neunte zu hören, und das Handy auf Roccos Schreibtisch vibrierte. «Wo ist das Ding?» Er suchte unter Derutas und D'Intinos Papierkram. «Verdammt, wo ist das Scheißding?» Schließlich zog er das Telefon irgendwo aus dem ganzen Chaos hervor. «Schiavone ...»

«Ciao, Rocco, ich bin's, Furio!»

«Hey, mein Freund ...» Rocco machte Italo ein Zeichen, dass er den Raum verlassen sollte. Dann wartete er, bis sein Agente die Tür hinter sich geschlossen hatte. «Was ist los?»

«Hör mal: Seba und Brizio haben die Pistole zurückverfolgt, mit der auf Adele geschossen wurde.»

«Das ist doch mal eine gute Nachricht. Und?»

«Paoletto Buglioni hat sie benutzt. Und dann anscheinend seinem Bruder gegeben.»

«Flavio?»

«Genau. Allerdings ist Flavio verschwunden. Offensichtlich hat er sie an Adeles Mörder weitergereicht. Aber jetzt ist er irgendwo untergetaucht. Und meiner Meinung nach werden wir ihn so schnell nicht finden.»

«Aber wir sind einen großen Schritt weiter. Bist du in Rom?»

«Seit ein paar Stunden. Seba und Brizio wollten dich da raushalten, aber ich finde, du solltest Bescheid wissen.»

«Und warum wollten sie mich raushalten?», fragte Rocco mit erhobener Stimme.

«Seba ... Er meint, dass, wenn du den Mörder findest, er vor Gericht landet. Und er möchte vorher ein paar Worte mit ihm wechseln.»

«Verstanden. Aber ich weiß nicht, was ich mir diesbezüglich wünschen soll.»

«Dass Seba ihn zuerst findet, Rocco. Er ist derjenige, der von uns allen den höchsten Preis gezahlt hat.»

«Das war wohl eher Adele», berichtigte Rocco ihn.

«Stimmt, nach Adele natürlich.»

MITTWOCH

Das Auto war voller Zigarettenrauch. Die Nacht schlich langsam voran, und in der Villa der Turrinis wurde offenbar ein Fest nach dem anderen gefeiert. Auch an diesem Abend war das Haus hell erleuchtet, und draußen auf dem Kiesweg parkten ein Dutzend schöne Autos. Ein Labrador hatte es sich unter einer Lampe bequem gemacht und kaute an etwas Rotem. Einem Ball möglicherweise.

«Wie lange müssen wir noch warten?», fragte Italo.

Rocco streckte die Beine aus. «Bis die Gäste gegangen sind.»

Die Uhr am Armaturenbrett des Dienstwagens zeigte drei Uhr.

«Wieso hast du mich das mit der Biene gefragt?»

«Hat mir weitergeholfen.»

«Darf ich wenigstens das Radio anmachen, Rocco?»

«Nein.»

Italo schnaubte. «Mir sind die Eier eingeschlafen», beschwerte er sich. «Die kribbeln dauernd. Passiert dir das nie?»

«Nein. Mir kribbeln höchstens mal die Arschbacken.»

«Kann ich mir ein bisschen die Beine vertreten?»

«Du bleibst hier!», befahl Rocco streng. Dann zeigte er mit dem Finger auf den Fuß des Hügels, auf dem sie geparkt hatten. Etwa zehn Meter von der Mauer vor dem Haus der Turrinis entfernt stand ein blaues Auto mit ausgeschaltetem Licht.

«Siehst du die?»

«Wer ist das? Leibwächter?»

«Nein. Die Verwandtschaft.»

Italo sah ihn verständnislos an.

«Carabinieri.»

«Ah! Schon wieder? Überwachen sie die Villa?»

«Sind wohl dieselben, denen auch schon Antonio begegnet ist.»

Ein plötzliches helles Lachen schallte aus der Ferne herüber und erregte ihre Aufmerksamkeit. Mehrere Leute verließen das Haus. «Luca Grange und die Frau ist vielleicht …», begann Rocco.

«Cremonesi und zwei Frauen.»

«Die rechte kennen wir», sagte Rocco. «Das ist Amelia.»

«Die von Scipionis Foto? Wirklich nicht schlecht.»

«Kostet vierhundert Euro.»

«Woher weißt du das jetzt?»

«Ich weiß es eben … Und wer sind die anderen?», fragte Rocco.

«Also: Der mit dem grauen Jackett … Verdammt! Der ist ein hoher Beamter im Bauamt.»

«Mit Gattin, würde ich sagen. Und an der Tür stehen die Turrinis.»

«Schau mal!», meinte Italo und zeigte auf den Wagen der Carabinieri. Selbst aus der Entfernung von circa fünfzig Metern konnten sie deutlich sehen, dass der Mann auf dem Beifahrersitz die Scheibe herunterließ und Fotos machte.

«Die spionieren diese Leute aber richtig aus.»

«Allerdings.»

«Aber wir sind doch aus dem gleichen Grund hier, oder nicht?»

«Nein. Wir haben etwas viel Besseres vor. Glaub mir!»

Die Gäste stiegen in ihre Wagen, die einer nach dem anderen die Villa der Turrinis hinter sich ließen. Sie passierten das Eingangstor und nahmen die Straße nach Aosta. Die Gastgeber waren wieder ins Haus gegangen und hatten im Erdgeschoss bereits das Licht gelöscht. Nur die Lampen im ersten Stock und im Turmzimmer erleuchteten noch die Nacht.

«Sind die schlafen gegangen?», fragte Italo, während er sich die x-te Zigarette anzündete.

«Ja, warten wir noch ein bisschen.»

Aus der Ferne war der Ruf eines Nachtvogels zu hören. Durch die Äste der Bäume hindurch blinzelte der Mond. Nachts sank das Thermometer noch immer auf winterliche Temperaturen. Der Atem der beiden Polizisten stand als dichter weißer Nebel vor ihren Mündern. Sie schlichen lautlos voran. Nur das gelegentliche Geräusch eines zertretenen Zweiges verriet ihre Anwesenheit. So arbeiteten sie sich bis zur Grundstücksmauer vor. Die war zwar nur wenig mehr als zwei Meter hoch, aber auf dem Sims mit

Glasscherben bestückt. Rocco hatte ein Loch zwischen den Steinen ausgemacht, er schob den Fuß hinein und zog sich mit den Armen hoch. Nun konnte er sich die Scherben aus der Nähe ansehen. «Die Pistole», sagte er leise zu Italo. Der gab sie ihm. Rocco nahm das Magazin heraus und schob den Schlitten zurück, um sicherzugehen, dass sich keine Kugel im Lauf befand. Dann zog er ein Taschentuch aus der Tasche seiner Jacke, die er in diesem Fall seinem geliebten Lodenmantel vorgezogen hatte, und wickelte es um die erste Scherbe. Vier Schläge mit dem Pistolengriff reichten, um den einbetonierten Flaschenboden beinahe lautlos zu zertrümmern. Dann nahm er sich den nächsten vor.

«Wie lange dauert das denn noch?»

«Solange es dauert, du Nervensäge!»

Sechs Minuten brauchte Rocco, um eine ausreichend große Lücke zu schaffen und so zu verhindern, dass sie sich die Haut zerfetzten. Dann war er oben. Er gab Italo die Pistole zurück, der sie wieder einsteckte, während Rocco auf die andere Seite der Mauer kletterte. Italo folgte ihm. Nun befanden sie sich auf dem Grundstück der Turrinis.

«Haben die Hunde?», fragte Italo ängstlich.

«Sicher. Einen Labrador und einen Schäferhund. Also mach keinen Lärm.»

Sie durchquerten einen kleinen Tannenwald, an dessen Saum ein paar Linden standen. Die Villa jenseits der Bäume war beinahe vollkommen dunkel. Abgesehen von einem einsamen Licht im Turm war kein Lebenszeichen auszumachen. «Jetzt, schnell!» Rocco und Italo rannten gebückt über die Wiese, die das Licht eines Scheinwerfers reflektierte, der etwa zwanzig Meter von der Mauer entfernt angebracht war. Schließlich erreichten sie ein aus Stein gemauertes Gebäude. «Gut … Jetzt muss ich mich nur noch erinnern …» Rocco sah sich um. Dann traf er eine Entscheidung. «Da lang.» Er wandte sich nach rechts. Italo, der immer noch nicht wusste, was sie eigentlich vorhatten, folgte ihm brav. Der Gestank nach Pferdemist wurde immer intensiver. «Gut … Und jetzt hier lang!», flüsterte Rocco. Schließlich erreichten sie die Stallungen. Irgendwo stampfte ein Pferd rhythmisch auf den Boden. Rocco lehnte sich an das hölzerne Eingangstor. Er drückte die Klinke hinunter und öffnete es langsam. Es knarrte. Das Ganze war schwieriger, als er gedacht hatte. Langsam schob er das Tor auf, bis der Spalt groß genug war, um hindurchzuschlüpfen. Wie zwei Fische im dunklen Wasser glitten die beiden leise in den Stall. Rocco schloss das schwere zweiflügelige Tor wieder. Vor ihnen lag ein langer Gang, an dessen beiden Seiten die Pferdeboxen lagen. Ein Rappe mit langer Mähne blickte ihnen neugierig entgegen. Rocco streichelte ihn im Vorbeigehen. «Wenn sie die Ohren zurücklegen, fass sie niemals an!»

«Das würde ich sowieso nicht tun», entgegnete Italo. «Könntest du mir mal sagen, wonach wir suchen?»

Rocco antwortete nicht. Sie gingen an sämtlichen Boxen vorbei. An der Rückwand des Gebäudes befanden sich zwei Türen. Rocco versuchte, die erste zu öffnen. Nichts zu machen. Also nahm er sein Schweizer Messer heraus, während Italo sich nervös umsah. «Wenn sie uns erwischen, gibt's Probleme, Rocco.»

«Wenn sie uns erwischen.»

Eines der Pferde wieherte. Italo zuckte zusammen und fiel seinem Chef fast in die Arme. «Wenn du mir nicht sagst, was wir hier machen, gehe ich!»

«Jetzt entspann dich mal!»

Rocco führte die Klinge in das Schloss ein. Er bohrte zwei-, dreimal nach. Dann sprang das Schloss auf. Der dahinterliegende Raum hatte keine Fenster. Rocco fühlte sich offensichtlich vollkommen sicher, denn er schaltete das Licht ein.

Überall Sättel. Auf Haken, die an der Wand festgeschraubt waren. Sie waren schwarz oder braun, und im Raum roch es nach eingefettetem Leder. Auf einem Tisch lagen Sattelgurte, Sattelkissen, Gelpads und Satteldecken. An den Seiten standen zwei große Truhen. Darauf waren auf einem Etikett die Namen der Eigentümer zu lesen: Max und Laura Turrini. Rocco öffnete sie. Dosen, Pinsel und Hufbalsam, eine Reitkappe, ein paar Reitgerten, Turnschuhe, Reitstiefel, eine leere Brieftasche, eine blaue Jacke mit einem auf Brusthöhe aufgestickten Wappen. «Nichts!» Also machten sie das Licht wieder aus und verließen den Raum. Sie kehrten zurück in den dunklen Gang, der nur spärlich durch das Scheinwerferlicht von draußen und das durch die Oberlichter einfallende Mondlicht erhellt wurde. Ein kleiner Vogel flog von einem Deckenbalken zum nächsten. Italo zuckte erneut zusammen. «Verdammt, Italo, du bist vielleicht ein Weichei! Reiß dich doch mal am Riemen!» Rocco ging zu der zweiten Tür hinüber. Sie war nicht abgeschlossen. Da es auch in diesem Raum keine Fenster gab, schaltete er erneut das Licht ein. Zaumzeug, Zügel, Seile, Karabinerhaken und Reitgerten. Auf einer Mauer lagen Gurte, Longen, Sprunggelenkschoner und Hufglocken. Ein Regal voller Dosen mit Hufbalsam. In einer Ecke stapelten sich jede Menge Hufeisen. Zwei Liegestühle und drei Harken, an denen Stroh hing, standen herum. «Verdammt, auch hier nichts!»

«Kommt drauf an», meinte Italo. «Ich sehe jede Menge Zeug.»

Anstatt einer Antwort löschte Rocco das Licht.

Und wieder standen sie in dem langen Boxengang. Es gab noch einen dritten Raum ohne Tür, der jedoch nur als Parkplatz für zwei Schubkarren und einen Rasenmäher diente. Sie machten sich auf den Weg nach draußen. Ein weiteres Pferd streckte den Kopf aus der Box. Es war grau mit schwarzen Flecken. Als hätte es damit die Aufmerksamkeit der anderen erregt, taten es ihm drei Pferde nach. «Wir haben sie geweckt. Jetzt denken sie, dass es Zeit für die Fütterung ist. Pst, geht schön wieder heia machen», sagte Rocco, während er den Pferden über die Schnauze strich.

Mittendrin gab es eine Box, die größer war als die anderen. Auf dem Schild am Zugang stand ein Name: Winning Mood.

«Das scheint ein großer Champion zu sein. Ein Pferd, das mehrere hunderttausend Euro wert ist.» Rocco warf einen Blick in die Box, um das Tier zu betrachten.

«Es zu stehlen ist wohl nicht geplant, oder?», fragte Italo. Das Pferd lag auf der Seite. Mit großen Augen betrachtete es die Eindringlinge, die seine Nachtruhe störten.

Die Box neben Winning Mood stand leer. Hinter dem Schiebetor war eine Mauer hochgezogen worden, in die eine Stahltür eingelassen war.

«Und was ist das?» Rocco öffnete das Schiebetor und trat ein. Er betastete die Wand und näherte sich der Tür. «Jetzt sieh dir mal das Schloss an!»

«Kriegst du das auf?»

«Das wird nicht leicht. Es ist ein Mottura.» Die beiden Wände, an denen die Türpfosten befestigt waren, waren nur mit Holz verkleidet, aber darunter lag Beton. «Hm, wenn wir die Verkleidung entfernen, kommen wir auch nicht weiter. Das ist ein gepanzerter Raum …»

«Also, was machen wir?»

«Ich weiß es nicht», entgegnete Rocco. Er sah das Hindernis aus Stahl und Holz böse an. Trat dagegen. «Die Sache ist weitaus schwieriger, als ich dachte …»

«Und jetzt?»

«Jetzt machen wir uns auf die Suche nach dem Schlüssel», sagte Rocco leichthin, als ob er vorgeschlagen hätte, erst einmal etwas trinken zu gehen.

Etwa hundert Meter von der Villa entfernt lag ein kleines Gebäude, das als Garage diente. Das Tor war offen, und ein Jaguar, ein SUV und ein kleiner Geländewagen standen darin. Oberhalb der Garage befanden sich drei Fenster mit Vorhängen. In einem dornigen Strauch Hundsrosen versteckt, an dem sich gerade die ersten Blüten zeigten, betrachteten Rocco und Italo das Gebäude. «Hoffen wir, dass das sein Zuhause ist», sagte Rocco.

«Von wem?»

«Von Dodò.»

«Wer ist Dodò?»

«Der Jockey.»

«Ah!», machte Italo und dachte an die Sache mit dem Groom. «Der, den sie mit zum Abendessen genommen haben?»

«Genau, Italo. Steigst du allmählich dahinter?»

«Kein bisschen.»

Sie krochen aus ihrem Versteck.

Die Eingangstür zu der kleinen Wohnung war abgeschlossen. Rocco versuchte, die Klinke runterzudrücken, doch die Tür ließ sich nicht öffnen. «Wir müssen aufs Dach.»

«Aufs Dach?»

«Ja. Ist dir nichts aufgefallen?» Ohne eine Antwort abzuwarten, ging Rocco zur Rückseite des Gebäudes. Italo blieb nichts anderes übrig, als ihm zu folgen.

Rocco stellte einen Gartentisch aus Metall an die Hauswand und stieg hinauf. Er streckte die Arme nach oben aus und griff nach der Dachrinne. «Hoffen wir, dass sie hält», flüsterte er Italo zu, «wenn nicht, wird's laut!» Er zog sich hoch. Die Dachrinne knirschte, brach jedoch nicht herunter. Und schon war Rocco auf dem Dach. «Komm, keine Panik, du bist leichter als ich.»

Mit einem Schnauben tat Italo es seinem Chef nach. Mühsam zog er sich hoch und kletterte auf das Dach.

«Jetzt vorsichtig weiter, prüf jedes Mal vorher, ob der Ziegel hält.»

Wie zwei Schatten huschten sie über das Dach. Ein Schritt nach dem anderen, aufs Gleichgewicht achtend und darauf bedacht, nicht abzurutschen oder etwas nach unten zu befördern, was das ganze Haus aufwecken würde. Ein paar Minuten später blieben sie stehen. «Da wären wir», sagte Rocco und beugte sich über ein Dachfenster. «Siehst du? Hier können wir rein!» Im Inneren der Wohnung war es dunkel. Italo wandte sich zur Villa um. Inzwischen brannte auch im Turm kein Licht mehr. In der Ferne bellte ein Hund. Rocco hatte bereits sein Multifunktionsmesser herausgenommen und schraubte die Plexiglasscheibe ab, die mit dem Öffnungsmechanismus der Dachluke verbunden war. «Geschafft», meinte er schließlich und nahm die Scheibe ab. Rocco kletterte auch diesmal als Erster hinein.

Er fand sich in einem kleinen Raum wieder, in dem eine Waschmaschine und ein Regal mit Waschmittel und schmutziger Wäsche standen. Rocco machte Italo ein Zeichen, dann half er ihm vorsichtig auf die Waschmaschine hinunter und hielt ihn an der Taille fest, bis sein Kollege festen Boden unter den Füßen hatte. So leise wie möglich öffnete Rocco die Tür, durch die sie in ein kleines Wohnzimmer mit einem noch glühenden Kamin gelangten.

«Was suchen wir?», fragte Italo leise.

«Schlüssel.»

Aus dem Nebenzimmer war leises, anhaltendes Schnarchen zu hören. Dodò schlief. Zum Glück erwies sich die Aufgabe als äußerst einfach: Neben der Eingangstür hingen an einem Schlüsselbrett sechs Schlüssel. Drei Autoschlüssel und drei andere. Rocco erkannte sofort, welcher zu der

Stahltür im Stall gehörte. Vorsichtig nahm er den Schlüssel vom Haken und hielt ihn triumphierend in die Höhe. Italo nickte und griff nach etwas, das einladend auf der Kommode im Eingangsbereich lag. Eine Brieftasche. Rocco riss sie ihm aus den Händen. «Ich wollte ihn nicht bestehlen», beschwerte sich Italo.

«Ich weiß. Und ich wollte dich nicht davon abhalten, aber ich muss etwas überprüfen.» Er öffnete die Brieftasche. Wenige Geldscheine und das, wonach Rocco suchte: der Schweizer Führerschein des Jockeys, der im Nebenzimmer weiter vor sich hin schnarchte. Er las den Namen. «Dodò, dieser Mistkerl!», sagte er. «Schau mal, wie unser Freund richtig heißt!» Italo versuchte in dem schwachen Licht, das von draußen hereinkam, den Namen zu entziffern: «Carlo …»

«Cutrì!» Rocco sah Italo in die Augen. «Verstehst du jetzt?»

Italo nickte. «Verdammt!»

«Genau», entgegnete Rocco und legte die Brieftasche zurück. Er öffnete die Wohnungstür und trat hinaus.

«Los, beeilen wir uns.»

«Und das hier lassen wir so?»

«Das erledige ich später. Jetzt komm!»

Sie gingen zurück zum Stallgebäude. Immer mehr Pferde wachten auf, streckten die Köpfe aus der Box und scharrten mit den Hufen. Rocco und Italo eilten zu der Box neben der von Winning Mood. Der Schlüssel passte. Mühelos gelangten sie in die geheime Kammer.

In dem etwa drei Quadratmeter großen Raum gab es nichts außer einem Kühlschrank und ein paar Kunstdrucken mit Pferden an den Wänden. Rocco öffnete die Kühlschranktür. Das bläuliche Licht erhellte eine Ansammlung von Arzneimitteln: Phenylbutazon, Zylkene, Equanimity, Calmitan, Equiworm ... Rocco besah sich eine Schachtel nach der anderen, las die Aufschrift und legte sie an ihren Platz zurück. Stanozolol, Tefamin, Broncodilatatoren, Corticosteroide, Entzündungshemmer, Hormone. Rocco war zwar kein Experte in Sportmedizin, hatte aber mit einigen solcher Fälle bereits zu tun gehabt. Die Hälfte der Arzneimittel in diesem Kühlschrank waren Dopingmittel, Zeug, das unter Verschluss gehörte. Dann weckte eine weitere Schachtel seine Aufmerksamkeit. Drontal Plus, ein Wurmmittel für Hunde. Er kannte es, weil er Lupa das Gleiche gab. Warum sollte man das zusammen mit Arzneimitteln für Pferde hier aufbewahren? Eingeschlossen und im Kühlschrank? Er griff nach der Schachtel und öffnete sie. Sie enthielt drei Glasampullen. Auf den Etiketten stand: *Ethylcarbamat.* Urethan.

«Da haben wir's!», sagte Rocco. Er legte alle Arzneimittel zurück in den Kühlschrank. «Jetzt müssen wir uns beeilen, Italo. Gleich geht die Sonne auf, und ich muss noch ein bisschen aufräumen. Schließen wir hier ab, und dann sehen wir uns an der Außenmauer.»

«Und wohin gehst du?»

«Ich bringe den Schlüssel zurück und schraube das Dachfenster wieder fest.»

Als Rocco zum zweiten Mal auf dem Dach des Nebengebäudes hockte, dämmerte es bereits. Das half ihm einerseits dabei, den Schließmechanismus des Dachfensters wieder anzuschrauben, was eine ziemlich schwierige Aufgabe war. Andererseits war die Gefahr groß, entdeckt zu werden, wenn jetzt jemand aufwachen und aus dem Fenster sehen sollte. Denn er war so deutlich zu sehen wie ein Blutfleck im Schnee. Er atmete tief durch und zwang sich dazu, Ruhe zu bewahren. Den Schlüssel hatte er erfolgreich an seinen Platz zurückgebracht und die Tür von Dodòs Wohnung hinter sich zugezogen. Nun, auf dem Dach, in der Kälte und der Feuchtigkeit der Nacht, schienen sich die Knochen und Nerven seiner Hände miteinander verknotet zu haben. Es fiel ihm schwer, die Finger zu bewegen, und die Schrauben waren nur wenige Zentimeter lang. Die ersten beiden hatte er bereits festgedreht. Nun wandte er sich der dritten zu. Er hoffte, dass Italo die Stelle wiedergefunden hatte, an der sie über die Mauer geklettert waren, und bereits in Sicherheit war. Denn dann konnte er im Fall einer Entdeckung die Verantwortung allein auf sich nehmen, ohne seinen armen Kollegen mit hineinzuziehen. Auch die dritte Schraube saß wieder fest. Rocco nahm die vierte. Doch der Zeigefinger und der Daumen seiner rechten Hand gehorchten ihm nicht. Die Schraube fiel ihm aus der Hand, hüpfte über die Dachziegel und landete mit einem metallischen Pling in der Dachrinne.

«Verdammter Mist!»

Rocco durfte mit der Suche nach der Schraube keine Zeit mehr verlieren und musste die Sache so lassen, wie sie war. Er erhob sich und ging Schritt für Schritt übers Dach, sorgsam darauf bedacht, nicht ins Rutschen zu geraten. Die glatten Sohlen seiner Clarks waren für diesen Zweck alles andere als geeignet, doch zum Glück bestanden sie die Herausforderung. Er ließ sich an der Dachrinne hinab auf den Metalltisch, den er anschließend wieder auf seinen Platz stellte. Geschafft! Als er zur Mauer zurückschlich, bemerkte er aus den Augenwinkeln, dass im ersten Stock der Villa jemand am Fenster stand. Es war Max, der ihn beobachtete. Rocco blieb mitten auf der Wiese stehen und sah zu ihm hoch. Der Junge hob langsam die Hand und winkte ihm zu. Rocco winkte zurück. Dann öffnete Max das Fenster und machte ihm ein Zeichen, näher zu kommen. Rocco sah sich um. Auf der Wiese und im Haus war niemand zu sehen. Schnell lief er auf die Villa zu. Max wirkte noch ziemlich verschlafen.

«Salve.»

«Ciao, Max.»

«Hat Chiara Ihnen die Dokumente gegeben?»

Rocco nickte.

«Und haben Sie was gefunden?»

Er nickte erneut.

«Lassen Sie sie dafür bezahlen, Dottore!»

«Aber deine Eltern stecken da mit drin, Max.»

«Ich weiß, und das ist mir egal. Sie können tun, was sie wollen, aber nicht mit meinem Leben.»

«Bist du dir sicher? Wenn sie dran glauben müssen, was machst du dann?»

Der Junge zuckte mit den Schultern. «Ich weiß nicht.

Aber ich bin volljährig. Vielleicht geh ich zu meinem Onkel in die USA. Oder ich mache endlich mein Abitur. Wenn ich Ihnen helfen kann, finden Sie mich hier. Und natürlich hab ich Sie nie gesehen!»

Max schloss das Fenster wieder. Rocco lächelte ihm zu und verschwand dann eilig im Gebüsch.

Der Junge war wirklich erstaunlich. Das hätte Rocco ihm niemals zugetraut. Er bereute sein leichtfertiges Urteil über ihn. Es war so typisch, dass die Älteren die Jüngeren verurteilten. Vermutlich nur aus Neid angesichts all dessen, was sie selbst für immer verloren hatten.

Was mochte es Max gekostet haben, zu dieser Entscheidung zu kommen? Wie viele Nächte hatte er wohl wach gelegen und seine Eltern, deren Freunde und all die miesen Geschäftemacher belauscht, die sich in ihrem Haus herumtrieben? Sie hatten ihm die Gesellschaft von Walter Cremonesi, Carlo Cutrì oder diesem Arschloch Luca Grange aufgezwungen. Und wie vielen seiner Altersgenossen wäre das egal gewesen? Die hätten sich nur für ein neues Auto und eine Kreditkarte in der Tasche interessiert. Aber nicht Max. Er hatte erkannt, welches Leben ihm bevorstand, und beschlossen, das zu ändern. Damit er nachts wieder ruhig schlafen konnte und nicht länger am Fenster stehen musste, rauchend und seine Leber ruinierend.

«Es ist halb sieben, Schiavone!»

«Hab ich Sie geweckt, Dottor Baldi? Ich bin schon im Büro.»

«Sie sind ja auch nicht normal. Entweder verschwinden

Sie einfach für mehrere Tage, oder Sie halten sich zu unsäglichen Zeiten im Büro auf. Ich hoffe, Sie haben mir etwas wirklich Wichtiges mitzuteilen.»

Rocco stellte die nassen Clarks auf die Fensterbank. «Sagen wir, ich habe Carlo Cutrì gefunden. Reicht das?»

Auf der anderen Seite der Verbindung war es zunächst einmal still. «Wo?», fragte Baldi schließlich.

«Im Stall der Turrinis. Er nennt sich Dodò.»

«Sind Sie … sicher?»

«Dafür leg ich die Hand ins Feuer. Ich brauche zwei Haftbefehle. Daniele Abela und Federico Tolotta. Wegen Mordes an Domenico Cuntrera.»

«Warten Sie einen Moment! Was sagen Sie da?»

«Der Auftraggeber, und das ist das wirklich Interessante dabei, ist Carlo Cutrì. Mit Unterstützung von Amelia Abela, der Schwester eines der Gefängnisaufseher, die von Beruf Callgirl ist.»

«Sie konfrontieren mich hier gerade mit einer Reihe von Aussagen, die …»

«Die ich Ihnen in der Staatsanwaltschaft noch im Detail erläutern werde. Aber die Haftbefehle brauche ich sofort.»

«Ist die Sache auch wasserdicht?»

«Ja, Dottore.» Rocco hörte am anderen Ende der Leitung ein entferntes Hupen. «Dottore, Sie sind ja gar nicht zu Hause?»

Für einen Moment herrschte unbehagliches Schweigen. Dann: «Nein … Hören Sie, Schiavone. Ich kann jetzt nicht in die Staatsanwaltschaft kommen. Das geht jetzt nicht.»

«Das geht jetzt nicht?»

«Nein. Bitte tun Sie mir den Gefallen, und warten Sie bis nach dem Mittagessen. Dann werde Ihnen meinerseits alles in Ruhe erklären.»

«Ich beginne, mich um Sie zu sorgen, Dottor Baldi.»

«Nicht ich bin es, um den Sie sich Sorgen machen sollten. Sondern jemand anderes. Bis später.» Der Staatsanwalt beendete das Gespräch.

Rocco stand mit dem Handy in der Hand da und wusste nicht, was er davon halten sollte. Lupa sah ihn mit der Schnauze zwischen den Vorderpfoten an. «Uff!», sagte er zu seinem Hund. «Ich würde sagen, der war bei seiner Geliebten und hat mich abgewimmelt.»

Es klopfte an der Tür. Lupa bellte.

«Herein!»

Deruta und D'Intino traten ins Büro. Sie waren bleich im Gesicht, wirkten verwirrt und hatten jeder einen Packen Papier in der Hand. «Dottore! Hier sind wir! Ciao, Lupa!»

«Was ist?»

«Wir sind fertig. Fehlen nur noch das Val d'Ayas und Cogne.» Sie legten einen Stapel von gut zwanzig Blättern Papier auf den Schreibtisch ihres Chefs. «Wir sind todmüde, aber wir haben gute Arbeit geleistet, nicht?»

«Klar», meinte Rocco mit Blick auf die vor ihm liegenden Listen. Auch darauf war alles bunt markiert. «Erklärt ihr mir noch, warum die Namen alle farbig gekennzeichnet sind?»

«Sicher», sagte D'Intino. «Also: Rosa sind die Frauen, blau die Männer, grün die Familien und gelb die Ausländer. Genial, was?»

«Weibliche oder männliche Ausländer?», fragte Rocco.

D'Intino sah seinen Kollegen hilfesuchend an. «Alle Ausländer.»

«Und wenn ich nun einen männlichen Ausländer oder eine Familie oder eine Frau suche, wie mache ich das dann?»

Das stellte sie vor ein Problem. «Wie Sie das machen?», fragte D'Intino zurück, um Zeit zu gewinnen.

«Das geht nicht», gab sich Deruta geschlagen. «Sie müssten einen nach dem anderen durchgehen.»

«Das ist mir zu schwach», meinte Rocco. «Nein, nein, ihr müsst eine bessere Methode finden.»

«Ich hab's!», platzte Deruta heraus. «Wir übertragen alle Ausländer auf ein anderes Blatt mit den Hotels und den Zeiten, und dann markieren wir die Männer blau, die Frauen rosa und die Familien grün.»

«Gelb braucht ihr nicht mehr?»

«Ich denke, nicht, Dottore.»

«In Ordnung. Das scheint mir eine gute Idee zu sein!» Rocco griff nach dem Papierstapel und übergab ihn den beiden. «Also frohes Schaffen!»

«Danke!», entgegneten die beiden Kollegen brav.

«Dann hätte ich jetzt gern die beiden gelben Textmarker.» Rocco streckte die Hand aus.

Widerwillig zog D'Intino die Stifte aus der Jackentasche und gab sie seinem Chef. «Hier, Dotto'», sagte er und blickte den Textmarkern hinterher wie eine Mutter, die sich für immer von ihrem Sohn verabschieden muss.

«Jetzt ist alles in Ordnung. Viel Spaß bei der Arbeit!»

«Ciao, Lupa», sagte D'Intino traurig, und beide Agenti verließen das Büro.

Diese neue Aufgabe würde sie ein paar weitere Tage beschäftigen.

Da nun der Papierkram von Dick und Doof – wie die beiden Polizisten offiziell genannt wurden – nicht mehr den Schreibtisch belegte, entdeckte Rocco eine Nachricht von Caterina, die vorher darunter versteckt gewesen war: *De Silvestri aus Rom. Ist wichtig!*

Rocco sah auf die Uhr. Es war noch zu früh, um beim Commissariato Cristoforo Colombo anzurufen. Und eine private Nummer des römischen Polizisten hatte Rocco nicht. In diesem Moment fiel Rocco auf, dass das Faxgerät blinkte. Er ging zum Fax hinüber und nahm das Blatt mit der Nachricht heraus.

Lieber Dottor Schiavone, vielleicht ist es nicht wichtig, aber womöglich hilft es Ihnen doch weiter. Wir haben eine Vermisstenmeldung hereinbekommen, und der Name des Vermissten hat mich aufhorchen lassen. Könnte nützlich sein. Corrado Pizzuti. Wie es aussieht, ist er letzten Samstag aus seiner Wohnung in Francavilla al Mare in der Provinz Chieti verschwunden. Ich erinnere mich gut an diesen Mann und Sie wahrscheinlich auch. Unterdessen mache ich mit der Suche nach den Häftlingen weiter, die in letzter Zeit aus dem Gefängnis entlassen wurden oder ausgebrochen sind und etwas mit der Sache zu tun haben könnten. Ich melde mich, sobald es etwas Neues gibt.
Ihr Alfredo De Silvestri.

Rocco rollte das Blatt Papier zusammen. Corrado Pizzuti! Der Name sagte ihm allerdings etwas. Er hatte den Wagen gefahren. Damals am 7. Juli 2007.

Er konnte frühestens in acht Stunden in Francavilla al Mare sein. Und er durfte keine Zeit verlieren.

Flavio Buglioni klingelte seit einer halben Stunde immer wieder, ohne dass sich jemand an der Sprechanlage meldete. Zum Glück trat schließlich eine Frau aus der Tür und informierte ihn, dass die Sprechanlage nicht funktionierte.

«Ich muss zu Roberta Morini. Wissen Sie, wo das ist?»

«Keine Ahnung», entgegnete die Frau. «Vielleicht weiß meine Mutter das.» Unerwarteterweise war die Frau so freundlich, die Tür aufzulassen. «Im zweiten Stock.»

«Danke.»

Das Wohnhaus war ein hässliches Gebäude aus den siebziger Jahren, und das Treppenhaus war seit damals nicht mehr gestrichen worden. Zwischen Rissen, Flecken und abgebröckeltem Putz wurde der Besucher in riesigen Buchstaben darüber informiert, dass *Bebbo und Marta seit dem 27. 11. 2010* zusammen waren. Eine andere Botschaft lautete: *Ich vermisse dich wie verückt* – mit nur einem «r» geschrieben. Da Buglioni dem Aufzug nicht vertraute, nahm er lieber die Treppe in die zweite Etage. Die Bewohner hatten sich jeder für ein individuelles Namensschild an der Tür entschieden. Einige hatten ihn auf Papier geschrieben, andere hatten ein Metallschild gewählt. Und einer hatte den Namen direkt auf die Tür gemalt. An der Wohnung Nummer sieben im zweiten Stock standen zwei Namen:

Morini, Baiocchi. Buglioni horchte an der Tür und drückte auf die Klingel, das Läuten war deutlich zu hören. Immerhin funktionierte also die Klingel hier oben. Schnelle Schritte näherten sich. Dann öffnete eine etwa fünfundvierzigjährige Frau die Wohnungstür. Sie hatte an den Wurzeln schwarzes Haar, der Rest war strohig blond. Ihr Gesicht wirkte angespannt, die Augen waren gerötet, und sie trug Jeans und einen grünen Fleecepullover mit der Aufschrift *University of Ohio.*

«Was wollen Sie?»

«Ich bin Flavio Buglioni. Ist Enzo da? Enzo Baiocchi.»

«Nein. Mein Vater ist nicht hier.»

«Hören Sie, bitte, es ist wichtig.»

«Jetzt passen Sie mal auf: Was mit meinem Vater ist, interessiert mich einen Scheiß! Genauso wie das, was er angestellt hat. Wegen mir kann er mitten auf der Straße krepieren!» Sie versuchte, die Tür wieder zu schließen, doch Flavio lehnte sich dagegen. «Nein, warten Sie! Bitte lassen Sie mich reinkommen!»

Roberta gab nach und ließ ihn eintreten, entwaffnet von Flavios Freundlichkeit oder von seiner Verzweiflung. «Bin gerade bei der Hausarbeit.»

Der Gestank nach Spinat und Zwiebeln verpestete die Luft. Ein etwa neunjähriger Junge saß am Tisch in der Küche, die gleichzeitig als Wohnzimmer diente, und hatte einen Stift in der Hand. Vor ihm lag ein Heft. Das Kind sah ihn an, lächelte jedoch nicht.

«Los, Tommà, mach deine Hausaufgaben. Er wollte nicht zur Schule. Behauptet, er hat Fieber.»

Nun lächelte der Junge doch und entblößte einen fehlenden Schneidezahn. Gleich darauf schrieb er wieder. «Also, raus mit der Sprache. Was wollen Sie?»

«Hier vor dem Kind?», fragte Flavio.

«Hier vor dem Kind», entgegnete Roberta.

«Sie wissen nicht, wo ich Ihren Vater finden kann?»

«Nein. Wer sind Sie?»

«Ein Freund. Er war vor zehn Tagen bei mir. Danach hab ich ihn nicht mehr gesehen.»

«Schuldet er Ihnen Geld?»

«Das auch.»

«Na, toll! Das können Sie abschreiben.» Roberta blickte auf die Hand des Mannes. Er hatte ein Tattoo auf dem Daumen. Fünf Punkte. Also war er nicht von der Polizei. «Zumindest war er kurz hier. Hat hier geschlafen und ist Gott sei Dank gleich wieder verschwunden.»

«Und Sie haben danach nichts mehr von ihm gehört?»

«Wenn er hier anruft, zieh ich ihm mit dem Telefon eins über. Warum suchen Sie nach ihm? Abgesehen von der Kohle, mein ich.»

«Eine üble Sache. Besser, wenn Sie nichts davon wissen. Haben Sie eine Idee, wo er sein könnte?»

«Nein. Keine Ahnung. Soweit ich weiß, müsste er eigentlich im Gefängnis sein. Aber er läuft frei herum. Also versteckt er sich irgendwo. Wenn Sie ihn finden, sagen Sie mir, wo er ist. Dann zeig ich ihn an, damit dieser Mistkerl wieder in den Knast kommt!»

Flavio wusste, dass Enzo bei den Leuten, mit denen er zu tun hatte, nicht gerade beliebt war. Aber dass seine eigene

Tochter so von ihm dachte, war doch schockierend. «Hat er außer Ihnen noch andere Verwandte?»

Roberta überlegte. «Nein ... Ich glaube, nicht. Außer einer alten Cousine auf dem Land, die vielleicht noch lebt. Als ich klein war, waren wir mal da. 'ne ziemlich verrückte Alte. Wohnt mit zwölf Katzen und einer Ziege zusammen. Die jüngste Tochter seiner Tante. Aber vielleicht ist die auch schon tot.»

«Auf dem Land? Wo?»

«Uff ... Warten Sie, vielleicht erinnere ich mich ...» Sie wandte sich an ihren Sohn: «Tommà, wie heißt das da, wo die Cousine von Opa wohnt? Die, von der ich dir erzählt habe, mit den Katzen und den Ziegen?»

Der Junge dachte kurz nach. «Pitocco!», sagte er dann mit unvermutet leiser, heiserer Stimme.

«Genau, Pitocco.»

«Und wo ist das?»

«In der Nähe von Guarcino.»

Flavio lächelte mühsam. «Erinnern Sie sich, wie die Frau heißt?»

«Nein. Aber fragen Sie nach dem Haus der verrückten Alten. Dann weiß jeder da Bescheid und zeigt Ihnen den Weg. Wollen Sie einen Rat? Vergessen Sie meinen Vater. Der macht nur Ärger.»

«Das ist mir nicht entgangen ...»

Es war etwa vier Uhr nachmittags, als Rocco vor der Polizeistation in Francavilla al Mare parkte, das an die Stadt Pescara angrenzte, aber zur Provinz Chieti gehörte. Lupas

Bedürfnisse hatten ihn unterwegs mehr Zeit gekostet als gedacht. Der kleine Ort am Meer wirkte, als gäbe es hier eine Ausgangssperre. Abgesehen davon, dass die Geschäfte noch geöffnet hatten, war kein Mensch auf der Straße. Die wenigen Bäume waren winterlich kahl und hatten sich noch nicht von der Kälte erholt. Ein paar kümmerliche Palmen säumten die schmale Strandpromenade, die so einsam und verlassen war wie die Häuser ringsum, wie der ganze Ort, der fest verrammelt auf die Sonne und den Sommer wartete, während sich am Strand und an den Felsen beeindruckende Wellen brachen.

Ciro Iannuzzi blätterte müde und gelangweilt in einer Motorradzeitschrift und hob nicht mal den Blick, um den Hereingekommenen zu begrüßen. «Sie wünschen?»

«Ich bräuchte eine Information», meinte Rocco, während er auf die Trennscheibe zutrat.

«Dafür haben wir eine Touristeninformation», entgegnete der Polizist, Kaugummi kauend. Schmatzend gekauter Kaugummi war eines der vielen tausend Dinge, die den leicht reizbaren Rocco Schiavone rotsehen ließen. Doch er riss sich zusammen und versuchte es erneut.

«Es geht nicht um Tourismus, sondern um eine heikle Angelegenheit, hören Sie …»

Der Polizist sah Rocco an und grinste. «Geht es um Ihre Frau?»

«Muss man eine Komiker-Ausbildung durchlaufen, um hier als Polizist zu arbeiten?»

«Hören Sie, guter Mann, wenn es nichts Dringendes ist, auf Wiedersehen …» Ciro wies auf die Tür.

«Fangen wir nochmal von vorne an. Guten Tag. Nun, Herr Polizist, ist es an Ihnen, guten Tag zu sagen.»

«Ah, du hast die Komiker-Ausbildung also auch absolviert, ja?»

«Stimmt genau. Und zwar an der Polizeischule.»

Ciro kniff die Augen zusammen, kapierte aber immer noch nicht, was los war.

«Ich bin Vicequestore der Staatspolizei, mein Name ist Rocco Schiavone, und du kannst dem Herrn dafür danken, dass uns diese Glasscheibe trennt, denn wenn nicht, könntest du jetzt deine Zähne einzeln vom Boden aufsammeln. Und? Bringt dich das zum Lachen?»

Ciro wurde ernst und stand auf. «Hätten Sie das nicht früher sagen können?»

«Warum, du blödes Arschloch? Zwischen mir und jemandem, der nicht bei der Polizei ist, dürfte für dich kein Unterschied bestehen! Mach einfach deinen Job, du Flachzange! Dafür wirst du schließlich bezahlt! Hab ich jetzt endlich deine Aufmerksamkeit! Krieg ich eine Antwort?»

«Worum geht es denn?»

«Corrado Pizzuti.»

«Sicher, Corrado. Wann war das noch? Samstag? Tatiana hat eine Verlustanzeige aufgegeben.»

«Geht's um einen verlorenen Regenschirm, oder was?»

«Jedenfalls ist er nicht mehr aufgetaucht.»

«Wer ist Tatiana?»

In diesem Moment trat Lisa, die Polizistin mit den rot gefärbten Haaren, ein und lächelte. «Was ist los, Ciro?»

«Der Herr hier sucht Corrado.» Mit gesenkter Stimme fuhr er fort: «Er ist ein Vicequestore ...»

«Ah!», sagte Lisa. «Ja, Tatiana hat ihn als vermisst gemeldet.»

«Das haben wir bereits herausgearbeitet. Diese Tatiana, wo kann ich die finden?»

«Im Derby, der Bar an der Piazza della Sirena. Das ist Corrados Bar. Tatiana vertritt ihn dort.»

«Danke.» Rocco wandte sich um.

«Dotto', heißt das, es ist etwas Schlimmes passiert?», fragte Ciro.

Tatiana und Barbara hatten, beide mit Tränen in den Augen und eine aufgeregter als die andere, Rocco alles erzählt. Von ihren Verdächtigungen und Vermutungen, von ihren Ängsten und von der Nachricht, dass Corrados Wagen am Busbahnhof von Pescara gefunden worden war. «Haben Sie Corrado denn gekannt?», hatte Tatiana ihn gefragt.

«Sagen wir, dass unsere Wege sich vor ein paar Jahren gekreuzt haben ...»

«Er hatte einiges auf dem Kerbholz, stimmt's?», meinte Barbara, während sie über die Strandpromenade zu Corrados Wohnung gingen.

«Ja, einiges», antwortete Rocco kurz. Er konnte ihr ja schlecht von jenem 7. Juli vor sechs Jahren erzählen. Denn das war eine ganz persönliche Angelegenheit, von der nur De Silvestri im Commissariato Cristoforo Colombo und seine Freunde Seba, Furio und Brizio wussten.

Lupa folgte den dreien und war ganz offensichtlich fasziniert von den Gerüchen, die sie in ihrem Leben bisher noch nicht kennengelernt hatte. Der Strand lag direkt hinter der Promenade, nur durch eine niedrige Mauer getrennt, und jenseits des Strands lag das Meer. Hin und wieder sprang Lupa auf den kleinen steinernen Damm und betrachtete die seltsame graublaue Flüssigkeit, die so einen Lärm machte und weißen Schaum herumspritzte, als ob sie sich sabbernd auf einen Keks stürzte.

Die Via Treviso war menschenleer. «Das ist das Tor, das zu dem Gebäudekomplex führt. Corrado wohnt im Hochparterre von Aufgang A. Sollen wir klingeln, damit uns jemand aufmacht?»

Rocco nickte. Lupa lief zu ihm.

«Signora, ich bin's, Tatiana, die Bekannte von Corrado. Könnten Sie mich bitte hereinlassen?»

«Nein!», entgegnete eine bissige, im Alter kratzig gewordene Stimme. Der Hörer der Sprechanlage wurde eingehängt. Rocco seufzte. «Herrgott nochmal!» Er klingelte erneut.

«Ich habe gesagt, dass ich nicht öffne!»

«Staatspolizei, Signora, öffnen Sie dieses Scheißtor!»

Die Frau am anderen Ende der Sprechanlage schien darüber nachzudenken. «Polizei?»

«Genau so. Und jetzt flott!»

Die Alte im ersten Stock gehorchte. Sie traten in den Hof und gingen auf Gebäude A zu. Die Alte erschien am Fenster, um nachzusehen, ob auch alles seine Ordnung hatte. Doch kaum sah Barbara zu ihr hinauf, verschwand sie wieder.

Sie klingelten erneut, um sich die Haustür öffnen zu lassen. Diesmal meldete sich die Alte gar nicht erst, sondern beschränkte sich darauf, den entsprechenden Knopf zu drücken.

«Aber wohin gehen wir?», fragte Barbara. «Wir haben doch gar keinen Schlüssel.»

Rocco antwortete nicht. Corrados Tür war die erste auf der rechten Seite. «Das mach ich mit diesem Ding hier», sagte Rocco und zog sein Schweizer Messer heraus. In der letzten Zeit hatte er es nur noch benutzt, um irgendwelche Türen zu öffnen. Aber das hatte den Vorteil, dass er nun wieder gut in Übung war.

«Was machen Sie da?», fragte Barbara lächelnd.

«Was glauben Sie?» Nur zwanzig Sekunden später gab das Schloss nach. Barbara und Tatiana sahen sich unsicher an, bis Barbara schließlich zu fragen wagte: «Sind Sie auch wirklich von der Polizei?»

Rocco, der die Tür bereits halb geöffnet hatte, sah sie an. «Signora, soll ich Ihnen meinen Ausweis zeigen?»

Der Blick brachte sie zum Schweigen. «Bleiben Sie draußen für den Fall, dass sich drinnen kein schöner Anblick bietet.»

Rocco schaltete das Licht ein. Die beiden Frauen gehorchten, streckten jedoch die Köpfe durch die Tür, um einen Blick in die Wohnung zu werfen. Rocco ging in die Küche. Zwei Teller im Spülbecken, und der Wasserhahn tropfte. Draußen rauschte das Meer. Lupa folgte ihm, über den Boden schnüffelnd. Ein Staubsauger auf vier Beinen. Im Schlafzimmer war das Bett gemacht. Im Badezimmer fehlten weder die Zahnbürste noch andere Waschsachen. Eine leere Flasche Wasserstoffperoxid lag im Bidet. Der Bademantel, der an der Tür hing, war trocken, genau wie die Duschtasse. Rocco ging ins Wohnzimmer hinüber. Ein Sofa mit Kissen. Ein alter Fernseher. Eine Anrichte mit allem möglichen Krimskrams. Neben dem Sofa waren auf den hellen Fliesen dunkle Flecken zu sehen. Es sah aus wie Rost. Rocco ging auf die Knie. Er tat es Lupa nach und schnüffelte am Boden. Es bestand kein Zweifel.

Blut.

Er achtete darauf, dass Lupa es nicht aufleckte, und verließ mit ihr die Wohnung. Als er die Tür hinter sich zuzog, sahen die beiden Frauen ihn fragend an. «Ihrer Meinung nach war Corrado nicht allein, richtig?»

«Nein. Es war jemand bei ihm. Was haben Sie gefunden?»

Anstatt zu antworten, griff Rocco nach seinem Handy. «Ich rufe die Questura in Chieti an», sagte er.

Tatiana und Barbara hörten schweigend zu. Barbara legte einen Arm um ihre Freundin.

«Vicequestore Schiavone ... Könnte ich mit der Mobilen Einheit sprechen ...? Francè? Ich bin's, Rocco Schiavone ... Gut, Danke ... Hier in Francavilla gibt's ein Problem. Via Treviso 15 ... Ich warte hier auf dich.»

«Was ist das Problem?», fragte Tatiana mit zitternder Stimme, obwohl sie die Antwort bereits kannte.

«Signora, ich fürchte, wir werden Corrado nicht mehr wiedersehen.»

In diesem Moment, als sie endlich eine Antwort hatte, als der Albtraum, der sie seit Tagen verfolgte, tatsächlich

Gestalt annahm, verdrehte Tatiana die Augen und fiel zu Boden wie ein altes, gebrauchtes Taschentuch.

Lupa lief ohne Leine über den menschenleeren Strand und amüsierte sich prächtig. Sie näherte sich dem Wasser, bellte die sich brechenden Wellen an und versuchte, sie zu beißen. Überrascht stellte sie fest, dass das Zeug sich nicht fassen ließ und sich irgendwie auflöste, wenn sie mit den Zähnen danach schnappte. Rocco saß auf der niedrigen Mauer, die den Strand begrenzte, und ließ die Kollegen aus Chieti ihren Job machen. Corrado Pizzuti war ermordet worden. Aber von wem? Bei der Durchsuchung der Wohnung hatte er außer den beiden Tellern in der Spüle und dem Blut auf dem Fußboden weder in den Schubladen noch im Schrank oder in der Waschmaschine irgendetwas Interessantes gefunden. Er merkte, wie müde er war. Der Wind fuhr ihm durchs Haar. In der Ferne auf dem Meer nutzte jemand in einem Segelboot die steife Brise, um richtig Fahrt aufzunehmen.

Beethovens Neunte riss ihn aus seinen Gedanken. Der Anruf kam aus der Questura.

«Rocco, wo bist du?»

«In den Abruzzen, Italo.»

«In den Abruzzen? Was machst du denn da?»

«Etwas, was dich nichts angeht. Was willst du?»

«Hier ist der Teufel los! Der Questore sucht dich und der Staatsanwalt auch. Eine Riesensache. In einer halben Stunde ist eine Pressekonferenz. Hast du denn noch nichts im Radio gehört?»

«Nein. Warum?»

«Bei einer Razzia haben die Leute vom ROS das Ehepaar Turrini, Walter Cremonesi, Luca Grange und ein paar Abgeordnete, die mit der Ausschreibung zu tun hatten, festgenommen. Ein unglaublicher Rummel! Wann kommst du zurück?»

«Scheiße!», sagte Rocco und beendete das Gespräch.

Barbara hatte Tatiana zu Bett gebracht. Der Buchhalter De Lullo, Tatianas Mann, saß vor dem Fernseher und sah sich irgendeine Show auf Canal 5 an.

«Gönnen wir ihr erst mal ein wenig Ruhe», sagte Barbara, griff nach der Fernbedienung und schaltete das Gerät aus.

«Er ist also tot?»

Barbara nickte.

«Tatiana hat es gespürt.»

«Ich weiß.»

«Warum ist er tot?»

«Das weiß ich nicht. Ich hab's nicht so richtig verstanden. Es war jemand bei ihm in der Wohnung, und möglicherweise hat der ihn umgebracht. Ich nehme an, es hatte mit seiner Vergangenheit zu tun.»

De Lullo wurde von einem Hustenanfall geschüttelt. Barbara lief in die Küche, aber als sie mit einem Glas Wasser zurückkam, war es bereits wieder vorbei. «Das tut mir leid, sehr leid. Mir hat dieser Corrado nie gefallen. Tatiana schon.»

Barbara senkte den Blick.

«Soll ich Ihnen etwas verraten? Der Kerl hat mir ganz

und gar nicht gefallen, aber er war wichtig. Denn ich hab nicht mehr lange. Und zu wissen, dass Tatiana nicht allein gewesen wäre, hat mich beruhigt. Denn wenn du weißt, dass es bald so weit ist, und du noch genügend Zeit hast, dann solltest du Ordnung in deine Angelegenheiten bringen, richtig?»

«Bitte lassen Sie uns über etwas anderes reden.»

De Lullo lachte leise mit geschlossenem Mund. «Was kann man von einem alten Buchhalter schon erwarten? Vielleicht ist es traurig, darüber zu reden, aber warum nicht? So ist das Leben.» Er sah sich um. «Ich hinterlasse ihr die Wohnung. Und jetzt, da alle Formalitäten geregelt sind, auch ein bisschen Rente. Aber was mich nicht schlafen lässt, ist die Frage, ob sie jemanden findet, der meine Stelle einnimmt.»

Barbara wusste nicht, was sie darauf sagen sollte. Also schwieg sie.

«Ich meine das ganz im Ernst. Corrado war für mich eine Art Versicherung, dass Tatiana glücklich sein würde. Denn das hat sie verdient. Sie hatte kein leichtes Leben. Schon als Kind musste sie hart arbeiten. Sie hat gelernt und gearbeitet. Geld und gute Noten nach Hause gebracht.» De Lullo sah auf sein Spiegelbild im ausgeschalteten Fernseher. «Sie hat etwas Besseres verdient als so eine alte Rostlaube wie mich. Ich bin so kaputt, Barbara, dass nicht mal meine Ersatzteile mehr funktionieren.»

«Soll ich Ihnen etwas zu essen machen?»

«Nein, ich mach mir was aus der Tiefkühltruhe. Ich hab noch Gnocchi alla Sorrentina.»

Tatiana hatte vom Nebenzimmer aus alles mit angehört. Unter die Tränen, die sie um Corrado vergoss, mischten sich nun auch die um ihren Ehemann. Der eine Kummer verstärkte den anderen, und zugleich schlossen sie sich gegenseitig aus. Also stand sie auf, zupfte die Bluse zurecht, zog die Jeans hoch und die Hausschuhe an und ging in die Küche, um das Abendessen zuzubereiten. Denn ihr Mann hasste Tiefkühlkost.

Weitere sieben Stunden Fahrt von den Abruzzen zurück nach Aosta, verfolgt von der Nacht, blendenden Scheinwerfern und Anfällen von Müdigkeit. Lupa schlief auf dem Rücksitz, von oben bis unten voller Sand. Rocco führte vier lange, anspruchsvolle Telefongespräche und dankte dem ihm unbekannten Ingenieur, der das Bluetooth erfunden hatte und ihm so ermöglichte, ins Radio zu sprechen und die Stimme des Gesprächspartners direkt aus den Lautsprechern seiner Stereoanlage zu hören, anstatt sich irgendwelche Stöpsel in die Ohren stecken zu müssen. Das erste Telefonat, mit dem Questore, dauerte von der Ausfahrt Teramo bis zur Ausfahrt Ancona Süd. Corsi beklagte sich bitter über Roccos Abwesenheit bei der Pressekonferenz zu den Festnahmen. «Wir verdanken das dem Engagement aller Einsatzkräfte, Schiavone, Sie eingeschlossen!» Dann folgten drei Gespräche mit Baldi. Das erste von Senigallia bis Rimini Nord, in dem der Staatsanwalt ihm für die Aushändigung der Unterlagen und das Aufspüren Carlo Cutrìs dankte. «Keine Sorge», hatte Baldi gesagt, «ich halte Ihren Namen da raus. Sie werden ihn morgen in keiner Zeitung lesen!» Der zweite von Imola nach Modena, in dem er Baldi viermal die Geschichte von dem Gefängnis, dem Hof und dem Schlüssel zu Block drei erklären musste. Im dritten Gespräch, für das er die ganze Strecke von Reggio Emilia bis Milano brauchte, machte er dem Staatsanwalt klar, dass er nun, da die Auftraggeber wegen anderer Straftaten kaltgestellt worden waren, möglichst schnell Cuntreras Mörder festnehmen lassen musste, bevor diese sich aus dem Staub machten. Und schließlich, in Pont-Saint-Martin, hatte er sich, völlig fertig von den vielen Kilometern, die er an einem Tag gefahren war, um ein Uhr nachts, mit vor Müdigkeit brennenden Augen, durch das fünfte Telefonat gequält, diesmal mit Anna. Es war ein Gespräch mit langen Phasen des Schweigens, Schniefen am anderen Ende der Leitung und verzweifelten «Ich-weiß-nicht-wieso-ich-dich-angerufen-habe»-Sätzen. Anfangs war Anna aggressiv, fast hysterisch, dann gestand sie, dass es ihr schlecht ging. Sie litt unter einer existenziellen Leere, sie fürchtete, ihr ganzes Leben lang einen Fehler nach dem anderen gemacht zu haben, und hatte jegliches Selbstwertgefühl verloren. Roccos Versuch, das Gespräch irgendwann in Richtung Abschiedsgruß zu dirigieren, verursachte bei Anna einen neuerlichen Wutanfall, der in einem zwischen den Zähnen hervorgepressten «Leck mich am Arsch!» und einem abrupten Gesprächsende gipfelte. Als Rocco schließlich um Viertel nach zwei seinen Wagen vor dem Apartmenthaus abstellte, wusste er zwei Dinge: erstens, dass er dringend eine Mütze Schlaf brauchte, und zweitens, dass er nie wieder eine Frau in sein Leben lassen würde.

DONNERSTAG

Unsere Stadt in den Händen der organisierten Kriminalität

Am gestrigen Tag haben Einsatzkräfte der ROS und der Direzione Investigativa Antimafia, unter Leitung von Colonnello Gabriele Tosti, eine Gruppe mafiöser Geschäftsleute festgenommen, die unter dem Deckmantel einer italienisch-schweizerischen Unternehmensgruppe aufgetreten ist und in unserer Region einen großen Teil der öffentlichen Ausschreibungen kontrolliert hat. Zahlreiche bekannte Namen sind in die Affäre verstrickt: Luca Grange und dessen Schwager Daniele Barba, ihres Zeichens Vorstandsvorsitzender und Geschäftsführer der Firma Architettura Futura, Dottor Berardo Turrini, Chefarzt des hiesigen Krankenhauses, und seine Frau Laura, ehemalige Direktorin der Cassa della Vallée. Außerdem Walter Cremonesi, ehemaliger Terrorist mit Verbindung zur Mailänder Unterwelt und heute Winzer und Weinhändler, sowie Carlo Cutrì, Dottor Turrinis Stallbursche und in Wahrheit Mitglied der 'Ndrina im kalabrischen Mileto. Cutrì ist auch in den Fall der Entführung von Chiara Berguet verwickelt, der Tochter des bekannten Unternehmers Alessandro Berguet, deren Verschwinden vor zwei Wochen dank des Eingreifens der Polizei aus der Questura von Aosta aufgeklärt werden konnte. Im Zentrum der

Ermittlungen steht die Auftragsvergabe im Rahmen der Ausschreibung für den Bau des neuen Krankenhauses und zweier medizinischer Einrichtungen in der Region, die die Firma Architettura Futura auf Kosten von Alessandro Berguets Unternehmen Edil.ber für sich entscheiden konnte.

Dies ist ein guter Tag für unsere Stadt, doch dieses Krebsgeschwür, das sich im anständigen und ehrlichen Teil unserer Gesellschaft eingenistet hat und dank der unermüdlichen und aufopferungsvollen Arbeit von Staatsanwalt Baldi ausgemerzt werden konnte, sollte eine Warnung sein …

Rocco blätterte um. Er hätte den verpassten Schlaf aufholen müssen, doch stattdessen saß er um sechs Uhr morgens bereits in der Bar an der Piazza Chanoux. Leider hatte Ettores Kaffee ihm nicht geholfen, wieder zu Bewusstsein zu kommen, und die Zeitungslektüre war langweiliger als eine Tanzprobe.

Mögliche Verbindung zwischen dem Mord an Cuntrera und den aufsehenerregenden Festnahmen?

Während die Staatsanwaltschaft und die Direzione Investigativa Antimafia in unserer Stadt ein paar aufsehenerregende Festnahmen vorweisen können, die das Ergebnis monatelanger Ermittlungen und harter Arbeit sind, fragen wir uns, zu welchem Ende der Mordfall in der Rue Piave wohl führen wird. Denn der Tod Adele Talamontis in der Wohnung von Vicequestore Rocco Schiavone liegt noch immer im Dunkeln. Carlo Pietra, Vicequestore der Mobilen Einsatztruppen von Turin und der zuständige Ermittler in diesem Fall, hat unsere Stadt bereits vor Tagen verlassen. Die einzige Information, die bekannt wurde, ist, dass Vicequestore Rocco Schiavone im Gefängnis von Varallo dem Mord an Domenico Cuntrera nachgegangen ist, der mit der mafiösen ’Ndrina von Mileto in Verbindung steht und für die Entführung Chiara Berguets verantwortlich zeichnet. Dabei stellt sich spontan die Frage, ob es zwischen dem Mord an Cuntrera und den mafiösen Geschäften der Unternehmensgruppe, die seit einer Weile in Aosta das Sagen hatte, möglicherweise einen Zusammenhang gibt. Im Fall Talamonti bewahrt die Staatsanwaltschaft nach wie vor Stillschweigen. Dieser Fall, den die Ordnungskräfte scheinbar unter den Teppich kehren wollen, verlangt, wie wir auf unseren Seiten immer wieder betonen, dringend nach Aufklärung. Auch auf der gestrigen Pressekonferenz hat Questore Corsi sich nicht zu dem Fall geäußert, unsere Nachfragen ignoriert und es vorgezogen zu schweigen. Was mag sich hinter dem Fall Talamonti verbergen? Welches Ziel mögen die illustren Kreise in der Questura verfolgen, dass sie einen ihrer Männer davor bewahren wollen, sich der strafrechtlichen Verantwortung zu stellen? Worauf wartet man in der Questura und der Staatsanwaltschaft, bevor ernsthafte Ermittlungen in Gang kommen, die Beweise liefern und dem Mörder von Adele Talamonti endlich einen Namen geben?

Sandra Buccellato

Allmählich wurde es Zeit, dieser Journalistin mal einen Besuch abzustatten. Die Frau griff ihn weiterhin an. Aber eines hatte Rocco in all den Jahren gelernt: niemals auf Anschuldigungen in der Presse zu reagieren. Niemals einen Streit vom Zaun zu brechen. Denn genau das wollte diese Frau. Sie wartete auf eine Reaktion, und wenn er ihr in die Falle ging, hätte sie für weitere drei Monate genug Futter.

Rocco dagegen wählte den Weg des Schweigens. Der Unantastbarkeit. Er war auch weiterhin entschlossen, diese Artikel einfach zu ignorieren, sich nicht auf dieses Niveau herabzubegeben und die Angriffe ins Leere laufen zu lassen. Dem aufmerksamen Leser, dem das konsequente Schweigen des Vicequestore aufgefallen war, dürfte klar sein, dass er seine Zeit nicht mit unnötigen Scharmützeln verplempern wollte, sondern daran arbeitete, Ergebnisse zu liefern und sich sein Gehalt zu verdienen. Aber es brannte ihm auf den Nägeln. Wenn es sich um einen männlichen Journalisten gehandelt hätte, wäre er in die Redaktion gegangen, hätte sich den Kerl vorgeknöpft und ihm mit einem Kopfstoß eine blutige Nase verpasst. Aber bei Sandra Buccellato war das nicht möglich. Er faltete die Zeitung zusammen und stand auf. «Gehen wir, Lupa!» Der Hund folgte ihm mit der Schnauze voller Croissantkrümel, die er auf dem Gehsteig aufgelesen hatte.

Auf dem Weg von der Piazza Chanoux zum Gericht rauchte Rocco seinen morgendlichen Joint. Das war zwar nicht das Gleiche wie gemütlich auf dem ledernen Schreibtischsessel, aber besser als nichts. Als er die Staatsanwaltschaft betrat, war offensichtlich, dass der durch die Verhaftungen vom Vortag hervorgerufene Adrenalinstoß noch nicht abgeklungen war. Dutzende Leute liefen von einem Büro ins andere, auf dem Flur waren jede Menge Stimmen zu hören, und ein paar Carabinieri in Uniform trugen, von einem Beamten begleitet, Aktenordner durch die Gegend. Baldis Bürotür war offen. Der Staatsanwalt stand über seinen

Schreibtisch gebeugt und prüfte irgendwelche Dokumente. Lupa stürzte sich sofort auf den Teppich, um ihre Arbeit an den Fransen fortzusetzen.

«Schiavone!» Baldi kam ihm lächelnd entgegen. «Was für ein Tag!» Sie schüttelten sich die Hände.

«Ja, ein wundervoller Tag. Die Sonne scheint ...»

Baldi lachte. «Aber wen interessiert denn die Sonne! Ich spreche von den Festnahmen!»

«Ja. Da ist nur eine Sache ...»

«Bitte ruinieren Sie mir nicht die Freude. Ich habe eine großartige Neuigkeit für Sie: Die Ausschreibung wird wiederholt, und Alessandro Berguet ist wieder im Rennen. Glücklich?»

«Sehr glücklich. Bitte hören Sie ...»

«Was?»

«Der Fall Cuntrera.»

Baldi räumte Dutzende Dokumente zur Seite, bis er die beiden fand, die er suchte. «‹Promissio boni viri est obligatio!› Hier die beiden Haftbefehle für Daniele Abela und Federico Tolotta.»

«Gut. Ein bisschen spät angesichts der Tatsache, dass von der Verbindung zwischen unseren Ermittlungen im Gefängnis und Ihrer Razzia heute Morgen bereits in der Zeitung zu lesen war. Da hat wohl jemand geplaudert.»

«Keiner von uns!» Wie üblich verteidigte Baldi sich gegen diese Anschuldigung mit Händen und Füßen.

«Und keiner aus der Questura. Allein schon, weil dort niemand davon wusste. Schon in Ordnung, Dottore, immer die alte Geschichte. Aber wie ich letzte Nacht am Telefon bereits gesagt habe, brauche ich noch einen dritten Haftbefehl.»

«Einen dritten?»

«Ja. Für Amelia Abela, von Beruf Callgirl. Sie ist das Verbindungsglied zwischen den Auftraggebern und den Mördern.»

«Diese Amelia … Abela. Ist sie mit Daniele verwandt?»

«Sie ist die Schwester. Hab ich überprüft.»

«Wer sind die Auftraggeber?»

Rocco überlegte. «Cutrì, Cremonesi, Turrini … Alle die, die in die Sache mit der Ausschreibung verwickelt sind?»

«Ist das eine Frage?»

«Nun ja, da ist noch eine Sache, die …»

Baldi unterbrach ihn, indem er hilflos die Arme ausbreitete. «Nein, Schiavone, bitte! Keine Zweifel. Keine Grübeleien. Sind Sie zu einem Schluss gekommen? Gut, dann beenden wir die Sache damit, würde ich sagen.»

«Ja, vielleicht haben Sie recht. Aber eines lässt mir keine Ruhe.»

«Ich höre», sagte Baldi geduldig. Rocco fiel auf, dass das Foto von der Ehefrau wieder vom Schreibtisch verschwunden war.

«Wir haben Cuntrera eingesperrt, nachdem wir die Unterlagen bei ihm gefunden hatten, die nun zu den Verhaftungen geführt haben. Warum also haben sie ihn danach noch umgebracht?»

Baldi zuckte mit den Schultern. «Rache? Angst? Letztendlich hat Cuntrera einiges gewusst. Vielleicht hat er sie erpresst, in der Art wie: Entweder ihr holt mich hier raus, oder ich ruiniere euer Leben für immer ... Wer weiß, welche Geheimnisse er mit ins Grab genommen hat. Geheimnisse, die wir jetzt aus dem netten Grüppchen, das wir festgenommen haben, noch rauskriegen müssen. Sie denken doch nicht, der Krieg wäre zu Ende, nur weil wir vier Leute eingebuchtet haben. Das ist nur eine der Schlachten, Schiavone!»

Rocco sah den Staatsanwalt an. «Meinen Sie? Vielleicht ... Warum nicht? Ich muss mich nur vergewissern, ob Cuntrera während seiner Gefangenschaft Kontakt zu Cutrì hatte.»

«Gut. Dann tun Sie das. Vergewissern Sie sich. Und lächeln Sie endlich mal! Wir haben einen großen Sieg errungen!»

«Da ist noch etwas ... Cremonesi hätte ich gern selbst festgenommen. So vor vollendeten Tatsachen zu stehen gefällt mir überhaupt nicht.»

Baldi grinste. «Wenn Sie möchten? Er ist hier. Wartet auf seinen Anwalt, diesen Ferretti. Messina und ich werden ihn gleich in die Mangel nehmen. Falls Sie vorher ein paar Worte mit ihm wechseln wollen ... Diesen Gefallen würde ich Ihnen angesichts unserer Freundschaft zugestehen.»

«Sind wir jetzt Freunde, Sie und ich?»

«Heute schon.»

Rocco ging mit Baldi die Treppe hinunter, sie durchquerten ein paar Gänge, die er noch nie betreten hatte, und gelangten zu einer Tür, vor der ein Carabiniere Wache schob. Er salutierte, kaum dass er den Staatsanwalt sah.

«Ist der Kollege Messina gerade drinnen?», fragte Baldi.

«Nein, Dottore. Nur Cremonesi.»

«Nur er?»

«Ja, aber in Handschellen.»

Baldi öffnete die Tür und forderte Rocco auf einzutreten. «Ich warte auf Sie.»

In dem Raum standen nur ein Metalltisch und drei Stühle. Cremonesi saß dort mit offenem zerknittertem Hemd und wirkte längst nicht mehr so arrogant wie bei ihrer letzten Begegnung. Nur der Blick aus seinen dunklen Augen war noch genauso stechend. Sein rechteckiger Giftschlangenkopf hatte sich sofort Richtung Tür gewandt. Er wirkte ungeduldig und nervös. «Wen haben wir denn da?», sagte er. Die Kette, die seine Handschellen mit dem Tisch verband, klirrte. Rocco trat näher und lehnte sich an die Wand. Er wollte diesem Mann nicht gegenübersitzen, sondern ihn aus der Distanz beobachten. «Wie geht's, Schiavone?»

«Mir geht's gut. Ich hab dir ja gesagt, dass ich dir erneut den Arsch aufreiße.»

«Die Sache hat ziemlich viel Staub aufgewirbelt, aber das legt sich schnell. Über kurz oder lang wird sich niemand mehr an irgendwas erinnern, und ich bin wieder ein freier und glücklicher Mann. Willst du ein Geheimnis wissen? Gefängnisse sind wie Siebe. Und einer wie ich rutscht da immer durch.» Er grinste, was die Narbe an seinem Kinn deutlich hervortreten ließ. «Hast du 'ne Zigarette?»

«Ich rauche nicht.»

«Was willst du hier?»

«Hast du was mit dem Mord an Cuntrera zu tun?»

«Das schon wieder? Denkst du wirklich, dass ich mich für einen Wurm wie Cuntrera in Bewegung setze?»

«Ein Wurm, der immerhin Dokumente bei sich hatte, dich euch belasten, dich und deine sauberen Freunde.»

Cremonesi spuckte auf den Boden. «Scheiß drauf! Wie ich gesagt hab, zwei Jahre, höchstens drei, und ich bin wieder draußen.»

«Das denkst aber auch nur du! Weißt du, das gilt vielleicht für Turrini und seine Frau, für den Abgeordneten und für Grange. Die waren vorher angesehene Bürger und haben Freunde in der Politik. Aber du? Wo sind deine Freunde aus Mailand oder Rom? Die haben dich längst abgeschrieben, sonst wärst du nicht hergekommen, um hier deinen Wein zu machen. Dann wärst du in deiner Wohnung am Colosseum geblieben, oder irre ich mich? Dir hält keiner mehr den Rücken frei, du Arschloch. Und du wirst für alles bezahlen.» Rocco trat näher an Cremonesi heran. «Die Staatsanwaltschaft hier geht besonders hart vor, weißt du? Die werden dir so richtig den Marsch blasen. Und du wirst im Gefängnis uralt werden, glaub mir.»

«Ich komme wieder raus und fick deine Frau.»

«Das ist so eine Zwangsvorstellung von dir, Cremonè.»

«Und du bist gefühlsduselig, Schiavone.»

«Versuch nur weiter, mich auf die Palme zu bringen, dann hau ich dir vielleicht tatsächlich noch eine rein, und du sammelst wegen der Handschellen beim Richter sogar Punkte. Aber so oder so, Cremonesi, du wanderst in den Knast! Und wirst dort verschimmeln! Und wenn du jemals wieder rauskommst, schwöre ich dir, dass ich dich mit einem Fußtritt wieder reinbefördere. Ich hab dich im Visier, Cremonesi.» Rocco öffnete die Tür. «Und glaub mir, das ist nicht gut für dich, weil ich sonst kaum was zu tun hab!»

Eine baufällige Kapelle direkt an der Staatsstraße, eine Tankstelle, ein paar wie zufällig in die Landschaft gestreute Häuser, eine Kreuzung und ein altes Banner, das die Einwohner von Pitocco, einem kleinen Kaff in der Gemeinde Vico nel Lazio in der Provinz Frosinone, darauf hinwies, dass dort im Juli ein Fest der Abtreibung stattfinden würde. Das zumindest glaubte Flavio Buglioni, dem zwischen zwei alten Bäumen gespannten Fetzen entnommen zu haben.

Der Tankwart, dessen Bauchumfang aussah, als hätte er ein Bierfass verschluckt, erklärte ihm dann jedoch, dass es dabei nicht um Schwangerschaftsabbrüche ging. Das entscheidende Wort war nicht «Abort», sondern «Abboti». Eine Fleischspezialität der Region, die vor allem im Juli gegessen wurde und dann besonders gut war.

«Ich such nach dem Haus einer Cousine von einem Freund. Sein Name ist Enzo Baiocchi. Wie die Frau mit Nachnamen heißt, weiß ich nicht.»

«Auch nicht den Taufnamen?», fragte der Tankwart, der an einem Zahnstocher kaute, der zwischen seinen schwarzen Schneidezähnen steckte.

«Nein. Aber ich soll nach der verrückten Alten fragen.»

«Ahhhh», machte der Mann. «Dann weiß ich, wen du meinst. Aber ich weiß nicht, ob die noch lebt. Ich hab sie seit vielen Jahren nicht mehr gesehen.»

«Können Sie mir sagen, wo sie wohnt?»

«Du musst dort rausfahren ... da, siehst du?» Der Mann wies auf eine Schotterpiste, die mitten durch die Felder führte. «Nach etwa fünfhundert Metern kommst du an eine Kreuzung. Dort biegst du rechts ab und fährst nochmal fünfhundert Meter, und dann bist du da. Das Haus steht noch, ist aber ziemlich verfallen, und es stinkt furchtbar nach Katzen. Ist eben eine verrückte Alte. Aber keiner spricht drüber, weißt du? Brauchst du Benzin?»

Das Haus war tatsächlich noch da. Es bestand nur aus einem Stockwerk, an dem überall der Putz abblätterte. Das Dach war in zwei Teile zerbrochen, und irgendwo zwischen den Ziegeln ragte ein krummer Schornstein heraus. Die Fenster waren fast vollständig von Klebeband bedeckt, sodass keine Gardinen nötig waren, um für Privatsphäre zu sorgen, soweit in dem Haus überhaupt noch jemand lebte. Das Grundstück war von einer niedrigen zerfallenen Mauer umgeben. Mittendrin stand die Karosserie eines kaputten Fiat Ritmo, aufgebockt auf vier Ziegelsteinen. Der Garten war von Unkraut überwuchert, das auch den alten völlig ausgetrockneten Steinbrunnen nicht verschont hatte, über dessen rundem Becken die Figur eines Engels vor sich hin gammelte. Flavio stieg aus dem Wagen und setzte seine Sonnenbrille auf. Der Mai grünte und blühte in voller Pracht. Weiße Federn schwebten in der Luft, und der Wind trug ein spezielles Gemisch aus Blumenduft und Rost heran.

«Jemand hier?», fragte er, während er die Überbleibsel eines schmiedeeisernen Tores öffnete, das mit der Zeit brüchig geworden war. Auf halbem Weg stieß es gegen einen Erdhaufen, doch Flavio schaffte es, sich seitlich zwischen den spitzen Eisenstäben hindurchzuquetschen und in den Garten zu kommen. Irgendwann einmal musste es dort, wo nun Gras und wilde Blumen wuchsen, einen schmalen Weg gegeben haben. Eine Eidechse huschte hinter einen Stein, und die Ameisen bildeten schwarze Straßen auf der Erde.

«Darf ich eintreten?» Flavio hatte die Eingangstür erreicht und suchte mit dem Blick vergeblich nach irgendwelchen Katzen oder einem Lebenszeichen der Hausherrin. Weder stank es nach Katzenpisse, noch war irgendwo ein alter Napf mit Resten von Futter oder Wasser zu entdecken. Die Türklingel hatte sich von ihrem angestammten Platz gelöst und wurde nur noch von ein paar dünnen roten Kabeln gehalten. Flavio traute sich nicht, sie zu berühren. Lieber klopfte er an. Die Tür erzitterte, kleine Splitter alter Farbe fielen ab. Er wartete einige Sekunden, dann klopfte er noch einmal an. Lauter diesmal. Keine Reaktion. Er versuchte es mit dem nächst liegenden Fenster, legte die Hände an die Scheibe und blickte in einen Raum mit staubigem Boden und zerbrochenen Fliesen. Er sah einen mit blauem Samt bezogenen Sessel und einen rauchgeschwärzten Kamin. An den Wänden hatten Bilder oder Fotos dunkle Flecken auf der sich überall ablösenden Tapete hinterlassen. Ein paar Papierfetzen flogen herum. Auf dem staubigen Tisch lag Putz, der von der Decke heruntergefallen war. Dieses Haus war eindeutig nicht bewohnt. Flavio trat vom Fenster zurück und betrachtete es. Er beschloss, um das

Gebäude herumzugehen, in der Hoffnung, auf der Rückseite irgendein Lebenszeichen zu entdecken. Mit großen Schritten stieg er über Löwenzahn und anderes Gestrüpp hinweg bis zu einem kleinen Schuppen mit herausgebrochener Tür. Im Inneren lagen zwei rostige Schaufeln und ein platter Schubkarrenreifen, und an einem Nagel hing eine Säge. Ein Schleier aus Spinnennetzen bedeckte ein paar leere Flaschen, die auf einer morschen Holzkonsole standen. Nach hinten raus hatte das Haus zwei Fenster, eines mit zugenagelten Fensterläden, das andere voller Vogelkacke und mit einem Sprung in der Mitte. Er versuchte hindurchzuschauen, konnte jedoch nur eine schwarz verschimmelte Toilette und eine Badewanne mit Roststreifen erkennen. Durch das Fenster mit den vernagelten Läden konnte man überhaupt nicht ins Innere sehen, und ein entscheidendes Detail, das ihm hätte auffallen können, übersah er: Die Nägel waren funkelnagelneu.

In der Stille des verlassenen Hauses beobachtete ein stummer, Zigarette rauchender Schatten Flavios Gesicht. In der sicheren Dunkelheit wusste er, dass der lästige Besucher früher oder später wieder gehen würde. Er musste nur lange genug warten wie eine Spinne in ihrem Netz. Wenn der Eindringling versuchen würde, hereinzukommen, würde ihm die 6,35, die auf seinem Schoß lag, noch einmal einen guten Dienst erweisen. Der Schatten grinste bei dem Gedanken, dass er, wenn er tatsächlich schießen musste, mit der Waffe genau denjenigen umpusten würde, der sie ihm verkauft hatte.

Flavio trat vom Fenster zurück. Er blickte sich um. Das

Gras war heruntergetreten, aber das konnte auch er selbst gewesen sein. «Enzo!», rief er. «Enzo, bist du hier? Ich bin's, Flavio! Ich muss mit dir reden!»

Er erhielt keine Antwort. Also wandte er sich um und ging in die andere Richtung noch einmal um das Haus herum. Er schlüpfte wieder durch das halb geöffnete Eisentor und stieg in seinen Wagen. Nach einem letzten Blick auf die Ruine fuhr er davon.

Enzo Baiocchi drückte die Zigarette unter der Schuhsohle aus. Dann streckte er sich auf der alten Matratze aus, die einmal seiner Cousine gehört hatte, griff nach seinem Bier und leerte es in einem Zug. Anschließend warf er die Flasche gegen die Wand, sodass sie in tausend Scherben zersprang.

«Schön, dass du wieder da bist, Rocco!»

«Läutet die Glocken! Lasst Champagner in Strömen fließen und uns feiern!», rief Rocco. «Caterina Rispoli hat es endlich geschafft, mich zu duzen!»

Caterina errötete und hätte die Worte, die sie gerade ausgesprochen hatte, am liebsten zurückgenommen. Aber sie brachte nicht mehr als ein «Äh … äh, äh …» heraus.

«Also, Caterina, was führt dich in der Mittagspause in mein Büro?»

«Du hast Besuch. Die Berguets.»

«Die Berguets?»

«Sie wollen sich bei dir bedanken.»

«Ach du Scheiße, nicht schon wieder! Hab ich die geheiratet, oder was?», rief Rocco aus.

«Pst», machte Caterina und legte einen Finger an die Lippen. «Leise, sonst hören sie dich.»

«Ich will sie nicht sehen. Ich ertrag die nicht mehr! Zuerst hat die Frau Probleme mit ihrem Mann, dann die Tochter, dann dreht der Mann durch ... Halten die mich für ihren Psychologen? Die sollen zum sozialen Dienst gehen! Sag ihnen ... Sag ihnen, dass ich nicht da bin, dass ich tot bin, dass ich eine ansteckende Krankheit habe, denk dir irgendwas aus, aber schaff sie mir vom Hals!»

«Das geht nicht. Sie wissen, dass du hier bist.»

Rocco überlegte. «Wenn sie dir nicht glauben, dann lass sie eintreten, damit sie mit eigenen Augen sehen, dass ich nicht da bin.»

Caterina zog eine Grimasse. «Aber wenn ich sie reinlasse, dann sehen sie dich doch.»

«Sie werden nur Lupa sehen, vertrau mir. Und wenn sie weg sind, komm wieder her.»

Caterina nickte verblüfft und verließ den Raum. Schnell öffnete Rocco das Fenster und kletterte hinaus auf das Dach über dem Eingang. Dort hockte er sich hin. Wartete. Nutzte die Gelegenheit, ein paar Jointkippen aufzuheben. Eine Minute verging. Caterina tauchte nicht wieder auf. «Verdammt, was machst du?», fluchte er leise. Er wartete noch eine Weile. Sicher konnte er jetzt wieder reinklettern. So lange konnte es doch nicht dauern, in den Raum zu gehen und sich davon zu überzeugen, dass der Vicequestore nicht da ist, dachte er.

Während er noch gegen die letzten Zweifel ankämpfte, verließ jemand direkt unterhalb des Daches, auf dem er sich versteckt hatte, die Questura. Es war das Ehepaar Berguet. Wenn die beiden sich in diesem Moment noch einmal umgedreht hätten, hätten sie ihn, sich mühsam im Gleichgewicht haltend, auf dem Dach hocken gesehen. Ein Passant hob den Blick und sah ihn in dieser seltsamen Haltung. Rocco machte ihm ein Zeichen, sich nicht um ihn zu kümmern und weiterzugehen. Der Mann lachte und entfernte sich. Gerade als die Berguets die Autotüren öffneten, erklang Beethovens Neunte. Mit einem katzenhaften Sprung legte sich Rocco platt aufs Dach. Alessandro Berguet hatte den Blick auf das Fenster im ersten Stock gerichtet, um herauszufinden, woher die Musik kam. Inzwischen war es Rocco gelungen, das plärrende Gerät aus der Tasche zu ziehen. Es war Baldi. Er musste rangehen. «Was gibt's, Dottore?», fragte er mit gepresster Stimme.

«Ich habe eine wichtige Nachricht für Sie: Daniele Abela und Federico Tolotta haben eins und eins zusammengezählt und sind verschwunden.»

«Mist! Und Amelia?»

«Ist hier. Wenn Sie ein wenig mit ihr plaudern möchten?»

«Mal sehen.»

«Was machen Sie? Ihre Stimme klingt so komisch. Irgendwie gehetzt? Sind Sie gerade auf der Treppe?»

«Nein», entgegnete Rocco, mit dem Rücken auf dem Dach liegend. «Alles in Ordnung.»

«Ich sage Ihnen eins: Die Tatsache, dass die beiden Gefängnisaufseher sich nach Bekanntwerden der Festnahme der Bande um Turrini und Cremonesi aus dem Staub gemacht haben, lässt tief blicken.»

«Sicher.»

«Auf bald, Schiavone!» Baldi legte ohne einen weiteren Abschiedsgruß auf. Rocco steckte das Handy wieder ein. Einen Meter über ihm stand Caterina Rispoli am Fenster und sah auf ihn nieder, der er immer noch lang ausgestreckt auf dem Dach lag. «Ich glaube nicht, dass das so gut ist, Rocco. Vielleicht solltest du wieder reinkommen, bevor der Questore dich da sieht.»

«Ja. Ist wohl besser.» Rocco zog sich hoch und kletterte mit Caterinas Hilfe durchs Fenster.

«Was haben die Berguets gesagt?»

«Sie waren enttäuscht. Und sie sind dir wirklich sehr dankbar.»

«Gut. Wie spät ist es?»

«Halb zwei.»

«Gehen wir was essen?»

«Ehrlich gesagt, habe ich schon gegessen.»

Rocco schnaubte. «Ihr mit eurer Angewohnheit, immer so früh wie im Krankenhaus zu essen!»

«Wir haben's! Dottor Vicequestore!», brüllte jemand laut durch den Raum. Lupa bellte. Es war D'Intino. Er hatte einen riesigen Packen Papier bei sich. «Geschafft!»

«Was?»

«Die Sache mit den Ausländern. Jetzt ist alles klar und deutlich zu erkennen. Das heißt, wir sind fertig mit den Hotels. Was sollen Deruta und ich jetzt tun?»

«Was ihr tun sollt? Das hab ich euch doch gesagt, oder? Ich brauche eine Liste aller Gäste sämtlicher Hotels, die aus Rom hier angereist sind. Okay?»

D'Intino riss vor Schreck die Augen auf. «Alle?»

«Hörst du schlecht? Oder willst du, dass ich diese äußerst wichtige Geduldsarbeit Caterina überlasse?»

D'Intino blickte die Kollegin hasserfüllt an. Das war ein Appell an sein Ehrgefühl. Er salutierte und meldete: «Niemals, Dotto'! Wir haben die Sache angefangen, also bringen wir sie auch zu Ende!» Er kehrte um und verließ das Büro.

«Hast du nicht etwas Sinnvolleres für sie zu tun?», fragte Caterina.

«Nein. Außerdem, wer weiß? Vielleicht ist das Ganze nützlicher, als wir denken.»

«Du hast mich doch nach Amelia Abelas Adresse in Aosta gefragt.»

«Ja, wo sie wohnt, nicht, wo sie ihre Kunden empfängt.»

Caterina sah ihn schräg an. «Woher weißt du, wo sie ihre Kunden empfängt?»

«Ich bin Polizist, Caterì, und gewisse Dinge wissen Polizisten eben.»

«Und warum weißt du dann nicht, wo sie wohnt, und fragst mich?»

Rocco hob hilflos die Hände.

«Na ja, jedenfalls wohnt Amelia Abela in der Via Laurent Cerise, hinter dem Gericht.»

«Ach nein? Dann werde ich mir diese Wohnung mal ansehen.»

Amelias Wohnung lag im dritten Stock desselben Gebäudes, in dem der Questore die Wohnung für ihn gefunden hatte. Rocco hielt bereits sein Schweizer Messer und die

Kreditkarte bereit, um die Tür zu öffnen, als ihm ein etwa sechzigjähriger Mann zu Hilfe kam. Es handelte sich um den Hausmeister des Gebäudes, der, als er den Ausweis von der Questura sah, gleich mit dem Schlüssel herbeieilte. «Eine anständige junge Frau», sagte er, als er für Rocco die Tür öffnete. «Sie arbeitet bei einer Baufirma. Wie kommt es, dass die Polizei in ihre Wohnung muss?»

Rocco legte dem Mann eine Hand auf die Schulter. «Ihr Name ist Paolo, richtig?»

«Paolo Chinoux», bestätigte der Portier stolz.

«Gut, Signor Chinoux, ich befürchte, dass jemand Amelia in Schwierigkeiten bringen könnte. Und ich brauche ein paar Unterlagen, um sie zu entlasten.»

Paolo schüttelte den Kopf. «Ach ja, ich weiß. Heutzutage mit den Ausschreibungen und diesen hässlichen Geschichten muss man die Augen offen halten.»

«Genau.»

Rocco betrat die Wohnung. Das Erste, was ihm auffiel, war die moderne Einrichtung. Das große Wohnzimmer war dank zweier Fenster zur Straße hin lichtdurchflutet. Die Möbel waren mit hellem Leder in der gleichen Farbe wie die Wände bezogen. Und alles war vom Duft nach Tuberose erfüllt. «Sie können gehen, Paolo. Ich rufe Sie, wenn ich fertig bin.»

Signor Chinoux trat zurück wie ein englischer Butler und schloss die Tür. Rocco sah sich verzweifelt um. Es gab Dutzende Möglichkeiten, um etwas zu suchen. Das konnte eine Ewigkeit dauern. Als Erstes überprüfte er, ob sich irgendwo in der Wand ein Tresor befand. Er schaute hinter die

Bilder im Schlafzimmer und in die beiden Wandschränke. Dann im Bad und in der Küche. Er untersuchte sämtliche Lichtschalter, da er wusste, dass sich Tresore seit neuestem dahinter verbargen. Die Suche kostete ihn mehr als eine halbe Stunde. Er warf seinen Lodenmantel aufs Sofa, um nun auch sämtliche Schubladen durchzugehen. Damit begann er im Schlafzimmer. Und diesmal hatte er Glück. In einer Kommode fand er neben einem Schmuckkasten ein in Leder gebundenes Fotoalbum. Das dritte Bild entlockte ihm ein freudiges Lächeln. Vorsichtig zog er die Folie ab und steckte das Foto in die Tasche. Das war Beweis genug.

«Alles erledigt, Signor Paolo», sagte er, als er das Gebäude verließ.

«Haben Sie gefunden, was Sie gesucht haben?»

«Ja. Amelia sitzt fest im Sattel.»

Beinahe hätte er hinzugefügt: «... und bald hinter schwedischen Gardinen», aber das behielt er dann doch lieber für sich.

Rocco erwartete Amelia im Gesprächsraum des Gefängnisses von Aosta, den er nur allzu gut kannte. Feuchte Flecken in allen Ecken, ein Plastikstuhl, das schmutzverkrustete Fenster oben an der Wand, die schimmelgrünen Wände. Allmählich hatte er genug von Gefängnissen. Als Amelia eintrat, blieb er unbeweglich mit ausgestreckten Beinen auf dem Stuhl sitzend. Sie trug einen rosafarbenen Overall mit einem mit Swarovski-Steinen verzierten Hasen auf der Brust. Dazu Turnschuhe ohne Schnürsenkel in der gleichen Farbe. Das Haar fiel ihr offen über die Schultern, und ihre mit einem ebenfalls rosafarbenen Lidschatten verzierten Augen blitzten. «So sieht man sich wieder», sagte sie ohne den Anflug eines Lächelns. Sie setzte sich, und Rocco stieg der Duft nach Tuberose in die Nase.

«Wie geht es Ihnen?»

Amelia lachte. «Siezen wir uns jetzt wieder?»

«Wie geht es dir?»

«Beschissen, danke. Und wenn es dir nichts ausmacht, bringen wir die Sache schnell hinter uns, weil ich nicht gerade große Lust habe, meine Zeit mit dir hier zu verbringen.»

«Warum?», fragte Rocco und sah sie an.

«Du bist keine angenehme Gesellschaft.»

«Ich meinte, warum du dabei geholfen hast, Cuntrera umzubringen.»

«Ich habe keine Ahnung, wovon du sprichst.»

«Komm schon», schnaubte Rocco. «Immer die gleiche Geschichte. Hör zu, Amelia, dein Bruder wird im Gefängnis von Varallo seit anderthalb Stunden von der Staatsanwaltschaft verhört. Ich will nur wissen, wer dich da mit hineingezogen hat.»

Amelia sah Rocco forschend an, bevor sie antwortete. «Das glaube ich dir nicht.»

«Glaub, was du willst, Amelia!» Rocco nahm eine Zigarette aus seinem Päckchen und zündete sie an.

«Das heißt, man darf hier rauchen?», fragte Amelia.

«Ich ja. Du nicht.» Rocco nahm einen genüsslichen Zug. «Ich sage nur ungern immer das Gleiche, nämlich dass es besser ist, sich kooperativ zu zeigen, aber es ist besser, sich kooperativ zu zeigen. Du hast Mimmo Cuntrera nicht gekannt. Also warum hast du deinen Bruder in die Sache mit hineingezogen? Geld, nehme ich an ... Wir haben auch die geschnappt, die dich dafür bezahlt haben, und es ist nur eine Frage der Zeit, dass sie reden. Pass auf: Abgesehen von Cremonesi, der Gefängnisse in- und auswendig kennt, haben die keine Ahnung, wie es dort zugeht. Ärzte, Bankdirektoren, Architekten, Politiker. Für die wird das Gefängnis die Hölle sein. Daher sag ich nur: Komm ihnen zuvor. Du kommst glimpflich davon, wenn du zugibst, dass du nur den Kontakt zwischen ihnen und deinem Bruder hergestellt hast.»

«Sieht es für meinen Bruder so schlecht aus?»

Aha, ein Schuss ins Blaue, dachte Rocco. «Dein Bruder steckt richtig in Schwierigkeiten, und er sorgt dafür, dass es für dich auch nicht besser aussieht. Er behauptet, dass er nicht gewusst hat, wieso Cuntrera sterben sollte, dass er nur das getan hat, was du wolltest.» Rocco warf die Zigarettenkippe auf den Boden.

«Ich glaube dir kein Wort.»

«Amè, mach, was du willst. Aber den, der in Wahrheit Carlo Cutrì heißt und nicht Dodò, den kennst du sehr wohl!»

«Wen? Dodò? Wer soll das sein?»

«Ich zeige dir jetzt mal diese hübschen Fotos, die einer meiner fleißigen Agenti vor ein paar Tagen im Restaurant Santalmasso gemacht hat.» Rocco zog einen Umschlag aus der Tasche, wählte das oberste Foto aus und zeigte es Amelia. «Siehst du? Das bist du mit Cremonesi, und der, von dem man nur den Rücken sieht, ist der alte Dodò, der nicht der Stallbursche der Turrinis ist, sondern Carlo Cutrì.»

«Dieses Foto beweist gar nichts!» Amelia gab ihm das Bild zurück.

«Genau, deswegen hab ich auch noch das andere mitgebracht.» Er nahm ein zweites Foto aus dem Umschlag, das Amelia und Carlo Cutrì zeigte, die sich lächelnd auf die Wange küssten. Im Hintergrund grasten zwei Pferde. «Erkennst du ihn wieder? Schau mal auf die Rückseite.»

Amelia drehte das Bild um. Auf der Rückseite stand: *Winning Mood – 2. Mai 2012.*

«Woher hast du das?»

«Aus deiner Wohnung. Nicht aus der, wo du deine Kunden empfängst, sondern aus der in der Via Laurent Cerise. Ziemlich mutig, direkt hinter dem Gericht zu wohnen. Wobei das in deiner jetzigen Lage vielleicht ganz praktisch für deinen Anwalt ist. Weißt du, was? Mir hat man auch eine Wohnung in dieser Straße angeboten, aber ich habe abgelehnt.»

«Auf diesen Winning Mood hab ich hunderttausend Euro gesetzt», sagte Amelia mit einem bitteren Lächeln. «Dieses Pferd ist ein Champion, weißt du?»

Rocco grinste. «Du steckst bis zum Hals in der Scheiße, Amelia. Denk drüber nach. Das ist wie beim Baseball. Kennst du Baseball?»

«Nein.»

«Wenn der Batter an der Base ankommt, bevor der Catcher den Ball fängt, ist er safe, wenn der Catcher aber den Ball fängt, während der Batter noch läuft, ist der Batter out.

Mit den Richtern ist es genauso. Geh zu ihnen, bevor sie zu dir kommen. Vielleicht rettet dich das.» Rocco stand auf, wobei der Stuhl quietschend über den Boden rutschte. «Zeit, um darüber nachzudenken, hast du genügend. Mach's gut.»

Für das Abendessen hatten sie die Enoteca Croix de Ville gewählt. Rocco und Fumagalli saßen am Tisch und tranken ihren Fumin, während sie auf den Nachtisch warteten, zwei Stücke Schokoladenkuchen, bei dessen Anblick einem das Wasser im Mund zusammenlief. Sie hatten alle Gerichte komplett aufgegessen, und Fumagalli hatte von der Piccatina di Pollo sogar noch einen Nachschlag bestellt.

«Dies ist das erste Mal, dass wir zusammen essen», sagte Fumagalli.

«Bist du aufgeregt?»

«‹Angenervt› trifft es besser.» Dann hob er sein Glas: «Auf dich, weil du Cuntreras Mörder gefunden hast.» Beide leerten ihre Gläser in einem Zug. Fumagalli schenkte gleich nach. «Und das auf den Tod des Kerls, der in deine Wohnung eingedrungen ist.» Erneut stießen sie miteinander an. «Gibt's Neuigkeiten?»

«Es ist einiges im Gange, aber das Einzige, was ich sicher weiß, ist, dass er gesessen hat. Ansonsten hätte er schon früher auf mich geschossen.»

«Oder er war im Ausland.»

«Oder er war im Ausland.»

Eine junge Frau brachte ihren Nachtisch. Sie hatte die Teller kaum auf den Tisch gestellt, als Fumagalli sich bereits daraufstürzte. «Du futterst, als hättest du ewig nichts zu essen gekriegt.»

«Schließlich bin ich derjenige, der zahlt», sagte der Rechtsmediziner mit vollem Mund, «und jetzt, wenn du erlaubst …»

Der Kuchen zerschmolz am Gaumen.

«Wie kommt es …», wandte sich Fumagalli schließlich an Rocco, «… dass du so traurig wirkst?»

«Tu ich das?»

«Äh, ja.»

«Das passiert mir oft.»

«Aber du scheinst trauriger als sonst.»

«Das muss an den Hormonen liegen. Immer wenn ich eine solche Scheiße zu Ende gebracht habe, geht es mir schlecht.»

«Dabei müsstest du doch eigentlich hochzufrieden sein. Du hast die Schuldigen gefunden und ins Gefängnis geschickt … Aber gut … vergiss es, und genieß den Kuchen.»

«Außerdem hab ich ein mieses Gefühl.»

«Warum das?»

«In der Sache mit dem Mord im Gefängnis. Irgendwas ist daran faul. Es will mir nicht in den Kopf, dass so angesehene Bürger einen Mord an einer armen Socke wie Cuntrera in Auftrag geben. Ich muss da etwas übersehen haben.»

«Schlaf mal drüber. Morgen früh siehst du sicher klarer.»

«Jetzt, da wir weit weg von der Pathologie, von Leichen, Blut und ähnlich hübschen Dingen sind, muss ich dir etwas gestehen.»

Fumagalli hörte auf zu kauen und sah Rocco an. «Bist du schwul?»

«Nein. Und wenn, wärst du so ziemlich der letzte Mann, den ich abschleppen würde.»

«Ich dagegen hab schon manchmal an dich gedacht …»

«Also willst du jetzt mein Geständnis hören oder nicht?»

«Schieß los!»

«Du bist ein toller Kerl. Und ich danke Gott, dass ich dich hier gefunden habe. Ohne dich wäre alles viel schwerer.»

Fumagalli wischte sich den Mund ab, legte die Serviette zurück auf seinen Schoß und nahm noch einen Schluck Wein. Rocco tat es ihm nach. Schweigend blieben sie sitzen, bis die Rechnung kam.

Ich hab zu viel gegessen. Deshalb kann ich nicht schlafen. Ich sollte mir Lupa zum Vorbild nehmen. Dauernd starre ich an die Decke auf dieses rosa Licht.

«Zum Glück ziehen wir bald um», sage ich. Zu niemandem. Es ist niemand hier. Niemand außer mir und dem schlafenden Hund. Das helle Rosa wird dunkel, dann violett. Eins, zwei, drei. Eins, zwei, drei.

Du bist nicht da. Du kommst nicht zurück. Also hast du es ernst gemeint. «Hast du es ernst gemeint?» Ich habe kalte Füße und kalte Hände.

«Ich habe etwas über Quantenpyhsik gelesen. Es gibt Elektronen, die in der Realität nur deshalb in Erscheinung treten, weil sie aufeinanderprallen. Und dann verschwinden sie wieder. Wusstest du das?»

Und wohin verschwinden sie? Darüber hört man nichts. Sie tauchen also irgendwann bei uns auf, und dann verschwinden sie mit der gleichen Geschwindigkeit, wie sie gekommen sind, ohne irgendeine Spur zu hinterlassen. Nicht mal einen Geruch.

«Wo bist du?»

Gut, dass du gegangen bist. Hier gibt es Zähne, Blut und Krallen, Marina. Sie beißen dich, kratzen, schneiden dir ins Fleisch und lassen dich bluten. Sieh dir an, wie meine Haut aussieht. Als wäre ich voller Tattoos.

Doch wenn ich die Augen schließe, sehe ich sie. Von hinten. Sie sitzt am Ufer des Meeres. Ich rufe sie. Sie dreht sich nicht um. Ich rufe noch einmal. «Marina, antworte mir!» Ihre Schultern zucken. Sie lacht. Dann dreht sie sich langsam um. Aber die Sonne blendet mich, und ich kann ihr nicht ins Gesicht sehen. Sie hat eine Hand über ihre Augen gelegt, um sich vor dem hellen Licht zu schützen. Sie wirft mir einen Kuss zu.

FREITAG

«Entschuldige, Italo, dass ich dich in meinem Büro störe», sagte Rocco, kaum dass er eingetreten war. Italo lag auf dem Sofa und hielt ein paar Fotos in der Hand. «Wenn du gleich draußen auf dem Plakat noch was hinzufügen könntest.»

«Was denn?», fragte Italo und richtete sich auf.

«Unerlaubtes Eindringen in meine Privatsphäre. Ich weiß, dass du das nicht nachvollziehen kannst, aber trag es bei achten Grades ein. Oder besser bei neun.»

«Unerlaubtes Eindringen ...?»

«... in meine Privatsphäre. Schon mal gehört? Jeder hat seinen eigenen Bereich, seine eigene Zeiteinteilung ...»

«Das sagt Caterina auch.» Italo stand auf. Er sah traurig aus. Und kraulte Lupa tatsächlich zwischen den Ohren.

«Bist du deswegen hier? Um mich mit deinem Liebeskummer zu ersticken?»

«Nein. Ich bin hier, um dir zu sagen, dass der Staatsanwalt angerufen hat. Daniele Abela wurde in Sanremo gefasst. Mit fünfundzwanzigtausend Euro Bargeld in der Tasche.»

«Dann wollte er wohl ins Casino?»

«Äh … Von dem anderen dagegen, diesem Tolotta, gibt's noch nichts Neues.»

«Allzu weit kann der ja nicht kommen.»

«Ich hab mir nochmal die Fotos angesehen …» Er wies auf das Bild, auf dem Amelia dicht bei Carlo Cutrì stand.

«Und?»

«Die hab ich schon mal gesehen.»

«Im Internet vielleicht? Sie ist ein Callgirl.»

«Du glaubst doch nicht, dass ich mir im Netz so was ansehe?»

«Was willst du von mir, Italo? Natürlich hast du sie schon gesehen, und zwar gerade erst, als wir beim Haus der Turrinis waren! Erinnerst du dich?»

«Wie könnte ich das vergessen?»

«Sie war dort. Hat mit den anderen Gästen das Haus verlassen.»

«Ja, weiß ich doch! Aber es war irgendwo anders.»

«Wenn es nicht im Netz war, dann bist du ihr vielleicht schon in Aosta begegnet. Die Frau ist nicht übel, sie hat sicher deine Phantasie angeregt.»

Italo winkte ab.

«Übrigens ist es jetzt neun», sagte Rocco genervt. «Wenn es dich nicht stört, wäre ich gern allein.»

«Und was hast du vor?» Rocco war im Begriff zu antworten, aber Italo kam ihm zuvor: «Ich soll mich um meine Angelegenheiten kümmern. Schon verstanden, entschuldige.»

Italo verließ mit hängendem Kopf das Büro.

Der Junge sollte dringend mal Urlaub nehmen, dachte

Rocco und machte es sich auf seinem Schreibtischsessel bequem. Der Moment war gekommen! Er schloss die Schublade auf, nahm einen Joint heraus und zündete ihn an. Doch noch bevor er den Rauch des ersten Zuges ausgestoßen hatte, klingelte das Telefon. Er nahm den Hörer ab.

«Schiavone ...»

«Kommen Sie!» Es war der Questore.

«Was ist los, Dottore?»

«Ich habe gesagt: ‹Kommen Sie!›»

Rocco fand Corsi am Schreibtisch sitzend vor. Ernst und trotz des sonnigen Tages bleich im Gesicht.

«Setzen Sie sich!» Der Questore wies auf den Sessel, der vor seinem Schreibtisch stand. Dann warf er Rocco eine Zeitung zu. «Lesen Sie!»

Rocco sprang sofort die Schlagzeile auf der Titelseite ins Auge.

Werden so unsere Steuergelder verschwendet?

Darunter ein großformatiges Foto von ihm, wie er auf dem Dach über dem Eingang der Questura kauerte. Was folgte, war ein weitschweifiger und ironischer Artikel über die Arbeit der Polizei von Aosta, natürlich nicht ohne die üblichen Seitenhiebe zum Mordfall in der Rue Piave, bei dem die Polizei nach wie vor völlig im Dunkeln tappte. Und wie erwartet stand unter dem Artikel der Name Sandra Buccellato.

«Ich bin davon überzeugt, dass Sie mindestens eine Million Erklärungen dafür haben, Schiavone. Aber ich will nur eine einzige hören. Die wahre. Was haben Sie da draußen gemacht?»

«Ich bin geflohen!»

«Und wovor, wenn die Frage erlaubt ist?»

«Vor dem Ehepaar Berguet. Sie waren gekommen, um sich bei mir zu bedanken. Ich musste für sie dreimal den Psychologen spielen, bei der Mutter, dem Vater und der Tochter. Mehr ertrage ich nicht, ich hab die Nase voll.»

«Und deshalb sind Sie vor ihnen aus dem Fenster geflohen?»

«Es war ein spontaner Einfall, sagen wir: eine Verzweiflungstat, die ...»

Corsi brach in Gelächter aus. «Ich schwöre Ihnen, Schiavone, dass das mindestens so gut ist wie der Film von Dick und Doof auf der Jagd nach den Dealern. Ich werde mir das Bild einrahmen!»

Rocco wusste nicht, ob er mitlachen sollte. Eine Sache war klar: Die ganze Stadt, einschließlich der Staatsanwaltschaft, sah sich gerade dieses Foto an. Wahrscheinlich auch das Ehepaar Berguet. «Da haben Sie mal wieder richtig Scheiße gebaut, Schiavone. Grund genug, Sie versetzen zu lassen.»

«Ich nehme das Angebot gerne an!»

Corsi stand unvermutet auf. «Stattdessen kann ich mir nur gratulieren, dass ich Sie habe. Sie haben hervorragende Arbeit geleistet. Und die Journalistenmeute wickle ich heute Mittag auf der Pressekonferenz um den kleinen Finger. Wie Sie sicher verstehen werden, kann ich Sie diesmal nicht um Ihre Anwesenheit bitten. Was bieten wir denen als offizielle Erklärung für Ihren, sagen wir … katzenhaften Sprung auf das Dach?»

«Ich habe ein Loch repariert?»

«Nein.»

«Eine Sicherheitsüberprüfung?»

«Sind Sie ein Feuerwehrmann?»

«Schlagen Sie etwas vor.»

«Sie waren auf dem Dach, um Ihren Trauring zurückzuholen, der hinausgefallen war.»

«Meinen Trauring?»

«Dadurch betonen wir nochmal, dass Sie ein Familienmensch sind, ein einmal gegebenes Versprechen einhalten, und wir umgeben Ihre Person mit einem Hauch von Romantik.»

«Aber meine Frau ist tot, Dottor Corsi.»

«Das ist ein unerhebliches Detail.»

«Für mich nicht ganz so unerheblich.»

«Ich weiß. Aber im äußersten Extremfall … Sie wissen ja, wie diese Pressefritzen sind.»

«Apropos, Kennen Sie diese Sandra Buccellato vielleicht?»

Corsi nickte wie ein alter weiser Mann. «Wollen Sie die Wahrheit hören?»

«Sie können mir alles sagen, Dottore.»

Der Questore atmete tief durch. «Sandra Buccellato ist meine Frau beziehungsweise meine Exfrau.»

Rocco blieb vor Verblüffung für einen Moment der Mund offen stehen. «Ihre Exfrau?», fragte er dann.

«Genau», bestätigte Corsi mit Grabesstimme.

«Die Frau, die Sie wegen dieses Schreiberlings von *La Stampa* verlassen hat, arbeitet jetzt selbst als Journalistin?»

«Nicht nur das. Sie wohnt auch wieder hier.»

«Das glaub ich nicht!»

«Das können Sie mir ruhig glauben.»

«Jedenfalls hat sie es jetzt auf mich abgesehen. Wie sagt man so schön: Die Erde dreht sich um sich selbst. Also irgendwann ...»

«Ist das eine Drohung?»

«Nein, das ist Geographie.» Der Questore grinste breit.

«Ist Ihnen bewusst, dass diese Frau mich seit Tagen in ihren Artikeln attackiert? Und das wegen Ihnen!»

«Schiavone, was reden Sie denn da? Wenn überhaupt, bin ich der Leidtragende, der es mit dieser Verrückten zu tun hat. Denn ich habe mit ihr mal unter einem Dach gelebt. Wobei ich mit Ihnen heute lieber nicht mehr über Dächer reden möchte. Jedenfalls hat sie mich von einem Tag auf den anderen verlassen. Und jetzt hasst sie die ganze Polizei. Auch wenn dies zugegebenermaßen seltsam klingt. Zumindest darüber sind wir uns wohl einig, oder?»

«Ich würde sagen, ja.»

«Das hat man mir schon in der Questura unter die Nase gehalten», sagte Rocco angesichts der Zeitung, die Baldi ihm mit einem Grinsen auf den Lippen zugeworfen hatte. Lupa hatte sich diesmal nicht gleich auf den falschen Perser gestürzt. Sie blickte nachdenklich Richtung Fenster. Offenbar interessierte sie sich diesmal für die Vorhangschnur.

«Ich finde das Foto ausgesprochen lustig. Über den Dächern von Aosta! Ich schwöre Ihnen, etwas Derartiges ist mir bisher noch nicht untergekommen.»

Baldi war gut drauf. Das Bild seiner Frau stand, wie von Geisterhand bewegt, wieder auf seinem Schreibtisch. Aus Rache oder vielleicht auch um endlich eine Erklärung für dieses Rein und Raus zu erhalten, fragte Rocco mit saurer Miene: «Da wir gerade von Fotos reden, erklären Sie mir doch mal, wieso das Bild von Ihrer Frau immer mal wieder von Ihrem Schreibtisch verschwindet!»

Baldi runzelte die Brauen. «Das Bild von meiner Frau? Dieses? Aber das hat doch immer hier gestanden!»

Rocco zog seinerseits die Brauen skeptisch in die Höhe. «Meinen Sie?»

«Sicher. Warum sollte ich es weglegen? Das ist doch meine Frau!» Er wirkte nicht wirklich überzeugt. Der Satz klang, als stammte er aus einem Drehbuch. «Reden wir lieber über Cuntrera. Unsere Anzugträger ...», sagte er mit Bezug auf die «ehrenwerten Bürger», die sie festgenommen hatten, «... streiten jegliche Verbindung zu dem Mord an Cuntrera ab. Der Einzige, der sich bedeckt hält, ist Cutrì. Der steckt bis zum Hals drin. Turrini und seine Frau versichern, Cuntrera nie begegnet zu sein. Was natürlich gelogen ist. Die Entführung von Chiara Berguet war Teil eines ausgeklügelten Planes, wissen Sie?»

«Das habe ich auch schon begriffen. Sie haben auf zwei Ebenen agiert. Zum einen die hässliche Erpressung mit Cutrì in der Hauptrolle, zum anderen die Sabotage an der Firma.»

«Genau. Und dafür haben sie Berguets rechte Hand bestochen, der als Teil der Bande agieren sollte, die Chiara entführt und damit gleichzeitig den Ruf der Edil.ber für immer ruiniert. Ich denke, das ist ein guter Grund, Cuntrera aus dem Weg zu räumen.»

«Warum? Weil er verraten könnte, dass es dazu eine entsprechende Absprache gab?»

«Genau!» Baldi schlug mit der Faust auf den Schreibtisch. «Die Entführung! Sie war Teil des Plans. Ganz schön schlau, finde ich. Und aus diesem Callgirl, der Schwester des Gefängnisaufsehers, haben Sie nichts herausgekriegt?»

«Nichts. Wobei sie eindeutig über alles Bescheid weiß. Vielleicht könnten wir zumindest herausfinden, wer ihrem Bruder die fünfundzwanzigtausend Euro gegeben hat.»

«Das wird schwierig. Wir durchforsten gerade sämtliche Bankkonten, aber was, glauben Sie, werden wir bei Turrini und seinen Schweizer Firmen finden, das die Bezahlung der Mörder belegt?»

«Nichts.»

«Dottor Schiavone!», rief ihm Caterina Rispoli nach.

«Siezen wir uns jetzt wieder?»

Caterina senkte die Stimme: «Nein, aber hier auf dem Flur ist es vielleicht besser …»

«Was gibt's?»

«Zwei Anrufe. Von Agente De Silvestri aus dem Commissariato Cristoforo Colombo in Rom.»

Rocco trat, gefolgt von Caterina, eilig in sein Büro. «Der Agente sagte, es sei dringend. Worum geht es denn?»

Rocco rief sofort in Rom an. Caterina wusste nicht, ob sie gehen oder bleiben sollte. Schließlich machte Rocco ihr ein Zeichen, sich zu setzen.

«Commissariato Colombo, was kann ich für Sie tuuu-un?»

«Bitte verbinden Sie mich mit Agente De Silvestri.»

«Und mit wem spreche ich?»

«Vicequestore Schiavone.»

Hintergrundgeräusche. Schritte auf dem Gang, Quietschen im Hörer. Das ferne Geräusch eines Druckers, wieder Schritte.

«Dottore?», fragte schließlich die vertraute Stimme De Silvestris.

«Alfrè, was ist los?»

«Es geht um die Sache, die ich für Sie erledigen sollte ... die Suche nach Gefängnisausbrüchen oder Entlassungen.»

«Ah ja, ich bin dabei übrigens auf eine Leiche gestoßen. Das heißt, die Leiche ist noch gar nicht gefunden worden, aber ich bin mir sicher, dass er tot ist.»

«Wer?»

«Corrado Pizzuti. Der, der als vermisst gemeldet wurde.»

«Dann hatte ich offensichtlich recht.»

«In der Tat. Und was hast du für mich?»

«Vor ein paar Wochen gab es tatsächlich einen Ausbruch. Aus der Krankenstation im Gefängnis von Velletri. Dem hab ich zunächst keine große Bedeutung beigemessen. Aber bei genauerem Nachdenken konnte ich eine Verbindung zu Pizzuti herstellen ...»

«Wer ist es?»

«Enzo Baiocchi.»

Rocco legte auf, ohne sich von seinem alten Freund in Rom zu verabschieden. Dann blätterte er fieberhaft die von D'Intino und Deruta erstellten Listen durch. Die wegen der bunten Regenbogenfarben wie die Hausaufgaben einer Grundschulklasse aussahen. Schließlich stieß er auf einen der letzten Einträge seiner Agenti: Corrado Pizzuti hatte die Nacht des 9. Mai im Hotel Piedimonte in Pont-Saint-Martin verbracht!

Er erbleichte.

«Warum hab ich Hornochse mir das nicht früher angesehen!», fluchte er und schlug sich mit der flachen Hand vor die Stirn. Rocco kramte fieberhaft in seinen Unterlagen und blinzelte dabei so hektisch, als wäre er von einem Stromschlag getroffen worden.

«Hör zu, Caterina, ich muss für eine Weile weg, nach Rom und ...»

«Nein!», widersprach Caterina. «Du bist gerade erst aus den Abruzzen zurückgekommen und hast erschreckend dunkle Schatten unter den Augen. Und schon willst du mich wieder hier zurücklassen, um auf Lupa, D'Intino und Deruta aufzupassen? Das kann genauso gut Antonio machen. Oder Italo.»

«Willst du mich daran hindern, dass ich ...»

«Ich will dich an gar nichts hindern. Aber ich fahre mit dir, damit ich dich am Steuer ablösen kann. Wenn du mir erklärst, was hier vorgeht.»

«Es geht um den Mord in meiner Wohnung. Möglicherweise weiß ich, wer der Täter ist.»

«Dann erst recht, ich bin Polizistin und arbeite an dem Fall.»

«Caterina, ich …»

«Das ist kein Angebot. Das ist ein Befehl!»

Rocco grinste. «Und seit wann erteilt eine Viceispettrice einem Vicequestore Befehle?»

«Seit sich dieser Vicequestore verhält wie ein Teenager auf Ecstasy.»

«In der Uniform kannst du nicht mitkommen.»

«Ich hab Kleidung zum Wechseln hier.» Sie verließ das Büro.

Rocco eilte zu seinem Schreibtisch und griff nach dem Autoschlüssel. «Lupa!» Der Hund lief zu ihm. «Ich muss nochmal weg. Pass gut auf Caterina auf.»

Dann rannte er aus dem Büro.

Das Gefängnis von Velletri lag auf einer Hochebene in der Nähe von Cisterna di Latina in der Pontinischen Ebene. Dieses Sumpfgebiet war früher ausschließlich von Malariamücken und Viehhirten besiedelt gewesen, die sich für Buffalo Bill hielten, und ist heute von Tigermücken und Mitgliedern der Camorra bewohnt, die es dem Staat auch nicht gerade leicht machten. Und genau dort ragte nun wie ein Betonfurunkel das Gefängnis auf.

Rocco kannte den Direktor und ein paar der Aufseher. Er wurde gleich in den Pavillon C geführt, wo sich die Krankenstation befand, aus der Enzo Baiocchi zwei Wochen zuvor ausgebrochen war.

«Er ist aus dem Krankenzimmer entkommen, indem er

einen Stab aus dem Fenstergitter entfernt hat. Dann hat er im Hof auf den Müllwagen gewartet. Höchstwahrscheinlich ist er hineingeklettert und so nach draußen gelangt», erklärte Francesco Silva, der Gefängnisdirektor, der für seine vierzig Jahre blendend aussah. «Wir haben seine Sachen durchsucht, jedoch keinen Hinweis gefunden. Wir waren sogar in Rom bei seiner Tochter, die in der Via Casilina wohnt, aber die behauptet, ihn weder gehört noch gesehen zu haben. Sagen wir, dass das Verhältnis zu ihrem Vater wohl nicht das beste ist.»

«Dürfte ich vielleicht selbst einen Blick auf seine Sachen werfen?»

«Sicher. Fühlen Sie sich hier wie zu Hause.»

Silva begleitete ihn zu dem Raum, in dem die persönlichen Dinge der Häftlinge aufbewahrt wurden. «Wegen der Personaleinsparungen sind wir durchlässig wie ein Sieb geworden.»

Rocco nickte.

«Wir verfügen nur noch über etwa die Hälfte des Personals. Mörderische Arbeitszeiten für einen Hungerlohn. Sag du mir, wie wir das hinkriegen sollen.»

«Sie werden wieder eine Amnestie beschließen und Leute rauslassen, wie immer.»

«Genau. Willst du meine Meinung dazu hören?»

«Sicher, Francè.»

«Ich würde den Konsum von leichten Drogen legalisieren. Dann wären die Gefängnisse deutlich leerer.»

«Da kann ich nicht anders, als dir zuzustimmen ...»

Sie gingen durch zwei Stahltüren, die von innen geöffnet

wurden. Dann kam ihnen ein Aufseher mit einem Karton entgegen. Er übergab ihn dem Direktor und ging wieder. Silva stellte die Kiste auf einen Metalltisch. «Also, das ist das Zeug von Baiocchi, das er uns zum Andenken hiergelassen hat.»

Rocco öffnete den Karton. Ein paar T-Shirts, ein silbernes Armband, eine Porno-Zeitschrift, in der ein Heiligenbild versteckt war. San Franco. «War Baiocchi gläubig?»

«Er hat gebetet.»

«Ein seltsamer Ort, um ein Heiligenbild zu verstecken, oder?»

Der Direktor blätterte die Zeitschrift durch. «Ja, durchaus.»

«San Franco. Haben Sie ein Lexikon?»

«Im Büro.»

«Hier steht, dass San Franco der Stadtpatron von Francavilla al Mare in der Provinz Chieti ist. Das ergibt Sinn», sagte Rocco, der mit dem Lexikon auf dem Schoß in einem Sessel aus grünem Kunstleder saß.

«Wie meinst du das?», fragte Silva vom Schreibtisch her, wo er die Akte seines ehemaligen Häftlings studierte.

«Baiocchi kam aus Rom, oder? Genau wie seine Familie, oder irre ich mich?»

«Du irrst dich nicht.»

«Und warum bewahrt er dann ein Bild von San Franco auf, wenn er doch Enzo heißt? Steht in seinen Unterlagen der Name seines Vaters?»

Silva durchforstete die Akte. «Vater: Giovanni, Mutter:

Concetta, ein Bruder namens Luigi und eine Schwester, die Clara heißt. Kein Franco.»

Rocco blätterte in dem Lexikon. «Wenn er wirklich gläubig war, hätte er doch ein Bild von San Vincenzo haben müssen, oder? Stattdessen San Franco ... Den dazu noch kaum einer kennt.»

«Warum hast du dann gesagt, dass es einen Sinn ergibt?»

Rocco schloss das Lexikon. «Das Bild ist eine Nachricht, die Enzo von irgendwem bekommen hat. Er war auf der Suche nach Corrado Pizzuti, und irgendjemand hat ihm mitgeteilt, wo er ihn finden kann. Das heißt, es war Enzo Baiocchi, der ihn umgebracht hat.»

«Enzo Baiocchi hat was?»

«Corrado Pizzuti umgebracht, einen kleinen Dealer. Und Adele Talamonti, eine Freundin von mir.» Rocco stand auf: «Den schnapp ich mir!»

Es war eine von jenen Mainächten in Rom, in denen einem das Herz höher schlug und die Luft wegblieb, weil es plötzlich nach Linden roch und nicht nach Autoabgasen und weil der Tiber sich nicht mehr als schlammige Brühe Richtung Meer bewegte, sondern schimmerte wie goldenes Geschenkpapier. Der Mond stand hoch am Himmel, und alle Sterne funkelten. Von Furios Terrasse auf der Tiberinsel aus konnte man den Verkehr auf dem Lungotevere beobachten und zuschauen, wie die Fußgänger um die an der Ampel stehenden Autos herum Slalom liefen. Ein kleines Mädchen trug einen Luftballon, dessen Schnur es ums Handgelenk gebunden hatte.

Furio kam mit einem Tablett, auf dem vier Mojitos standen, zum Tisch. «Hier, bitte.» Er verteilte die Gläser an seine Freunde und setzte sich. Dann zündete er sich eine Zigarette an und hörte zu. Seba sah Rocco erwartungsvoll an, Brizio hatte die Beine ausgestreckt und spielte mit einem Nagelknipser. Der Wind bewegte die Strohhalme in den Gläsern.

«Wir sind so weit, Rocco», meinte Seba.

«Ich weiß jetzt, wer's war. Und im Gegensatz zu dir und Brizio teile ich dieses Wissen mit euch.»

Sebastiano zog die Nase hoch, und Brizio spielte weiterhin mit dem Knipser in seiner Hand.

«Was soll ich sagen, Rocco? Wir haben herausgefunden, wer den Überfall begangen hat und …»

«Ich weiß. Ein guter Freund hat es mir erzählt.»

Seba warf Furio einen Seitenblick zu, der ihm als Antwort lediglich den Mittelfinger zeigte.

«Und was hast du herausgefunden?»

«Enzo Baiocchi.»

Brizio und Furio sprangen auf. Sebastiano dagegen rührte sich nicht.

«Er ist vor etwa zwei Wochen aus dem Gefängnis von Velletri ausgebrochen, und er hat Corrado Pizzuti ermordet.»

«Corrado? War das nicht der, der damals den Wagen gefahren hat?», fragte Brizio.

«Genau der.»

Seba ließ seine Fingerknöchel knacken. «Hat er es getan, um seinen Bruder zu rächen?»

«Ich würde sagen, ja», entgegnete Rocco. «Und damit hat er uns Adele genommen.»

Sie schwiegen einige Sekunden. Jeder war mit seinen Gedanken beschäftigt.

«Was machen wir?»

«Du hast es mir versprochen, Rocco. Er gehört mir.» Sebastiano lächelte, obwohl er gerade eine Drohung ausgesprochen hatte. «Ich reiß ihm das Herz raus!», fügte er hinzu. «Er gehört doch mir, wenn ihr ihn habt, oder?»

Brizio nickte. Furio beobachtete Rocco. Er war nun mal Vicequestore und würde die Beute als Erster erwischen wollen. So leicht würde er es ihnen nicht machen.

«Habt ihr eine Ahnung, wo er sich verstecken könnte?»

«Nein. Ich weiß, dass er eine Tochter hat ... Sie wohnt in der Via Casilina», meinte Brizio.

«Glaubst du etwa, dass die Ratte sich dort verkrochen hat? Das ist doch der erste Ort, an dem man nach ihm suchen würde! Wo hat er Pizzuti nochmal das Licht ausgeblasen?»

«In Francavilla al Mare, Furio. Einer Stadt in den Abruzzen.»

«Aber hier in Rom ist er meines Erachtens nicht.»

«Wieso, Brizì?»

«Weil es zu gefährlich ist. Das Risiko ist zu hoch. Da reicht ein einziges Wort, das der Wind dem Falschen ins Ohr flüstert, und das war's. Nein, er hat sich irgendwo verkrochen. Vielleicht ist er ja wieder in Aosta.»

Furio sah Rocco an, als würde er sich vergewissern wollen, dass dieser die Pistole, die er ihm gegeben hatte, auch immer bei sich trug. Aber die lag noch immer in der Schreibtischschublade in seinem Büro.

«Stimmt, er könnte wieder in Aosta sein. Aber inzwischen sieht die Lage anders aus. Er ist nicht mehr nur irgendein Schatten. Er hat jetzt einen Vor- und einen Nachnamen.»

Sebastiano griff nach seinem Glas und erhob es: «Auf Enzo Baiocchis Tod. Er soll literweise Blut spucken!»

Die drei Freunde stießen mit ihm an.

«Que reste-t-il de nos amours ...» Irgendjemand auf der Straße sang das alte französische Chanson.

«Scheiß Touristen», brummte Brizio und wischte sich den Mund mit dem Hemdsärmel ab.

SAMSTAG

In der Via Poerio hatte Rocco die ganze Nacht über kein Auge zugetan. Im Halbschlaf hatten sich Träume und Erinnerungen miteinander verwoben, sexuelle Phantasien und Orte, an denen er noch nie gewesen war, die er aber wie seine Westentasche kannte. Ein Wirrwarr aus Fäden in tausend Farben. Nach einer Ordnung zu suchen war vollkommen unnütz, denn die Fadenenden waren so fest ineinander verknotet, dass es sinnvoller schien, die Gedanken treiben zu lassen wie einen Drachen am Himmel und sich die unlogischen Bilder anzusehen, als hätte man einen tschechischen Film ohne Untertitel vor sich. Die ersten Sonnenstrahlen erschienen ihm als Geschenk des Himmels, wie ein Staubsauger entfernten sie all die Spinnennetze aus seinem Geist und ersetzten sie wieder durch einen klaren Blick auf die Dinge. Auf das Bett, die mit Folie bedeckten Möbel, die Wände, Marinas Bilder, ihre eingerahmten Fotos, den Schrank. Nach dem Duschen trat er hinaus auf den Balkon. Betrachtete die Pflanzen, entfernte die winterliche Abdeckung des Zitronenbaums. Vor ihm breitete sich die Stadt aus, mit leuchtenden Dächern, die die ersten Sonnenstrahlen reflektierten. Nur in der Ferne, über dem Meer, waren einzelne Wolken zu sehen. Die Blumen verströmten ihren Duft und lockten Dutzende von Insekten an, die im Sturzflug in ihre Blüten hineintauchten, um den Nektar aufzusaugen und sich die Beine mit Pollen zu verschmutzen. Rocco in T-Shirt und Shorts betrachtete sein Spiegelbild in der Fensterscheibe. Er hatte das Gefühl, das einzige Schwarzweiße in dieser farbenprächtigen Welt zu sein.

Als Rocco nach sechsstündiger Autofahrt, den Geschmack des trockenen Panino von der Raststätte noch im Mund, wieder die Questura betrat, kam ihm Italo entgegen, der immer trauriger aussah. «Du warst in Rom?», fragte er. Rocco nickte.

«Vielleicht ist es völlig unwichtig, aber seit gestern habe ich immer wieder darüber nachgedacht, und dann ist es mir eingefallen.»

«Wenn du mir sagen würdest, worüber du, verdammt nochmal, sprichst, könnte ich dir vielleicht folgen.»

«Über dieses Callgirl auf dem Foto.»

«Amelia. Und?»

«Ich hab mich nicht geirrt, ich hab sie schon mal gesehen. Und ich meine nicht an dem Abend vor dem Haus der Turrinis.»

«Ah, nein?»

«Nein. Ich habe sie ein paar Tage vorher vor dem Hotel Pavone in Nus gesehen.»

«Hast du mir nicht erzählt, dass das Hotel Pavone ein Stundenhotel ist? Ich sehe da nichts Ungewöhnliches.»

«Ich auch nicht, aber der Gedanke hat sich mir wie ein Stachel ins Fleisch gebohrt, und jetzt hab ich ihn rausgezogen.»

«Sehr gut, Italo. Bravo!» Rocco klopfte seinem Agente auf die Schulter. Dann ging er weiter in Richtung seines Büros. Er hatte schon die Türklinke in der Hand, als er sich noch einmal umdrehte. Italo war bereits auf dem Weg zur Meldestelle.

«Italo!», rief Rocco ihm nach.

«Was ist?»

«Vor dem Hotel Pavone in Nus, hast du gesagt?»

«Ja.»

«Aber war das nicht mit Alessandro Berguet?»

«Genau. Erinnerst du dich? Wir haben darüber gesprochen, dass seine Frau mit ihrer Befürchtung, dass ihr Mann fremdgeht, recht hatte.»

Rocco nickte. «Wo ist Caterina?»

«Die?», sagte Italo verächtlich. «Ist beim Questore. Musst du mit ihr sprechen?»

«Dringend!»

Rocco und Caterina fuhren gemeinsam mit dem Dienstwagen zur Via Aubert.

«Sag mal … Ist Lupa bei dir?»

«Ja», entgegnete Caterina säuerlich. «Und wann du sie wiederbekommst, entscheide ich!»

«Bist du wütend auf mich?»

«Natürlich! Du bist einfach abgehauen und hast mich im Büro zurückgelassen! Du hättest mich mit nach Rom nehmen müssen! Jetzt sag mir wenigstens, wer es ist.»

«Jetzt noch nicht. Wann gibst du mir den Hund wieder?»

«Wenn du ihn wiederhaben willst, dann komm ihn abholen. Ich bin nicht deine Dienerin. Außerdem bin ich Polizistin und keine Hundesitterin.»

Rocco fuhr schneller. «Das ist Erpressung auf niedrigstem Niveau.»

«Aber ich halte mein Wort.»

«Bist du dir sicher, dass diese Parfümerie ein großes Sortiment hat?»

«Vertrau mir, es ist die beste in der ganzen Stadt. Wie soll dieser Duft heißen?»

«‹Carnal Flower.›»

«Noch nie gehört.»

«Der Signore hat zweifellos einen guten Geschmack.» Die dralle Verkäuferin in ihrem eleganten blauen Kostüm, dessen Rock knapp über dem Knie endete, legte einen Finger an die Lippen und begleitete die Geste mit einem komplizenhaften Lächeln. «Ich hole es Ihnen sofort.» Gefährlich zwischen den Regalen herumkletternd, öffnete sie eine Schublade aus Nussbaumholz. Die vielen Spiegel im Geschäft gaben den Anblick von Rocco im verknitterten Cordanzug wieder, mit seinen Clarks an den Füßen, die einmal schwarz gewesen waren. Daneben Caterina in ihrer Uniform mit der Eleganz eines Mehlsacks an einer Skulptur von Bernini.

«Es ist ein sehr exklusiver Duft und sehr, sehr kostbar.» Die Frau kam mit einer schwarz-roten Schachtel in der Hand zur Verkaufstheke zurück. «Es ist ein Parfüm von

Frédéric Malle», fuhr sie flüsternd fort, als ginge es darum, eine größere Menge Heroin in der Stadt zu verkaufen.

«Entschuldigen Sie meine Unwissenheit, aber ich habe keine Ahnung, wer das ist», meinte Rocco. «Kennst du den Mann?»

«Nein», entgegnete Caterina.

Die Verkäuferin riss entsetzt die Augen auf. «Er ist der Enkel von Serge Heftler-Louiche, einem der Gründer des Hauses Parfums Christian Dior!» Bei den französischen Worten spitzte sie affektiert die Lippen.

«Pour dieu!», sagte Rocco.

«Verstehen Sie? Das hier ist nicht irgendein Parfüm, es ist das Parfüm! Ich habe keinen Tester hier, wie Sie verstehen werden, das ist ja schließlich kein Duft aus dem Supermarkt.» Sie lachte über ihren eigenen Witz. «Eine Probe gefällig?»

«Ist das denn möglich?», fragte Rocco.

«Aber sicher», rief die Frau. Sie zog das Fläschchen vorsichtig wie eine kostbare Reliquie aus der Schachtel, öffnete den Verschluss und machte Caterina ein Zeichen, ihr Handgelenk zur Verfügung zu stellen. «Seien Sie vorsichtig», mahnte die Verkäuferin, «ich gebe nur ein kleines bisschen auf die Haut. Nicht verreiben, bitte!»

«Nein, nein», sagte Caterina, leicht eingeschüchtert.

«Wissen Sie, viele, die ein Parfüm riechen wollen, machen den verhängnisvollen Fehler und reiben darüber, und das war's! Damit verändert sich der Duft. Man muss der Essenz die Zeit gönnen, sich auf der Haut niederzulassen, und mit ihr interagieren. Darf ich bitten!»

Langsam und vorsichtig streckte Caterina der Frau das Handgelenk hin und sah dabei Rocco an, der die Augen verdrehte. Die Geschichte ging ihm schon jetzt ausgesprochen auf den Sack.

Zack! Ein kleines Tröpfchen, und der intensive Geruch entfaltete sich.

«Sehr gut», meinte Rocco. «Tuberose?»

Die Frau lächelte glücklich. «Ja!», sagte sie und schloss die Augen, als ob sie irgendeinen Schicksalsschlag verkraften müsste. «Tuberose. Die Königin, das Symbol der Haute Parfumerie! Sie haben eine gute Nase.» Dann sah sie Caterina an. «Und Sie einen sehr guten Geschmack, wenn Sie erlauben.»

«Gut, hervorragend. Caterì, gefällt dir das?»

«Ich würde sagen … Es ist wunderbar.»

Rocco zog seine Brieftasche heraus. «Wie viel?»

«Sehen Sie, nur weil Sie es sind …»

«Wieso weil ich es bin?»

«Weil Sie eine gute Nase haben … hundertsiebzig Euro.»

Rocco verzog keine Miene. Caterina dagegen wandte ein: «Nein, Dottore, was tun Sie denn da?»

«Wenn du erlaubst, Caterina … Nehmen Sie Visa?»

«Mais bien sûr.»

«Ça va sans dire!» Er übergab der Frau die Kreditkarte, die daraufhin ihre üppige Gestalt Richtung Kasse bewegte.

«Aber nein, Dottore … Das kann ich nicht annehmen.»

«Und was dann? Soll ich es behalten? Das ist ein Damenparfüm …»

«Sie bringen mich in Verlegenheit. Na ja, Sie könnten es ja einer Ihrer …»

«Du hast ein völlig falsches Bild von mir, Caterina.» Er ging zur Kasse hinüber, um zu bezahlen. «Und bei dieser Gelegenheit befehle ich dir, mich auch in der Öffentlichkeit zu duzen und nie wieder ‹Sie› zu mir zu sagen, und wenn nicht, nehme ich dir das Parfüm wieder ab.» Die Verkäuferin riss den Beleg vom Kartenlesegerät. «Sie sind … Sie sind Kollegen! Ich dachte, zwischen Ihnen …»

«Nein, Signora, die Signorina hat mich gerade verhaftet, und ich versuche, sie zu bestechen.»

Die Verkäuferin sah Caterina verwirrt an, die ihrerseits strahlend lächelte.

Während der Rückfahrt sprachen sie kein Wort. Caterina hielt das Parfüm in der Hand, Rocco rauchte eine Zigarette. Er schien verändert. Sein Blick sah traurig aus, vollkommen glanzlos, seine Mundwinkel hingen leicht nach unten. Und sogar seine Haare wirkten erschlafft.

«Wohin … Wohin fahren wir?»

«Du zurück ins Büro. Ich werde allein mit ihm reden.»

«Warum bist du auf einmal so traurig?»

«Weil ich mich einfach nicht an die Realität gewöhnen kann, Caterina. Die Jahre vergehen, ich sehe all das Übel, aber ich kann mich einfach nicht daran gewöhnen.»

«Welche Realität … Wovon sprichst du?»

«Die Wahrheit herausfinden, Caterì. Das ist mein Beruf. Dafür werde ich bezahlt. Schlecht, aber ich werde bezahlt. Und jedes Mal, wenn ich die Wahrheit weiß, möchte ich die

Augen schließen und so tun, als wäre es nicht so. Aber die Fakten, meine Liebe, sind eindeutig.»

Caterina verstand kein Wort. Sie betrachtete ihren Chef, der plötzlich so anders war.

«All diese Scheiße, in der wir ständig wühlen. Ich ertrage den Gestank nicht mehr. Das ist alles.»

Die Sekretärin hatte an der Bürotür des Geschäftsführers geklopft und bat ihn nun mit einem freundlichen Lächeln einzutreten. «Bitte, Dottor Schiavone ...»

Rocco folgte der Aufforderung.

Alessandro Berguet hatte sich vom Schreibtisch erhoben und kam ihm mit ausgebreiteten Armen entgegen. «Ich muss mich bei Ihnen bedanken, Dottor Schiavone! Dank Ihnen und der Staatsanwaltschaft können die Bürger ...»

Rocco unterbrach ihn mit einer Geste seiner Hand. Berguet hielt auf halbem Weg inne, als hätte Rocco ihm mit der Faust ins Gesicht geschlagen. Die beiden Männer sahen sich in die Augen.

«Warum?», fragte Rocco.

«Warum ich mich bei Ihnen bedanke?»

«Nein. Warum Sie es getan haben?»

Ein unsicheres Lächeln erschien auf Alessandro Berguets Lippen. «Ich ... Ich verstehe nicht.»

«Amelia Abela. Das Callgirl.»

Berguet atmete aus und entspannte sich. «Dottore, ich weiß. Wir sind nun mal Männer, und ich wollte nicht, dass Sie mich für einen ... Hurengänger halten, das war's. Ein Moment der Schwäche. Ich bitte Sie ...»

«Alessandro, ich bin nicht von der Sittenpolizei. Mir ist egal, mit wem Sie herumvögeln. Was ich von Ihnen wissen will, ist, warum Sie mit Amelia Abela und ihrem Bruder diese Abmachung getroffen haben.»

«Welche Abmachung?»

«Mimmo Cuntrera. Sie sind der Auftraggeber, Berguet.»

Mit diesen Worten schien die Temperatur im Raum um mehrere Grade zu fallen. «Der Auftraggeber? Sagen Sie, sind Sie verrückt geworden?»

«Staatsanwalt Baldi lässt gerade Ihre Konten überprüfen. Ihre Einnahmen und Ausgaben. Und sicher lässt sich da irgendwo ein Fehlbetrag von mindestens fünfundzwanzigtausend Euro finden, das Geld, das Sie Daniele Abela gegeben haben, plus des Betrages für seinen Komplizen Tolotta. Und ein anständiges Trinkgeld für Amelia, richtig?»

«Nein, absolut nicht richtig!»

Rocco wies auf den Schreibtisch. Das Parfüm stand noch da. In Geschenkpapier verpackt. «Man schenkt einem Callgirl kein Parfüm für hundertsiebzig Euro, wenn der Kontakt rein professionell ist. Dies ist ein Geschenk für eine Frau, die man liebt oder der man etwas schuldet. Wollen Sie hören, wie ich mir das Ganze denke?»

Alessandro Berguets Gesicht war aschfahl.

«Die erste Begegnung mag Zufall gewesen sein oder auch nicht. Tatsache ist, dass Sie von dieser verwandtschaftlichen Beziehung erfahren haben und daraufhin der Plan entstanden ist. Sauber und einfach. Abschaum wie Cuntrera, besser, wenn so einer tot ist. Sie wollten Ihre Tochter rächen. Nur dass Sie es übertrieben haben.»

Alessandro Berguet lachte nervös. «Das ist eine gravierende Anschuldigung. Und ich denke, dass unser Gespräch damit beendet ist. Ich rede mit Ihnen nur noch in Gegenwart meines Anwalts!»

«Sicher, Dottor Berguet, sicher. Aber suchen Sie sich einen besonders guten Anwalt, denn Amelia Abela spricht bereits mit ihrem Rechtsberater. Sie kann nur gewinnen, wenn sie mit uns zusammenarbeitet. Sie können nur verlieren. Und das ist noch nicht alles. Amelias Bruder haben wir gerade mit dem Geld, das er für die Tat bekommen hat, festgenommen. Dass wir seinen Komplizen Federico Tolotta erwischen, ist nur eine Frage der Zeit. Und lassen Sie sich eines von jemandem sagen, der sich gut mit Gefängnissen auskennt. Zwei Gefängnisaufseher haben es nicht leicht hinter Gittern. Egal, in welchen Knast wir sie schicken. Das heißt, dass die beiden sogar ihre Mutter dafür verkaufen würden, um irgendwelche Vorteile herauszuschlagen. Sehen Sie, Dottor Berguet, Sie stecken bis zum Hals in der Scheiße!»

«Auf Wiedersehen, Dottor Schiavone.»

«Einen schönen Tag. Nur eines noch: Wenn Sie schön brav Ihr Leben weitergelebt hätten, anstatt den einsamen Rächer zu spielen, wäre heute wirklich ein wunderbarer Tag. Die Edil.ber hätte die Ausschreibung gewonnen, und alles wäre wieder in Ordnung gewesen. Chiara hätte vergessen und Ihre Frau wieder lächeln können. Sie sind eine arme Sau, Berguet. Ein mieser, kleiner, unbedeutender Mann.»

«Ich höre mir von Ihnen keine Moralpredigt an!»

«Das ist keine Moralpredigt, sondern nur eine Feststellung.»

«Verschwinden Sie!»

Lupa stürzte sich auf ihn, wobei es ihr im Sprung gelang, ihm übers Gesicht zu lecken. Caterina betrachtete die Familienzusammenführung mit ernster Miene von ihrem IKEA-Sofa aus.

«Hab ich dir gefehlt, meine Kleine? Hast du was zu futtern gekriegt?»

Das Keuchen des Hundes und der Ruf des Kuckucks, der die volle Stunde anzeigte, waren die einzigen Geräusche, die zu hören waren. Ein angenehmer Duft nach Veilchen lag in der Luft, und jede Ecke in der kleinen Wohnung erzählte eine andere Geschichte. Bücher, Fotos an der Wand, zwei afrikanische Statuen und eine Teetassensammlung.

«Du hast eine schöne Wohnung. Jetzt verstehe ich ... Italo würde nicht hierher passen.»

«Lenk nicht ab!»

«Wovon?»

«Dem Namen!», sagte Caterina. Sie trug noch immer ihre Uniform. Rocco sah sie an, und sie strich sich durchs Haar. «Ich will ihn wissen, Rocco!»

Rocco ging zum Fenster hinüber. «Er heißt Enzo Baiocchi. Ein Verbrecher, der aus dem Gefängnis in Velletri ausgebrochen ist.»

«Und was hat er gegen dich?»

«Das geht weit zurück. Bis zum 7. Juli 2007. Meine Frau

und ich waren Eis essen. Ich hatte eine Wette verloren, irgendeine Kleinigkeit, ein Spiel, so etwas haben wir oft gemacht. Als wir danach wieder im Auto saßen, hielt ein anderer Wagen direkt neben uns. Darin waren zwei Männer. Corrado Pizzuti am Steuer und Luigi Baiocchi, Enzos Bruder, daneben. Ich konnte mich gerade noch umdrehen. Baiocchi hatte eine Pistole in der Hand. Er schoss zweimal. Ich hab mich instinktiv geduckt. Marina nicht. Sie hat sich nicht geduckt. Der erste Schuss traf sie in den Hals. Der zweite in die linke Schläfe. Sie hatte nicht einmal mehr die Zeit zu verstehen, was ...» Seine Stimme versagte. Er schloss die Augen. Biss sich auf die Lippen.

Caterina war bleich geworden. Sie war nicht mal in der Lage, einen ihrer ineinander verschlungenen Finger zu bewegen.

Rocco sprach weiter: «... was passiert ist. Von einer Sekunde auf die andere war sie tot. Einen Moment zuvor hatte sie noch neben mir gesessen, und nun hielt ich ihren Kopf ... und ihr Blut lief über meine Hand. Ich habe versucht, die Wunde zuzudrücken.»

Rocco betrachtete den Himmel vor dem Fenster. Die Farben verblassten. Er hatte das Gefühl, ein leuchtend buntes Ölgemälde zu betrachten, das sich in ein düsteres, mattseidenes Aquarell verwandelte. Die ersten Tropfen fielen, und alles verschwamm zu einem undeutlichen Fleck. Dann wurde es dunkel.

Caterina war hinter ihn getreten. Berührte ihn am Arm. Sah ihm ins Gesicht und trocknete seine Tränen.

«Es tut mir leid ... Entschuldige.»

«Du hast doch gar nichts damit zu tun. Überhaupt keine Schuld.»

Caterina stellte sich auf die Zehenspitzen und drückte ihre Lippen auf die seinen. Tränen mischten sich mit Speichel. Er hielt ihren Hinterkopf, griff in ihr Haar. Ihre Lippen öffneten und ihre Zungen fanden sich. Rocco umfasste ihre Taille und zog sie an sich. Dann lösten sie sich mit einem Ruck voneinander.

«Wir können nicht …», sagte Rocco leise.

«Nein», entgegnete Caterina und blickte zu Boden. «Wir können nicht …»

SONNTAG

An diesem Sonntag gab es viel zu erledigen. Rocco war in die neue Wohnung in der Via Croix de Ville umgezogen. Es war eine schöne Wohnung, weiträumig und hell, mit Holzbalken an der Decke und Parkettboden. Auch die Einrichtung war ansprechend, antike Landhausmöbel und ein schwarzer chinesischer Schrank. Das große Schlafzimmer hatte ein Fenster mit Blick auf einen kleinen Platz. Das Haus gegenüber war mit Fresken verziert, und die Balkone waren mit Blumen bepflanzt. Wenn er nicht nach oben schaute, vermied er sogar den Anblick der drohenden schwarzen Berge. Sein Umzug hatte nur zehn Minuten gedauert, die Zeit, die er gebraucht hatte, um Lupa, ihr neues Körbchen und seine Kleidung in das neue Zuhause zu bringen. Mehr hatte er nicht. Die wenigen Bücher in seinem Besitz überließ er lieber dem nächsten Mieter in der Rue Piave.

Rocco hatte versucht, sich mit der Fernsehübertragung der Spiele der ersten Liga abzulenken, doch ein ödes Unentschieden zu Hause hatte ihm den Spaß verdorben. Er hatte keine Lust mehr, den hitzigen Diskussionen der Sportreporter zu folgen. Mittlerweile war er überzeugt, dass das

Problem der Gelb-Roten nicht in deren technischen Fähigkeiten lag, sondern ein moralisches war. Anstatt eines neuen Trainers brauchte die ganze Mannschaft einen Psychiater.

Aus Rom gab es keine nennenswerten Neuigkeiten. Seba war Enzo Baiocchi auf den Fersen, der jedoch wie vom Erdboden verschluckt schien.

Er dachte an Caterina. Und es waren süße, frische Gedanken, die so rein waren wie die Blumen, die die Balkone der Häuser gegenüber schmückten. Er wäre gern mit ihr durch die verwaisten Straßen gegangen, um dann gemeinsam einen Kaffee zu trinken und tief die milde Mailuft einzuatmen. Vielleicht sah auch sie gerade aus dem Fenster und dachte das Gleiche. Er blickte zu seinem Handy hinüber, doch seine Hände in den Hosentaschen rührten sich nicht. Warum war das mit ihr so besonders? Er hätte sich ihr gegenüber niemals wie bei Nora oder Anna verhalten können. Mit Caterina war alles anders. Jedes Mal, wenn er sie sah, überkam ihn der Drang, sie zu umarmen, sie an sich zu ziehen, um sie vor allem Schlechten zu beschützen. Und er verlor sich in ihren Augen.

Und? Wovor hast du Angst?

Vor diesem Wort. Einem einfachen Wort, das er nicht einmal denken konnte. Er fühlte sich beobachtet, aus dem Schatten, aus dem Nebel, den er nicht aus seinem Bewusstsein, aus seinem Haus vertreiben konnte, aus den vergangenen Jahren, die wie ein Felsbrocken auf seinen Schultern und seinen Augen lagen.

Sag es! So schwer ist das doch nicht.

Es reichte aus, es laut zu sagen, und alles wäre anders. Dann wäre auf einmal alles klar und überschaubar.

Ich bin nur ein alter Mann, der sich sonst was in den Kopf gesetzt hat.

Er trat vom Fenster zurück. Obwohl es Sonntag war, hatte Baldi ihn in die Staatsanwaltschaft bestellt, und Rocco machte sich auf, ihn in seinem Büro aufzusuchen.

«Also, die Sache ist so: Wir haben auf den Konten des Geschäftsführers der Edil.ber einen Fehlbetrag von gut fünfzigtausend Euro gefunden. Alessandro Berguet hält sich derzeit in Brignole auf, wo er sich hinter drei Anwälten verschanzt. Federico Tolotta wurde im Haus seiner Mutter in Catanzaro aufgespürt, und Daniele Abela hat bereits gestanden. Man kann also sagen, dass der Fall Cuntrera abgeschlossen ist.»

Rocco nickte.

«Und Sie haben mir nichts zu sagen?»

«In welchem Zusammenhang?»

«Im Zusammenhang mit der Geschichte in der Rue Piave. Warum waren Sie in den letzten Tagen zweimal in Rom?»

«Um zu ermitteln.»

«Und? Waren Sie erfolgreich?»

«Nein», antwortete Rocco, «ich tappe im Dunkeln.»

Der Staatsanwalt sah ihn ernst an. «Ich glaube Ihnen nicht.»

«Es tut mir leid, aber so ist es nun einmal. Ich habe im Dreck gewühlt, die Schlange jedoch nicht gefunden.»

«Fühlen Sie sich hier sicher?»

«Ziemlich.»

«Wer es auch war, könnte es noch einmal versuchen, oder?»

«Ja, schon. Aber er wird mich kaum ein zweites Mal unvorbereitet antreffen.»

«Wollen Sie wissen, wie ich die Sache sehe?»

Rocco nickte und verschränkte die Arme vor der Brust.

«Sie wissen ganz genau, wer es ist. Aber Sie sagen es mir nicht. Und warum? Weil derjenige, der Sie umbringen will, sich für etwas rächen möchte. Für etwas aus der Vergangenheit. Für etwas, was Sie ihm angetan haben, etwas, was im Dunkeln liegt, etwas, was ...» Baldi näherte sich ihm und senkte die Stimme, «... was besser nicht bekannt wird, Schiavone. Sagen Sie mir, wenn ich mich irre.»

Rocco zuckte lediglich mit den Schultern.

«Sie sind seit dem letzten September hier. Seit neun Monaten. Und ich weiß inzwischen einiges über Sie. Denn ich war nicht untätig. Wir wissen den Grund für Ihre Versetzung, und wir wissen, dass Ihre Ermittlungsmethoden recht speziell sind. Genauso wie wir von Ihren nicht besonders vorzeigbaren Freunden unten in Rom wissen: Sebastiano Cecchetti, Furio Lattanzi und Brizio Marchetti. Beste Gesellschaft. Sie treffen sie in Rom, und das nicht nur in den letzten beiden Tagen. Nein. Sie sind ständig in Kontakt und sehen sich häufig. Vor allem Sebastiano Cecchetti, den Lebensgefährten von Adele Talamonti. Und ich glaube, dass Sie vier gemeinsam etwas herausgefunden haben. Und nicht vorhaben, diese Information mit uns zu teilen.»

Baldi griff nach einem Stift und drehte ihn in den Fingern. «Muss ich Sie daran erinnern, dass Sie vor allem anderen ein Angestellter im öffentlichen Dienst sind? Dass es Ihre Pflicht ist, dafür zu sorgen, dass ein Mörder in jedem Fall dem Gericht überstellt wird? Könnte es sein, dass Sie, wenn eine Sache Sie persönlich betrifft, dieses Detail vergessen und sich wie ein Straßenräuber verhalten, wie einer Ihrer Freunde?»

«Sind Sie fertig?»

«Ich könnte noch stundenlang so weitermachen.»

«Beurteilen Sie das, was ich tue, aufgrund dessen, was ich wirklich tue. Nicht aufgrund eines möglichen Verhaltens. Und wenn es Sie stört, haben Sie immer die Möglichkeit, sich ganz oben zu beklagen und mich woandershin versetzen zu lassen. Was weiß ich? Nach Sacile im Friaul oder ins Gennargentu. Glauben Sie mir, diese Stadt und ihre Berge werden mir nicht fehlen. Und jetzt, wenn Sie mit Ihrer väterlichen Standpauke fertig sind, würde ich mich gern verabschieden.»

«Ihr leicht aufgebrachtes Verhalten bestätigt mir, dass ich richtigliege.»

«Mein leicht aufgebrachtes Verhalten rührt von der Tatsache her, dass man mir sogar am Sonntag auf den Sack geht.»

«Warum? Haben Sie etwas Besseres zu tun?», fragte Baldi.

«Sehen Sie mich an, Dottor Baldi. Und sich selbst. Es ist ein freier Tag, den wir beide im Büro verbringen. Das Foto von Ihrer Frau ist wieder von Ihrem Schreibtisch verschwunden, und ich habe meine Frau vor fünf Jahren verloren. Wir sind zwei Züge auf dem Abstellgleis, und wenn man uns das hier auch noch wegnimmt …» Er schloss mit einer Handbewegung das ganze Zimmer ein, «… enden wir in irgendeinem Hospiz, wo wir dann auf unserem Stuhl hocken und wie Hospitalisten vor einer Wand hin und her schaukeln. Sie und ich, wir schleppen uns dahin. Sie klammern sich verzweifelt an die Arbeit und an die Gesetze und ich an die drei Hurensöhne da unten in Rom. Und ich sehe mich nicht in der Lage zu entscheiden, wer von uns beiden recht hat.»

«Ich respektiere ein einmal gegebenes Wort.»

«Ich auch.» Rocco stand auf. «Und übrigens, falls ich herausfinden sollte, wer es gewesen ist, habe ich vor, ihn ins Gefängnis zu bringen.»

«Ins Gefängnis von Velletri?», fragte Baldi lächelnd.

«Sehen Sie? Sie wissen mehr als ich.»

«Was hat Enzo Baiocchi gegen Sie?»

«Ein alter Groll.»

«Wie alt?»

«Sagen wir … 2007. Ist ein paar Jahre her.»

Baldi nahm ein Blatt Papier in die Hand, das vor ihm lag. «2007? Hier steht, dass Sie Enzo Baiocchi nur einmal festgenommen haben, und zwar 2003.» Er legte das Blatt wieder aus der Hand und sah Rocco eindringlich an. «Haben Sie sich im Jahr geirrt? Und warum sollte er sich jetzt für eine Verhaftung im Jahr 2003 rächen wollen? Schließlich war er zwei Jahre auf freiem Fuß, bevor er erneut ins Gefängnis kam, diesmal in Velletri. Sagen Sie mir … Ist es eine Rache, die ihn persönlich betrifft, oder will Enzo Baiocchi Sie für etwas anderes bezahlen lassen? Etwa in der Art wie Alessandro Berguet?»

«Finden Sie es heraus!», sagte Rocco und verließ das Büro des Staatsanwalts.

Wie so oft schon saß er am Augustusbogen vor einem geschlossenen Kiosk und beobachtete die wenigen Autos, die wie auf einem Karussell um ihn herumfuhren. Noch einmal dachte er an Enzo Baiocchi und seinen Bruder Luigi. An jenen Abend im August, der so heiß war wie ein Pizzaofen in einem Restaurant voller Menschen. Ein Abend mit schweißnassen Körpern und einem Geschmack von Eisen im Mund. Als sein Herz in einer verlassenen Garage in der Nähe der A 90 beinahe stehen blieb. An das Licht, das durch die schmutzigen Fenster voller Spinnenweben hereinfiel. Die Autotür, die sich nicht öffnen ließ. Waffen, zitternde Hände, der Gestank nach Pisse und nach Angst.

Angst.

Die Angst hatte menschliche Gestalt angenommen. Sie war hier unter ihnen, um sie daran zu erinnern, dass sie letztendlich Wesen aus Fleisch und Blut waren. Die Erinnerungen würden ihn quälen, jahraus, jahrein, vom frühen Morgen bis tief in die Nacht, bis zu dem Moment, an dem er für immer die Augen schloss, seinen Körper und seinen Geist verließ, um beides den Würmern in der Erde zu überlassen.

Er war losgelaufen bis zum Ufer der Dora und merkte erst jetzt, dass die Sonne schien. Er nahm die Ruger, die

Furio ihm gegeben hatte, und warf sie in den Fluss. Die Pistole verschwand im Wasser. Er schaltete sein Handy aus, steckte die Hände in die Hosentaschen und machte sich auf den Weg nach Hause.

DANK

Ich möchte mich bei Laura, Giovanna, Francesco, Marco und Valentina sowie dem gesamten Verlag bedanken, der mir immer zur Seite steht. Danke auch an Cristina und Monica und ein besonderes Dankeschön an Toni.

Und nun folgt die Liste von Roccos Freunden. Den Grund, warum sie hier erwähnt werden, kennen nur sie selbst (und Cristina natürlich): Carla Zamper, Antonella Imperiali, Antonella Poce, Vesna Draskovic, Miriam Caputo, Francesca Ghiglione, Monica Malpeli, Monica Dal Fante, Simona Donna Rumma, Danilo Fattorusso, Sonia Cremonese, Laura Corvatta, Barbara Corvatta, Annetta Cinque, Giulia Favero, Valentina Azzarone, Sara De Luca, Enrico Magli, Giuliana Di, Marita Lo Iacono.

A. M.

Weitere Titel von Antonio Manzini

Rocco-Schiavone-Reihe

Der Gefrierpunkt des Blutes

Die Kälte des Todes

Alte Wunden

MIX
Papier aus verantwortungsvollen Quellen
FSC® C083411
FSC
www.fsc.org

Das für dieses Buch verwendete Papier ist FSC®-zertifiziert.